우리문학깊이읽기

김병익
깊이 읽기

성민엽 엮음

1998
문학과지성사

우리 문학 깊이 읽기 기획위원

권오룡 / 박혜경 / 성민엽 / 정과리 / 홍정선

김병익 깊이 읽기

엮은이 / 성민엽
펴낸이 / 김병익
펴낸곳 / 문학과지성사

등록 / 1993년 12월 16일 등록 제 10-918호
주소 / 서울 마포구 서교동 363-12호 무원빌딩 4층 (121-210)
전화 / 편집부 338)7224~5 · 7266~7 팩스 / 323)4180
영업부 338)7222~3 · 7245 팩스 / 338)7221

제1판 제1쇄 / 1998년 9월 16일

값 13,000원
ISBN 89-320-1020-X

｜우｜리｜문｜학｜깊｜이｜읽｜기｜

김병익

깊이 읽기

성민엽 엮음

北海道에서
manik 91.2.

金炳翼 兄

그림 이만익 화백(1991년 2월 스케치)

▲ 대전중학교 3학년 시절(1953년 여름)

▲ 대전고등학교 졸업식에서 답사를 읽으며(1957년 2월)

▲ 군 사병 시절(1963년 12월)

◀ 서울대 문리대 2년(1958년 12월), 정치학과 동기생
   김석규(앞: 현 주 일본 대사)와 이재술(현 부산은행 감사)

크리스찬아카데미의 세미나에서 ▲
'한국 문화에서의 양극화 현상' 발표(1972년 4월)

▲ 『지성과 반지성』 발간 즈음(1974년 9월)

한국기자협회 제12대 회장으로 선출(1974년 10월) ▲

▼ 신혼 여행에서 막 돌아와서(1967년 12월)

▲ 김현 • 김치수 • 김주연과의 공동 저서 『현대 한국 문학의 이론』을 상자하고 (1972년 주간한국 게재)

▲ 계간 『문학과지성』 창간호 발간 기념 (1970년 9월)

▲ 김현의 프랑스 유학, 정현종의 아이오와 국제 창작 프로그램 참가의 환송 모임 (1974년 가을)

▲ 문학과지성사 창사 1주년 기념 (1976년 12월)

▲ 백두산에 올라 천지를 내려다보며(1991년 7월)

페루의 마추픽추에서 ▶
(1996년 7월, 시인 황지우 찍음)

레닌그라드의 도스토예프스키 기념관 ▶
그의 데스 마스크 앞에서(1989년 9월)

▼ 케냐의 마사이족 마을에서(1995년 2월, 작가 김주영 찍음)

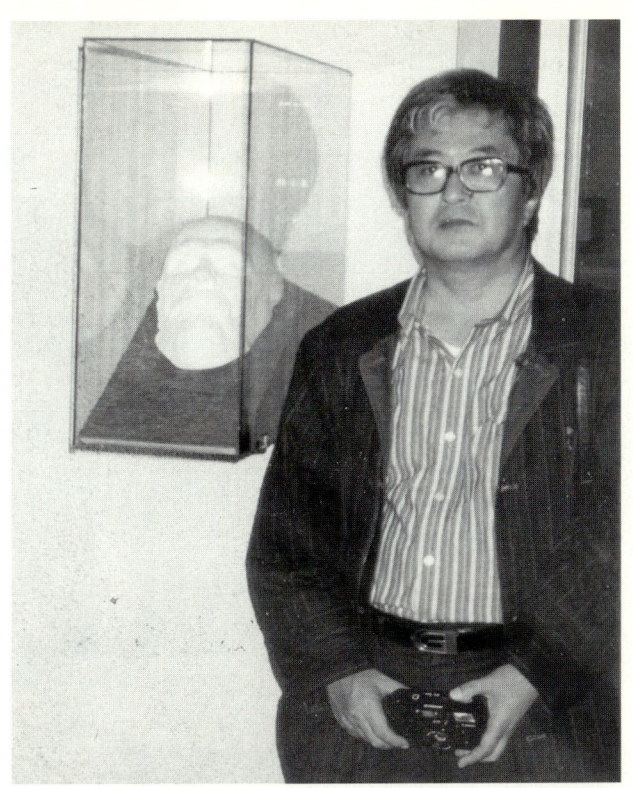

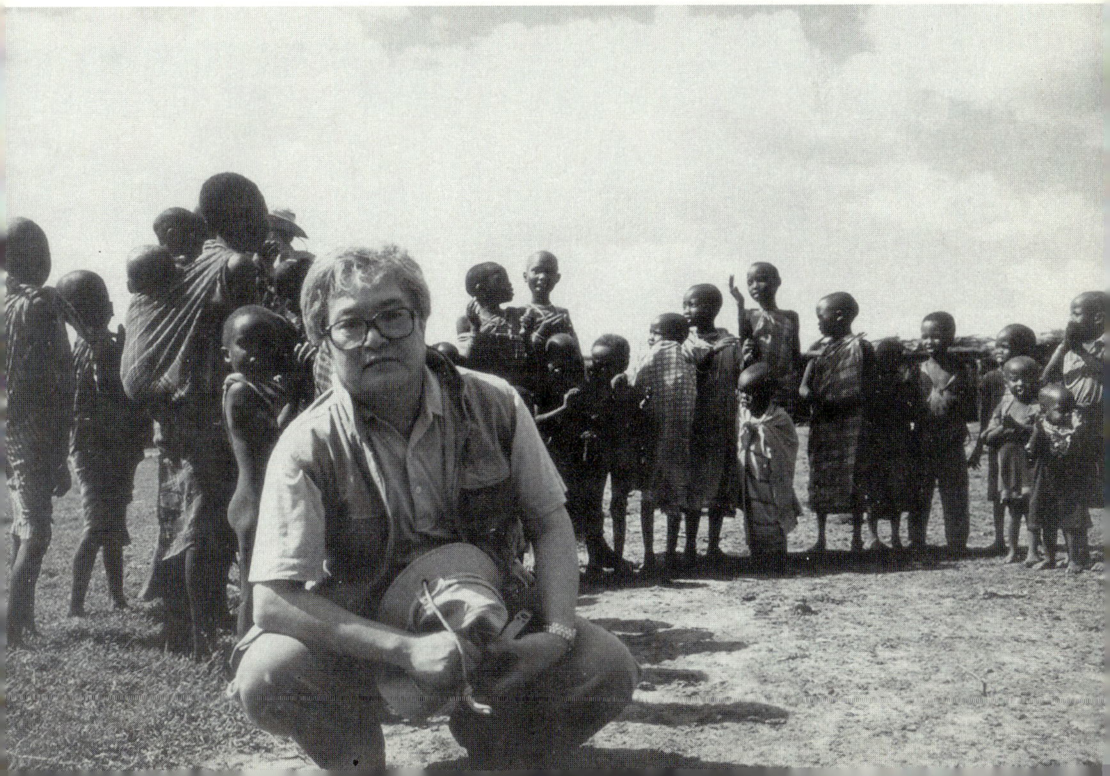

▲ 멕시코 메리다 박물관의 한국 문학 세미나에서(1997년 7월)　　　▲ 고 황인철 변호사 추모 문집 출판 기념회에서(1995년 1월)

▲ 한독 문화 교류의 독일 문학 발표 행사 사회를 보며(1997년 11월)

대산문학상 비평문학상을 수상하며(1997년 11월) ▶

▲ 스톡홀름에서의 한국 문학 포럼을 마치고 정현종 · 이청준과 함께(1982년 10월)

▲ 모스크바 국제 도서전에 참가, 레닌의 상 앞에서 한만년(일조각 사장), 박맹호(민음사 사장), 이기웅(열화당 사장)과 함께(1989년 9월)

▲ 멕시코 한국 문학 세미나에 참석한 후 최동호 · 오정희 · 고혜선과 함께(1997년 6월)

◀ 백두산에서 서우석·정문길·김주연과(1991년 7월)

▼ 케냐의 사파리에서 김주영 등과(1995년 1월)

▼ 문학과지성사 사원들과 함께 서삼릉에서(1997년 10월)

문학과지성사 사옥 이주 기념 ▶
고 황인철 변호사, 정과리와 함께(1989년 4월)

김현 문학비 ▶
건립 기념(1995년 4월)

▼ 문학과지성사 창사 20주년 기념(1995년 12월)

▲ 팔봉비평문학상을 수상하며 부모님, 형 등과 함께(1994년 6월)

▼ 외손녀의 돌을 맞으며 아들과 세 딸, 그리고 그 짝들(1997년 9월)

김 병 익

깊이 읽기

책을 내면서

한국에서 근대적 의미의 문학 비평이 시작된 것은 채 한 세기가 되지 않는다. 그러나 그 짧은 역사 안에서도 우리는 몇 개의 단층을 발견할 수 있는데, 그 중 가장 최근의 단층은 1960년대에 생겨났다. 이른바 4·19 세대, 한글 세대라고 불리는 새로운 문학 비평의 탄생이 그것이다. 이 단층 이후로 형성된 지층은 오늘날까지 지속되고 있는 것으로 보인다. 근자에 들어 새로운 단층이 생겨날 징후가 점차 뚜렷하게 나타나고 있지만 아직은 징후 이상이라고 하기 어렵다.

1960년대 이후 한국의 문학 비평은 근대적 주체의 정립이라는 문제를 중심으로 전개되었다. 이 문제는 이중적이거나 분열적인 구조 속에 들어 있다. 자유와 평등, 시민과 민중, 지식인과 민중, 그리고 '순수'와 '참여,' 문학과 사회, 해석과 변혁 등의 이항 대립이 그래서 생겨난다. 4·19 세대의 문학 비평은 그 이항 대립의 각 항목을 중심으로 하는, 그래서 두 개의 중심을 갖는 타원의 장을 형성했다. 타원의 두 개의 중심은 서로 길항하고 교섭하며 끊임없이 상호 작용하고 상호 침투한다. 그 두 개의 중심 중 자유, 시민, 지식인, '순수,' 문학, 해석 쪽을 대표하는 비평가가 바로 김병익이다.

1968년『68문학』동인으로 참여하면서 비평 활동을 시작했고, 1970년에 창간된 계간『문학과지성』의 편집 동인으로 활동했으며, 1975년 출판사 문학과지성사의 창립과 더불어 그 대표로 일해온 김병익은 30

년 동안 아홉 권의 문학 비평집을 펴내면서 항상 대표적인 현장 비평가로서 읽고 써왔다. 김병익의 비평은 자기 세계를 드러내거나 주장하는 데 주력하는 비평이 아니라 타자의 세계와 끊임없이 대화하며 자기를 반성하고 자기와 타자를, 그리고 그 모두가 들어 있는 이 세계를 성찰하는 비평이다. 김병익의 비평이 1960년대부터 1990년대까지의 한국 문학의 지층을 두루 껴안을 수 있었던 것은 그 때문인데, 그 껴안음은 성찰의 고뇌 속에서 이루어진 것이기에 값지다.

내가 김병익을 처음 만난 것은 대학 신입생 시절이었던 1975년, 황동규 시선집 『삼남에 내리는 눈』의 해설을 통해서였다. 그 만남은 김병익 비평과의 첫 만남이었을 뿐만 아니라 김수영 시선집 『거대한 뿌리』에 실린 김현의 해설과 더불어 문학 비평다운 문학 비평과의 첫 만남이기도 했던 것 같다. 그 글의 서두는 지금도 가끔 생각나며 미묘한 마음의 울림을 일으킨다. 지금 이 책을 엮고 서문을 쓰면서 나의 마음은 다시금 그 첫 만남의 때로 훌쩍 건너뛴다.

이 책은 대담과 김병익의 자전적 에세이, 작가 홍성원이 쓴 인물론, 김병익 비평에 대한 비평, 그리고 동료와 후배들의 인상기, 김병익의 숨은 글들로 이루어진다. 귀중한 글의 재수록을 허락해주신 분들과 새 원고를 써주신 분들께 감사드린다. 이 글들이 모여서 김병익 비평이라는 우리 시대 문학의 한 성과를 조명해주고, 그 조명이 김병익 비평에 대한, 나아가서는 한국 문학에 대한 독자들의 넓고 깊은 이해에 도움이 되기를 바랄 따름이다.

1998년 9월
성 민 엽

차 례

제3부 김병익을 찾아서

인물 소묘

김병익의 숨은 글

제 1 부

성찰하는 자의 고뇌

성찰하는 자의 고뇌

김병익/성민엽

나이에 대한 자의식

성 대부분의 대담들이 '안녕하십니까' 라는 말로 시작되는데, 이 대담을 그렇게 시작하자니 몹시 어색합니다. 평소에 늘 만나고 대화하고 하는 관계이기 때문에 '안녕하십니까' 라는 말이 나쁜 의미에서 연극적이라고 느껴지는 모양입니다. 올해가 선생님의 회갑이고 이 대담도 그 점과 유관하므로 차라리 '회갑을 축하드립니다' 로 시작하는 게 좋을 것 같습니다. 회갑을 축하드립니다.

김 고맙습니다. 대담은 우선 이렇게 하는데, 그 축하를 받는 제 마음이 기쁜 것은 아닙니다. 그게, 노고나 성과, 업적 때문에 주는 축하가 아니라, 그저 오래 살았다는 것에 보내는 축하가 아니겠어요? 이제 고희든 희수든 미수든, 나이 많다는 이유로 축하받을 일밖에 없는데, 그것은 생각하기에 따라, 빈정거림일 수도 있거니와 축하를 받는 입장에서는 겸연쩍음뿐일 테니까요.

성 최근 몇 년 사이에 선생님께서는 이런저런 지면에 여러 차례

성민엽

대담을 하셨더군요. 그리고 산문을 통해 고백적인 말씀도 많이 하셨고요. 이 대담이 이미 활자화된 이야기들과 중복이 되지 않을까 하는 문제가 마음에 걸립니다. 그러니, 이미 말씀하신 것들을 출발점으로 삼고 거기서 한걸음 더 나아간 이야기를 하는 게 좋지 않겠나 생각됩니다만……

김 재작년 가을부터 이듬해 봄까지 제가 몇 권의 책을 잇달아 냈어요. 새 책도 있지만 기왕의 것을 재편집해서 낸 것도 있는데, 제가 왜 이처럼 책 내는 일을 서두르는가, 그게 그리 의미가 큰 일도 아닌데, 하며 자기 분석을 해봤죠. 그랬더니, 저 자신 무어라고 변명을 하든간에, 이제 50대에서 60대로 넘어간다는, 나이에 대한 자의식과 초조함이 무의식 속에 깊이 배어 있었던가 봅니다. 아마, 제 생애에서 10대에서 20대로 넘어가면서 느낀 나이에 대한 자의식 이후 두번째로 맞는 경우일 터인데, 그즈음 이상하게 이런저런 잡지에서 인터뷰 요청들이 있었고 그래서 네 차렌가 대담을 했어요. 일정한 주제가 있었던 것도 아니고 그 시기도 잇닿아 있어 새로운 말을 할 수 있었던 것도 아니었지요.

변화 속의 불변

성　많은 사람들이 그렇게 말했고 선생님 자신도 대체로 자인하신 것처럼, 선생님의 입장은 4·19 세대, 자유주의, 인문주의, 문화주의, 중산층, 보수주의, 점진적 개혁, 지식인, 비판적 지성, 문학적 지성, 장인 정신, 실존적 고뇌, 문학의 진정성 등의 말들로 설명될 수 있습니다. 그런데 그 말들은 그것들이 일반적으로 사용되는 의미와는 상당한 거리가 있는 경우가 많은 것으로 생각됩니다. 가장 극명한 예가 보수주의겠지요. 선생님의 보수주의는 흔히 말하는 보수주의가 아니라 열린 보수주의로서 역설적으로 정말로 중요한 진보성을 생성시키는 보수주의입니다. 이것을 과연 보수주의라고 부르는 게 적절한지가 의문스러울 정도이지요. 이 거리로부터 바로 선생님의 입장의 개별성이 생성된다고 저는 생각합니다. 그렇기 때문에 그 거리를 만들어내는 어떤 원리라고 할까 하는 것이야말로 김병익적인 것의 정체성이라고 봅니다. 그것은 크게 두 가지인데, 하나는 자기 반성의 원리, 다른 하나는 대화주의(주의라는 말을 붙이

김병익

"
이제 돌이켜 보면 사유에서의 많은 궤도 수정을 확인하게 되는데, 그럼에도 기독교와 실존주의, 민주주의는 저의 내면 형성기의 뿌리가 되어서인지, 여전히 선선하게 작용하고 있다는 것을 느꼈요.
"

는 게 좀 마음에 걸리지만)의 원리입니다. 이 두 가지 원리는 서로간에 밀접한 관계가 있지요. 자기 반성은 다른 입장과의 대화를 부르고, 대화는 다시 자기 반성을 부릅니다. 그리고 이 두 가지 원리의 작동이 입장의 변화, 주로 확대로 나타나는 변화를 일으킵니다. 그러한 사유의 원리가 어디서 비롯된 것일까 궁금해집니다. 이 대담이 실릴 책을 위해 새로 쓰신 글 「생각 뒤에 숨은 생각」에서는 초등학교 시절부터 대학 시절까지의 성장기 체험으로 그 점을 설명하셨는데, 같은 체험을 했다고 해서 꼭 같은 결과가 나오는 것은 아니지 않습니까? 그 체험이 그런 사유로 발전 내지 승화된 데는 어떤 지적인 계기가 있었는지요?

김 글쎄, '지적인 계기'라면 너무 거창하고…… 같은 경험이라도 상이한 반응이나 사유가 나올 것은 당연하고도 분명한 일이겠지요. 근래, 대담의 자리나 자전적 에세이 때문에 저 자신을 돌아볼 기회가 많아졌는데요, 우선, 타고나기를 수줍고 내향적이었다는 것이 기본적인 틀일 것이고, 거기에, 사춘기의 기독교 체험과 청년기의 실존주의, 그리고 고전적 민주주의 등등이 저의 어떤 성향을 결정지어준 것이 아닌가 싶습니다. 자주 고백해왔습니다만, 10대 후반부터 20대 전반까지 기독교에서 받은 영향과 그것으로부터 벗어나기 위한 고뇌가 제 젊은 시절을 깊이 물들여놓았어요. 그래서 끝내 기독교를 버리고 난 후에도 그것은 저의 내면 깊숙이 가라앉아 있었고 기독교적 가치 체계는 세계를 바라보고 논의하는 숨은 골격을 이루어준 것으로 생각됩니다. 기독교로 말미암은 고뇌와 씨름하는 동안, 그리고 벗어나서의 삶에 대한 태도에 다시 영향을 준 것은 50년대의 전후 지식인 사회에 유행했던 실존주의였지요. 물론 철학적이라기보다는 정서적이고 문학적이었겠지만, 인간의 단독자성과 책임성, 그것에 어린 존재에의 페이소스는 이후의 저의 사유와 삶의 관점에 축이 되었던 것 같아요. 그리고, 아시겠지만, 저는 대학에서 정치학과를 다녔고, 다녔다는 것은 적을 두기는 했지만 공부를 깊이 한 것은 아니라는 뜻인

데요, 어떻든 정치학의 이론과 사상사를 보면서 고전적, 그러니까 서구적 민주주의가 우리의 공동체적 사회 생활의 원리가 된다는 생각을 기본적으로 가지게 되었지요. 물론 이 민주주의가 뒤늦게 제한적이며 서구적인 세계 인식이라는 깨달음을 갖게 되었지만, 저희 청년기에는, 4·19든 박정희의 유신이든 그것들이 제기하는 주제는 평등주의적, 다시 말하면 내용적 민주주의의 문제이기 이전에, 자유주의적, 그러니까 형식적 민주주의였지요. 다행이랄지 혹은 저의 미숙함 때문이랄지, 저는 30대를 넘기면서도 여전히 미성숙의 상태였고 그래서 그 후의 외부 현실의 변화에 따라서 제 생각을 수정하고 혹은 새것을 받아들이며 저 자신의 변화를 키워왔습니다. 그래서 이제 돌이켜보면 사유에서의 많은 궤도 수정을 확인하게 되는데, 그럼에도 기독교와 실존주의, 민주주의는 저의 내면 형성기의 뿌리가 되어서인지, 여전히 선선하게 작용하고 있다는 것을 느껴요.

성 70년대 이래 선생님의 입장이 변화해온 양상에 대해서는 많은 사람들이 이모저모를 잘 밝혀왔던 것으로 생각됩니다. 70년대에는 민중 문학과의 대화, 80년대에는 운동권 이론과의 대화, 90년대에는 신세대 문학과의 대화, 대충 이렇게 요약될 수 있겠지요. 그런데, 제가 더욱 관심이 가는 것은 그러한 변화에도 불구하고 변하지 않고 일관되는 것들이 있다는 점입니다. 무엇보다도 먼저 '문화'의 문제를 이야기할 수 있겠습니다. 선생님의 '문화'는 그 속에 정치와 종교를 포함하는 문화이면서 동시에 정치에 맞서는 문화입니다. 문화에 대한 개념 규정은 다양하지만, 선생님의 '문화'는 "기존하는 것들에 대한 성찰의 체계"이며 "지양의 방법론"이고 "자아의 성취와 삶의 높은 결을 지향하는 가치 체계"입니다. 이러한 '문화'는 이념형이 아니냐는 질문을 받을 수 있겠습니다. 실제로 이광호씨가 그렇게 질문한 바 있지요. 그것은 이념형이기 때문에 믿음의 대상이 됩니다. 그러나 실제로서의 문화는 다르지요. 선생님의 '문화'가 현실을 비판하고 부정하는 현실 초월적인 것인 데 반해, 실제로서의 문화는 이광호씨가 지적한 대로 오히려 "그 자체로 이미 사회적 모순이 첨예하게 작동하는 장"입니다. 이렇게 보면 선생님께서 '문화와 반(反)문화'를 말씀하셨던 것과는 반대로 문화가 부정적인 가치가 되고 반문화가 오히려 긍정적인 가치가 될 수도 있습니다. 오늘날의 상황에서는 이런 식의 반문화 개념이 더 적절한 것인지도 모릅니다. 요컨대 '문화' 개념에 대해 일정한 수정이 필요하다고 생각지는 않으시는지요?

김 다른 개념에 대해서도 그렇지만, '문화' 개념에 대해서도 저는 확실한 규정이나 내용적 일관성을 가지고 '문화주의'를 말해왔던 것은 아닌 듯합니다. 삶의 포괄적인 양식에 대해서 저는 문화란 말을 쓰기도 했고 권력 행사를 자행하는 정치에 대항하는 의식으로서도 문화라는 용어를 개입시켰는데, 문화의 자장 안에서도 반지성주의적·반자유주의적 경향에 대항할 힘으로서도 역시 문화 또는 더 제한적으로는 지성이라는 용어를 사용했습니다. 이것은 아마도 제가 문화 영역에서 일을 해왔고 권력에 대결하여 그것의 폭력을 극복하는 대안이 대립 개념으로서의 문화밖에 없도록, 60년대 이후의 우리 현실의 정황이 가파르고 탐욕적으로 진행되어왔기 때문일 것입니다. 그러니까 저는 문화라는 것을 고정된 내용으로 인식하기보다, 지금 적절히 지적하신, '기존하는 부정적인 것들에 대한 성찰의 체계' 또는 '지양의 방법론'이고 '보다 높은 삶의 결을 지향하는 가치 체계'의 포괄적인 태도 또는 개념적인 방향성이라고 보는 것이 정확하겠네요. 태도 혹은 방법론 자체가 문화적이라는 것은 역사를 만들어가는 것 자체가 역사라는 저의 생각과 같은 사고 방식이겠지요. 그렇다면, 문화란 언제나 어떤 형태나 가치 체계로든 존재하는 것이고, 그것을 극복하든 지양하든 개선하든간에 안티테제로서의 '반문화'도 역시 존재하는 것이지요. 저는 그 '반문화'의 태도와 방식을 긍정적인 문화로 사용했던 것 같습니다.

성 인문주의에 대해서는 어떻게 생각하십니까? 후기 구조주의 이래로 인문주의는 그 이데올로기적 성격을 공격받고 있습니다. 게다가 실제로 오늘날의 현실은 인문주의의 성립 가능성 자체를 박탈하고 있는 듯이 보입니다. 만약 인문주의가 더 이상 없는 것이고 더 이상 불가능한 것이라면 그것이 있는 척한다거나 그것이 있어야 한다고 주장하는 것은 보들리야르적인 의미에서 시뮬라시옹의 한 예가 되어버릴 것입니다. 인문주의에 대한 이러한 비관론과는 달리 일종의 개척론도 있지만, 과연 인문주의에 자기 확장의 가능성이 있는 것일까요?

김 인문주의의 쇠퇴가 근래 제가 가장 고약스럽게 생각하는 비관주의적 관점을 만들어주고 있어요. 제가 방금 말한 비판적 기능과 현실 대항 세력으로서 '문화'라고 말할 때 그것은 다시 말하면 인문주의적 사유와 태도를 의미하는 것이기도 하지요. 그런데 제가 '자본─과학 복합체'라고 말한, 앞으로의 세계를 주도할 자본과 과학 기술, 그리고 양자의 복합체는 인문주의에 대단한, 어쩌면 결정적인 위협이 될 것으로 예상돼요. 물론 오늘에 이르기까지의 세계의 역사는 숱한 위협과 그로 말미암은 비판과 비관 속에서도 여기까지 진전되어온 만큼, 쉽게 세계가 추락하고 전도되지는 않고 변화의 자정력을 가질 것이고, 또 다른 한편으로 인간과 지식의 새로운 삶의 방식에 대한 대응력을 만들어갈 것이기에, 저의 비관적인 전망만큼 세상이 나빠지지는 않겠지요. 그런 점에서 새로운, 그러니까 세계를 해석하고 의미화하는 인문주의의 개척이 여기에 전제될 것이긴 하겠지요. 그래도 저로서는, 저의 가시권 안에서의 미래는 인문주의, 혹은 인간주의적인 사유와 비전에 대해 낙관적으로는 보이지 않네요. 이것이 저의 한갓된 우려이기를 바라지만, 저 개인적으로는 '자본─과학 복합체'가 주도하는 시대에 저의 생애의 끝자락만 걸려 있다는 것을 다행스럽게 생각하는 편이에요.

성 문학적 지성의 형태화를 구성과 문체에서 발견하던 선생님의 초기 이래의 완강한 관점에는 변화가 없습니까?

김 제가 문학적 지성을 그 형태에서 발견하려고 했던 것, 작가의 메시지가 문장과 문체·구성 등 문학의 기본적인 요건에서 드러낸다고 생각했던 것은 지금도 변화가 없어요. 문학이 사상이나 철학 또는 지성 그 자체와 다른 것은 그것이 형태를 통해 구현된다는 점 때문이지요. 70년대 이후 80년대, 그리고 혹은 현재에 이르기까지 우리의 문학은 작가의 메시지 자체가 곧 문학적 성취도를 지시한다는 풍조가 강했는데 그것에 대해서는 저는 조금도 동의할 수가 없었어요. 가령 조세희씨의 『난장이가 쏘아올린 작은 공』에 담긴 메시지는 신문이나 통속적인 칼럼에 얼마든지 발견될 수 있는 내용이지요. 그럼에도 그 작품에 제가 깊이 경도되었던 것은 그 참담한 현실을 우리의 당시의 문학이 본격적으로 소설적 형상화를 이룩했다는 점, 그리고 무엇보다 감동이란 정서적 반응을 유발시킨 점이었습니다. 그런데 그 감동의 정서는 메시지 자체보다는 그것이 가라앉아 있는 문체와 형태에서 우러나오는 것이지요. 그러니까 예술과 사상 또는 정신을 구별시켜주는 것이 형태라고 생각해요. 형태가 없다면, 그것은 소설 문학이 아니라 그저 이야기일 뿐입니다.

성 아마 이러한 문제들은 '주체의 죽음'이라는 말로 집약될 수 있을 근자의 주류 담론과 관계될 것입니다. 선생님의 입장은 4·19 세대로서의 출발 이래 내내 주체의 정립이라는 문제를 중심으로 해왔다고 할 수 있습니다. 이에 대해서는 선생님의 입장이 시종여일한 것으로 생각됩니다만, 이제 '주체의 죽음'이라는 담론과 대화할 필요가 있지 않을까요?

김 '주체의 죽음'이라…… 저는 정직하게 말해서 이 주체의 죽음 또는 작가의 소멸이란 개념에 대해 잘 모르고 있어요. 저 자신이 현대의 사회 구조나 문학 또는 문화의 구조와 양상이 작가 혹은 인간의 몰개별성이랄까 몰존재화라는 것이라고 생각해보았고 그것이 앞서 말한 인문주의의 쇠퇴와 병행하는 현상이라고 유추는 하고 있지만 제가 현대의 프랑스 사상에 대해 무지해서 나의 생각과 그들의 생각이 같은 궤를 걷는 것인지, 차원이 다른지도 잘 짐작이 안 돼요. 어떻든, 삶의 영역에서의 주체의 소멸이란 슬픈 일인데, 예술과 문학의 차원에서 '주체의 죽음'이란 예술과 문학의 전통의 소멸을 의미하는 것인지 새로운 가능성의 개척인지, 그 가능성이 지금의 저한테도 바람직한 것인지 회피되어야 할 것인지가 잘 정리가 안 됩니다. 이 문제는 새로운 세기의 새로운 문화적 패러다임의 주제로서 어려운 싸움을 해야 할 과제가 될 것입니다.

문학의 진정성과 장인 정신

성 선생님의 대화주의는 80년대에 민중 민족 문학 및 운동권 이론과 대화할 때는 고통스럽기는 했지만 필경 자기 반성과 실존적 선택을 통해 자기 확대를 이룰 수 있었던 데 비해, 90년대의 새로운 글쓰기와 대화하면서는 상당히 난감한 표정을 짓고 있는 것으로 보입니다. 이 새로운 글쓰기와 그 배후에 있는 여러 가지 맥락들, 즉 후기 산업 사회 · 소비 사회 · 정보화 사회 · 미디어 사회가 선생님께서 일관되게 지켜오던 가치들을 근본적으로 무화시키거나 위협하고 있기 때문인 것 같습니다. 그 난감함은 다른 것은 다 양보해도 이것만은 양보할 수 없다는 식의 선언으로 나타납니다. 여기서 김병익 비평의 핵심이 분명하게 드러납니다. 그것이 바로 '문학의 진정성'이죠. 저는 '문학의 진정성'이라는 것에 대해 십분 공감하는 입장입니다만, 입장을 달리하는 사람들에게는 이것이 상당히 수상쩍은 개념으로 생각될 수 있을 것입니다. 실제로 몇몇 사람들이 이것을 문제삼기도 했지요. 선생님 자신은 이것을 "시간과 자리의 다름에도 결코 달라져서는 안 되"(그러니까 문학이라는 2천 년 동안의 전통에 일관되어온 것)는 것, 현재적으로 보자면 "오늘의 자본주의와 문화 산업 체제에 대항하여 인간의 인간다움을 위한 싸움을 벌이는 정신"이라고 해명하셨는데, 이러한 해명이 너무 간략한 데다가 더 해명되어야 할 요소들로 구성되어 있기 때문에 의혹의 눈길이 주어집니다. 이를테면 '2천년 동안의 문학'과 '근대 문학' '현대 문학'의 차이라든지, '인간의 인간다움'이라고 했을 때 '인간'의 의미라든지 하는 것들이 해명될 필요가 있다고 생각지 않으십니까?

김 저 자신이 진정성이라든가 장인 정신이란 말을 자주 사용하고 그것이 오늘의 우리 문학과 예술에 가장 중요한 어사가 되어야 한다고 생각하면서도 그 정체가 무엇인가, 우리는 무엇을 진정성이라고 부를 수 있을 것인가에 대해서는 분명한 규정이나 체계를 세워서 말할 수가 없더군요. 성민엽씨가 대학신문에 쓴 서평에서 바로 그 진정성이란 무엇인가고 질문했을 때 저 나름으로 구체적으로 생각을 해보았어요. 그런데 그게, 마치 사랑이란 말이나 인간이란 말, 혹은 문학이란 말조차처럼, 도대체 일정한 개념으로 규정받기를 거부하는 어사란 생각이 들어요. 저는 사랑이든 인간이든 문학이든 그 시대적 성격에 따라 다른 의미를 부여받는 것처럼 진정성이란 것도 그 내용이 그럴 것이라는 생각만 하고 있는 셈이지요. 그러니까 가령, 진정성이란 문학이 좋은, 뛰어난 문학답도록 만드는 것이라고 우선 말할 수 있는데, 그렇다면 그 문학이란 무엇인가, 현대의 문학은 근대의 문학과 어떻게 다르고 이곳의 문학은 예컨대 서구나 아프리카의 그것과 무엇이 다른가란 문제, 그것에 대한 접근이나 역할에 대한 관점의 다름에 따라 진정성의 구체적인 내역도 달라지리라고 말하는 정도이지요. 제가 근년에 특히 진정성이란 말을 자주 사용한 것은, 문학 자체로 보자면, 오늘의 우리 문학이 한편으로는 대중성이나 상업성의 개입에 많은 영향을 받아 정통적인 문학의 정신이 상당히 훼손되고 있다는 진단, 다른 한편으로는 영상 문화나 디지털적인 삶의 방식에 따라 문자 예술로서의 문학의 본래의 특성이 앞으로 더욱 희석되리라는 판단이 제기되고 있고, 또 현실적으로는, 오늘의 자본주의와 과학 기술이 억압과 허위를 교묘하게 위장하고 인간의 반인간성을 조장하고 있다는 비판에서 말미암은 것일 것입니다. 저는 문학과 현실적인 삶의 이런 상태에서 문학의 진정한 의미를 살려내려는 것, 문학으로 현실의 왜곡을 폭로하려는 정신을 그냥 진정성이라고 이름한 것이지요. 문학의 참된 소명을 되살려내려는 것, 이것은 아마도 전통적인 문학관의 고수가 될 것인데 저는 그것을 장인 정신이란 말로 가리키고, 그 정신에서 현실의 은폐된 진실을 밝혀내려는 것을 진정성이라고 이름붙인 것입니다. 제가『새로운 글쓰기와 문학의 진정성』을 준비하면서도 성형이 보낸 것과 같은 질문을 예상한 것은 아니었는데도 '진정성'이란 무엇인가 하는 자문을 했던 것은 제가 그 말을 너무 자주 쓴 데 대한 자의식이 생겨난 때문이 아닌가도 싶습니다. 저는 그 책「서문」에서 "무엇이 진정성인가는 또다시 더 큰 반문을 일으킬 것이지만"이란 단서를 달면서 "오늘의 자본주의와 문화 산업 체제에 대항하여 인간의 인간다움을 위한 싸움을 벌이는 정신, 내가 이르는 바의 장인 정신"이라고 썼지요. 그러니까 장인 정신과 진정성을 표리의 관계로 보았던 것인데 이때는 아직 '자본─과학 복합체'라는 사유에는 이르지 못했고 그래서 '문화 산업'이란 말로 현상을 기술했습니다. 요컨대, '당대의 주도적인 현실과 정신의 부정적인 것들에 대한 폭로와 진실의 발견을 위한 방법적 성찰의 정신'이란 포괄적인 말로 저의 진정성 개념을 이해해주시기 바랍니다.

성 '문학의 진정성'과 동반되는 개념인 '장인 정신'이라는 것에 대해서도 많은 논란이 예상됩니다. 선생님께서 '장인'과 '전문가'를 구분한 것은 흥미롭기도 하고 상당히 설득력이 있습니다. '전문가'라는 것이 현대 사회의 분화 속에 들어 있는 개념인 데 비해 '장인'은 근본적으로 비(非)자본주의적 개념이지요. 제가 조사해본 바로는, '작가(作家)'라는 한자말이 명사로 사용되기 시작한 것은 송나라 때인데, 그때 그 말은 어떤 분야에 높은 성취가 있는 사람이라는 뜻이었습니다. 비문(碑文)을 잘 쓰는 사람도 작가이고, 농사를 잘 짓는 사람도, 바둑을 잘 두는 사람도 작가인 것이죠. 요는 작가라는 말은 장인성에 초점을 맞춘 말이었던 것입니다. 19세기말에 author의 한자

역어로 작가라는 말이 선택된 데는 의외로 깊은 뜻이 숨어 있는 것 같습니다. 작가라는 한자말의 어원은 선생님의 '장인—작가'라는 개념과 잘 부합됩니다. 장인이라는 것이 비자본주의적인 것이기 때문에 선생님이 말씀하시는 장인 정신의 의의가 성립됩니다만, 오늘날의 문제는 후기 산업 사회가 이 장인—작가를 변두리로, 선생님의 표현으로는 '실험실'로 밀어내고 심지어 그 존재 자체를 박탈해버리려 한다는 데 있고, 더 중요하게는 아예 '장인'까지를 상품화해버리려 한다는 데 있습니다. 실험실과 상품화라는 양자택일 이외의 다른 길은 없는 것일까요?

김 양자택일이란 두 가지 가능성의 길 외에는 제3의 길이 쉽게 보이지 않는다는 것, 택일이라 그랬지만, 실험실로 밀려나는 정통 문학의 쇠락과, 문학 시장의 주도적인 힘이 될 문학의 상품화가 저로서는 아프지만 달리는 회피할 수 없는 추세라는 것 때문에 저는 참 비관주의자가 되고 말았어요. 성형도 그런 저의 비관주의를 힐난하는 것 같고 우찬제씨도 강하게 저의 관점을 비판하고 있는데, 저의 솔직한 심정은 저의 비관주의가 그저 비관으로 끝나고 사실은 그렇게 되지 않았으면 하는 바람입니다. 그러니까 제가 '바람'이란 말로 저의 관점을 수정하지 않으려 한다는 것을 짐작하시겠지만, 어떻든 사실 저는 그래요. 우리가 낙관으로 내다볼 수 있다면, 저의 그 비관적인 예상의 진행이 생각보다 느리게 진행될 수도 있다는 것, 그리고 그 느린 변화에 우리가 적응함으로써 지금과 다른 앞으로의 사태 변화를 능동적으로 수락, 수용하게 될 수도 있으리라는 것 때문이겠죠. 제 비관적인 예상을 받침해줄 예는 많이 들 수 있어요. 가령 90년대의 많은 문학들은 영상적 이미지에 상당히 접근해 있어 문자 문학적 산문성이라든가 전통적 리얼리즘이 상당히 약화되어가는 현상을 보이고 있고 장르적으로도 추리소설이나 SF, 더 나아가 환상소설이 본격소설보다 더 많은 독자들을 확보하고 있습니다. 서구나 미국·일본에서는 시집이 거의 팔리지 않는데도 우리나라에서는 80년대로부터 많

은 시집이 쏟아져나왔고 선진국에서는 상상할 수 없을 정도로 베스
트 셀러나 스테디 셀러로 팔려왔는데, 이제 그 시집 붐도 고비를 넘
겨 조금씩 줄고 있거나 기획된 상품으로서의 시집들이 횡행하고 있
습니다. 1992년인가 일본에서 한일 문학 세미나를 하는데 일본측의
한 참가자가 일본의 만화 언어가 문학 언어에 미친 영향을 소개해서
우리로서는 웬 느닷없는 만화 얘기냐고 불쾌해했지요. 그런데 그로
부터 한두 해도 지나지 않아 만화가 우리 독서층에 불어들기 시작하
더니 근래에는 젊은 작가들로부터 만화 보는 재미를 얘기해와서 놀
라기도 했어요. 하긴, 80년대의 급진적인 비평가가 만화비평가란 타
이틀로 글을 쓴 것을 보고 고소한 적도 있습니다만. 이런 현상들은
전래의 문자 예술로서의 문학이 점차 그 위의를 잃어가고 혹은 변두
리로 밀려가고 있다는 것, 이제껏 대중 문학·상업주의 문학으로 보
아왔던 것들이 문학의 중심으로 다가오고 있다는 것을 의미해주는
것이 아닌가 하는 생각이 들어요. 물론 우리는 이런 기대를 해볼 수
있어요. 추리소설이란 양식을 통해, 도스토예프스키적이거나 이청준
식까지는 아니더라도, 탐욕과 이기적인 인간의 본성을 폭로할 수 있
다는 것, 왜곡된 사회의 실상을 비판적으로 바라볼 수 있는 작품이
제작될 수 있다는 것이지요. 또는 사람들이 문학에서 구해왔던 감동
을 영화나 만화나 게임 같은 비문자적 미디어에서도 찾아낼 수 있으
리라는 것 말입니다. 그게 제3의 길일 수도 있을 거구요. 그런데 이럴
때는 전통적인 문학성의 척도 또는 그 개념 자체까지 크게 수정되어
야 한다는 조건에서입니다. 어쩌면 조건이랄 수도 없겠네요. 우리 스
스로 알게 모르게 그렇게 젖어들어가고 스스로의 평가의 척도나 가
치의 개념을 수정시키고 있으니까요. 어떻든 전래의 장인 문학적 작
가의 수나 작품의 양은 줄어들 것이고 그 유통은 더욱 작아질 것이어
서, 마치 모더니즘 문학이 아방가르드적이었던 것처럼, 그러나 그 방
향은 뒤집혀서, 정통 문학의 보수자가 실험실로 들어가 동호인들이
나 마니아들 사이에서 창작·유통되는 사태가 올 가능성이 배제되지

는 않을 것입니다. 그게 그리 어려운 일이 아닐 것이, 가령 창이나 시조가 시대와 문화의 변화를 겪으면서 동호인들의 기호품이 되고 주류 문화에서는 밀려나버린 경험을 우리 자신이 톡톡히 겪어왔으니까요.

'문학사'가 암시해주는 것

성 선생님께서는 문학과지성사의 창립 이래 이른바 '문지'의 실질적인 관리자로서의 역할을 해왔기 때문에 문학이라는 장(場) 안에서의 권력 문제를 제기하는 사람들에게 좋은 표적이 되어주고 있습니다. 선생님의 비평을 '문지'의 문학적 권력을 위한 투쟁의 전략으로 해석하는 경우가 생겨나는 것은 그 때문입니다. 저는 이러한 입장에는 중요한 착오가 있다고 생각합니다. 그러한 입장은 부르디외의 이론에 근거하는 것처럼 보이는데, 많은 경우 부르디외를 오해하고 있습니다. 가령, 부르디외 자신은 "나는 철학적(혹은 문학적) 전략들이 원칙의 파렴치한 계산이나 특정 이익의 극대화를 위한 의식적인 탐구가 아니라 하나의 아비투스 *habitus*와 한 장(場) 사이의 무의식적인 관계라는 사실을 다시 한번 강조한다"라고 말하고 있는데, 흔히는 그 전략을 원칙의 파렴치한 계산으로, 특정 이익의 극대화를 위한 의식적인 탐구로 보고 그런 차원에서 비난하고 있는 것입니다. 부르디외는 그런 순진한 목적론 훨씬 저쪽에서 보다 근본주의적인 문제 제기를 한 것인데 말이죠. 근자의 문학 권력 담론이 선생님을 무척 당혹케 했으리라 생각되는데, 이에 대해 선생님께서는 어떤 생각들을 하고 계십니까?

김 한 친구의 수상식장에 간 적이 있었는데 다음날 그 수상식을 보도하는 짧은 기사에서 문인협회장, 펜클럽회장 등 문단 기관장들에 이어 문학과지성사 대표인 저의 이름을 적고 그 뒤에, 소설가·시인·비평가 등등의 이름들이 나열된 것을 보고 제가 깜짝 놀란 적이 있어요. 기자는 무의식적이었겠지만, 문학과지성사가 그런 문단의 권력 기관과 같은 레벨로 들어 있다는 것이 저를 놀라게 한 것이죠. 전에도, 가령 구모룡씨가 '전략'이란 말로 저의 위치를 권력의 자장 속에서 설명한 것을 보고 뭔가 오해되고 있는 것이 아닌가 하는 생각을 했더랬는데, 신문의 그 짧은 기사가 다시 저를 붙들었던 것이지요. 이미, '문지 4K'라든가 '섹트주의' '서울대파'라든가 하는 말들을, 그것도 비난조로 사용되는 말들을 숱하게 들어왔기에 이제 새삼스러운 것도 아니지만, 그게 권력이라든 파벌이라든, 그런 말의 함의가 무조건 부정적으로 사용하고 받아들이는 것에 대해서는 항의하고 싶기도 해요. 학문에도 학파가 있듯이 문학에 유파, 그러니까 에콜이 있다는 것이 그렇게 몹쓸 일인지 의심스럽기도 하고 한 개인으로서든 유파나 파벌에서든, 자신들의 문학적 지향은 그것이 좋고 혹은 옳기 때문에 그런 문학을 하고 또 펴는 것이고 그것에 공감하는 작가와 문인들이 하나의 공동체, 아주 느슨하고 개별성은 충분히 살아 있는 동류적 모임이 될 터인데, 그걸 투쟁적인 권력 싸움이란 관점으로 접근되어야 할 것인지 모르겠기도 합니다. 그러니까 부르디외가 말한 '아비투스와 한 장 사이의 무의식적인 관계'라는 성형이 인용한 그 규정에 저도 동의하는 것이지요.

성 최근의 뚜렷한 경향은 소위 '신성 불가침의 문학'에 대한 부정, 문학의 예외성에 대한 부정입니다. 부르디외 이론도 그런 예가 됩니다. 장 안에서의 아비투스간의 권력 투쟁이라는 틀을 문학이라는 장에 적용할 때 "문학이 고도의 자율적인 특수성을 가진 장을 구축한다는 사실"(이건 부르디외와 대담했던 플로베르 전문가 드 비아지의 표현입니다만)이 배제되는 것이지요. 영향력이 보다 커 보이는 것은 문화 연구 쪽입니다. 문화 연구의 입장은 문학성이라는 독립적 영역과 그 특수성을 지워버리지요. 아마도 이런 경향들은 선생님의 문학의 진정성이라든지 장인 정신이라는 입장과 정면으로 대립되는 것이 아닌가 합니다. 그런 경향들과의 대화의 필요성을 느끼시는지 궁금합니다.

김 글쎄요…… 저는 문학 평론집을 묶으면서 작품 작가론과 문학론만이 아니라 문화에 대한 글 또는 현실이나 정치에 대한 글도 함께 수록하기를 자주 했어요. 저 나름으로는, 문학과 문화와 현실간은 연계되어 있다는 생각 때문이지요. 그러니까, 세 개의 원이 동심원을 이루며 문학에 대한 작품과 작가에 대한 분석이 문화의 큰 테두리의 모습과 연루되어 있고 그 문화는 현실에 역시 연루되어 있다는 생각을 하고 있는 것이지요. 그러나 저는 그것이 문학의 독자성이나 문화의 자율성과 현실의 양상이 서로 간섭은 하겠지만 독자성과 자율성을 훼손하는 것은 아니라고, 그래서는 안 된다고 생각합니다. 좀더 정확하게 말하면, 한 문학 작품이나 그 작가를 이해하고 평가하는 데는 그를 둘러싸고 있는 문화적 정황에 대한 참조가 필요한 것이며 그 문화 그리고 문학은 현실이나 정치의 생활 세계에 참조되어야 한다는 것이지요. 그런데 그 참조는 반드시 뒤엣것이 앞엣것을 포개는 것은 아닙니다. 그러니까, 한 작품의 이런 메시지와 표현 기법은 이런 문화 상황 때문에 가능한 것이고 그 문화 상황은 현실 세계가 이렇기 때문에 이렇게 되어버렸다는 단순한 수렴의 도식이어서는 안 된다는 것이지요. 오히려, 이런 작품이 가능하게 된 것은 문화의 이런 정황에 대한 도전이나 타개일 수 있으며 그것은 문화와 현실 세계에 이런 의미를 드러내는 것이다라고 말해야 할 경우가 많고 그래서 집단보다 개인의 창의성이 더 중시될 경우가 잦지요. 가령, 조세희씨의 『난장이가 쏘아올린 작은 공』은 그 메시지에서는 당시의 노동 현실이라는 점이 참조되고 있지만, 그의 수법은 작게는 검열, 좀더 넓게는 상투성의 답습 거부라는 문화적 함의를 내포하고 있으며, 근본적으로는 작가 자신의 보다 큰 감동을 위한 창의적 개성의 발휘로 해석할 수 있고, 그것은 다시 역으로, 이런 수법이 갖는 문화적 의미망을 재검토하게 만들고 현실 세계에 대한 비판적 안목을 제고시키고 있습니다. 이 점에서 저는 천재의 존재와 역할을 최종적인 심급으로 평가

합니다. 이 때문에 저는 문학의 내재적 분석을 인정하면서도 언어와 상상력을 개인적인 영역으로만 한정시키는 데는 동의하지 않고 있습니다. 그건 적어도 제 자신의 방법론은 아니지요. 다시 말하면, 문학의 독자성을 발견하기 위해 문학 외적 상황과의 대조나 참고가 요구되는 것이고, 그 요구를 받아들이기 위해 문화나 현실에 대한 관찰과 진단이 끊임없이 필요하게 되는 것입니다.

성 최근의 제 의혹을 말씀드리자면, 소위 포스트모더니즘적인 대중 문화·대중 문학, 뉴 미디어 문화·뉴 미디어 문학이 지나치게 과대 평가되고 있는 게 아닌가 하는 점입니다. 그것의 현실적 영향력 내지 지배력이 어마어마하리라는 것은 의심의 여지가 없지만, 그리고 그것이 문학에 미치는 영향이 무척 크리라는 점도 인정되지만, 그럼에도 불구하고(이건 선생님께서 즐겨 쓰시는 말이지요), 그것들과 문학 사이의 근본적 구별은 좀더 명확해져야 하지 않을까 생각되는 것입니다. 그것들이 문학을 절충주의적으로 흡수해들이는 것은 분명 심각한 문제입니다. 그 절충주의적 흡수와 싸우기 위해서는 그것들과 문학 사이의 구별이 명확해야 하지 않을까요? 선생님께서 「자본—과학 복합체 시대에서의 문학의 운명」이라는 글에서 "그들은 영상의 시대에도 여전히 문자로, 상업주의 시대에도 꾸준히 가난한 창조의 정신으로, 과학 만능의 시대에도 다름없이 수작업으로 자기만의 세계와 인간을, 그들의 고독과 진실과 품위를 드러낼 것"이라고 말씀하신 것을 저는 그런 의미에서 공감했습니다. 다만, 이런 구별이 단순하고 완고한 보수성과 그것에의 자족으로 추락해서는 안 되겠지요. 그 구별은 절충주의적 흡수를 이겨내며 문학이 끊임없는 자기 갱신을 이루어가기 위해 필요한 것이라 생각됩니다. 그 자기 갱신을 위한 구체적인 프로그램에 대해 생각해보신 적이 있습니까?

김 아까도 이 문제에 대한 저의 비관적 전망을 늘어놓았습니다만, 성민엽씨나 더 젊은 세대에 비해 저의 뉴 미디어 문화에 대한 우려가 더 심각한 것이 아닌가 하는, 그래서 저의 비관이 지나친 것이 아닌가 하는 생각이 들기도 합니다. 아마 제가 구세대이고, 디지털 문화에 대한 소양이 없기 때문에 저의 우려나 위기감이 더 크게 부풀려진 것이 아닌가 싶기도 하고요. 어떻든 문학이나 문화의 디지털적 세계화는 역류하기 힘든 추세를 이루고 있고 그 추세 속에서 어떻게로든간에 기존의 문학—문화의 변화도 피할 수 없을 것이라는 짐작이, 앞서 말씀드린 대로, 들기도 합니다. 우리가 할 수 있는 것은, 이 변화를 얼마나 순조롭게, 그러니까 갈등이나 충돌로 전복되는 것이 아니라 조금씩 수정하고 납득하면서, 그리고 기존의 문학관이 지닌 본질을 온존시키면서 시대와 문명의 변화를 단절 없이 수용하느냐의 문제가 아닐까 싶습니다. 그러나 다시 돌이켜보면, 이광수의 근대 문학이 발표될 때의 신구 체제 세대간의 충돌, 고전주의의 파기를 위한 빅토르 위고의 낭만주의 운동의 전투성이 정신사와 문예사조의 변혁을 이끌어왔음에도, 그럼에도, '문학'이라는 것, 그것만은 지속되어 왔다는 것이 계몽적인 자료가 되기도 할 것 같고요. 그래서 저는 '문학사'란 것을 생각해보았는데 그것은 언어적으로나 장르 및 기법적으로, 그리고 정서적으로나 정신사적 · 문화사적으로 끊임없는 변화와 그 변화의 수용의 역사 속에서 우리가 '문학'이라고 하는 것의 지속성을 견지하려는 속성을 발휘하고 있지요. 그렇다면, 그 문학사를 계속시키기 위해서는 새로운 문학, 그것이 포스트모더니즘이든 뉴 미디어 문학이든 그 달라진 문학 속에서 전통의 문학과 어떤 연속성을 가질 것인가를 발견해내고 변화 속에서도 변하지 않는 문학적 속성을 확보해내야 할 것입니다. 저는 앞에서 문학의 장래에 대해 비관하면서도, 이 문학사의 지속적 구성 가능성에서 그 비관을 극복해보려고 하고 있습니다만, 작품을 개별적으로 본다는 것과 어떤 미래의 시점에서 형태지어질 문학과 현재의 문학과의 거리감, 그 거리 속으로 걸어갈 진행적인 추세에 대해서는 역시 비관성을 쉽게 못 버리고 있습니다. 그러니까 저는 시장 경제에 예속되며 컴퓨터 덕분에 적극적인 변모를 시작하고 있는 앞으로의 문학에 대해 비관적으로 비판하면서도, 기성의 문학 개념을 유지하자고 하는 모순 속에서, 자기 갱신에는 못 미치고 자기 확대랄까 자기 개방만을 희망하고 있는가 봅니다. 하긴 최근의 저의 『새로운 글쓰기와 문학의 진정성』이 그런 자기 갈등을 솔직하게 털어놓은 것이기도 합니다만.

'야심적인 것'에 대한 공포

성 이제 대담을 마무리할 때가 된 것 같습니다. 선생님께서 그 동안 펴내신 책들이 무척 많은데, 그 중 선생님의 생각이 가장 잘 드러나는 책을 들라면 어떤 책을 선택하시겠습니까? 그리고 선생님께서 개인적으로 가장 애착이 가는 책은 그 중 어떤 책입니까?

김 제 여러 책들 중에 하나로 골라보라는 주문에, 글쎄요, 저는 응하기가 힘드네요. 모두가 깨물어 아픈 자식이어서가 아니라, 좀 심하게 말하면 모두를 버려도 아깝지 않기 때문이라고 하는 것이 정확하겠습니다. 제 책들은 신문에 연재되어 일관된 주제로 씌어진 『한국문단사』 외에는 모두 그때그때 주문에 따라, 혹은 그 시기에 쓰고 싶은 데 따라 씌어진 것이고 그것이 한 권의 책이 될 분량이 되면 무모한 용기로 발간한 것이기에 '저서'가 아니라 '묶음집(集)'일 뿐이지요. 그런데 이번에 제 정리를 위해 그 책 제목들을 일별하면서 그것들이 나오던, 씌어지던 시절의 상황과 제 의식을 돌이켜보게 되었는데, 그것들이 제 사유와 관점의 변화의 궤적을 보여주고 있다는 생각이 들더군요. 그러니까 순진한 자유주의자 시절, 진보적 사유에 인식을 고쳐가던 시절, 그러면서 그것과 저것을 어떻게 융합할 수 있을까 고민하던 시절, 그리고 문화적 패러다임의 변화를 예감하면서 그것을 어떻게 이해할 것인가 따져보던 시절…… 제 사유의 전개와 변화의 과정을 이번에 다시 한번 돌이켜보게 되었습니다.

성 회갑을 맞으면서 선생님께서는 자주 은퇴에 대해 말씀하고 계신데, 이 은퇴는 물론 글쓰기에서의 은퇴는 아니지요. 선생님의 경우에는 오히려 정말 중요한 글쓰기가 이제부터 가능하리라고 저는 생각합니다. 그야말로 오리지널리티가 있는, 본격적인 저작에 대한 야심만만한 기획을 후배이자 제자인 사람들 중의 하나로서 기대하고 촉구하고 싶습니다. 앞으로의 글쓰기 계획에 대해 말씀해주시지요.

김 저는 학자가 아니라 저널리즘적 비평가이고 교수가 아니라 기자 혹은 편집—발행자로 살아왔습니다. 그래서 저는 창의적이고 이론 구성적이며 오리지널한 두뇌가 못 되는, 2급의 문학인—지식인이죠. 저의 이 말을 저의 겸손으로 받아들이지 마세요. 저는 저와 같은 두뇌나 직능도 필요할 뿐더러 그것이 가장 필요한 시기와 장소에서 그 일을 맡아왔기 때문에 저로서도 저의 분족으로 기쁘게 받아들이고 있어요. 이제 제 직능이 시효가 다 되었기 때문에 저의 이제껏의 자리로부터 물러나려는 것입니다. 그게 은퇴라면 은퇴가 될 것인데, 글쎄요, 제가 앞으로 무엇을 더 계속할 것인지, 어떤 일을 할 것인지는 아직 아무런 생각이 없어요. 다만 한 가지 분명한 것은, 성형이 기대하는 것 같은 '본격적인 저작에 대한 야심만만한 기획'은 없다는 것, 게으름의 즐거움을 자유롭게 실컷 누리고 싶다는 점입니다. 저는 지금까지 야심만만한 기획을 가진 적도 없지만, 그것을 바란 적도 없어요. 더구나 '야심적인 것,' 그것도 많아서 더 이상이면 만용으로 보일 나이에 야심에 대한 용기를 갖는다는 것에 거의 공포감을 느끼거든요. 어떻든 처음 저의 회갑에 대해 축하를 보내준 것처럼 저의 물러감에 대해 기대를 가져준다는 것은, 헛된 것이지만, 감사하다는 인사는 드려야겠네요.

성 아무래도 '야심'이라는 말을 제가 잘못 사용한 모양입니다. '야심적인 것'에 대한 공포, 라는 선생님의 말씀 속에 들어 있는 마음의 움직임은 그러고 보니 낯선 것이 아닌 듯합니다. 선생님의 글 도처에 그런 마음의 움직임이 스며 있었던 것 같습니다. 선생님께서는 방금 겸손으로 받아들이지 말라고 말씀하셨는데, 그 말의 뜻만을 형식 논리적으로 따져본다면 겸손함과 정직함은 모순 관계라고 할 수 있겠지요. 그런데 선생님에게서는 그 둘이 하나가 되고 있다는 느낌입니다. 선생님의 진솔한 토로에도 불구하고 저를 포함한 많은 후배들은 앞으로의 선생님의 글쓰기에 대한 기대를, 죄송하지만, 포기하지 않을 것입니다. 자상한 답변에 감사드립니다.

생각 뒤에 숨은 생각

김 병 익

막내 심리

김주영은 한 자리에서 내가 막내라는 사실이 뜻밖이었다고 말했지만 홍성원은 나의 짓궂은 짓을 보면 "저 막내둥이!"라고 핀잔을 주곤했다. 그는 형제 많고 힘들게 사는 집안의 맏이가 갖는 책임감과 인내심 그리고 관용성을 자신과 황인철 변호사의 예를 들어 설명했는데 3남(맏형은 6·25 때 전사했지만) 2녀의 막내인 나는 그의 의견에 전적으로 동의했다. 김주영은 다만 '저 막내둥이 짓'의 뒤집힌 모습만을 보고 좋게 해석해주었을 것이다.

나는 둘째형과는 6살, 둘째누이와는 4살 차이였는데 그것은 곧 초등학생과 중학생 사이 이상으로 차이진 것이었다. 나는 집안에서 귀여운, 그래서 어떤 부담도 지울 수 없는 막내였고 그것은 부모님이나 형과 누이로부터 간섭을 받지 않을 자유로움을 주었지만 대신 스스로 책임지거나 앞장설 것을 유보당한 입장이기도 했다. 그래, 나는 집 안에서 혼자 지냈고 놀았으며 혼자 책 보고 내 것만 맡았을 뿐이지 윗형제들과 어울리거나 그 앞에서 설칠 것은 아니었다. 그것은 학교에서나 친구들간에서도 비슷하게 작용해서 나는 어떤 일에서든 뒷전에 서 있었고 선도의 자리에 나서기를 두렵고 쑥스러운 일로 여기고 있었다. 그게 행동에서만 그런 것이 아니어서, 초등학교 시절 나는 형의 교과서와 소설 따위를 꽤 많이 읽어 경우에 따라서는 당시의 시골 학교 동급생들보다 아는 게 훨씬 많았는데도 나 자신은 누구보다 더 안다거나 앞서 있다는 생각을 당초부터 하지 않았다. 5학년 때는 김성칠의 『조선사 이야기』를 두어 번 읽어 한국사 줄기를 거의 알고 있어 친구에게 이야기해주곤 했고, 6학년 때 한반 아이가 자기 이름을 영문자로 쓸 줄 안다고 자랑했지만 나는 4학년 때 형과 영어 사전의 단어찾기놀이를 하곤 했었던 것이다. 형들이 있었기 때문에 나는 조금도 더 많이 안다고 할 수 없었고 그래서 스스로를 그저 평범한 소년으로 자족했을 뿐이었다.

수줍음

그러니까, 나는 집안에서 맨 아랫사람이었고 그런 만큼 형제 중에도 눈에 덜 뜨이고 조용한 막내였지만, 밖에 나가서도 역시 얼뜨고 수줍은 아이였다. 그 틀은 자라면서도 여전했다. 초등학교 시절 나의 반에는 공부뿐만 아니라 체육도, 음악도, 서예도, 모든 것에 뛰어나고 얼굴도 잘생겼으며 그랬기에 당연히 내내 반장을 했던 친구가 있었다. 평범한 우등생이었던 나는 공부를 열심히 할 생각도 없었지만 열심히 한다 하더라도 그를 앞서보겠다는 생념은 도대체 가져보지 않았다. 중학교에 들어가니 이번에는 시골 출신이지만 영어 선생이 외다 잊어버린 소동파의 「적벽부」(라는 것은 뒤에 안 것이지만)를 뒤를 이어 청승맞게 외우는 천재가 있었다. 최면암의 증손자인 그는 중고등학교 내내 수석을 했고 대학도 나와 같은 과에 들어갔다. 대학에 입학하여 동기생 면면들을 보니 그 모두들 고등학교 때의 수재들이었거니와 그 중에도 단연 돋보이는 친구들이 있었다. 하나는 나보다 몇 해 선배나 되듯 사회과학에 대한 지식의 양에서나 그것을 향한 열정에서 패기만만한 친구였다. 그는 후에 신문 기자 생활을 하다 미국으로 유학가버렸다. 다른 과 학생으로는, 내가 그와의 사귐을 요청해서 이루어진 우정을 지금껏 평생 동안 유지해오고 있는 영문과의 황동규였는데 1학년말에 처음 만난 그는 이미 기성 시인이 되어 있었고 문학이든 음악과 미술이든 모르는 것이 없었고 그것들에 대한 소견도 당당해서 시골 출신의 나를 완전히 압도하고 있었다. 신문사에 들어와서는, 1967년엔가 처음 알게 된 김현이 우리 문학과 문단만이 아니라 최근의 프랑스 문학계 소식도 환히 알고 있어 문화부 기자인 내게 많은 도움을 주었거니와, 나는 이번에는 학년으로 세 해 후배인 그 친구로부터 끊임없이 배워야 했던 것이다. 내게는 배워야 할 상대는 있었지만 내가 경쟁해볼 만한 상대는 없었다.

어쩌다 수석이란 것을 안 해본 것은 아니지만 어떻든 그것은 내게는 예외적인 행운이었고 나는 항상 차하자로 만족했으며 그것이 내게 운명적으로 합당한 위치라고 생각했다. 그래서 내가 앞자리로 나서야 할 때는 내심으로는 무척 어색하고 곤욕스러워하지 않을 수 없었다. 한국기자협회장으로서 공식 · 비공식의 자리에서 좌장이 되어야 할 때, 출판사 대표로서 내가 주도해서 회사와 행사를 이끌어가야 할 때, 혹은 결혼식 주례나 시상식장의 축사를 할 때에도, 나는 민망하고 저어했으며 가능하다면 그 불편한 일을 다른 사람들이 맡아주었으면 싶었다. 나는 남의 윗자리에서 지휘를 하거나 주도를 할 사람이 못 되었으며 뒤에서 내게 주어진 몫을 하는 것이 가장 편하고 든든하게 여겨졌다. 그런 탓이었는지, 내가 누구에게든, 친구든 후배든 또는 자식 또래든간에, 그들로부터 배워들이는 게 부끄럽지 않은, 자연스러운 일이 되었다. 나는 사람들과 만나면 주로 듣는 편이었고 그들 앞에 내 주장 펴기를 회피했으며 경쟁을 포기하고 타인들의 지식과 의견을 내 빈 사유의 자리에 채우도록 노력했다. 그래서 신문사 기자가 되어서는 황동규와 김현 등등으로부터 배웠고 70년대에는 민중문학론자들의 주장을 경청했으며 80년대에는 운동권 이론가들의 논리를 따라가보았고 90년대에는 내 자식 또래의 젊은 신세대 문학인들 작품에 동감했다. 나는 참 많이 배웠고 끌어들였으며 내 것처럼 삼기도 했다. 사람들은 그런 나를, 생각이 열려 있다느니, 혹은 뚜렷한 주장이 없다느니 하며 엇갈린 평을 내리겠지만 어떻게 말하든 그것이 모두가 맞는 말인 것이, 나는 내가 동의하든 반대하든 그 모두의 논리와 의견에 공감했고 거기서 내게 없는 것을 빨아들이려고 했던 것이다. 어떻든, 교만의 죄를 지으며 감히 말하자면, 나는 겸손했고, 또 겸손해야 했다. 적어도 나는 마음이 가난한 사람이기를 바랐고 그런 사람을 존경했다.

되풀이—생각하기

열여섯이었는지, 여학생들이 눈에 뜨이기 시작한 사춘기 시절의 어느 날 아침이었다. 혼자서 학교로 가는데 한 여학생이 내 앞으로 오면서 나를 향해 빙긋 웃고는 지나갔다. 내가 모르는 여학생이었기에 내심 어리둥절하면서 그녀가 왜 내게 웃음을 보냈을까 꼼꼼히 따져보았다. 아마, 나는 모르지만 그녀는 나를 알고 있어 알은체를 했을지도 모르지만, 그러나 그렇게 볼 근거는 없었다. 그렇다면, 그녀는 나의 어떤 웃기는 모습, 가령 단추를 잘못 끼웠다든가 어딘가에 밥풀이라도 묻어 있어 그것이 그녀로 하여금 웃음짓게 했을지도 모른다. 혹은 나의 어떤 모습이 그녀에게 어떤 장면을 연상시켜 그녀가 웃음지었을지도 모른다. 또는 나 아닌 나의 뒤 어딘가를 보고 웃음을 지었을 것이다; 그렇지 않다면 지금의 나나 나의 변두리와 아무런 관련 없이 그녀 혼자서 내심 떠올린 어떤 기억 때문에 웃었을 수도 있을 것이다. 아무튼 나는 그녀가 나에게 의미 있는 웃음을 보낸 것이 아님을 스스로에게 확인시키기 위해 꽤 많은 다른 가능성을 짚어보았던 것이다.

스스로에 대한 자신감을 버리려는, 그래서 허황한 생각에 빠지지 않고 싶어하는 심리는 그 후에도, 이처럼 꼼꼼하게는 아니지만, 내 자신에 대한 생각의 방법에 바탕을 이루어왔다. 누가 나를 칭찬한다면 그가 잘못 알았거나 그의 지나친 후의라고 깎아서 받아들였고 어떤 일이 문제가 되면 그게 내 탓이라고 스스로에 대한 반성을 했다. 객관적으로 보아 그의 잘못이 크고 내 것은 작은 것이라 하더라도 내 잘못이 있는 한 그를 나무랄 수가 없었다. 우리 직원이 혹 잘못해 회사에 손해를 주었다 하더라도 나는 사람이란 실수할 권리가 있다는 것, 그 나이라면 나는 더 많은 실수나 잘못이 있었을 것이라고 스스로를 달랬다. 내가 집에서나 회사에서 혹은 자식들에게나 사원들, 후배들에게 이제껏 야단친 적이 거의 없었던 것은 그런 나의 자격지심 때문일 것이다. 그것은 아마도 관대함으로 비칠 수 있겠는데, 나의 그런 태도는 오히려 가족이나 직원들에게 내 표정으로 나의 내심을 눈치채내려는, 그래서 은근히 더 힘들어하는 결과를 가져오는 것 같기도 하다.

스스로에 대한 이러한 반성의 버릇은 다른 사람의 사정이나 말과 의견에도 저절로 적용되었다. 그는 어떤 문맥으로 그런 말을 했을까, 그것은 그의 사정과 어떤 관련이 있을까 하고, 그의 말의 내용과 관계지어, 그러나 그 밖으로 생각을 뻗쳐 진의를 파악하려고 했다. 그것이 늘 철저한 것도 아니고 그 판단도 유보되는 경우가 더 잦지만, 어떻든 사람이든 글이든 사건이든, 더 나아가 역사에 대해서든 되풀이 묻고 따지며 그의 편에서 해석하고 이해해보려는 노력을 꾸준히 해왔다. 그것은 나에게 마음을 비우도록 했고 이해심과 관용을 길러주었으며 주장과 단언을 삼가하도록 가르쳐주었다. 내가 열린 마음을 지녔다는 혹은 고집이 없다는 인상을 준다면 이 때문일 것이다. 이 되풀이—생각하기는 내게는 균형 잡기의 다른 표현일지도 모르겠다. 나는 내 것이 아닌 것, 내가 편들지 않는 것에 대한 이해를 가지려 했고 내가 가진 것, 내 편인 것에 대해 지나치게 기울지 않도록 애썼다.

오래 전의 언젠가는, 창가에 서서 문득, 내가 여기 이 안에 있다는 것은 내가 저기 밖에 있지 않다는 것을 뜻한다는 것에 생각이 미치면서, 내가 알고 있다는 것은 그 밖의 것을 내가 모르고 있다는 것의 동의어라는 깨달음을 나는 가진 적이 있었다. 그것은 상대주의적인 관점을 의미하는 것이었고 내가 나라는 사실은 내가 나—아닌—존재는 될 수 없다는 것을 확인시켜주는 것이었다. 그러므로, 내가 이편에 있다는 점으로 저편에 있는 것을 부인해서는 안 되며 내가 이편에 있음을 인식하면서 이편에 있음의 한계도 분명히 의식해야 했다. 그것이 나로 하여금, 스스로 보수주의자로 자처하면서도 진보주의의 입장을 긍정하게 했고 60년대이면서도 80년대나 90년대의 의식과 감수성을 이해하도록 만들었을 것이다. 내게 다소라도 균형 감각을 가지려는 노력이 있다면, 그 사유의 훈련 덕택일 것이다.

감히 못 한 일

1983년 가을, 나는 문예진흥원이 정책적으로 시행하던 문인들의 해외 견학단에 끼여 프랑스와 이탈리아를 거쳐 요르단과 인도를 여행한 적이 있었다. 서구 두 나라는 그 전해에 가보았지만 이번에 처음 보는 후진의 두 나라는 어떤 점으로든 인상적이었는데 그런데 여기서 나는 일행 모두가 한 일을 나는 감히, 끝내 못 한 것이 두 가지가 있었다.

암만에서 로마의 고도 페트라로 가는 길이었다. 나는 버스 속에서 바위산과 엉겅퀴로만 뒤덮인, 그래서 한없이 거칠고 황막하게 펼쳐진 차창 밖 풍경들을 보다 좋다 하며, 연신 담배를 피우며, 이 황무지에서 일어났을 장면들을 줄곧 연상하고 있었다. 그때 나는 랭보가 낙타를 끌며 무연히 강렬한 햇빛과 갈색의 사막을 돌아다니는 모습들을 상상했고, 갈증에 젖으면서도 아랍의 독립을 위해 로렌스가 자신의 조국과 싸우며 모래밭과 바위산들을 헤맸을 일들을 그려보고 있었다. 그러면서 나의 심경은 착잡했고 아연했고 슬펐다. 그렇게 가는 중도에 우리는 휴게소에 도착했고 우리를 안내하던 건설회사는 기념품 가게에서 장옷처럼 생긴 아랍 옷을 선물하겠다고 우리에게 맞는 것을 고르라고 권했다. 모두들 그 희한한, 귀국해서는 결코 입지 않을 옷들을 걸쳐보고 수선을 떤 끝에 한 벌씩 골랐지만, 나는 끝내 그러기를 사양했다. 나는 이 옷을 입을 수 있는 이방인은 랭보처럼 세상의 끝을 본 사람이거나 로렌스같이 이 땅을 이 땅의 사람보다 더 사랑할 수 있는 사람이어야 한다고 생각했고 나로서는 감히 그 아랍인의 옷들을 만져서는 안 된다고 느꼈었다. 나는 아마도 너무, 감상적으로 되었을 것이다.

아그라의 타지마할은 내가 볼 수 있는 건물 중에 가장 아름다운 건물이었다. 흰 대리석으로 정확하게 대칭형을 가진 이 묘당은 우아하기를 지나쳐 내게 신성하게까지 보였다. 첫눈부터 반해버린 나는 멀리서부터 이 건물만을 정시하며 천천히 다가갔고 더없이 깨끗한 그 예술품의 테라스에 이르러서는 더 이상 범접할 수 없는 삼엄한 두려움을 느꼈다. 이 순수하고 고결한 건물을 내 더러운 손발 자국으로 더럽혀서는 안 된다! 추악한 인간의 역사와 비굴한 인도의 현실 속에서 올연히 솟아나 그 추잡함과 비참함을 초월해 있는 이 성당은 비루한 나와의 소통을 거부하고 있는 듯했고 내게는 감히, 그런 그의 뜻을 거스를 용기가 없었다. 나는 내부로 들어가는 일행들과 떨어져 문밖 테라스 근처에서만 서성거렸고 앉아 담배를 피우다 또 서성거려, 그 안은 어떻게 생겼는지, 얼마나 아름다운지를 결국 보지 못하고 말았다.

나는 지금도 그 두 자리에서의 나의 겸허를 다행스럽게 생각하며 인간의 삶과 영혼이란 한이 없고 사람들이 만들어낼 수 있는 아름다움이란 끝이 없다는 것, 거기에는 어떤 이데올로기든 해석이든 감히 붙이려 드는 것은 만용일 수 있다고 생각을 곱씹던 일을 회상하곤 한다.

확신에 대한 두려움
나의 수줍음, 그래서 적극적이지 못함, 그리고 나의 부족함, 그래서 배워야 할 것이 많음 등등의 심리 구조 때문에, 나는 자신만만함, 그래서 확신에 차 있음, 그리고 박람함, 그래서 많은 말을 큰 목소리로 말할 수 있는 사람을 보면, 부럽고 경외스럽다. 나는 그런 사람에게 그의 앎과 식견을 배우면서 그의 그런 태도와 그 밑에 자리한 심리에, 그렇다, 두려움까지 느낀다. 그 두려움은 일도양단으로 정리될 수 없는 세상에 대한 두려움이며 그런 세상과 사람들에 대한 단호한 판단에 대한 두려움이다. 그래서 나는, 아무리 옳게 들리는 말도 거기에 지나친 강경함에 차 있고 저어함이 없는 확신이 넘쳐 있으면 그의 말에 얼마쯤 거리를 두고 내가 수용할 수 있는 만큼만 받아들인다.

그리고 더 나아가, 우리에게 확신이란 얼마나 위험한 것인가도 생각하게 된다. 내가 민중문학론이든 운동권의 진보주의이든간에 상당한 평가를 주면서도 스스로 그것에 견제를 가하지 않을 수 없었던 것은 그 주창자들의 일말의 유보도 없는 철저한 확신에 대한 두려움 때문이었다. 내게 마르크스가 뛰어난 지식인으로 보인 것은 그가 확신을 가지면서도, 동료들에게 역사와 세계의 현실에서 배우라는 권고를 한 점에 있다. 모랭의 『20세기를 벗어나기 위하여』를 보면서 "자신의 신념에 회의를 가져야 한다"는 대목에 부닥쳤을 때, '그래 이것이다!' 라고 깊이 공감했던 것은 그러므로 나로서는 당연한 일이었을 것이다.

나는 인간과 세계란 숱한 의외의 집합이라고 생각하며 그 복잡한 현상과 구조를 한마디로 단언한다는 것은 위험한 단순성, 그러니까 만용이란 생각을 해왔다. 그 착잡한 세계 속에서 일관된 의지를 가지고 행동하는 것은 참으로 아름답고 훌륭한 일이지만 그런 세계 자체를, 그 속에서 살고 겪어내야 하는 구체적인 삶의 현실을 단 하나의 잣대로 해명할 수 있다고 단언하는 것은 어리석은 신념일 것이다. 숱한 가혹한 독재가, 바로 그런 신념에서 빚어진 것이 아닌가. 그렇다면 신념이란 가장 해독스러운 것일 것이다. 그러나 사람들이 어찌 어

떤 형태나 강도로나마, 신념을 안 가지고 있거나 포기할 수 있겠는
가. 갖가지 의견에 고개를 끄덕거린 황희 정승마저도 신념이 없을 수
는 없을 것이다. 나는 신념이 포기할 수 없을 만큼 강한 것일수록 그
것에 대한 스스로의 회의도 끊임없이 가해져야 하며 그와 다른 것에
대한 이해와 관용을 가져야 한다는 것을 자꾸만 더, 나이가 더해질수
록 더욱 강하게 갖게 된다. 그것에 대해서만이 회의가 없을 정도로.

삶의 패러독스
다른 자리에서 고백한 적이 있지만, 20대 전반의 나는 내 나름의
혹독한 번민의 시절을 겪었는데 그 번민의 내용은 세계와 자아에 대
한 허무감에서 잉태된 것이었다. 그리고 허무감이란, 한번 빠지면 그
속으로 더욱 깊이 빠지는 것이어서 그것을 구제할 어떤 지푸라기도
발견되지 않는다. 그러나 그런 끝에, 나는 나의 번민을 빙자해서 타
인을 괴롭힐 근거가 있는가라는 것을 화두로 나 자신을 채찍질했고
마침내, 그럴 권리가 없다는 당연한 진실을 깨달았으며 그것이 그 후
의 나의 내면의 기틀이 되었고 그러면서 비관과 부정의 세계 인식을
조금씩 벗어날 수 있었다. 그러나 그렇다고 해서 세계와 존재의 궁극
적인 공허감을 극복할 수 있는 것은 아니었다. 대신, 나는 내가 지금
이 자리에 있는 한, 그래서 이 시간의 삶을 살고 있는 한, 종말의 허
무를 생각하기보다는 현존의 사소한 것에서 그것의 큰 의미를 찾아
내 끌어안기로 했다. 그 각성은 내게 삶에 대한 태도를 변화시켰다.
나는 거창하고 원대한 것, 인간의 근원적인 존재와 운명에 대해서는
여전히 막막한 슬픔과 절망의 어두운 색깔로 바라보고 있지만, 사소
하고 순간적인 것, 삶의 구체적이며 현상적인 것에 대해서는 낙관적
이고 긍정적인 것으로 받아들여 소중하게 누릴 것으로 작정하였다.
그것이야말로 그 밖에는 달리 그 의미를 구해낼 수 없는 삶의 진정한
패러독스가 아닐까라고 생각하면서.

사소한 것에서 의미 찾기

결혼하여 큰아이가 태어난 지 얼마 되지 않았을 때, 나는 여느 날과 다름없는 시간에 늘 가는 길로 집을 향해 걸어가면서, 문득 내 앞에 빤히 보이는 그 길에서 새삼 내 마음속으로 파고드는 쓸쓸함을 느꼈다. 그것은 일탈이나 다른 가능성으로부터 차단당한 자가 갖는 체념의 쓸쓸함이었다. 그래, 이제 내 길이란 것, 내 미래란 것, 내 운명이란 것이 이런 것 아니겠는가. 늘 보는 것들, 항상 익숙한 것들, 그래서 그 진행과 결과가 훤히 내다보이는 것을 가는 것이 사람의 운명일 수밖에 더 있겠는가. 그렇다면, 그 길을 지루해하고 답답해하며 못 견뎌하는 것보다는, 늘 같은 길이면서도 그 뻔한 길에서도 조금씩 다른 무엇, 가령 저 구멍가게에 한 아이가 과자를 사서는 맛있게 먹는 모습, 이 약방에 새로 들여온 약품 선전을 위해 붙인 안내지 등등 못 보아도, 알지 않아도 아무런 변화가 있을 게 없는 그 아주 사소한 기미들에서 기쁨과 희망의 어떤 즐거움과 의미를 거두어들이는 것이 더 아름다운 일이 아니겠는가. 전날 생각했던 삶의 패러독스를 다시 기억 속에서 끄집어내면서, 이런 유의 삶과 운명에 대한 인식이란, 체념, 혹은 더 이상의 희망 없음에 대한 자의식에서 오는 것이 아닐까 싶어져 페이소스에 잠기기는 했지만 그래도 이 허망한 세계에서 큰 의미 없이 살아야 하는 내게 그것이 유일한 의미 있음으로 받아들여야 할 것이며, 그나마도 없다면 그것은 내 자신을 완전히 황막하고 무의미한 삶의 지루한 연속에 내던져버리는 일이 될 것으로 생각했다.

작은 것에서 얻어내는 삶의 기쁨이란 그래서 그 후의 나의 삶에 큰 받침이 되었음을 스스로 확인하게 된다. 욕심 없이 사는 것, 어떤 일에나 큰 기대를 가지지 않는다는 것은 옛날의 수신서 같은 교훈이기는 하지만, 그럼에도, 큰 이야기를 하는 사람의 허황스러움, 거창한 의도 때문에 작은 일도 거느리지 못하는 사람의 공소함을 나는 많이 싫어하게 되고 별일 없이 아이들이 잘 자라나는 것, 대수롭지 않은 시도가 이루어지는 것에 큰 기쁨을 얻어내곤 했다. 가령, 기자협회장 시절, 나는 언론 자유 선언 운동을 매우 적극적으로 뒷바라지하면서도 그 운동의 앞날에 거의 낙관하지 않았고 오히려 탄압 때문에 정상적으로 낼 수 없었던 기자협회보를 등사기로 밀어 만들어온 직원들의 열성 자체에 더 큰 감사를 느꼈으며, 또 그런 바깥일보다 집에서, 그때 세 살짜리 아들이 막 배우기 시작한 말을 알아듣는 것이 더 감동적이었다. 그래서 큰 것을 기대하지 말아라, 작은 일에서 의미를 찾으라는 것이 내가 내 아이들에게 하는 숨은 말이었다.

'그럼에도 불구하고'

내 책을 읽은 한 분이 나와의 인터뷰 자리에서 내 글에는 '그럼에도 불구하고'란 말이 자주 나오는데 그 이유가 무엇인가를 물었다. 나는 '그럼에도 불구하고'란 어사를 자주 쓰고 있음을 의식하고 있어왔고 그 빈번한 사용을 내 나름으로 의미화하고 있음에도 그런 질문은 흔치 않았다. 내 대답은 대충, 우리의 서술은 하나의 차원에서 진행되지만, 다시 보면 그것이 그렇게만일 수 없을, 숱한 반대와 의외와 배반이 숨어 있기 때문에 이에 대한 환기의 방법적 표현이라는 것이었다. 가령, 아프리카의 평원에서 내가 본 것은 한가한 초원과 유유자적하는 야생 동물들, 푸른 하늘과 같은 평화로운 정경이고 또 그렇다고 나의 기행문은 묘사하고 있지만, 그러나 그 평화로운 풍경 밑에는 약육강식의 포학과 생존을 위한 치열한 싸움이 숨어 있는 것이고 그 상반된 관계를 이어주는 것은 '그럼에도 불구하고'라는 반어로써밖에 가능하지 않은 것이었다. 나는 서술의 차원에서뿐 아니라 삶의 진상이라는 것 자체가 '그럼에도 불구하고'라는 인식의 작용 없이는 발견될 수 없는 것이라고 생각했다.

앞서 나는, 거대한 것에 대한 절망을 견뎌내게 하는 것이 작은 것으로부터 얻어내는 작은 기쁨이었다고 하면서 '패러독스'란 말을 사용했다. 사실, 이 패러독스가 없다면 세계와 인간의 참모습을 인식할 수 없을 것이며 그것들의 이중성을 인정한다면 '그럼에도 불구하고'의 역설의 논리를 적용하지 않을 수 없을 것이다. 이 '그럼에도 불구하고'는 내가 기독교에 젖어 있을 때 얻어낸 것으로, 인간임에도 불구하고 하느님의 아들임을 인식하기, 십자가에 몸을 닮으로써 대속의 의미를 실현하기와 같은 예에서 역설의 논리가 피어나는 것이었다. 나는 기독교로부터 도망쳤음에도 여전히 그 '그럼에도 불구하고'의 사유의 습성은 배어 있어왔다. 그것은 첫눈의 것에 현혹되지 말기를, 통념적인 것을 되짚어보기를, 당연한 것을 되풀이 묻기를 요청하는 것이었다. 요컨대 이 반어의 진의는 회의와 반성의 정신을 높여주는 것이었다. 내가 보수주의자이고 우파이면서도 그 한계를 스스로 깊이 인정한 것, 진보주의와 실천 운동에 진하게 공감하면서도 거기에 빠져들 것을 억제한 것은 내 자신의 기질과 함께 그런 사고의 버릇이 곁들인 때문일 것이다. 그러니까 나의 회의주의와 성찰론, 혹은 지성론은 이 '그럼에도 불구하고'의 반어에서 비롯되었을 것이며 그것은 나의 태도와 행동의 양식을 결정지어주었던 것이다.

4·19 세대

나는 초등학교 1학년 때 해방을 맞았고 6학년에 오르면서 6·25를 겪었으며 전후의 궁핍한 시절에 사춘기를 보냈고 실존주의와 기독교주의로 번민하며 민주주의와 자유주의를 사고의 축으로 삼게 된 대학 4학년의 초에 4·19를 치렀다. 그러니까 나는 자유—민주주의 교육의 과정 속에서 성장해온 것이었고 한글 세대의 첫머리로서 나의 의식이 자라났던 것이며 그것들이 4월의 학생 혁명으로 귀결되는 것이었다. 나는 그런 나의 행운스러운 세대적 위상을 무척 자부했으며, 비록 1960년 4월 19일의 시위에는 참가하지 않았지만 4·19 세대—한글 세대의 역사적 일치에 매우 높은 의미를 부여해왔다. 그 의미는 4·19의 정치사적 성과가 허망한 것이 되었다 하더라도, 아니 그렇기 때문에 더욱, 강조될 수 있다고 생각했다. 그 생각은 어떤 변혁도 문화적, 그러니까 내면과 의식의 변화를 겪지 않으면 가능하지 않다는 것, 혹은 정치적 변혁에는 정신적·심리적 변화가 전제되어야 하며 정치가 어떤 변화를 이룰 수 있든 없든 문화적 변화가 보다 깊은 역사의 진전과 변혁을 유발한다는 사유를 강화시켜주었다.

나는 그러니까 김현이 고백했던 것처럼 실존주의와 기독교, 그리고 자유─민주주의가 나의 사유와 의식의 뿌리를 이루고 있다고 자각해왔으며 그것들이야말로 나의 사유 행위를 주도하는 중심적인 이데올로기라고 생각해온 것이다. 그러나 나의 40대에는 이런 인식의 한계를 스스로 깊이 인정하지 않으면 안 되었다. 나는 이전까지만 해도 마르크스와 진보주의를 몰랐고 반공주의 교육으로 그것들을 나쁘게 부정적으로 인식했었다. 가령 마르크스의 유물론은 인간의 고귀한 내면의 존재성을 폄하하는 것이고 그것의 현실 체제는 독재와 억압으로 구조된 것이며 그들이 내세우는 실질적 민주주의는 서구식의 형식적 민주주의에 비해 비판과 자유를 구속하는 전체주의적 발상이라고 믿어온 것이다. 나의 이런 잘못된 생각을 깨달은 것, 그리고 나의 인식과 사유는 우파─보수주의적 체계에 닫혀, 그러니까 60년대의 4·19 세대적 한계 속에 갇혀 있는 것이라는 사실을 인정하게 된 것은 때늦게도 80년대초였다. 나는 정문길 교수의 『소외론 연구』를 비롯한 책들을 통해 젊은 마르크스의 휴머니즘을 알게 되었고 프랑크푸르트 학파의 비판 이론을 통해 자본주의의 물신성에 깊은 공감을 갖게 되었던 것이다. 그리고 그즈음은 현저한 경제적 성장과 소득의 비약적인 증가를 바라보면서 산업 사회의 병증과 중산층의 허위를 눈과 몸으로 고통스럽게 확인해야 했던 시절이었다. 나는 여전히 보수주의자 혹은 우파라고 자인하면서도 그것이 기반하고 있는 자본주의와 중산층의 보수성에 대해서는 점점 비판적으로 되어갔고 젊은 운동권의 진보주의에 상당히 동의할 수 있었다. 80년대의 한 잡지 칼럼에서 나는 우리에게도 진보주의적 정당 더 나아가 공산당까지 허용해야 하지 않겠는가라고 조심스럽게 타진한 적이 있었는데, 자유—민주주의를 확보하기 위해서는 재야의 급진주의를 제도권으로 수용해야 한다는 정치적 이유를 제시한 그 바닥에는, 자본주의와 보수주의의 추악한 양상을 진보주의가 수정해줄 수 있기를 바라는 나의 숨은 소망이 담겨 있었던 것이다. 그러나 실현될 수 없었던 그 소망에도 불구하고, 그 의견의 바닥에는 4·19 세대라는 자의식이 깔려 있었고 그 밖의 것이 아니었음도 나는 자인하지 않을 수 없다.

세대에 대하여

내가 속한 4·19 세대에 대한 자부심 때문이었는지, 나는 세대에 대한 생각을 많이 했다. 윗세대가 남겨놓은 유산과 아랫세대의 새로운 의식이 결합한다면 보다 창조적인 변증을 이룩할 수 있지 않을까 하는 것이 오래 전부터의 견해였다. 내가 잡지 청탁으로는 처음으로 받아 『사상계』에 쓴 글이 바로 그런 뜻을 품은 「세대 연대론」이었다. 되찾아 읽기도 부끄러운 글이어서 어디에도 묶어넣지는 않았지만, 시대를 달리하는 그래서 경험과 감수성, 인식의 태도가 서로 다를 수밖에 없는 세대들이 갈등과 적대가 아니라 조화와 연대의 관계로 제휴해야 한다는 생각을 그때 나는 품고 있었던 것이다. '새 술은 새 부대에' 넣어야 한다는 것은, 그러니까 역사 발전의 동력이 될 것이었다. 그것은 후배들을 가르치기보다는 연대해야 할 상대로 생각하게 했고 미래의 주역이 되어야 할 그들의 의식·무의식의 욕망을 존중해줄 것을 주장하는 것이었다. 70년대초 동아일보를 통해 진행된, 논쟁은 무성했지만 나의 취지는 상당히 오해된 '청년문화론'을 제기한 것은 이런 연유에서이며, 80년대의 운동권 문학론이나 90년대의 신세대 문학에 대해 내가 적극 수용하려 했던 것도, 그것들이 마땅히 알아두어야 할 주제이기도 했지만, 새로운 세대와 기성 세대가 어떻게 공감의 영역을 넓히며 지속 속에서의 능동적 변화를 수행할 수 있을까를 찾아보기 위한 것이었다.

그럴 만큼 세대간의 조화로운 교체에 대해 내가 갖고 있던 간절한 소망은 『문학과지성』을 통해 구체화될 수 있었다. 나는 70년대 중반 『문학과지성』의 편집 동인을 후배들에게도 열어놓자고 동인들에게 제의하여 오생근·김종철을 영입했고, 『문학과지성』이 폐간되고 무크지가 활발하게 간행되던 80년대초에는 김현의 주도로 후배 작가·비평가 들을 편집 동인으로 끌어들여 『우리 시대의 문학』을 발간토록 하였고 이들이 주축이 되어 1988년 『문학과지성』의 속간 대신 『문학과사회』를 창간하도록 했다. 90년대초에는 이 동인들보다 좀더 젊은 비평가들로 제3세대를 엮어보려고 했지만 성공적이지는 못했고 대신 90년대 중반 문사 동인들이 보다 후배들인 90년대 작가들로 엮은 그룹을 받아들여 『이다』 동인들을 구성토록 했다. 그러는 한편, 문학 운동은 '한 세대 집단으로부터 다음 세대 집단으로' 계승되어야 한다는 나의 구상을 실현시키기 위해 오래 전부터 생각만 해오던 문학과지성사의 주식회사 개편안을, 김주연·김치수·오생근 등 문지 편집 동인들의 동의를 얻어, 1994년에 성취했다. 그리고 나는 2000년 3월에 문사 동인들에게 25년 동안 관리해오던 문학과지성사를 넘겨줄 것이다.

비평에 대하여

70년대초 나는 시사영어사에서 발행할 '현대 미국 단편 문학 전집'의 원고들을 읽어볼 기회가 있었다. 장편소설들만 대하던 내게 그 단편들은 우리의 그것들보다 더 나을 것도 없어 보였다. 그럼에도 그들이 대가로, 그 작품들이 뛰어난 걸작으로 알려진 이유는 무엇일까. 그때 내가 생각한 것은 미국의 수천의 대학과 수만의 미국 문학 연구자들이 그 작품들을 끊임없이 분석하고 재해석하며 새로운 의미를 줄기차게 부여한 덕분이 아닐까 하는 것이었다. 그렇다, 문학의 연구자들이든 비평자들이든, 그들이 해야 할 것은 작품들의 실패·미흡한 점들을 헤집어 비판하기보다, 그것들을 독자적인 세계로 상정하여 그것들이 품고 있는 가능성을 발견해주고 거기에 적극적인 의미를 부여해주어야 할 것이었다. 그래서 나는 비평이든 해설이든, 그것의 바람직한 방향은 여기에 있을 것이라고 생각했다.

비평에 대한 나의 이러한 생각은 1973년 동아일보에 연재한 「문단 반세기」(책으로 낼 때 『한국 문단사』로 개제)를 쓰면서 더욱 강화되었다. 이 연재 작업을 통해 나는 비로소 한국 문학 통사를 공부하기도 했지만 고통스러운 근대의 식민지 시대에 초기의 우리 문학인들이 문학 행위를 한다는 것이 얼마나 괴롭고 자기 희생적이었던가를 마음 깊이 새기게 된 것이다. 그것은 우리의 문학과 작가에 대해 진심으로 존경을 보내야 할 것을 통렬하게 느끼게 한 귀중한 경험이었다. 그래서 이후부터 나는 작가와 작품에 대한 비판을 삼가했고 그것이 우리에게 가하는 성과를 가능한 적극적으로 평가하도록 노력했다. 그렇다면 나쁜 작품들은? 어느 문학 사회에나 평자에게 못마땅한 작품이 대부분을 이루게 마련인데 좋은 작품의 좋은 점을 집어내기도 바쁜 터에, 나쁜 작품에까지 낭비할 필요는 없을 것이었다. 몇 해 전, 고인이 된 동료와 공동의 저서를 냈던 한 연구자가 생시의 그 동료의 글과 번역에서 잘못된 부분을 아주 긴 글로 들춰낸 것을 보고서는, 아, 이런 정력이 있다면 자신의 연구 성과를 내는 데 보다 노력했더라면 그 자신과 우리 문학을 위해 얼마나 생산적이었을까 하고 탄식한 적이 있었다.

어떻든 이런 나의 비평적 태도 때문에, 내 비평이나 비평집이 자기 나름의 일관된 평가 기준 없이 두루 좋다는 말만 한다는 비판을 받기도 했다. 나는 그것이 사실임을 스스로 시인했다. 그러나 그것을 비평의 약점으로 인정하고 싶지는 않았다. 나는 비평이란 작업을, 창작이 언어에 의한 세계의 질서화라면, 그 언어체들의 메타적 질서화이며, 그래서 잘된 비평이란 현실 세계와 그것의 언어적 질서간의 관련성을 정확하고 의미 있게 메타화시키는 장르라고 생각했다. 그러니까 좋은 비평은 우선 좋은 작품을 대상으로 해야 할 것이며, 다음 그것의 의미와 가능성을 발견하는 것이고, 그 메타적 방법이 진실된 관점과 좋은 문체로 서술되는 것이었다. 그래야만 비평도 문학이 될 수 있을 것이었다. 내 실제 작업이 그래왔다는 것은 아니다. 그러나 읽으면서 혼란스럽고 암울한 세계가 열려가는 것을 느끼게 하고 인간과 삶, 현실과 세계의 정체가 해명되어가는 것을 깨닫게 만드는 글이라면, 그것은 나의 인식과 다른 것이라 하더라도 훌륭한 비평 문학의 성과로 받아들여지는 것이다.

  진보주의

  진보주의에 대한 나의 공감은 내 스스로 예상한 것보다 강했지만, 그러나 오래지 않아 그것의 운동을 받아들이는 데 대한 나 자신의 한계를 나는 느끼지 않을 수 없었다. 내가 사회주의든 그보다 더 전투적이거나 온건한 것이거나간에, 진보주의에 대해 주목한 것은 세 가지 측면에서였다. 우선 생각해볼 수 있는 것은 그 운동이 해방 후 혹은 그 이전의 20년대 이후의 우리 정신사에서 우파 보수주의의 편향적인 사고 구조를 타파할 수 있다는 점이었다. 그것은 내가 이 새로운 이념 체계에 동의하든 안 하든과 관계 없이 우리의 온전한 사유 태도를 위해 바람직한 것이었다. 내가 80년대의 우리 지식 사회에 자주 적극적인 의미를 부여했던 것은 진보적 이념 운동의 바로 이러한 효과에 대한 평가 때문이었다. 두번째 측면은 그것이 효용가치를 압도하는 교환가치 체계와 자본의 물신성을 비판적으로 접근하는 데에 마르크시즘은 상당히 유용한 비판 이론에서 배워온 관점이라는 점이었다. 비판 이론에서 배워온 이 관점은 문학의 진정성을 가름하는 데에, 지금에 이르기까지 유효한 것으로 보인다. 그리고 마지막으로 사회주의 체제가 우리의 타락한 자본주의의 대안으로 현실화할 가능성이었다. 그러나 그 가능성이 1987년의 총선부터 무력하게 가라앉는 것을 보고 그 실현성에 대한 기대를 유보하게 되었고 후기 산업 사회의 징조를 드러내며 동구 사회주의권이 붕괴하는 것을 보고는 더 이상의 희망은 유보하게 되었다. 그러나 나는 진보주의에 대한 소망을 버린 것은 아니었다. 박노해의 옥중 시를 보고 자본주의의 견제 세력으로서의 사회주의에 대한 소중한 꿈을 발견하였고, 소비에트 러시아가 해체되고 난 후의 미국의 패권주의의 횡포를 확인하면서 그것이 사회주의의 현실 세력이 부재하면서 일어난 현상이라고 생각하게 되었다.

그래, 나는 자본주의와 개인주의, 자유주의와 보수적 민주주의의 편에 있음을 자처하면서도 사회주의와 진보주의의 현실화를 소망하고 있었다. 이 '그럼에도 불구하고'의 이중적인 태도에 대해 한 젊은 아마추어 독자는 그것이 나 자신의 '우파—보수주의'를 강화하기 위한 것이 아니냐고 질문했다. 나는 솔직히 그렇다고 했다. 나는 변혁의 필요성을 바라고 있었지만 그로 말미암은 역사 단절에서 유발될 거대한 희생을 두려워하며 점진적 개혁을 바라고 있었고 공동체적 삶의 관계를 중요시했지만 나의 사사로운 자유를 훼손받기를 싫어했다. 이 모순된 사고에서 나는 결국 내가 나의 내면을 형성시켜준 청소년기의 50년대와 청년기의 60년대적 사유의 틀을 벗어나지 못하고 있음을 확인했다. 그리고 내 자신을 향해, 그만한 고집도 스스로에게 허용하지 않는다면, 나는 무엇을 희망할 수 있을 것인가 자문했다.

그리고 80년대 중반에는 젊은 운동권 문학 이론가들이 주장하기 시작한 급진적인 노동(해방)문학론을 나는 더 따라갈 수 없다는 한계를 느끼기 시작했다. 노동자들의 글쓰기는 내게 바람직하게 인정되었지만 그러나 노동자에 의한 노동자의 문학만이 바른 문학이라는 주장은 문학과 문화의 올바른 인식일 수 없었다. 그것은 성민엽이 지적한 것처럼 민중 문학이든 노동 문학이든 민중 또는 노동자의 글만을 문학으로 인정하는, 너무나 극단적이고 소박한 환원론일 뿐이었다. 문학과 문화는 그 소박한 환원론을 뛰어넘는 것이고 또 뛰어넘어야 하는 것이다. 나는 이쯤 와서는 이 급진적인 좌파 문학 이론을 더이상 추적하기를 포기했다. 이 이상은 나의 영역이 아니며 내가 이해하고 수락할 수 있는 범주를 지나치고 있다고 인정하고, 이제 우리의 문학은 작품 자체로 돌아가야 하며 문학적 감동의 의미를 밝혀야 한다고 생각하게 되었다. 그럼에도 지금 와서 서운한 것은, 내가 이해하든 못 하든간에, 80년대 중반의 그 격렬한 급진적 문학 논의들이 왜 그처럼 금세 시들어져야 했던가 하는 문제였다. 우리는 다른 일에서도 그랬던 것처럼 문학에서도, 그리고 이념 문제에서도, 너무 서둘렀던 것이 아닌가……

90년대 문학

1980년 즈음이었는지, 한국일보의 김훈씨가 민중문학론과 같은 진보주의 문학론이 득세하고 있는데 문지의 순수문학론 입장은 어떻게 될 것인지 물어온 적이 있었다. 그때 나는 10년을 기다려보자고, 아마 그즈음에는 문학적 양상도 바뀔 것이라고 대답했었다. 그리고 10년 후 나의 예상은 대충 맞았다. 국내외의 현실 세계가 급격하게 변모했고 지식 사회의 이념적 지형도도 변했으며 문학에도 새로운 물살이 밀려오고 있었다. 그러나 곧 밝혀졌지만, 문학에서의 그 변화는 내가 예상한 대로는 아니었다. 운동권의 급진적 문학론은 명백하게 퇴조하고 순수 문학이 되살아오고 있었지만 그 순수 문학은 70년대의 그것이 아니었다. 나는 처음 80년대의 급진적 이데올로기로 경직된 문학을 해체하는 포스트모더니즘적 양상을 보인 그 문학들을 환영했지만, 그러나 그것들이 멀지 않아 후기 소비 사회의 대중 문학적 분위기로 침윤된 것에 당혹하기 시작했다. 더구나 90년대의 새로운 대중 문학들은 컴퓨터의 글쓰기를 동반하고 있었고 운동권 문학이 퇴조한 자리에 PC 문학이며 공상소설이며가 더 큰 크기로 자리잡아가고 있었다.

나는 이런 새로운 현상을 어떻게 수용할 것인가로 새로운 고민에 빠졌다. 종래의 진지한 문학의 창작은 더 줄어들고 소외될 것이며 추리소설·에로소설 등의 통속물들이 앞으로 압도해갈 것이다. 그리고 인류사의 가장 고귀한 문화적 상속물인 문학이란 것의 위상이 중심부에서 변두리로 밀려날 것이고 영상 문화들이 새로운 주도 문화로 자리잡아갈 것이다. 이런 비관적인 전망에 두 가지 생각이 끼여들었다. 우선 전자 문명의 발전이 컴퓨터로 상징되는 새로운 문화적 패러다임을 이룰 것인 한 전래의 문학·문화가 쇠퇴할 것은 도저히 피할 수 없는 운명이리라는 것, 그리고 비관이든 부정이든 나의 판단은 60년대로부터 90년대를 살아온 세대의 기성 가치 기준일 뿐이며 21세기의 새로운 세대는, 기왕의 숱한 세대의 역사들이 그래왔던 것처럼, 자신들의 새로운 잣대를 만들어내어 그들의 문화를 창조해가리라는 것이 그것이었다. 나는 두 상반된 생각들에 끼여 나 자신의 입장을 하나로 정리해낼 수가 없었다. 그 엇갈린 관점과 전망이 『새로운 글쓰기와 문학의 진정성』에 어려 있는 갈등이었다.

새로운 세기에 대한 비관

여기에 한 가지 보다 큰 비관적인 주제가 내 앞에 제기되었다. 자본과 과학의 복합체란 문제가 그것이다. 나는 과학 기술의 발전이 세계와 인간의 삶을 보다 증진시킬 것으로 믿어왔고 그 기술의 변화에 맞춘 경제와 경영의 방식이 우리의 소득과 행복을 높여주리라고 예상했었다. 그러나 이와 관련된 여러 책을 보고 혹은 시사적인 기사를 읽으면서, 그리고 우리의 시장 경쟁력이며 세계화라는 구호의 논리적·현실적 전개를 예상해본 결과, 그게 아니었다. 유전자 복제와 인공 지능의 개발은 엄청난 것을 약속해주지만 그러는 만큼, 인간이 세계 속의 피조된 존재라는 위상에서 세계 위의 신적 위상으로 나아갈 것을 가능케 해주는 것이었고, 자본은 후에 우리의 IMF 예속으로 입증되듯이 생산에 기여하는 것이 아니라 그 자체의 힘을 통한 인간의 사물화를 추동해주는 것이었다.

무서운 것은, 그런 자본과 과학─기술이 똑같이 자체의 무한 증식을 기도하고 있으며 그 증식을 억제할 어떤 힘도 용인하지 않는다는 것, 그러기는커녕, 자본과 과학은 제휴하며 하나의 거대한 복합체, 얼굴이 안 보이는 리바이어던이 되어 앞으로의 인간과 세계의 삶을 지배할 것이라는 점이었다. 그것은 SF 영화가 비천한 인간의 미래를 보여주는 것과 같은 참상을 초래할 것이었다. 그리고 이 같은 두려운 미래는 소련이 대표하던 진보주의의 견제 없이 미국의 패권주의로 더욱 심각해지리라는 예상 때문에, 차라리, 60년대식의 동서 냉전 체제가 지구적 삶을 위해 더 나은 것이 아닐까 하는 생각까지 들었다. 나는 이런 생각에 이르면, 거의 공포에 젖는다.

아아, 나는 나의 삶이 생애의 끝자락만으로 21세기에 걸쳐 있다는 것을 참으로 다행스러워! 하고 있는 중인 것이다.

김 안 나고 뜨거운 친구

─김병익에 대한 단상

홍 성 원

　사람 사귀기를 편히 여기지 못하는 나는 내일 모레면 환갑이 되는 나이건만 주위에 친구가 많지 않아 모처럼 시내로 나들이를 해서도 찾아보는 친구는 몇 사람이 되지 않는다. 평생 직장도 가져보지 않았고, 동창회나 출판 기념회 같은 데도 얼굴을 잘 내밀지 않는 데다가, 30여 년을 집에 들어앉아 소설 쓰기에만 매달려 살다 보니 나는 어느새 망망대해에 홀로 떠 있는 독도 같은 섬이 되고 말았다. 이렇게 섬이 된 나를 남들은 모두 안타깝게 여기는 눈치인데, 이 기회에 솔직히 고백하거니와 그 안타깝게 생각하는 남들의 눈이 내게는 오히려 더 성가시고 불편할 뿐이다. 30여 년 간 집 안에 칩거하여 내 나름으로 열심히 혼자 사는 법을 익히고 터득해서, 나는 사실 사람이 그리워 일부러 누군가를 찾아가거나 동창회 모임 따위를 기웃거리는 일이 없다. 그래도 한 달에 한두 번쯤 오후 이슥한 시간에 시내로 나들이를 할 때가 있는데 그것은 주로 김병익이라는 오래된 친구의 얼굴을 보기 위해서다. 그 친구라면 나는 이물감이 느껴지지 않아 보고 싶을 때 아무때라도 훌쩍 찾아가 만나보고 오는 것이다.

그러나 김병익은 내가 아무때라도 훌쩍 찾아가 만나볼 수 있을 만큼 본래부터 만만하거나 편한 사람은 결코 아니다. 5남매의 막둥이로 태어나 고집도 세고, 사리 판단도 분명한 데다가 앞뒤 없이 치근거리는 사람을 아주 싫어하는 결벽증도 대단해서, 그 사정을 모르고 가까이 다가갔다가는 그에게서 정신 번쩍 드는 찬물 바가지를 덮어쓰기 십상이다. 특히 젊어서는 유난스레 그 결벽증이 도드라져 한번 노라고 도리질을 한 후에는 아무도 그의 뜻을 되돌리거나 뒤집지 못했다. 맺고 끊는 태도가 너무 야무지고 분명해서 그의 이런 대인 관계를 누군가가 영어로 클리어 컷 *clear cut* 하다고 평한 적이 있는데 그의 성격의 일단을 드러내는 아주 적절한 표현이라고 생각한다.

내가 김병익을 처음 만난 것은 1965년 무렵이다. 한 해 전인 1964년 나는 동아일보 장편소설 모집에 『디데이의 병촌』이라는 소설이 당선되었는데 그 소설이 이듬해부터 신문에 연재되기 시작해서, 그즈음 동아일보 문화부에 있던 김병익과 자연스레 첫 대면을 하게 된 것이다. 그러나 첫 대면을 하기 전에 우리는 제삼자인 황동규 시인을 통해 서로를 대충 알고 있었다. 5·16 직후 육군 졸병으로 입대하여 정훈 학교를 함께 다닌 것이 나와 황동규와의 인연인데, 제대 무렵 황동규가 내게 보낸 편지에 김병익이라는 친구에 대해 여러 가지 칭찬하는 말을 적어보내서, 나는 실물 김병익을 보기 전에 소문으로 먼저 그를 알게 된 것이다.

그러나 김병익에 대한 첫인상은 황동규의 칭찬과는 달리 내게 썩 좋은 편이 못 되었다. 가냘픈 몸매(지금은 체중 65kg의 뚱보지만)의 예쁘장한 얼굴에, 두 눈만이 우수에 젖은 듯 뿔테안경 속에서 촉촉이 젖어 반짝일 뿐, 말도 어눌하고(요즘의 그 달변이라니!) 행동도 어릿어릿해서 전체적인 그의 인상은 수줍음 많은 어느 시골의 카톨릭 사제 같은 것이었다. 그러나 미구에 나는 그에 대한 첫인상을 수정하지 않으면 안 되었다. 예쁘장한 생김새야 어쩔 수 없는 것이지만, 그의 어눌한 말 속에서 대단한 깊이의 삶에 대한 성찰을 발견했고, 어릿어릿한 행동 속에는 함부로 동하지 않는 지성의 신중한 유보를 보았으며, 수줍은 듯한 그의 표정에서는 자기를 감추고 낮추는 진정한 겸손의 미덕을 본 것이다. 특히 그즈음 내가 그에게 감탄한 것은 정치학과 출신인 그가 문과 출신인 우리보다 문학에 대해 더 깊은 이해와 순수한 열정을 지니고 있었다는 점이다. 도스토예프스키와 사르트르, 카뮈 등은 아예 모든 작품을 깡그리 찾아 읽은 눈치였고, 당시 유행하던 실존주의에 대해서는 상당한 수준에까지 깊은 공부가 되어 있었으며, 그외에 다른 문학 작품에 대한 분석이나 해석에 있어서도 전통적인 문학관과는 다른 그만의 독특한 독해법을 지니고 있었다. 나중에야 알게 된 일이지만 그것은 그가 청소년 시절에 겪은 남달리 순수했던 종교(기독교)적 체험이 바탕이 된 것이었고, 우리와는 달리 정치학을 전공해서 그쪽의 폭넓은 시각이 문학에의 접근 방식에 순기능으로 작용한 결과인 듯했다. 아무튼 나로서는 그와 만나면 만날수록 그의 독특한 개성에 매료되어, 때로는 그가 조금쯤 억지를 부리더라도 대충 눈감아주어가며 점점 그와 만나는 시간을 자주 갖기에 이른 것이다.

결국 우리는 이렇게 하여 지금까지 꼬박 30년을 한결같은 친구로 지내고 있다. 그 동안 제주에서 백두산까지 국내 여러 고장으로 여행도 많이 다녔고, 보길도에서 강화도까지 바다와 민물 낚시도 여러 차례 함께 다녔으며, 일본과 중국, 독일과 영국 등 외국 여행에도 동행했고, 핑계가 있으면 있어서, 없으면 핑계를 만들어서라도 우리는 걸핏하면 서로 어울려 바둑도 두고 포커도 하고 술도 마시고 말싸움도 자주 하며, 매년 조금씩 짜증도 늘고 엄살도 늘고 주책도 늘어, 지금은 어느새 머리털 희끗희끗한 50줄의 막바지에 이르렀다. 아마 앞으로 죽는 날까지 우리들은 계속 이런 모양새로 살게 될 모양인데, 그것이 비록 제철 넘긴 시금털털한 묵은 김치 맛이긴 해도 그윽하고 웅숭 깊은 점에서는 더할 수 없이 서로간에 편하고 임의롭다. 이제 새삼 어디 가서 새 친구 사귈 일도 없는 터라 묵은 친구나 잃지 않도록 서로 아끼고 부추기며 굽은 등 툭툭 쳐주며 사는 것이 우리들의 남은 일이 아니겠는가.

사람의 특성을 말 몇 마디로 표현하긴 어렵지만 김병익을 두고 한 마디로 집어 말하라면 언뜻 떠오르는 단어가 '조용하다' 라는 형용사다. 그는 큰 소리를 싫어한다. 자신이 큰 소리를 내지도 않을 뿐더러 남이 큰 소리 내는 것도 싫어하고, 큰 소리가 나는 장소에는 아예 가까이 가지도 않고, 갔더라도 큰 소리가 나면 꽁지가 빠지게 얼른 도망쳐 나와버린다. 이러한 그의 특성은 그의 취미와 행동 양식에도 드러나는데, 그는 우선 술을 못 해서 겨우 맥주 한 컵만 마셔도 입에서 씩씩 기관차 달리는 소리가 나고, 그래서 한 번도 술에 흠뻑 취해보지 못해 남들 다 하는 술주정이나 주사(酒邪) 같은 것도 내놓은 일이 없다. 그러나 술을 못 하는 대신 담배와 커피를 매우 즐기는 편이어서, 담배는 하루에 두세 갑을 태우고 커피는 블랙으로 하루 대여섯 잔을 정량으로 해치우고 있다. 기호품이 술 아닌 담배나 커피 따위여서 남들이 생각하기에는 그가 이것저것 음식을 가리는 식성 까다로운 사람일 것이라고 오해할지 모른다. 김병익은 그러나 내가 아는 사람 중에는 가장 왕성하고 가장 지저분한(?) 불가사리 같은 식성을 지니고 있다. 그는 음식이라고 이름붙인 것은 어느 고장의 어느 인종의 어느 종류든 가리지 않고 다 잘 먹는다. 아마도 그의 이러한 잡식성은 음식이 지닌 세계 공통의 가용성에 대한 그만의 독특한 믿음에 기초한 것인지도 모른다. 사람이 먹도록 만들어진 음식이라면 국경과 종족의 차이가 무슨 장애인가 하는 것이, 아무 편견 없이 음식을 대하는 그의 관대한 음식관인 셈이다. 좌우간 그의 거침없고 가림없는 먹성은 곁에서 구경하는 사람들조차 입 안에 절로 침이 고이게 만드는 참으로 탐스럽고 복스러운 것이다. 아마 이 탐스러운 식성 탓에 그는 별다른 운동도 하지 않고서도, 동년배 친구들 중 가장 탁월한

70

건강을 유지하고 있는지도 모른다. 그는 글쟁이들이 공통으로 겪는 오십견통도 허리 디스크도, 그 흔한 치질도 앓은 일이 없다. 그래서 그는 내가 이런저런 구박과 함께 담배 좀 끊으라고 생뚱맞은 야단이라도 칠라면, 담배와 건강과는 아무 상관도 없다면서, 지독한 골초로 90세를 넘게 산 영국의 윈스턴 처칠 경과 남미의 어떤 장수 부족을 예로 들어 내 말을 반박한다. 요컨대 담배도 사람이 필요해서 만들어 쓰는 물건인데, 싫으면 저나 그만둘 일이지 남에게 이래라저래라 강요하지는 말라는 것이다. 그의 이러한 자유방임주의는, 책임의 한계를 분명히 긋고 시작하는 서양식 개인주의와도 무관하지 않을 듯하다. 타인에 대한 섬세한 배려와, 자기와 다른 생각을 지닌 쪽을 결코 업신여기거나 헐뜯지 않는 그의 태도는, 열린 의식과 탄력적 사고를 사랑하는 그의 자유주의가 바탕에 깔린 때문일 것이다.

김병익의 취미 생활에는 한 가지 공통점이 있다. 앉아서 힘들이지 않고 할 수 있는 것이 그의 취미 생활의 자격 요건인데, 그 대표적인 예가 바로 바둑 두기와 비디오 보기다. 그는 바둑에 미친 사내다. 그의 출판사 사무실에는 바둑판이 대충 다섯 벌쯤 있는데, 혼자 있을 때를 제외하고는 그는 늘 누군가와 바둑을 두었다. 여관방에서, 느티나무 밑에서, 열차칸에서, 여객선 선실에서, 그리고 심지어는 프랑크푸르트 공항과 하늘을 나는 비행기 속에서도 나는 그와 바둑을 두었다. 바둑을 둘 수 없을 때는 그는 또 바둑책을 본다. 특히 여행중 잠자리가 낯설어 잠이 쉽게 오지 않을 때, 그는 지쳐서 잠이 올 때까지 느긋하게 바둑책을 꺼내어본다. 그래서 그의 여행 가방에는 칫솔은 없을망정 바둑책은 필수로 들어 있다. 바둑 없는 김병익은 생각할 수도 없을 정도다.

바둑 못지않게 그가 요즘 열심히 즐기는 것은 최근에 홍수처럼 쏟아져나온 각종 비디오 빌려보기다. 아마 휴일 같은 날 비디오를 빌려보는 모양인데 보았다 하면 그는 보통 두 개쯤을 한꺼번에 본다. 테이프 한 개의 러닝 타임을 평균 90분으로 계산하더라도 그는 무려 세

시간을 비디오 앞에 늘어붙어 앉아 있는 셈이다. 요컨대 그는 앉아서 하는 것은 취미건 일이건 아주 편하고 능률적으로 해치운다. 나와 동행한 민물 낚시에서 그가 가끔 나보다 더 큰 대어를 낚을 때가 있는데, 그것은 그의 낚시 솜씨가 나보다 좋아서가 아니고, 한곳에 자리 잡고 앉으면 낚시를 마무리할 때까지 꿈쩍 않고 그곳만을 지키는 그의 무지막지한 부동 때문이다. 그의 끈질긴 한 자리 지키기에 물고기도 기가 질려 그의 미끼를 물어주지 않을 수 없다.

그러나 그의 장기인 한 자리 지키기가 정작 탁월하게 그 효능을 발휘하는 분야는 바둑 두기와 비디오 보기 따위의 취미 생활 쪽이 아니고 책읽기와 글쓰기 따위의 그의 본업 쪽에서다. 그는 주간지의 순정 만화에서 벤야민의 논문과, 일본의 우키요에(浮世畵)와, 『타임』지 서평란과, 어느 야구 선수의 도루 실패율에 이르기까지, 모든 계층 모든 종류의 글들을 온종일도 좋고 쓰다 만 짜투리 시간도 좋고 열심히 게걸스레 닥치는 대로 읽어치운다. 그는 독서를 노동으로 생각하지 않는 몇 안 되는 진정한 글쟁이다. 그와 비슷한 인간을 나는 또 한 명 알고 있는데, 그는 이미 몇 해 전에 작고하여 이 세상에 없다. 책읽기가 일종의 성가신 작업의 성격을 띠고부터, 나는 솔직히 대부분의 독서를 즐김이 아닌 힘든 노동으로 생각한다. 좋은 글을 쓰기 위해서는 어차피 좋은 책들을 찾아 읽지 않을 수 없는데, 우리 같은 게으른 글쟁이는 억지로 힘들여 노동하듯이 책을 읽는 것이다. 그러나 김병익의 책읽기는 우리들의 밥먹기와 비슷하다. 나이 때문에 시력이 나빠져서 요즘은 가끔 눈을 비비며 성가신 표정을 짓기도 하지만, 그는 우리처럼 책읽기를 지겨워하거나 힘들어하는 기색이 전혀 없다. 마치 우리가 하루 세 끼 일상으로 밥을 먹듯, 그는 아무런 준비 동작 없이 책을 쉽게 손에 집어들고, 전화가 온다거나 손님을 맞기 위해 잠시 책을 손에서 놓았다가도 일이 끝나면 제자리로 돌아와 아무렇지도 않게 다시 책을 집어든다. 바로 이 점이 그와 우리가 근본적으로 다른 점인데, 책을 읽는 그의 표정이 지극히 예사롭고 느긋해서, 같은 책을 힘들게 읽은 나는 그가 여간 부럽고 얄밉지 않다. 그래서 그의 막대한 독서량은 우리가 조금도 놀라워하거나 감탄할 일이 아니다. 우리처럼 힘들인 결과가 아니고 슬렁슬렁 즐기다가 부수입처럼 얻어진 결과여서, 우리는 그의 푸짐한 독서량에 새삼 감탄을 보내거나 찬사를 보낼 필요는 없다.

나는 지금껏 김병익이 주로 자기 공방에 들어앉아 즐기거나 일하는 모습을 이야기했다. 그렇다면 작업실 밖에서는 그는 대체 어떤 모습일까? 그는 키가 작고 특히 손발이 작은 편이어서 물건을 들거나 땅을 파거나 망치질을 하는 데는 별로 재주가 없어 보인다. 실제로 그는 나와 중국 쪽 길을 밟아 백두산 천지를 구경한 일이 있는데, 장백폭포 옆의 백여 미터쯤 되는 가파른 돌무지 산길을, 일행 십여 명 중 가장 꼴찌로 가장 힘겹게 오른 일이 있다. 내 생각에는 그것이 아마 그의 일생 중 가장 힘든 산타기였을 텐데, 백두산 천지나 되었으니 그가 감히 기를 쓰고 오를 생각이라도 했지, 그렇지 않았다면 자네들이나 다녀오게 하며 일찌감치 포기하고 점잖게 담배나 뽑아물고 말았을 것이다. 며칠 후 만리장성을 찾았을 때 과연 그는 내 예측대로 그렇게 했다! 칠십을 바라보는 노인들까지 거뜬하게 오르는 만리장성을, 그는 홀로 아랫녘에 처져 담배 한 대 꼬나물고 올려다보는 것으로 만족했던 것이다.

그러나 이런 몇 개의 예만으로 김병익을 쉽게 속단해서는 곤란하다. 유럽 쪽의 관광에는 주로 평지를 걷는 일이 많은데, 어떤 때는 아침 일찍 출발하여 하루종일 걸은 후 해 이슥한 저녁 무렵에야 돌아오는 때도 있다. 나는 이런 평지 걷기에 김병익이 지쳐 뒤로 처지는 예를 보지 못했다. 우리는 오히려 지치고 피곤해서 길가 벤치에라도 걸터앉고 싶은 심정인데, 김병익은 전혀 피곤한 기색 없이 저 혼자 싱싱하게 살아남아 우리들의 지친 모습을 카메라로 열심히 찍어대는 것이다. 편평족 주제에 건방지게도 그는 걷는 것 하나만은 우리 중에 으뜸인 것이다.

종잡을 수 없는 그의 장기는 그러나 이것으로 끝나지 않는다. 김병익은 원래 일 만들기를 싫어한다. 특히 그 일이 남에게 질시나 오해를 받을 소지가 있으면 상당한 필요성에도 불구하고 그는 단호히 그 일을 포기한다. 그러나 '문학과지성사'라는 출판사의 대표직에 있기 때문에 그는 원하든 원치 않든 이런저런 일이나 행사를 자기 손으로 주관하게 될 경우가 많다. 늘 하는 편집회의니 정기총회니 하는 것은 제쳐두고라도, 문학 강연회다 문화 교류다 세미나다 무슨 발표회다 등으로 그는 일 년이면 대여섯 번 이상 글쓰는 일과는 무관하게 어떤 회합의 주관자나 진행자가 되어야 한다. 한데 김병익의 인간적인 진면목은 바로 그런 번거로운 행사의 준비와 진행 과정에서 아주 잘 드러난다. 그의 꼬임에 빠져 나도 여러 번 그런 모임에 참가했는데 대부분의 회의나 행사가 지방 도시에서 열리기 때문에 우리는 자연히 지방에 내려가 그 지방 여관이나 호텔에 묵게 된다. 그런데 일행이 많아 한 방에 보통 두 사람씩 들게 되는데, 김병익과 나는 누가 지정해주지도 않건만 자연스레 한 방을 쓰는 룸메이트가 되곤 한다. 둘이 늘 붙어다니는 것을 보고 남들이 대충 양해를 해준 탓도 있지만, 그보다는 오래 사귀다 보니 피차 감추고 가릴 것이 없어 서로간에 마음 편하고 임의롭기 때문일 것이다. 아무튼 그렇게 룸메이트가 되고 나면 나는 가끔 부당하게도 그의 수행원이나 비서 같은 모양새가 될 때가 있다. 행사의 주관자나 진행자가 되어 바쁘게 돌아가는 그의 모습을 보노라면 왠지 딱하고 안쓰러워 곁에서 눈치껏 그를 거들지 않을 수가 없는 것이다. 이런 때 관찰자로 곁에서 본 김병익은 평소의 그와는 전혀 다른 모습이다. 행사의 준비와 일정과 진행을 세심하게 점검하고 확인하는 것은 물론이고, 참가 인원과 발제 원고와 필요 경비와 사후 정리까지 그는 거의 모든 행사를 참으로 치밀하게 계획하고 마무리한다. 특히 내가 잊을 수 없었던 것은 한일작가교류회의 때, 그가 한국과 일본을 오가며 거의 혼자 힘으로 행사를 끝까지 치밀하게 이끌어간 일이다. 행사의 소요 경비 산출에서 회의 준비와 의제로 쓸 텍스트의 인쇄까지, 그리고 회의가 끝난 뒤에는 참가자의 인터뷰 마련과 여러 페이지에 달하는 회의록의 정리에 이르기까지 그는 마치 컴퓨터처럼 빈틈없이 정확하게 끝마무리를 지은 것이다. 말이나 글들은 제법 매끄럽게 잘 하고 잘 쓰지만, 막상 일을 맡겨보면 엉망으로 만들기가 일쑤인 글쟁이들의 풍속도 속에서, 김병익의 이러한 능력은 탁월하다고밖에 표현할 말이 없다. 나는 이러한 그의 능력이 그의 타고난 재능이 아닌가 생각하는데, 실제로 그는 회의나 행사의 주관뿐 아니라 어떤 위기나 어려움이 닥쳤을 때 그것을 헤쳐나가고 극복하는 모습이 참으로 기민하고 깔끔할 때가 많다. 나는 그의 은밀한 조언과 도움으로 위기에 처한 글쟁이들 여러 명이 어려움을 모면하거나 위험에서 구출된 사례들을 많이 알고 있다. 인권 변호사로 유명한 고 황인철 변호사도 입건된 글쟁이를 변호하거나 언론인의 필화 사건 등을 변론할 때면 반드시 그를 찾아가 그의 조언을 경청하거나 그로부터 실질적인 도움을 받곤 했다. 사건의 정황을 정확히 진단하여 문제 부위의 처방까지 똑 떨어지게 내리는 그의 재능은, 그가 4년 동안 건성으로 다닌 정치학과 출신과는 무관해 보인다. 세상을 넓고 깊게 보는 그의 웅숭 깊은 그윽한 시선이, 그의 모든 진단과 처방에 기본 바탕으로 자리하고 있기 때문일 것이다.

이제 나는 외람되게도 여러 모양새의 그의 글에 대해 이야기할 차례다. 외람되다고 말한 것을, 나의 겸양을 돋보이게 하기 위한 상투적 겸사로 받아들이지 않기 바란다. 실제로 나는 건강하고 아름다운 그의 글에서 그 동안 너무 많은 자양을 훔쳐왔기 때문에, 그의 글의 질에 대해서는 깊이 생각해본 일이 없다. 그의 글은 질을 생각할 여유도 없이 내게는 늘 너무 편안하고 진솔하게 다가왔다. 아마도 그것은 4·19 세대인 그와 내가 실존주의적 사유와 정서의 넓은 자장 속에 함께 속해 있기 때문일 것이다. 80년대의 저 광포한 유물 사관적 과학주의의 물결 속에서도, 그는 인간의 내면 성찰과 절대를 향한 초월의지 등에 유념하면서 우리 4·19 세대의 지적 바탕에서 크게 벗어난 일이 없다. 70년대와 80년대의 저 야단스러운 좌파적 사회 변혁론에 우리는 그즈음 안팎으로 얼마나 혹독하게 시달리고 부대꼈는지 모른다. 밖으로는 일도양단의 마구잡이 이분법에 의해, 동시대의 고통을 외면하는 음풍농월의 파렴치한 현실 도피자로 지탄받았고, 안으로는 대학생이 된 우리의 어린 자식들로부터 반동 부르주아라는 모욕적인 공박을 당하기도 했다. 이 참담하고 광포한 폭풍 속에서 김병익의 여러 글들은 참으로 의연하고 든든하게 우리를 붙잡아 지켜주었다. 그는 끊임없이 지성과 지식인의 역할을 쳐들어서 그 무용의 유용성을 열심히 풀어보였고, 열린 사회와, 탄력적 사고와, 깨어 있는 의식에 대해 반복해서 외롭게 목이 쉬도록 외쳐대었다. 당시의 살벌하던 계엄군의 총칼 아래서 그의 글만이 어둠을 밝히는 작은 등불로 살아남은 것은 우연이 아니다. 그즈음 우리는 자조적으로 우리 스스로를 뒷골목의 매소부에 비유하곤 했다. 침묵하기는 괴로웠고 말하기는 두려운 시대였다. 우리는 글을 쓰기 전에 우리의 글이 용서되는 통로가 어느만큼의 여유를 가지고 있는가부터 가늠해보아야 했다. 노여움을 참지 못해 과격한 몸짓들을 내보인 글들은 여지없이 당국에 적발되어 모진 수난과 고통을 당해야 했다. 우리가 그즈음 더욱 안타깝게 생각한 것은 수난과 탄압 뒤에 반드시 찾아오는 또 다른 발표 통로와 글길의 막힘이었다. 나그네의 외투를 벗기는 것은 그제나이제나 바람이 아니고 햇볕이었다. 그 햇볕을 만들기 위해 우리는 자주 억지 미소를 지어야 했고, 우리 글들의 모서리를 깎아 둥글고 모나지 않게 예쁜 말들로 포장해야 했다. 우리의 이러한 이중의 노력을 죽은 어느 평론가는 매춘부의 교태로 비유했다. 어떤 상황도 어떤 생각도 어떤 악당도 다 수용하는 매춘부야말로 열린 의식을 생명으로 하는 지식인의 참모습과 비슷했기 때문이다.

평론의 숙명적인 약점은 그것이 대부분 주어진 텍스트에 대한 평가나 해석에 기초하고 있다는 데 있다. 창작을 전문으로 하는 사람에게 평론은 그래서 가끔 사후 약방문 같은 철 지난 물건이 될 때가 있다. 이미 작가의 손을 떠난 텍스트는 새로운 작품을 준비하는 작가에게는 머리에서 빨리 내쫓아야 될 고정관념의 불필요한 장애물일 뿐이다. 그가 만일 괜찮은 시인이나 소설가라면 평론을 공들여 읽되 너무 깊이 빠지지 말 일이며, 읽더라도 읽은 것을 재빨리 머리에서 지워버릴 일이다. 김병익의 글을 나는 많이 읽은 편이 아니다. 내 관심과 취향에 따라 그의 글을 대충대충 골라가며 읽은 편인데, 그러나 그 골라 읽은 많지 않은 글들에서 나는 그만의 독특한 발상과 생각들을 마치 내 것인 양 슬그머니 도용해 쓰곤 했다. 역사에 대한 내 해석법과 생각들은 실은 김병익의 글들에 그 일부가 있던 것을 내가 몰래 훔쳐온 것인데, 그것이 오랫동안 내 머릿속에 들어앉아 있어서, 나는 그것이 본래부터 내 것이었던 양 착각하고 있었을 정도다. 좋은 평론은 주어진 텍스트에 대한 뛰어난 논평이나 섬세한 해석에 있지 않다. 글감을 찾아 뜨거운 머리로 이곳저곳을 기웃거리는 작가에게, 짧고 간단한 말 한마디로 눈이 번쩍 뜨이는 영감을 주는 평론이야말로 우리가 은밀히 마음속에 간직하여 오래도록 되새김질하는 썩 좋은 평론인 것이다. 아무튼 나는 그의 여러 글에서, 혹은 그와의 일상적인 대화에서 내 글의 불심지가 되어준 많은 아이디어와 생각들을 부지런히 주워담곤 했다. 그가 무심코 내뱉은 말이 내게는 때로 망치가 되어 돌아와서, 나는 그 망치에 얻어맞아 얼마나 자주 비틀대었는지 모른다. 그와 함께했던 시간들이 너무 찰지고 농밀해서, 나는 한마디의 허구도 보태지 않고 그와의 어느 하루를 그대로 글로 써서 한 편의 작품으로 만든 일도 있다. 아마 이러한 나의 도둑질은 그와 내가 함께하는 한 언제까지고 계속될 것이다.

　김병익의 글의 장점은 정확한 어휘 구사와 분명한 논지, 그리고 치밀하면서도 간단 명료한 그 구조와 성격에 있을 것이다. 이것은 아마도 그가 젊었을 적 신문기자로 있을 때 습득한 재주인 듯한데, 그의 글의 기본 골격이 어떻게 만들어지는가를 밝혀주는 매우 귀중한 공법상의 단서가 될 듯하다. 어휘나 문장의 강점 외에 그의 글에는 드러나지 않는 또 하나의 특장(特長)이 숨어 있다. 사물에 대한 그의 뛰어난 분석력과 종합력이 그것이다. 대부분의 그의 글들은 쓰고자 하는 사물에 대한 치밀한 살피기와 정확한 분석으로부터 출발한다. 그의 이러한 분석력은 고급한 그의 지성과, 다양한 정보, 절제된 감정, 정확한 직관, 보편적인 가치 기준들이 바탕이 되어 용출(溶出)된 능력이다. 과장이나 괴팍한 논조 없이 평이한 진술을 통해 명료하고 날카롭게 사물의 이면을 분석하고 종합하는 그의 능력은, 어느 경우에도 형평을 잃지 않는 그의 탄탄한 양식의 뒤받침이 있기에 가능하다. 특히 전망이 불투명한 이 시대에, 뒤엉킨 사물의 미래를 진단하거나 예단하는 일은, 그 일이 내포한 불확실성과 위험성 때문에 많은 사람들이 몸을 사려 기피하는 일 중의 하나다. 김병익은 그러나 자신의 진단이 빗나갈 수도 있음을 전제로 하여, 동시대의 그 누구보다 탄력 있는 사고와 직감으로 앞으로 닥칠 정보화 시대나 새로운 세대, 그리고 문화와 문학의 밝지 않은 미래 등에 대해 그 나름의 전망과 처방을 조심스레 내놓곤 한다. 최근에 우리는 여러 분야의 많은 글들에서 해석과 분석과 설명만 요란할 뿐 종합적인 평가나 미래에 대한 전망은 아예 없거나 미흡한 경우를 자주 본다. 가르고 쪼개고 풀어헤치는 일은 쉽지만 복잡하게 흩어져 뒤엉킨 사물들에 새 질서를 만들어주는 일은 쉽지 않기 때문이다. 그러나 김병익의 글에는 분석이 시작되는 같은 시간에 종합이 등뒤에 숨어 보이지 않는 지휘를 하고 있다. 그는 다만 남들의 눈에 야단스럽게 보이는 것이 번거로워서 고전적 글꼴에 맞춰 기승전결을 빌려쓰고 있을 뿐이다. 잠자는 지식인을 두드려 깨우는 기상 나팔 같은 그의 글들, 광포한 밀리터리즘에 대한 상큼하고 통렬한 야유, 정치 권력의 기만과 폭력에 점잖게 던지는 충고 한마디, 갈수록 불투명해지는 미래에 대한 어둡고 우울한 전망 등이 그의 글 이곳저곳에서 우리를 새롭게 정신들게 하는 것이다.

　김병익의 글들은 크게 나누어 세 종류가 있다. 그 첫번째는 문학에 관한 글들이고, 두번째는 문화에 대한 시평(時評)들이며, 나머지는 단상과 수필 등 다양한 모양새의 잡문들이 그것이다. 내 서재에는 일찍이 그가 서명하여 내게 준 평론집이 대충 헤아려 열 권쯤 꽂혀 있다. 스스로 밝힌 자전에 의하면 그는 자기 이름으로 된 것만 13권의 책을 출간한 것으로 되어 있는데, 거기다가 공저와 번역물까지 합치면 무려 19권의 책을 만들어낸 셈이다. 그는 나를 두고 칭찬인지 욕인지 소설 공장이라는 묘한 별명을 붙여준 일이 있는데, 내가 소설 공장이라면 19권의 책을 낸 그는 무슨 공장이라고 불러야 할지 알 수가 없다. 소설은 많이 쓰면 조제(粗製) 남발이라는 비난을 듣지만, 평론은 다작의 경우에도 비난하는 사람이 별로 없다. 특히 김병익처럼 모양새가 제대로 된 글을 쓸 때는 욕은커녕 사회로부터 고급 지식인으로서의 융숭한 대접과 명성까지 함께 얻는다. 사실 그의 책갈피에서는 어디를 들쳐보아도 지적 냄새가 물씬하게 풍겨온다. 요즈음은 본인 스스로도 그 냄새가 싫어져서 의식적으로 우리말을 쓰는 등 냄새 지우기에 신경을 쓰는 눈치지만 타고난 본래의 체질이야 쉽게 고쳐질 수 있겠는가. 그러나 최근 들어 그의 여러 글들에는 전에 볼 수 없던 여유로움과 형식에 얽매이지 않는 품 넉넉한 자적이 엿보인다. 사물에 대한 그윽한 시선과, 좀체로 흔들리지 않는 든든한 평형 감각과, 새로운 세대에 대한 따뜻한 이해와, 끊임없이 제자리를 둘러보는 자기 반성과 성찰 등이 강파르거나 모나지 않으면서 이순에 이른 그의 나이만큼이나 원숙한 절제의 미를 느끼게 하는 것이다.

이제 나는 이 글을 끝내면서 그가 자기에게 주어진 삶을 얼마나 긍정적으로 아름답고 행복하게 받아들이고 있는가를 알리고 싶다. 이 머리 좋은 쉰여덟 살의 대전 친구는 정말 그 어떤 종교인보다도, 자기를 키워준 이 시대와 자기를 받아준 이 세상에 대해 진심으로 감사하고 기뻐하고 있다. 삶에 대한 그의 낙관적이며 긍정적인 사고는 어쩌면 그의 천성이자 그의 글이며 문학인지 모른다. 인용하기는 좀 길지만 다음에 싣는 글이 바로 그 증거이다.

　나는 나를 포함한 나의 세대가, 일제의 왜곡된 식민 통치기에 태어
났지만 그들의 교육에 미처 물들지 않았으며, 6·25란 민족상잔의 슬픔
을 바라보고 그 고통을 함께하고 있지만 그 역사의 담당자가 아직 못
되었다는 점에 아슬아슬한 요행을 느낀다. 〔……〕 우리의 세대는 그
불행과 혼란의 소용돌이로부터 비켜남으로써, 비극의 현장감은 기억
해두되 그것에 함몰당하는 일은 피할 수 있었다. 〔……〕 그 요행스러
운 자리의 독특한 심리 구조는 〔……〕 선배들과 달리 역사에 대해 그
무게를 강하게 느끼면서도 그것에 억눌려 집단적 사유 속으로 자신의
내면을 투기해버리는 함정도 피할 수 있게 해준다. 〔……〕 나는 앞세
대로부터 받은 은덕과 뒷세대에 넘겨준 과제로 한계지어진 나의 세대
에 대해 자부심에서 솟아난 자긍심을 고백하지 않을 수 없다

참으로 김병익만의, 김병익다운 발상 아닌가!　　〔1995년 정월〕

제 2 부

열린 문학, 열린 지성

깊어져 열리기

——김병익론

정 과 리

> 당신은 내가 숨쉬는 공기 같은가
> ——이인성
> 비평은 비평가의 세계 인식과 의미 부여
> 의 간접적인 드러냄이다. ——문학: 208[1]

비평가를 비평하는 일은, 게다가 앞세대의 비평가를 비평하는 일은 나에게 벅찬 일이다. 비평이 체험을 논리화하는 한 방법이라면 비평가론의 대상은 비평가의 논리 또는 이론이기 때문에, 비평의 의식이 열고 들어갈 빈자리를 좀처럼 찾아내기 어렵다. 비평되는 비평은 비평하는 비평과 나란히 있을 뿐이다. 비평되는 비평가의 이론을 비평하는 비평가의 이론으로 다루는 방법도 있을 수 있겠으나, 그것은 말의 엄밀한 의미에서 논문이지 비평이 아니다. 그럴 때, 비평이 할 만한 일은 비평되는 비평의 논리를 체험으로서 받아들이는 것이다.

---

1) 앞으로 본문 안에서 괄호 안에 표시된 인용주는 그 책 또는 글 이름을 줄여서 쓴다. 즉 다음의 도표와 같다.

이론을 이론으로서 다루지 않고 체험적 이론을 논리화하는 일이다. 체험적 이론은 등이 맞붙은 모순이다. 나는 그 겹친 모순을 정신분석할 수 있을까. 기껏해야 그 논리를 정리하는 일에 그치지 않을까.

앞세대의 비평가를 비평하기가 벅차다는 것은, 앞세대의 이론에 기대어 있고 싶다는 마음의 표현이다. 기대고 싶은 것은, 특히 그 세대가 한국 문학의 주체성의 지반을 다진 세대이기 때문인데, 하지만 후대의 기댐은 양세대 모두에게 구속이다. 되갈지 않는 땅은 썩는다.

후대가 앞세대를 계승하는 가장 좋은 방법은 창조적 배반의 관계를 맺는 일이다. 그럼으로써 한국 문학은 더 넓고 깊어질 수 있다. 나는 그럴 수 있을까?

김병익론에서 내가 할 수 있는 일은 기껏해야 정리해서 객관화하

글쓴이	책 또는 글 이름	출판사 또는 잡지	연도	약기
김병익 외	현대 한국 문학의 이론	민음사	1982 중판	(이론)
김병익	지성과 반지성	민음사	1974	(지성)
김병익	한국 문학의 의식	동화출판공사	1976	(의식)
김병익	상황과 상상력	문학과지성사	1979	(상황)
김병익	지성과 문학	문학과지성사	1982	(문학)
김병익	들린 시대의 문학	문학과지성사	1985	(시대)
김병익	작은 시작의 의미	계간 『문학과지성』	1970년 겨울	(시작)
홍정선	70년대 비평의 정신과 80년대 비평의 전개 양상(『역사, 현실 그리고 문학』에 수록)	지양사	1985	(홍정선)
최원식	민족 문학의 이론	창작과비평사	1982	(최원식)

책과 글 표시 다음에 나오는 숫자는, 그 책, 또는 글이 실린 책, 잡지의 면수를, 책 표시 다음의 글자는 그 책에 실린 글을 말한다. 가령 (문학: 208)은 『지성과 문학』 208면을, (문학: 야곱의 씨름)은 『지성과 문학』에 실린 「야곱의 씨름」을 가리킨다. 아쉬운 점이 있다면 김병익의 『한국 문단사』 『문화와 반문화』를 전혀, 『들린 시대의 문학』의 많은 부분을 읽지 못했다(이 글을 쓸 당시, 그 새 평론집은 교정지가 나오는 중이었다)는 것이다.

는 일이다. 객관화하려는 것은, 기대고 싶다는 무의식을 해체시켜 내 의식 속에 김병익과 나를 상호 통화의 동등 주체로 서 있게 하고 싶다는 욕망의 표현이다. 하지만 그것마저 나는 볼품 있게 해낼 수 있을까.

1

I−1[2]

문화는 〔……〕 일차원적인 현실을 추상화 · 관념화하는 능력이다. 그것은 현실을 구체적으로 접하고 그것을 부정하는 초월의 정신 능력에 도달해야 한다는 것을 의미한다. (의식: 42)

김병익의 문학관을 이해하는 열쇠로 뽑아본 인용문에서 우리는 그가 문학을 현실의 질서화 능력으로 보고 있음을 시사받을 수 있다. 문학은 현실의 있는 그대로의 드러냄일 수도, 재구성일 수도 있으며 같은 재구성이랄지라도 해체 · 재구성일 수도, 구성 · 명료화일 수도

---

2) 본문에 들어가기에 앞서 두 가지 점을 지적해두자. i) 김병익의 문학관을 분석하는데 그의 이론적 발언들뿐 아니라, 구체적인 작가 · 작품론도 다루어질 예정인데, 그때 그 작가 · 작품론이 옳고 그른가에 대한 논의는 하지 않는다는 것이다. 여기서는 그가, 왜, 어떻게, 특정의 작가 · 작품을 분석 · 평가했느냐를 추적하는 데 그쳐야 할 것이다. ii) 나는 김병익의 문학관을 단계적으로 재구성해볼 생각인데, 그 단계가 꼭 시간과 일치하지는 않는다는 것이다. 초기 단계에 중심 관점이 되면서 후기 단계에는 큰 중요성을 갖지 않는 것이 후기에도 알게 모르게 작용하고 있을 수 있으며(가령, 초기에 빈번히 쓰이다가 1980년 2월〔문학: 문화의 민주주의를 향하여〕에 지양되어야 할 개념으로 재인식된 '혼란'이라는 말은 1982년 6월〔문학: 비평의 의미와 기능〕에 다시 쓰이고 있다), 후기 단계에서 중요하게 부각된 것이 초기의 문학관에 이미 내재해 있을 수도 있기(가령, 후기에 중요한 개념으로 떠오를 '열림'이라는 말은 이미 1970년 겨울〔시작: 394〕에 쓰인 바 있다) 때문이다.

있다. 문학과 현실의 관계가 꽤 복합적이라는 것을 그것은 말해주는데 어느 이론가가 어느 하나에 주된 관심을 보인다는 것은 그의 문학에 대한 태도, 나아가 세계에 대한 태도를 드러낸다. 다음 페이지의 작가, 작품평에서 그의 질서화에 대한 애착을 우리는 다시 확인할 수 있다.

고전주의자의 면모를 드러내는 이 질서화에 대한 애착을 뒤집으면 그가 세계를 혼란으로 인식했음을 알 수 있다. 그에게 세계는 "무질서"(의식: 122; 시작: 388)이며, "질서를 초월하는 그리하여 멋대로 만행을 부려도 공공연히 인정되는"(의식: 264), "혼란과 불화"(상황: 80), "혼란과 야망"(상황: 200), "위선과 혼란"(상황: 319)의 세계이다. 현대인에게 세계는 "어떻게 보면 명증한 것이지만 다시 눈을 씻으면 카오스가 더해"(의식: 229)가고, 더욱이 그 혼란은 단순히 외부적인 것이 아니라 외적·내적 카오스(이론: 306)이다. 따라서 문학을 포함한 문화 전반은 이 혼란의 세계를 정리·질서화함으로써 의미 있게 만드는 일일 것이다.

작가 또는 작품	긍정적 평가의 내용	출처
손창섭의 『길』	우리 모두가 역겹게 겪는 혼란의 사상을 일목요연하게 정리	(이론: 339)
황 석 영	체험의 치열함보다, 그 체험의 질량에 위축됨이 없이 오히려 질서화·보편화하는 상상력 〔……〕	(상황: 295)
황 동 규	격앙될지언정 흥분하지 않고 분노할지언정 아우성치지 않으며 시정의 밑바닥을 그릴 때에도 남루해지지 않는, 시적 질서를 획득한 극소수 시인 중의 한 사람	(의식: 303)
조 해 일	그의 양식화의 아름다움에서 기쁨과 감사의 느낌마저 갖는다	(의식: 258)

그러나 주의해야 할 것은, 혼란의 질서화의 질서가 세계 전체의 단일성, 모든 인간 행위, 모습 들의 한결같음을 의미하는 것이 아니라는 점이다. 김병익은 질서의 얘기를 누구보다도 자주 하면서, 동시에 다양성을 주장하고 있고, 현실 혼란의 진원을 정치적 폐쇄성에서 찾으며, 그것에 의한 인간의 획일화를 거부한다.

  1) 정치와 이데올로기란 획일적 메커니즘에 거부하는 〔……〕 (이론: 129)
  2) 문학과 정치학을 별개의 영역인 것처럼 명확히 구분하지 않는다면 두 활동의 정확한 판단은 얻기 어려워진다. (의식: 36)
  3) 폐쇄 체제와 피해 의식적 심리 구조를 정당하게 극복할 〔……〕 (문학: 101)
  4) 자유는 지성의 외형적 존재 이유이며 〔……〕 (지성: 67)

그에게 질서는 독립성·자유와, 혼란은 폐쇄성·획일성과 동위 개념이다. 그러한 태도는 형식 논리적으로 얼핏 모순되어 보이지만, 그러나 그 자유—질서를 좀더 자세히 보면, 자유는 외적 조건이고 질서는 내적 실체이다. 그렇다면 문학을 포함한 의미 있는 인간 활동은 세계의 폐쇄성에 의한 외적·내적 혼란을 극복하려는 개별적 질서이다. 그래서 그는 말한다. "미분된 문학의 세계는 자기 주장을 드러냄으로써 보편적인 공감을 얻는다"(이론: 25). 그러나 개별적 질서들의 다양한 충돌은 어떻게 혼란에 빠지지 않고 보편적 조화를 이룰 수 있을까. 그에 대한 대답은 찾기가 힘들다. 여기서 우리는 사람들 행위의 저마다의 다양한 발현이 그 자체로서 '보이지 않는 손'에 의해 합리적으로 조화될 수 있으리라는 서구의 근대 개인주의·휴머니즘·자본주의 정신에 김병익의 세계—문학관의 뿌리가 닿아 있음을 유추

할 수 있다. 과연 그는 "우리가 서구적 질서를 정당히 채용함으로써 근대 자유민주주의 사회를 형성하려 한다면"(지성: 67)이라고 말하고 있다. 하지만 그것은 분단을 핵자로 한 우리의 폐쇄성이 제국주의의 지배 확장 정책의 결과이며, 그 제국주의는 자유 경쟁의 자본주의 체제의 결과임을 경시하고 있는 것이다. 그것은 몰이해일까? 그렇지는 않다. 그는 우리의 상황이 외세 지배에 의한 것임을 알고 있다. 그러나 동시에 그 외세 지배를 벗어나기 위해선 서구적 체계의 적극적인 받아들임이 필요하다고 생각한다. 그는 최인훈론에서 이렇게 말한다. "우리의 직관적 사고 방식과 비논리성의 결함은 서양의 논리적 접근 방법으로 보충돼야 하며 특히 스스로의 자각이 서기 전에 물밀듯 들어온 서구 문화의 양식으로부터 해방되기 위해서는 서구적 방법론의 도입이 요긴할 것이다"(의식: 235).

풀이하면 이렇다. 1) 우리는 서구 문화에 지배되어 있다. 2) 그 지배에는 우리 체계의 결함이 작용하고 있다. 3) 그 지배를 벗어나려면 따라서 서구적 방법론의 도입이 필요하다. 4) 그 도입은 맹목적─서구적 · 근대적 양식의 외피 아래 전근대적 · 동양적 양식의 실질적 잔존을 감추는─적용이 아니라, 적확한 수용이어야 한다.

이러한 입장은 그런데, 서구 체계의 정신은 받아들이되, 그 역사적 내용, 실제적 결과는 무시하고 있다는 점에서 모순을 일으키고 있다. 그 모순의 진원은 무엇일까?(후술되겠지만, 그의 근대주의에 대한 믿음은, 적어도 두 단계를 거쳐 의혹 · 재탐구의 방향으로 진행된다). 김병익의 탁월성은 거기에 있다.

II−1

김병익이 우리 삶의 전체적 조건을 혼란으로, 그 조건을 극복하려는 참된 노력을 질서화로 파악하게 된 뒤편에는 6·25와 4·19가 숨어 있는 것 같다. 박태순 · 이청준 · 김승옥 · 홍성원 · 김원일 · 전상국 · 유재용 · 황석영 · 최인훈 · 조선작 · 윤흥길 등, 그가 다룬 대부분의 작가들에게서 찾아내고, 그의 많은 평문들에서 공들여 추적하고 있는 6·25, 즉 분단의 주제는 그가 6·25 콤플렉스라고 부르고(상황: 165, 문학: 92), 거기에서 "현대사의 기점"(문학: 98)을 찾을 정도로, 김병익이 인식한 현대 세계의 혼란의 진원이다. 그 진원이 의미하는 바는 이렇다. 1) 6·25는 밖으로부터 가해진 대격변이었다(이론: 260), 2) 그 주어진 충격을 감당·극복해낼 만한 지적 축적이 우리에겐 없었다(지성: 42), 3) 따라서 그 외부적 충격은 우리 내부의 자기 파탄을 야기하고(이론: 260); 한국인들에게 패배주의와 허무주의를 발산하게 한다(이론: 261), 4) 그 6·25 콤플렉스는 6·25가 기억의 상태로 후퇴한 지금까지도 여전히 아물지 않은 상처이며(상황: 13, 191), 지금 우리 사회의 구조적 모순을 제약하고 있는 핵심 동인(상황: 167~68: 문학: 91)으로 잠복해 있다.

그러나 김병익의 비평적 상상력을 자극하는 현실 체험은 그 민족적 비극만이 아니다. 그보다 더 직접적인—성인이 되면서의—것이, 홍정선이 김병익을 포함한 70년대 비평가들의 정신적 출발점이라고 지적한(홍정선: 163) 4·19인데, 그 스스로 참여한 학생 혁명의 성공은 그에게 "자유로움과 자부심"(상황: 21)—정당한 세계를 만들어낼 조건과 "자신이 만들고 있는 역사의 순간을 고양시키며 현실의 가능성과 미래에 대한 소망의 함성을 올리며 주체적으로 창조할 수 있다는 신념"(이론: 261)을 갖게 해준다. 그러나 4·19는 곧 좌절한다. "학생의 피값"에도 불구하고 그것은 정치적으로 패배하며, 그 패배는 6·25에 의한 정치적 폐쇄성을 더욱 고착시키는 것이었다. 하지만 한 순간 본 하늘은 각인되어 지워지지 않는다. 그것은 그 자유를 가능하게 한 이념을 확신하게 한다. 그 이념은, 올바른 삶에 대한 전망이 부재함에도 불구하고 이미 있는, 확신된 이념이다. 그것은 김병익이 보기에 "4·19의 패배를 인정함에도 불구하고 그 정신과 의의의 패배를 허용하지 않는," "역사의 침묵"에도 불구하고 "역사에 의미를 부여하고자 하는"(문학: 32) 처절한 노력을 일으킨다.

김병익에게 4·19는 성공 ─패배─정신의 살아 있음이라는 세 항으로 구성되어 있다. 그 의미망의 마지막 항은 앞 두 항──이념의 확신과 그 전망의 부재──의 동시성의 결과이며, 그것이 6·25로 인한 한국인의 혼란을 질서화하는 것을 의미 있는 활동으로 규정하게 한다. 좀 자세히 말하면, 1) 이념, 혹은 관념에 의거한 혁명인 4·19의 성공은 그 이념을 있는 이념이게 하는데, 이념이란 세계를 질서 있게 구성하는 하나의 선택이며, 이념의 이미 있음이 정신으로서의 있음이고 실체로서는 부재라면, 그의 말대로 "이념과 풍속이 괴리"(의식: 64)되어 있는 것이라면, 풍속은 따라서 혼란이고, 그 혼란을 질서화하는 것이 문학을 포함한 의미 있는 인간 활동의 바람직한 일이 되고, 2) 동시에 4·19를 가능하게 한 이념이 서구적 근대 민주주의이기 때문에, 근대 민주주의의 형태론적 이상이 자유로운 질서, 또는 개별적 질서들의 자유로움, 즉 자유─질서의 결합이라면, 그것은 현실의 제 나름의 질서화를 지향하게 한다.

Ⅱ─2

우리는 한 가지 의문을 가질 수 있다. 6·25와 4·19는 김병익만의 체험이 아니라, 6, 70년대 작가·비평가 들의 공통된 체험이 아닌가. 따라서 유달리 질서에 관심을 두는 김병익의 고전주의적 면모를 이해하는 데, 그 체험 자체를 준거틀로 삼는 것은 미흡하지 않은가. 그렇다. 6, 70년대 작가·비평가 들의 세계는 명료한 구성으로도, 있는 그대로의 모사로도, 현실 재단으로도, 추적으로도, 해체·구성으로도, 해체·파괴로도 나아간다. 그 다양한 방향에는, 공통된 체험에도 불구하고, 그 체험을 인식하고 극복하는 데에 있어서의 그들의 주체적 선택과 실천적 결단이 개입되어 있다. 우리는 김병익의 선택·결단이 어떤 경로를 밟아 세계─질서라는 고전주의적 태도로 표명되는지 확실히 알 수가 없다. 다만 분명히 알 수 있는 것은 그가 누구보다도 4·19의 정신을 깊이 받아들이고 있으며, 동시에 6·25와 4·19를 분리—접합 체험으로 이해하고 있다는 것이다. 분리—접합 체험이란 그 두 체험이 같은 자장의 연속적 국면들이 아니라 다른 자장의 상호 작용의 양상으로 이해된다는 것을 말한다. 가령,

> 해방 후의 민족주의자와 공산주의자의 이데올로기 대립은 6·25를 통해 체제의 물리적 대결로 경화된 것이었다. 휴전 후 이 대결은 시간의 흐름과 함께 더욱 고착화됨으로써 사태는 40년대 후반보다 훨씬 퇴화했다. 이처럼 양분된 상태에서 과연 기본적인 의미에서의 민족주의가 형성될 수 있을까. 아마 민주주의는 가령 서독에서처럼 가능할 수도 있었을 것이다. 그러나 민주주의가 '실천'되지 않았기 때문에 4·19가 일어났던 것이며, 그리고 그 "학생의 피값"에도 불구하고 현상은 거의 개선되지 않았다. (지성: 15)

에서 보이듯, 6·25—민족·공산주의—이데올로기와 4·19—민주주의—학생의 피값은 서로 다른 자장을 가지고 대립·상호 작용한다. 그 두 자장의 앞엣것은 실체로서—있는—혼란이고, 뒤엣것은 정신으로서—있는—질서이다. 앞엣것이 부정적이라면 뒤엣것은 긍정적이고, 따라서 문학은 앞엣것을 뒤엣것으로 바꾸려는 노력의 하나가 되며, 그래서 현실의 질서화, 즉 세상을 명료하게 파악·의미를 부여하는 활동이 된다.

2

I—1
혼란의 극복과 개별적 질서화에의 욕구는 김병익으로 하여금, 한국인의 그리고 한국 문학의 내적 주체성의 다짐에 대한 관심으로 향하게 한다. 그것은 1) 우리의 상황은 밖으로부터 가해진 혼란이다,

2) 우리에게는 그것을 감당해낼 지적 축적이 없었기 때문에 내부적 혼란으로 파급된다, 3) 따라서 우리 내부의 주체적 정립―질서화가 시급하다라는 인식의 결과이다. 그 인식은 따라서 50년대 소설의 체험 매몰, 50년대 비평의 관념·구호를 배격하게 하고, 60년대 소설의 내면화 현상은 공존하게 되는바, 내면화 현상이란 현실을 주체의 내부로 끌어들여 주체의 몫으로 재구성하는 것이기 때문이다. 그가 보기에 50년대 세대는 "당대의 사건[6·25: 인용자]을 경악과 비명으로 받아들이며 현실에 대한 저주와 비탄의 신음을 내며 패배주의와 운명의 굴욕감에 젖어 관념으로 피신하거나 안이한 허무주의를 발산"(이론: 261)하여, 문학의 차원에서는 "체험을 중시하"고 "상상의 한계, 언어와의 줄기찬 씨름을 회피"함으로써 "작가로서의 자기 결단을 포기"(이론: 261~62)했거나, "개성의 자유와 인간성의 존엄"을 획득한다는 근대적 세계관의 표명에도 불구하고, 그 실제에 있어서는 오히려 근대성의 허울 아래 "동양적 자연관과 신비한 운명론"의 "샤머니즘"(의식: 117~200)의 세계로 귀의하는 "아나크로니즘적 콤플렉스"(지성: 34)에 젖어 있으며, 50년대 비평은 "정치 지도자들의 패배적 구호와 상응하게 고발, 참여, 벽, 실존, 역사 〔……〕의 어휘를 남발했으나, 감각적인 자극에는 성공했을망정 내적 의지의 힘으로는 발전시킬 수 없었"던 "에피그람적 카타르시스"(지성: 34)에 빠져 있었다.

김병익에게 중요한 것은 체험 매몰, 과거 도피, 관념 남발이 아니라 개별적 주체화였다. 체험 매몰은 혼란 그 자체이고 과거 도피는 혼란의 가짜 해소이며 관념 남발은 "전후적 혼란이란 충격을 인성의 구체적 문제로 소화시킬 수"(이론: 264) 없기 때문일 것이며, 그로서는 이미 확신된 이념을 거듭 되풀이하는 것은 불필요한 낭비이며, 주어진 형식에 내용을 채워넣는 것, 즉 각자의 삶에서 구체화·주체화하는 것이 중요했을 것이다. 그래서 그는 60년대 문학의 개인주의 경향을 "상황 부재가 아니라 상황 변화"이며 "그들의 선배가 절규만 내

질렀을 뿐, 건설할 수 없었던 전후의 정신적 공백에 자기 나름의 가치 의식을 발굴하려는 적극적인 탐구"(의식: 118)라고 적극 옹호한다. '외적 무질서'를 극복하기 위해선 '내적 무질서'를 극복하는 것이 우선적인 과제(의식: 117)이기 때문이다. 현실의 상황화, 수난의 주체적 수용, 한의 비극화라는 명제가 도출되는 것은 이 자리에서이다.

1) 작품의 평가는 그 치열한 관계를 통한 상황의 문맥에서 수행되어야 할 것이지 현실과의 평면적인 관계에서 이루어져서는 안 된다. (의식: 32)

2) 6·25의 궁극적인 책임이 우리에게 귀속되어야 하며 우리가 그 책임을 감당할 때에만 이 전쟁과 그 전쟁의 희생에 의미가 부여되고 이 비극의 주체화를 통해 우리 민족의 결단이 가능해진다. (상황: 183)

3) 비극의 세계는 한의 세계와 분명히 다르다.[3] 〔……〕 우리의 정신사는 한의 역사였고, 숙명과 윤회에 대한 비전이 거의 없었다. 우리가 비극의 세계에 들어선다는 것은, 비극적 인식이 가능해졌다는 것을, 우리가 우리 자신의 삶을 스스로 선택하여 도전한다는 근대적 의지를 소유하게 되었음을 뜻한다. (이론: 296)

현실—수난—한과, 상황—주체화—비극은 각각 동위 개념이다. 현실은 외적으로 주어진 우리의 조건이고, 수난은 그 조건이 일방적으로 주어진 가혹한 체험이기 때문에 수난이며, 한은 그 수난에 의한 슬픔이 누적되어 응어리진 것이다. 상황은 외적 조건을 자신의 문제

---

3) 다음은 김병익이 설명한 비극/한의 차이를 도표화한 것이다(이론: 296).

한	숙명에의 굴복	자기소멸의 과정	무사하게 살려는 회구	체념	샤머니즘에의 함몰
비극	부조리에의 도전	자기 확인의 행위	진실하게 살려는 의지	선택	종교적 의식으로의 뛰어오름

로 내면화하는 것이고 주체적 수용은 그 상황을 자신의 책임으로 떠맡는 것이며 비극은 주체적 선택에 의거한 극복 의지가 상황과 부딪쳐 빚어내는 긴장감이다.

I—2

　김병익의 작품 평가는 일차적으로 여기에 근거해 있다. "정치 자체에 목적이 있는 것이 아니라 존재의 확인, 구원에의 열망을 위한 행동이 정치란 채널을 통"(이론: 127)할 뿐이어서 "작가의 눈은 구체적인 인간, 명백한 어떤 삶으로 향해야 하며 그 개인이 정치란 추상적

작가 또는 작품	평　가　의　내　용	출　처
박태순	자기 확인 없는 사회 행동이 얼마나 무모한가를 깨닫게 해 줌	(이론: 411)
김승옥	개인의 삶과 현실 속에 던져진 자아의 존재상	(이론: 266)
이청준	기성 도덕의 점검을 통한 인간의 윤리적 좌표	
홍성원	조직 속에 패배하는 개체의 휴머니즘	
『광장』	운명과 상황을 능동적으로 선택한 보기 드문 인물 등장	(문학: 99)
『남과 북』	주어진 것의 도전적 수용이란 결단에 의해서 비극적 운명의 극복을 교사	
『길』	자신의 운명을 자신이 개척하겠다는 당찬 인간성을 성립시킴	(이론: 346)
서기원	주체적 선택에 의한 윤리적 재생의 길 마련	(상황: 19~20)
하근찬	우리의 민족적 수난을 스스로 감당하지 않을 수 없다는 주체적 용기를 보여줌	
『소문의 벽』	6·25를 외부의 문제로부터 내면의 문제로 끌어들여 자신의 지적 과제로 제기하여, 한의 무방비적 정서 차원에서 현실과 지성의 대결이란 비극적 차원으로 끌어올림	(문학: 98)
『야호』	마음의 파탄을 이겨냈을 때 비로소 운명에 도전하는 주체적인 자기 결단을 보여줌	(이론: 292)
	한의 모호한 분위기에 젖어 있는 것이 아니라 구체적이고	(이론:

『장한몽』	명확한 한의 실체를 가짐으로써 자기를 발견하고 결단을 통한 싸울 용기를 보여줌	295~96)
황순원	현실의 비참함에 대한 조악한 고발이 아니라 시대의 처참함을 인간의 내적 전율로 수렴시킴으로써, 아름다운 문체에 의해 비극의 정화를 느끼도록 해주는 장인 의식의 문학	(의식: 191) (상황: 137)

세력에 어떤 반응, 어떤 행동을 보이는가로 초점을 모아야 한다"(이론: 126)는 주장에 집약된 그의 평가의 준거틀은, 여러 긍정적인 작가·작품 들에게 다음 페이지의 도표와 같은 평가를 내리게 한다.

현실─수난─한을 상황─책임─비극으로 바꾼다는 것은 그러나 개인 의식으로의 침잠이 아니다. 그것은 현실의 개인화이지만, 그 개인화는 개인으로의 도피가 아니라 오히려 현실에 대한 주체적 가담을 뜻한다. 다시 말해 그것은 현실을 자기 몫으로 받아들이는 것을 말한다. 현실과 개인 어느 한쪽이 다른 한쪽에 매몰되는 것이 아니라 서로 수용하고 상호 작용할 때 의미 있는 삶의 활동, 현실 극복의 계기가 마련되는 것이다. 즉 개별화가 정당하게 행해질 때 거꾸로 보편적인 공감력을 얻는 것이다. 그래서 그는 황동규의 초기시들이 드러내는 "소멸에의 의지"가 "적극적인 비극에로의 지양보다 자기 정서에의 폐쇄적인 몰입이란 함정을 지니고 있다"(의식: 289)고 애정 어린 비판을 하며, 현실을 노골적으로 고발한 「분지」가 오히려 "개인적 울분의 발산"이며, 주체적 선택을 보여주는 『삼대』와『광장』이 "사회학적 상상력에 의한 인간의 리얼리티 탐구에 성공"(이론: 29)했다고 지적한다.

Ⅱ─1

그렇다면 김병익은 개인과 사회, 외부와 내면을 각각 독립적으로 상정하되 한 공간 안에서 함께 포착하고 관련지으려고 한다고 볼 수 있는데, 그 각각 개별적인 것들은 어떻게 상호 관련될 수 있는가. 외부적인 것을 내면화하는 것은 어떻게 외부적인 확산력을 가지며, 보편적인 것을 개별화하는 것은 어떻게 보편적인 공감을 얻을 수 있을까. 그것은 개인/사회, 외부/내면의 평면 대립 위에 '인간적인 것' '인간성'이라는 보다 높은 층위의 개념을 설정하기 때문에 가능하다. 그의 사회→개인→사회, 현실→주체화→현실이라는 뒤집기에는 '인간'이라는 매개항이 작용하고 있다.

1) 정치를 문학 인식과 결합시키면서도 종국적으로 인간의 실상과 구제에 귀결시키는 〔……〕 (의식: 138)
2) 영원한 본질적 사랑에의 감응력을 충동 (의식: 214)
3) 〔황석영의〕 사회적 불평등의 현실 인식과 뿌리 잃은 인간들을 화해시키는 따뜻한 친화력의 제시〔는〕 이데올로기스트로보다 휴머니스트로 발전할 믿음직한 저력 (의식: 80~82)
4) 지식과 논리의 절정에서 그 한계를 뛰어넘을 때 얻게 되는 정신의 유일한 가능성으로서의 사랑과 구원 (상황: 321)
5) 〔박경리는〕 일상의 풍속을 보여주기보다 영원과 근원을 향해 몸부림치는 인간의 본원적 서정을 표출 (상황: 141)
6) 상상력이란 〔……〕 인간과 삶에 대한 근원적 이해와 구체적 재현을 가능하게 하는 방법 (시대: 207)

이 산만한 인용들에서 보이듯, '인간' '휴머니즘' '영원성' '근원' 등은 개인과 사회, 외부와 내면을 감싸는 상위 개념들이다. 그것에 의해 뒤의 평면 대립은 지양·승화되어야 한다고 그는 생각한다. 그 '인간'은 무엇일까. 그 인간은 그가 김동리를 두고 보편적 자연으로 도피했다고 은근히 비판했을 때(의식: 188)의 그 '자연'에 반대되는 근대적 인간, 즉 자아의 각성과 함께 인간의 역사를 출발시킨 '인간'이다. 이러한 인간관은 그의 정치적 이념과 상응한다. 정치적 이념인 근대 민주주의와 철학적 이념인 근대 휴머니즘은 동궤의 것이다. 그런데 우리는 근대 휴머니즘이 개인의 발견으로부터 인간 전체로 확산된 것임을 알고 있다. 개인 저마다의 자유로운 삶이 인간 모두의 행복으로 이어지는 것이다. 가령 김병익의 "훌륭한 정치 지향적 작가들에게는 정치 과정이란 추상적 존재에서 인간을 구출해야 한다는 또 하나의 공통성이 나타난다. 〔……〕 어느 시대, 어느 사회에서나 위대한 작가의 관심은 개인의 구원에 있었다"(이론: 126)는 구절에서도 인간은 곧 개인과 동일시되어 있다. 그렇다면 개인/사회의 평면 대립을 감싸는 상위 개념으로서의 '인간'은 단지 '개인'의 연장일 뿐이고, 따라서 개인/사회의 대립은 개인으로 수렴되는 것이 아닌가.

그렇지 않다. 근대 휴머니즘의 개인→인간 전체라는 확산 논리에서 그 확산을 가능하게 해주는 매개항은 '보이지 않는 손'이라는 모호한 신화이다. 그 신화를 성찰 없이 좇을 때 개인의 삶은 어떤 식으로 행해지든 인간의 행복에 기여하리라는 거짓 의식에 빠지게 된다. 나만의 삶에 정당성이 부여되는 것이다. 그것은 나−인간의 삶을 위해 자연뿐 아니라 다른 인간과의 싸움을 불사하게 하고 다른 인간의 이용·훼손을 당연하게 하는(그때, 그 다른 인간은 인간이 아니라고 호도된다. 제국주의자들의 인종주의가 그 극명한 예이다) 인간주의 이데올로기를 창출하게 한다.

Ⅲ−1

김병익에게도 역시 개인→인간 전체라는 논리를 가능하게 하는 매개항은 모호한 채로 있다. 그러나 그 모호성은 '보이지 않는 손'이라는 환상적 답변의 형태로 있는 것이 아니라 질문의 형태로 있다. 개인=인간이라는 등식이 있는 것이 아니라, 개인은 왜 인간적인 삶을 살지 못할까, 개인이 모여 이루는 사회가 왜 개인을 구속하고 비인간화되는가라는 물음이 있는 것이다. 환상과 질문의 차이는 무엇일까.

그것은 그가 근대 휴머니즘의 이상을 옹호하지만 그 출발의 실제적 결과는 받아들이고 있지 않음을 말한다. 자본주의의 자유 경쟁의 논리가 그 자유 경쟁 자체로 말미암아 독점과 예속을 낳았듯이, 역사적으로 근대 휴머니즘의 이상은 배반되었다. 그것은 그 논리 자체로 필경 배반되고 말 것이었다. 그러나 그 배반을 직시하면서도 배반을 용납하지 못할 때, 이상과 실제의 모순 속에 정직하게 있을 때, 휴머니즘의 이상은 추상화되어 현실로부터 떨어져 다른 자장에 속하게 된다. 김병익의 '인간' '영원성'의 개념은 개인/사회의 대립에 작용하는 현실 논리를 벗어난, 나름의 자기 논리를 가지는 것이다.

현실을 보다 명료하게 알기 위하여 현실로부터 벗어나기를 그가 자주 권유하는 것은 그 때문이다. 그는 "현실의 비리를 직시하되 거기에 함몰되지 않도록 작가의 의지를 확인해야"(의식: 151) 한다고 주장하면서, 다음 도표에서 보이듯, 그 거리두기가 현실을 정확하게 관찰한다는 중요한 문학적 기능을 수행하고 있음을 작품들에서 밝혀낸다.

작 가	방 법	의 의	비 고	출 처
황순원	역사로부터의 비켜남	외적 현실로부터 탈출하여 거리를 유지함으로써 현실을 보다 정직하게 관찰	도피가 아니다	(상황: 132~36)
서정인	유 머	자기가 바라보고 있는 대상을 좀더 정확하게 바라보고 그 대상들과 적절한 거리를 유지		(상황: 263)
이청준	자기 은폐욕	대상과 자아와의 거리를 유지함으로써 자신의 독자적 존재로서의 주체를 견지하면서 대상과 외부에 대한 냉정한 관찰을 가능하게 하는 지식인 소설		(시대: 261)

Ⅲ-2

김병익이 현실로부터 거리를 유지할 것을 자주 권고하는 것은 그의 이념이 확신으로 있으면서 동시에 그 전망이 부재하기 때문이며, 그 있음과 부재를 통해 자신의 이념을 현실 외적 질서로 추상화시켰기 때문이다. 많은 고전주의적 문학가들이 그러하듯 김병익에게도 문학과 철학(지성)은 동궤에 있는 것인데(굳이 가르자면, 문학이 실체라면 지성은 자세이다), 이념의 있음에 의해 문학은 그것과 동일 구조로서 자기 완결성을 추구한다. 즉 문학을 질서화로 보는 것이다. 그에게 문학은 "당위로서의 있음"(문학: 252)이고, 이야기는 그 자체로 "무수한 요약과 변형이" 가능하지만 그것이 소설·문학의 차원으로 넘어서면 "독립성·일회성·완벽성"(의식: 46)을 갖는다. 그런데 이념의 전망은 현전의 순간에 이미 부재한 것이 되었기 때문에, 그가 확신으로 가진 그것은 현실에서 사라져 현실로부터 떨어져 존재한다. 문학 역시 현실에서 비켜나 현실을 조망한다. 그 현실로부터의 떨어짐을 그는 흔히 '초월'이라고 말한다. 그리고 그 초월에 의거한 현실 부정의 힘을 문학의 기능이라고 말한다. 하지만 초기에는 '초월─부정'보다 '저항' 혹은 '반항'이라는 용어가 빈번히 쓰이는데(지성: 47; 이론: 125), 그러나 곧 저항은 "부정의 부분적·구체적 표현"(의식: 16)일 뿐이라고 하여 초월─부정의 용어에 더 깊이 침잠한다.

1) 문학은 이른바 저항 문학까지 포함하여 근원적으로 부정의 양식이다. (의식: 16)

2) 문학이 현실을 뛰어넘어 위에서 내려다볼 때 현실은 더 잘 관찰되고 그것의 나쁜 추세에 보다 근원적인 비판 또는 부정의 역할을 수행한다. (상황: 103)

3) 문학이 〔현실에〕 어떻게 기여할 것인가에 대해서는 〔……〕 문학의 초월성으로 이해되어야 한다. (상황: 88)

4) 문학이 현실에 대한 초월이며 꿈이며 이상이라는 것은 당연 (문학: 257)

저항은 이념의 현전에 매달릴 때 가능하다. 그러나 그 매달림이 현실에 의해 완벽하게 부정될 때, 비현실로 나아가지 않을 수 없다.[4] 그러한 상황 속에서 현실과 동일 평면에서 저항하는 것은 현실의 억압적 논리를 같이 따르는 것이기 때문이다. 그래서 그는 '이빨에는 이빨로'가 아니라 '이빨에는 사랑으로'라는, 현실 차원을 뛰어넘는 근원적 삶의 아름다움, 사랑에 근거하여 현실에 대한 전면적인 부정이 아름다움의 환기·각성을 수행해줄 것을 기대한다.

그렇다면 그의 문학의 초월성은 현실 안에서의 질서의 실현이라는 고전주의적 태도라기보다는, 현실 저 너머의 질서를 향해 가고자 하는 낭만주의적 태도가 아닐까. 내가 보기엔 그렇지 않다.

3

I-1

이념은 있는 이념일 수도, 없는 이념일 수도 있다. 있는 이념일 때 그것은 명백한 추구의 대상이 되며, 없는 이념일 때 그것은 만들어야 할 것이 되며 현실 안으로의 심화를 수반한다. 김병익의 이념은 있는 이념이다. 가령 그가 김치수에 대하여,

진정한 자유를 위해 기존 체계를 부정한다 하더라도 그 부정의 자

---

4) 그가 현실에서의 전망의 부재를 어느 정도 막막하게 인식했는가는 "칼과 펜과의 싸움이 물리적인 데 있는 한 펜이 이길 수 없을 것임은 자명한 일이다. 그러나 우리 지성인은 그 펜마저 빼앗겨 있는 것이다"(지성: 47)라는 진술에서 잘 알 수 있다. 그러한 인식은 그를 곧잘 패배의 필연성으로 이끌고 간다. "글이란 결국 자기 패배를 확인하는 것이고 그래서 스스로와 이 세계에 대한 부끄러움을 얻게 하는 것이 아닐까"라고 그는 『상황과 상상력』의 「책머리에」에서 말하고 있다.

〔尺〕로서 제시해야 할 새로운 가늠은 무엇일까. 〔……〕 우리가 우리를 억압하는 체제로부터 해방된다는 그 자체에서 자유로움을 얻는 것은 분명하지만 그 자유로움에 의미를 부여하는 새로운 이념까지 억압으로(왜냐하면 그 이념은 아직 드러나지 않았기 때문이다) 본다면 부정의 진정한 가치는 실현될 수 없다. (문학: 135)

라고 질문할 때, 우리는 그의 이념이 현실의 표면에는 없을지라도, 혹은 "어디에도 있지 않은" 것이기 때문에 "성취할 수 없는"(문학: 252) 이념일지라도, 하나의 실체로서——구체적이든, 추상적이든—— 존재하는 이념임을 알 수 있다. 그 있는 이념이 현실에 없을 때, 그것은 현실과 떨어진, 추구되는 전망으로서의 이념이다. 그때 그 이념─ 전망은 현실 초월적이다. 그러나 같은 초월성이지만, 아니 현실로부터 떨어진 것이지만, 그것은 현실 저 너머의 이념일 수도 있고, 또는 현실 속에 숨은 이념일 수도 있다. 현실 위에 있다고 말해지지만, 정말 위에 있을 수도 있고, 현실보다 높은 가치라는 뜻으로 위에 있다고 말해지되 현실 안에 숨어 있을 수도 있다. 저 너머에 있다면 그것은 좇아야 할 것이 되고, 따라서 현실의 것들에 대한 이해와 판단은 그 위에 있는 것에 의거한 재단일 수 있지만, 숨은 이념이라면 그것은 찾아내야 할 것이 되며, 현실의 것들은 그 찾아야 할 것을 가리는, 그러나 그 자리를 가리키는 중요한 요소가 될 수 있다. 김병익의 이념의 자세는 현실 초월이지만 그것의 자리는 현실 속에 숨어 있다. 앞 인용문의 '드러나는'이라는 어사에서도 암시되지만, 왜 숨은 이념일까?

I-2

그 이유와 양상·의미를 살피기 전에 우리는 그의 초월성이 갖는 한계를 찾아볼 필요가 있다. 그 한계가 이해될 때 동시에 그의 숨은 이념의 의의를 알 수 있을 것 같기 때문이다. 우리는 앞에서 그의 초월성 개념이 이념의 확신과 전망 부재의 동시성에서 비롯된 것이라고 보았었다. 올바른 삶은 한 순간 각인되었지만, 동시에 곧 배반된다. 그리고 그 배반은 절대적이고 완벽한 것으로서 이해된다. 이념에 대한 추구가 강하면 강할수록 그것이 자리하는 곳은 보이지 않는다. 이 현전과 부재의 동시성은 그에게 비극적 세계 인식을 불러일으킨다. 비극은 절망 자체, 좌절 자체가 아니다. 그것은 절망과 확신, 좌절과 낙관이 동시에 존재함으로써 그 긴장에서 잉태되는 것이다. 김병익의 비극적 인식은 이념이 있지만, 없기 때문이다. 그 비극적 인식은 그에게 이념을 포기할 수도, 혹은 이념 속에 행복하게 몸담을 수도 없게 만든다. 그에게 주어진 것은 "시지푸스의 헛된 노력" "천사와 겨루는 야곱의 씨름"(이론: 125)일 뿐이다. 단 그 '노력' '씨름' 자체에서 의의를 찾는다. 그는 현실과 대결하는 것은 지옥 같은 삶을 주지만, 홍성원의 입을 빌려 그것은 "즐거운 지옥"(지성: 64; 문학: 76)이라고 말한다. 그러한 태도는 한편으론 관념에 쉽게 안주하거나, 과거로 도피하거나, 체험에 체념하려는 유혹을 이겨내게 하며 현실과의 치열한 긴장·대결을 유지시킨다. 그것만으로도 그 자세는 값진 것이다. 하지만 다른 한편으로 그것은, 현실 자체에서 현실 극복의 가능성을 찾지 못하고 있음을 보여준다. 그에게 이념의 현전은 과거의 한 순간에 기대어 있고, 부재는 현재의 상황 그 자체다. 그럴 때 현재의 현실은 완벽한 무(無)이다. 그 무 내부에서의 지배/피지배, 억압/피억압의 갈등 관계는 경시되고 있다. 현실에, 지배를 극복할 실제적 요소들이 있다는 것은 인정되지 않는다. 그래서 이런 비판이 나온다.

우리는 그[김병익: 인용자]의 비평을 주지적이라고 얘기할 수 있다. 세계와 일정한 거리를 확보함으로써 그것을 보다 정확하게 파악할 수 있다는 신념, 이것이 주지적 경향의 인식론적 기초일 것이다. 이러한 주장이 가진 의의를 누구도 전면적으로 부정할 수 없다. 〔……〕 그러나 문제는 주지적 태도 내지 주지주의가 세계를 분석하는 일에만 열중하고 있다는 점이다. 더구나 이러한 태도는 어찌 보면 세계의 옳은 인식이 이루어질 수 없다는 전망과, 세계의 분열이 도저히 치유될 수 없다는 체념과 맞닿아 있는 수가 많다는 데에 문제의 심각성이 있다. 〔……〕 나와 세계의 분열을 끊임없이 절망적으로 확인하기보다는 그것을 딛고 넘어설 전망을 확보하는 일이 중요하다. (최원식: 322)

그러나, "세계의 옳은 인식이 이루어질 수 없다는 절망과 세계의 분열이" 해소될 수 없다는 비극적 인식은 이념과 현실간의 극한적 대립에서 빚어지는 것이지, "치유될 수 없다는 체념"이 아니라는 것이다. 오히려 김병익은 그 절망적 인식과 현실과의 긴장을 통해 역설적으로 살아감의 의의를 찾는다. 그는 박태순과 이청준을 두번째로 함께 논하면서 이렇게 말한 적이 있다: "회의와 부정의 태도가 더욱 강경해지고 분명해지면 그 태도는 뒤에 오히려 능동적이고 적극적인 지침이 된다"(상황: 73). 다시 말해 인식 자체는 비극적 절망이지만 그 작용력은 세계 개조적일 수 있다. 그러나 이런 문제를 접어두면 최원식의 지적은 중요한 사항을 담고 있다. 그것은 김병익이 현실 극복의 실제적·물리적 근거, 지반을 현실에서 짚어내고 있지 못하다는 것이다. 그리하여 현실 내 갈등 세력으로서의 민중의 존재(최원식의 말처럼 힘차게 전진하고 있지는 않더라도), 그리고 민중과 지식인의 생산 관계에 의한 모순을 간과하고 있다는 것이다. 김병익의 인간관은 적어도 초기엔, 지성인/일상인의 대립에 근거해 있다. 그는 지식인 내부에서 지성인/기능 지식인－체제 봉사 지식인의 분화를 인식하고 있으나(지성: 57), 지성인을 제외한 다른 사람들은 기능 지식인을 포함하여 모두 동일시되어 있다. 그러나 세계는 좀더 분화되어 있다. 지배 권력에 억압당하고 있다 할지라도 중간 계급과 직접 생산자의 생산·소비 관계가 다르게 얽혀 있으며 지성인/기능 지식인의 분화가 있듯, 직접 생산자 내부에도 현실 비판력과 현실 순응 감정이

혼효되어 있다. 그 분화·혼효의 복잡한 얽힘을 김병익은 완벽하게 닫힌 상황으로 단일화시키고 있다. 그 단일화는 현실 극복의 근거를 정신의 지성적 자세에서 구하게 할 뿐, 물리적 지반의 획득을 어렵게 만든다.

I-3

하지만 김병익은 비극적 세계 인식, 치열한 정신 자세에 그대로 머물러 있지 않는다. 머물러 있지 않고 그는 그 비극적 자세가 현실과 어떻게 부딪쳐 어떤 양상으로 구현되는가를 추적한다. 그는 최인훈의 문학적 태도가 "완벽한 자유인의 관조에 의한 창 안의 현실 바라보기"라고 이해한 다음, 이렇게 말한 적이 있다: "완벽한 자유인이 존재할 수 있을까. 〔······〕 우리가 그의 문학에서 얻고 싶은 것은 자유인의 사고라기보다 자유인이 되기 위해 각고하는 비자유인의 수련이다"(의식: 240~41).

그렇다. 김병익이 추구하는 것은 초월적 이념의 거듭된 확인이 아니라, 그 전망이 현실과 부닥쳐 어떤 모습을 드러내고, 어떻게 현실 극복의 길을 모색하는가, 요약하자면 그의 이념이 어떻게 현실화되고 있는가의 문제이다. 바로 이 자리에서 김병익의 초월적 이념은 그 이념이 자리한 위에서 현실이라는 아래로 단면 이동(수직 하강)하지 않고, 위에서 안으로 공간 이동한다. 미리 설정된 관점에 의해 작품의 옳고 그름을 재단하지 않고, 작품의 내적 논리를 성실하게 이해함으로써, 그것이 우리의 지향적 삶에 어떤 환기·각성을 주는가를 묻는 것이다. 김병익의 초월적 이념이 저 너머에 있는 것이 아니라 숨은 이념이라고 말한 까닭이 여기에 있다. 저 너머에 있다면 건너가 닿아야 하고, 건너가지 못하는 작가·작품 들을 질책하고 훈계해야겠지만, 숨어 있는 것이라면 찾아야 하는 것이며 그 찾음은 현실에서 개진된 작품 세계들, 작가의 세계관들을 통해서 가능한 것이다. 그런 의미에서 그는 근대주의 이념에 의지함에도 불구하고 그 이념이 현실과 일치한다고 생각하는 현실 순응의 근대주의자들이나, 그 이념이 실현되지도 않았는데 이미 이념 속에 안주한 낭만주의자들과 다르다.

Ⅱ-1

위에서 밑으로의 단명 이동이 아닌, 위에서 안으로의 공간 이동이라는 독특한 태도를 보여주는 김병익의 비평이 드러내는 양상은 대략 다음과 같다.

1) 이미 말했지만, 작품의 내적 논리를 비평의 일차적 태도로 이해하고 있다는 것이다. 그는 주관적 기준에 따라 작품을 평결하는 것이 아니라, "작품에서 제시한 통로를 통해 작가가 묘사한 현실의 의미를 발견하는 것"을 "정확, 정직한 문학 평론"(의식: 34)이라고 생각한다. 이러한 입장에 따라 그는 이청준이 『잃어버린 말을 찾아서』에서 "말들의 배반과 타락"의 "구체적인 계기와 원인에 대해" "언제부턴가는 느닷없이"란 말로써 언급을 회피하고 있는 것을 성실히 물어본 끝에 중요한 발견을 얻는다. 즉 그 언급 회피는 작가의 불성실이 아니라, 그 "회피 자체가 '언제부턴가는 느닷없이 그 말을 아끼기 시작해버린' 현상 그 자체"의 드러냄이라는 것을 깨닫는 것이다(문학: 187~88). 더욱이, 이청준의 얼핏 동떨어져 보이는 두 계열, 즉 '도시 지식인의 고답적 관심'과 '전통적 장인에의 토속적 관심'이 실상 무연한 것이 아니라 '말/소리' '복수/정한'이라는 대립 구조를 이루면서, 그것이 『잃어버린 말들을 찾아서』에서 변증법적 결합을 이루고 있다는 이청준에 대한 뛰어난 이해는 정말 탄복할 만하다(문학: 188~90). 그러한 이해는 작품의 논리를 성실히 따라가주지 않고는 얻어낼 수 없는 것이다.

2) 이러한 비평적 태도는 작가의 태도로 확산된다. 그가 보기에 좋은 작품은 주어진 인식·개념에 의해 현실을 고발하거나 단죄하는 것이라기보다는 현실의 실제 안으로 들어가 그것의 의미를 추적하는

질문형의 문학이다. 그는 최인훈이 "풍속·이념의 접합을 위해 여러 가지 실험을 계속하는" 것이 "우리 사회에 대한 정당한 질문법"이며 이청준의 중층 구조의 기법이 "현실에 대해 다각적으로 물음을 제기하는 의식의 소산"이라고 말하면서, "이 같은 질문의 제기, 문제의 탐구야말로" "현실의 근원을 포착하고 그것의 핵심을 탐구하는 근대 리얼리즘의 정신을 실현하고 있는 것"(의식: 65)이라고 주장한다. 동시에 그러한 문학은 현실에 대한 해결과 답변을 주는 것이 아니기 때문에, 독자 스스로 작품의 질문과 만나 스스로 해결의 길을 모색하는 공간을 마련한다. 현실에 대한 미리 규정된 판단을 가지고 독자에게 '동의'를 구하는 것이 아니라, 작가가 제시한 현실의 구체적 양상을 독자가 저도 모르게 생생하게 느낄 수 있는 문학, '동화(同化)'의 문학이 중요해지는 것이다. 그 동화 공간의 구축, 그것을 김병익은 '문학적 지성'이라고 부르면서, 그것이 충족되지 못한 판단, 주장만의 문학은 그 판단·주장이 비록 옳은 것이라 할지라도 감상적·관념적 제스처, 구호로 추락할 위험이 있다고 경고한다.

이 지적 발언들[역사·현실·민족·민중 등: 인용자]은 그것이 문학적 지성으로 변형되지 않는 한, 오히려 진정한 역사와 현실, 참된 민족과 민중의 뜻은 고착되고 은폐될 위험을 갖고 있다. 어떤 개념에도 그렇겠지만 역사와 현실 등등의 언어들 역시 겉으로 드러나고 자주 반복 강조되면 그 실체는 스스로의 정직한 모습들을 감추고 구호의 껍데기로만 존재하게 된다. 그리고 그것은 감정의 무분별한 발산, 따라서 감상적인 호소와 허황한 제스처로 떨어질 수 있게까지 되어버린다. (상황: 258)

그가 찾아낸 동화의 문학의 보기를 두 개만 골라 도표화하면 다음과 같다.

동화의 문학은 독자가, 김병익이 그러하듯, 한 자유로운 주체로서

작가	주 제	기 법	평 가	비 고	출 처
서정인	소시민의 좌절감에 굴복하는 패배주의			부정적 평가	(의식: 254)
		고통 속에 이루어진 단단한 문체와 유머의 지적 절제	비록 그 무기력에 동의하지 않는다 해도 우리로 하여금 서정인적 삶 속에 푹 젖어 있게 함	긍정적 평가	(상황: 262~63)
윤흥길		화자의 인격성 배제, 주인공의 극화 기피: 감추려는 태도	비밀의 진상 자체를 독자가 포착해주길 기대한다	소설적 긴장을 상실한 것이 아니다	(상황: 234)

작품 안으로 공간 이동하기를 배려하는 방법적 성찰의 문학이다.

3) 그것은 작품의 삶을 작가와 함께 사는 것이기 때문에, 그는 실제 작품 분석에서 단정적인 판단을 내리지 않는다. 그의 비평 태도가 작품·작가의 내적 논리를 우선 좇는 것임을 말한 바 있지만, 그의 작품 판단은 설혹 부정적인 평가라 할지라도, 그것은 성실한 이해 끝의 결과이며, 더욱 뛰어난 것은 그 부정적 평가가 자기 반성을 함께 수반한다는 것이다. 왜냐하면 그 부정성은 작가의 오류이기도 하지만 그 잘못에 작가가 빠지도록 한 우리 전체의 의식 구조에도 또한 책임이 있는 것이기 때문이다. 그래서 잘못을 지적하는 일은 우리 자신도 빠져들 수 있는 혹은 빠져들어 있는 그 잘못에 우리 자신을 경계하게 하거나 반성시키는 것이지, 한 개인을 나무라기 위해서가 아닌 것이다. 그래서 그는 70년대 작가들의 대중 상업성에서 "작가의 부도덕성" 이전에 "그 퇴폐성과 병적인 것이 우리 내부와 일상에 음험히 숨어 있음을 각성"(상황: 97)하며, 친일 문학가들의 훼절을 단

죄하면서도 "미결(未決)의 감정 상태에 시달려야" 하는 한국인의 심리적 상황으로부터 "우리가 우리 시대에 정직하게 살지 못한다는 고통스런 자기 인식"을 짚어낸다(지성: 87). 그 타인의 잘못을 통한 자기 반성, 그것은 타인을 이해함으로써 그의 잘못을 나의 잘못으로 치환해, 앞으로의 삶의 태도의 각성물로 받아들이려는 노력의 결과이다.

4) 이러한 타인의 이해와 자기 반성은 그에게 '더불어 삶'이라는 깨우침을 제공한다. 다시 말해, 삶이 고통스럽든, 죄스럽든, 그 고통과 죄를 회피하거나 무화하지 않고, 그것들의 현장에서, 그곳의 사람들과 더불어 살고 있다는 확인이며, 더불어 살겠다는 자세를 낳는다. 그는 『토지』의 인물들 중 "갈등과 더불어 삶과 싸워나가는" "서희 · 길상 · 혜관 · 구천"의 삶의 방식을 긍정(상황: 146)하며, 김원일의 변모를 "상황에 거리를 두고 바라보면서 자신의 감정적 반응을 〔……〕 제어하고 구체적인 인간과의 관계 속으로 투영하며 더불어─삶의 의미를 천착해 들어가는 태도의 표명"이라고 이해한다.

II─2

이러한 태도는 궁극적으로 한국 문학과 작가에 대한 김병익의 넓은 애정을 가리켜준다. 그는 "한 시대의 문학(혹은 문화)은 비극적인 애정과 동류 의식적인 이해로 통찰될 때 오늘의 우리 자신에게 접근해온다. 그것은 그 시대의 문학에 내재한 과오까지 대담하게 우리 자신의 일부로 수용하게끔 하는 것이다"(의식: 41)라고 말한 적이 있으며, 황동규론에서 황동규에 대한 그의 우정이 "공정한 해석을 훼손할지" 모르지만 "그러나 그 우정이 객관성 못지않게 귀중한 것이어야 한다"(의식: 286)고 생각한다. 우리는 이러한 김병익의 애정을, 홍정선의 말을 빌려 "온건한 너그러움"(홍정선: 170)이라 부를 수 있을 것이다. 하지만 그것이 "너그럽게 감싸주기 위한 마음씨"로서 "비평의 엄격성을 때때로 상실하게 만드는 요인이"(홍정선: 171) 된다고 말할 수만은 없다. 적어도 그 애정은 두 가지의 적극적인 의의를 가지고 있다. 작가를 비평의 대상이 아니라 주체로서 인정한다는 것이 그 하나이고, 작가의 가능성을 찾아나아간다는 것이 다른 하나이다. '안으로의 공간 이동'이라는 말이 말해주듯, 김병익은 위에서 덮어주는 것이라기보다는 작가의 안으로 안고 들어가는 행위를 보여준다. 그것은 앞에 놓인 대상을 겨뤄 쓰러뜨려야 하는 객체로서 설정하는 자본주의적 세계관을 극복할 수 있는 귀중한 자세이다. 상대방을 대상으로서보다 주체로서 인정해줄 때, 그는 작가 · 작품의 한계를 인정하면서도 그 가능성을 열어줄 수 있다. 그 가능성의 열음은 작가의 열림만이 아니다. 비록 죽어, 더 이상의 작품 세계를 확대 · 변모시킬 수 없는 작가에 대해서일지라도, 그 가능성을 밝혀주는 일은 그의 한계와 가능성을 수용하는 우리 자신의 가능성을 넓히는 일이 됨으로써, 문학 공간의 확장임과 동시에, 삶의 확장이라는 미래 전망의 길을 여는 것이다. 뒤에 적극적으로 추구되는 그 '열림'의 미래 전망은, 이 위에서 안으로의 공간 이동이라는 매개항이 있었기에 가능한 것이다. 아무튼 그 가능성의 열음―열림이 가장 두드러지게 나타나는 것은 그의 '~에도 불구하고 ~일 수 있다'는 그의 서술투이다.

> 필자로서는, 가령 김수영은 혁명성과 자유에의 사랑에도 불구하고 도시적이고 소시민이기 때문에 제외되어야 〔……〕 한다는 식의 서술보다는, 그 반대로, 김수영은 소시민성 · 도시성에도 불구하고 그의 혁명성과 자유애를 민중 문학의 자산으로 남겨주었으며 〔……〕의 방식으로 서술을 바꾸기를 권고하고 싶다. 그것은 단순한 수사적인 표현상의 문제가 아니라 포용력과 개방성 그리고 누적적 성취에 긍정적 시야를 우리에게 마련해주기 때문이다. (시대: 163)

그의 평문들에서 그 서술 방식이 구체적으로 어떻게 실현되고 있는가를 살펴보면 다음과 같다.

작 가	한 계	매개어	가 능 성	출처
김유정	그의 토속적 한의 세계는 현실에 대해 분석적이지 못했으며 역사적인 퍼스펙티브를 갖지 못했다는 한계를 지님	그럼에도 불구하고	도피적·순응적 함정에 빠지지 않고 그 한의 사회적 근원을 밝혀주며, 화해적 결말을 거부함으로써 토속에 의한 문제의 해결이 아니라, 문제를 야기	(의식: 168)
송 영	운명의 조용한 감수라는 소극적인 삶의 태도가 오늘의 가짜 문명 시대에 받아들여지기는 매우 어렵다		어느 시대·어느 사회에나 있는 인간의 보편적 우수, 그 우수가 우리에게 넣어주는 삶에 대한 자기 성찰을 가능하게 한다	(상황: 288)
이문구	공업화·도시화로 피폐된 농촌에 대한 전통적 가치관과 풍속에 의한 해소법이 현실적으로 얼마나 가능할까		한 감동적인 장면과, 이 소설 전체에서 작가가 한결같이 고집하는 농촌적 삶의 실상과 근원에 대한 긍정과 기대에 공감→그 발전적 심화를 기대	(문학: 271)
『들불』	역사를 단순하고 지나치게 명료하게 처리하여, 인물들이 죽어 있음		중반 이후부터 다시 씌어지기를 바라는 개인적 애정 피력	(상황: 162)
최일남	치열한 도전감 얻지 못함		이제 풍속의 스케치를 극복했으니, 흔들리는 현실의 이념으로 도전을, 모험을 시도해주길……	(의식: 228)

III

  그런데 무엇보다도 그 위에서 안으로의 공간 이동이 값진 성과를 얻는 것은, 상황과 상상력, 내용과 형식, 인식과 방법을, 그리고 순수와 참여를 종합하려는 시도에서이다. 우리는 앞에서 김병익의 문학

110

의 초월성 개념이 개인/사회의 대립을 지양·승화시키는 추상화된 인간주의에 의거해 있음을 살펴본 바 있다. 그런데 그 지양·승화 노력이 현실과 어떻게 부닥치며 이루어질 수 있는가를 살피기 위해 현실의 안으로 공간 이동하면서, 그는 치열한 현실 인식과 맞닿아 있지 못한 지양·승화는, 상상력의 작용 없이 현실을 조악하게 드러내는 것이 진정한 현실 극복이 못 되듯, 진정한 현실 승화가 되지 못함을 알게 된다.

치열한 삶의 재현이란 그것이 언어를 매체로 하는 한 작가의 언어적 능력 없이 가능하다고 생각하는 것은 물론 착각이며 또한 빈약한 주제의식에도 불구하고 언어의 완벽한 조형을 기대하는 것 역시 환상이다. 〔……〕 삶의 치열성과 언어의 완벽성을 〔……〕 동시에 획득할 때 그 문학은 가장 구체적이고 구상적인 것을 묘사하면서 그와 함께 보편적이고 개념적인 상징의 언어로 승화될 수 있다. (의식: 283)

대립 항목의 동시적 충족이라는 이러한 인식의 획득은 김병익에게 사실주의(리얼리즘)적 내용, 정신과 비사실주의적 형식, 기법의 결합이라는 독특한 이론을 구성하게 한다.

Ⅲ—1

김병익은 리얼리즘 주창자들 못지않게 리얼리즘을 옹호한다. 그에게 리얼리즘은 "당연하게 받아들여지는 사상을 거부하고 진상을 파악"(의식: 145)하게 하는 "근대 문학의 기본어"(의식: 58)이며, "예술 속에 사회를 끌어들인 심미적 인식에서 혁신을 이룩"(문학: 122)한 세계관이다. 리얼리즘이 사상이 아니라 진상의 파악이라는 그의 진술은, 리얼리즘의 차원 높은 이론인 현실에 대한 총체적 인식과 총체성 구현을 그가 깊이 이해(시대: 121)하고 있음을 보여준다. 하지만 그는 리얼리즘을 옹호하면서도 기법으로서 받아들이기를 거부한다.

그에게 사실주의적 기법이란 발자크적 사실 모사를 뜻하는데, 그 기법을 거부하는 까닭은 이념과 풍속이 괴리되어 있는 우리 사회에서는 단순한 현실 모사로서는 올바른 이념 추구가 불가능하다(의식: 64)는 것이 그 하나이며, 하나의 기법이 고착되면 그 세계관 역시 활력을 상실하고 매너리즘에 빠진다(상황: 212)는 것이 다른 하나이다. 리얼리즘을 옹호하면서도 그것이 기법으로 규정되는 것을 거부할 때 그에게 열려진 길은 리얼리즘을 "기법으로서가 아니라 정신으로서 수락"(문학: 47)하는 것이다. 그는 말한다. "현대 리얼리즘은 모사로 멈출 수 없고, 〔……〕 인간과 사회가 어떤 관계로 맺어져야 하는 것인가를 개척하는 정신이다"(문학: 122). 리얼리즘을 정신으로서 받아들인다는 것은 현실에 대한 치열한 의식을 요구하되, 그 의식을 "현실에 지금 보이지 않는" 올바른 삶의 전망에 잇겠다는 것을 말한다. 당연히 그가 기법으로서 받아들이는 것은 비사실주의적——사실을 뛰어넘는——기법이다. 그 "비사실주의적 수법은 〔……〕 초월에의 사랑, 해방의 자유로움을 동경하게 만든다"(상황: 212).

비사실주의적 기법을 옹호하는 것은, 되풀이하지만, 이념 찾음의 전망이 현실의 표면에 부재하기 때문이다. 그것이 현실에 현전한다면, 그것을 따라 베끼기만 하면 되지만, 부재하기 때문에 현실 모사로서는 그 전망을 환기할 수가 없다. 문학의 기법·상상력·언어는 현실을 뛰어넘는 작용이어야 한다. 그러나 그는 그 넘어섬 자체에 머무르는 것이 아니라, 그 넘어섬의 작용들을 현실에서 찾으려 한다. 사실주의적 정신과의 결합이 이루어지는 것은 이 자리이다. 그런 뜻에서 김병익의 문학관은 현실 초월이라 얘기되지만 오히려 초현실의 현실 모색, 추구이다. 그가 다루는 작품·작가 들에서 즐겨 찾아내는 형식들은 의미심장하다. 그는 서술 방식으로서는 '피카레스크'(박태순·김승옥·홍성원)를, 작품 구조로서는 '중첩 구조'(이청준·최인훈·김원일)를, 인물로서는 단색적 또는 변증법적 인물형(염상섭·황순원·문순태·홍성원/황석영)을, 인칭에서는 1인칭과 3인칭 사이의 긴장 형태(윤흥길·송영·김원일)를, 작품 내용의 전개에서는 돌연한 시작과 끝(박태순·송영)을, 소설의 하위 장르적 측면에서는 공간적/시간적 연작 형식(서기원·최인훈·박태순·이문구·유재용/이청준·조세희·윤흥길·이문열·이순)을 주로 찾아낸다.

Ⅲ-2

그 기법들이 기능하는 바와 그 기능 작용을 통해 드러나는 현실적 의의는, 다음 도표와 같다.

기 법	기 능	의의 또는 결과
피카레스크	풍속으로부터 가치관에 이르는 모든 양상의 변모와 징후를 파악하는 소설적 방법(상황: 277)	진실과 멀어져 있는 허망한 현실(상황: 79), 우리 사회의 변화가 진정한 변화, 적어도 보람 있고 긍정적인 새로운 풍속과 가치의 변모를 동반하는 그런 변화가 못 되고 있다(문학: 63)는 신랄한 '현실 인식'
중첩 구조	하나의 주제가 둘 이상의 인물을 통해 동형의 변주를 그림(상황: 83)→복수의 모티프가 변증법적인 것이 아니라 복선적으로 진행→충돌하고 싸우며 지양하는 복합체가 아니라, 하나의 주제가 반추·탐사되고 탐구하는 단색적 소설 세계(상황: 84; 문학: 115)	현실/꿈이라는 대립적 세계 인식을 여러 인물과 국면을 통해 '다면화'하고 그 대립의 긴장을 '심화'시킴
몽타주 (조세희)	개개의 묘사 대상을 서로 대조시키면서 심층 구조에서의 동질성을 강화(상황: 211)→꿈/사실, 가진 자/못 가진 자, 도덕성/비도덕성이라는 대립적 세계 인식(대립→내용)을 묘사 대상들간	변증법적 지양을 전망케 하는 것이 아니라 그 대립을 오히려 더 깊이함으로써 '초월의 가능성을 모색'(상황: 204)

	의 단절과 대립(대립—형식)으로 중첩(상황: 204)	
인물들	구체적 계기, 인식에 의해 변증법적으로 발전하는 삶의 궤적(김병익의 바람)	• 『장길산』의 인물들은 구체적인 변증법적 발전을 실현(시대: 174~78) • 그러나, 다른 작가들의 많은 작품들은 상황과의 갈등을 일으킬 뿐 변증법적으로 발전하지 못하고(이론: 317), 단색적 성격으로 일관(상황: 138, 172; 문학: 243)
1인칭과 3인칭의 뒤섞음; 돌연한 시작과 끝남	• 작품 세계가 주관화되면서 동시에 주관성을 감추는 세계 • 작품 세계와 작품 밖의 세계간에 단절을 그음(상황: 281~82)	• 독자에게 격앙된 감정이나 극적인 감동을 불러일으키는 대신에 독자 스스로 진상을 포착해주길 기대(상황: 234; 시대: 256) • 세계와 세계 인식간의 해결을 용납하지 않는 불화를 알게 해줌(상황: 78)
연작	작품 개개마다 완결성을 가지면서 작품들 상호간에 연결성을 가짐→우리가 살고 있는 이 세계의 허상과 실상, 갈등과 변화를 표출하기에 가장 유효한 점묘적 수법(문학: 263)	[특히 이청준에게 있어서] 연속된 질문의 끊임없는 이어짐→주제 의식의 진화 혹은 심화(시대: 263~64)

Ⅲ-3

　김병익이 특별히 개념 규정을 하고 그 문학적 의미를 밝혀내는 형식들을 통해, 그의 현실 의식과 문학관을 거꾸로 추론해보면 이렇다. 1) 현대는 갈등과 변화의 시대이다(피카레스크, 연작), 2) 그 갈등과 변화는 자체 내의 조화로운 진행에 의해 변증법적으로 발전하지 못하고 끊임없이 불화·대립·단절을 낳는다(인물, 중첩 구조, 몽타주, 1/3인칭의 뒤섞임), 3) 세계가 변증법적으로 발전할 가능성이 막혀 있다는 점에서, 세계를 있는 그대로 그리는 사실주의적 기법은 세계를 성찰하는 데 한계를 드러내며(그가 변증법적 발전 과정을 보여주는 『장길산』의 인물들에 아주 감동적인 시선을 보내게 되는 것은, 그가 다시 변모한 후기에 와서이다), 오히려 세계의 대립·단절을 역으로 뒤집어, 세계와 대립·단절하는 문학 공간을 구축함으로써 초월의 가능성을 모색해야 한다(몽타주). 비사실주의적 기법이 요구되는 것은 그 때문이다, 4) 초월 가능성의 모색은 단정적 주장·판단에 의거한 대답이 아니라, 세계의 여러 측면을 다양하게 탐색하고(피카레스크, 중첩 구조, 연작), 그 대립·단절의 긴장을 심화시켜(중첩 구조, 연작, 몽타주), 독자 스스로 그 의미를 깨닫게 하는(1/3인칭의 뒤섞음) 질문형의 문학이어야 한다.

그 3)항과 4)항의 어우러짐은, 비사실주의적 기법과 사실주의 정신의 맞물림이며, 현실 초월의 의지가 현실 내부에서 치열하게 탐사되는, 따라서 현실과 초월, 사실과 꿈, 상황과 상상력이 현실→초월, 사실→꿈, 상황→상상력이라는 단선적 진행을 가지는 것이 아니라, 현실→초월→현실…→보다 나은 현실, 사실→꿈→사실…→진실, 상황→상상력→상황…→열린 상황이라는, 전진—회귀의 복합적 심화를 보여준다.

IV—1

사실주의적 정신과 비사실주의적 기법의 결합이라는 김병익의 방법론적 태도는, 한국 문학 이론사상 꾸준한 쟁점인 순수/참여의 대립을 지양하려는 노력으로 그 심화를 보인다. 그에 의하면, 60년대말부터 시작된 순수/참여 논쟁은 4·19 직후부터 예비된 것이었다(이론: 260). 그것들은 "4·19의 정치적 패배와 문화적 가능성의 괴리"에서 빚어진 두 가지 길(상황: 101)이었다. 그 하나가 4·19에 의해 각성된 개인적 자아라는 내적 상황의 탐구라면, 4·19의 패배로 인한 정치적 폐쇄성이라는 외적 상황에 대한 분석 또는 저항이 다른 하나(의식: 19)이다. 그런데 적어도 초기의 김병익에게는 뒤의 입장, 즉 참여론이 문학으로서 이해되기보다는 문학의 이름을 빌린 정치 참여로서 이해된다. 그에게는 그것이 6·25의 혼란에 대한 50년대 문학의 관념·구호가 4·19의 패배로 인해 60년대에 이월된 것으로 보였고(이론: 261), "문학으로서의 참여를 전개하지 못한"(이론: 121) 것으로 이해된다. 그러나 그는 참여론이 리얼리즘론→농촌소설론→민족·민중문학론→제3세계 문학론으로 심화되는 과정에서, 그것이 일종의 열정적 분위기에서 출발하였지만 그 이념적 내용을 갖추게 되었다는 것을 인식하며(상황: 102), 그 이념적 내용의 "문제 제기적 강렬성" "현실 비판적 관점" "미래 지향·상황 인식에 있어서의 당위성"을 인정(문학: 49)하게 된다. 그 당위성을 인정한다는 것은 그가 애초에 상정했던 근대 민주주의 이념——그가 생각한바, 자아의 각성으로부터 전체의 질서화로 이르게 된다는, 즉 자유로부터 평등에 이르게 된다는——의 자유·내면화를 출발점으로 삼았던 입장에 다소간의 수정을 가하게 된다는 것을 말한다. 그 수정은 자유→평등의 관점뿐 아니라, 평등→자유의 관점도 있을 수 있다는 인식을 말하며, 그 두 관점이 모두, 민주주의 이념의 양면이라고 받아들인다는 것을 뜻한다. 그는 이제, 순수·참여론은 "근대 시민의 두 속성인 개인주의적 자아와 연대적·집단적 책임감을 반영"하는 것으로서 "4·19라는 하나의 뿌리에서 출발하여 이 시대에 대응할 수 있는 두 개의 지향을 반영하는 것이며 이 논쟁은 우선 순위와 방법론에 대한 토론으로 이해될 수 있는 것이다"(문학: 223~24)라고 말하게 되며, 참여론에 대한 애초의 비판적 태도로부터, "그것의 당위성이 지나친 당위성으로 말미암아 상상력의 도식화를 초래할 수 있다"(문학: 49)는 우려로 물러서게 되고 더 나아가 그 양쪽 관점의 각자의 한계——현실과의 긴장 해이/경직성·도식성——가 이젠 "실질적으로 해소"(문학: 228)되었다고 말

116

하게 된다.

IV—2

그 실질적 해소의 원인으로 그는 1) 평등과 자유의 상호 보완성에 대한 깨달음, 2) 정치적 강제에 의한 지식인·작가 들의 수난으로부터 연대성 인식, 3) 창작품들의 성과를 들고 있다. 우리는 3)항의, 특히 김병익이 "순수와 참여의 대립된 견해를 극복시키는 범례"(상황: 213)라고 극찬한 조세희를 비롯한 70년대 작가들에서, 김병익의 위에서 안으로의 공간 이동이라는 주체적 선택이 크게 힘입고 있음을 알 수 있지만, 내가 보기에 그것보다도 더 중요한 것은 위 세 항을 포괄하는 70년대(1974년의 동아일보 사태) 상황의 변모, 그리고 2)항에서 암시되는 김병익 자신의 실제 체험이다. 뒤엣것부터 말한다면, 1980년초에 진술될(문학: 야곱의 씨름) 1975년의 언론인으로서의 이중 경험인데, 그 경험에서 그는 "역사의 필연과 배반"(문학: 26)을 동시에 느끼며, 그 동시적 체험에서 "역사란 그것이 의미 있다고 믿는 사람들에게만 의미를 허용해주는 존재"(문학: 27)라는 결론을 내리게 된다. 이러한 결론은 그가 초기의 비극적 세계 인식으로부터 긍정적 전망(똑같이 '야곱의 씨름'이라는 비유를 들고 있지만, 패배할 수밖에 없다[이론: 125]는 절망감에서 구원의 얻어냄에 대한 희망으로 관심의 방향이 바뀌고 있다)으로 아주 조심스럽게 이동했다는 것을 보여준다. 그 인식의 이동을 뒷받침해주는 것은 "제휴하여 일어난 밑으로부터의 움직임"(문학: 32)이다. 현실 극복의 초월적 전망이 현실 내부에서 실제 행해지고 있음을 찾아낸 것이다. 그 찾음을 통해 그는 "우리가 역사와 더불어 살고 있음을, 또 그렇게 되어야 함을" 깨우치며, "이 깨우침이 우리 삶의 양식이 되어야 한다"(문학: 33)고 다짐한다.

이러한 개인적 체험과 결부하여 70년대의 공업 경제화 정책에 의한 사회 상황의 변모는 그에게 '민중'의 구체적 존재상을 알게 해준다. 그 변화된 사회 상황은 농촌의 피폐와, 농촌에서 도시로 대량 이

주한, 근로자를 위시한 하층민들의 가난이다. 그것은 김병익에게 특히 집단적·구조적 차원에서의 부조리와 모순(문학: 51)으로 이해된다. 집단적·구조적 차원이란 그가 6·25에 대해 규정했던 대격변, 그에 따른 혼란과 근본적으로 다르다. 대격변·혼란은 우리의 주체적 참여 없이 일방적으로 가해진 역사의 결과이었지만, 집단적·구조적 차원의 모순은 표면적으로나마 우리의 주체적 주도(문학: 47)라는 명목하에 조직적이고 체계적으로 적용된 정책의 결과이다. 그때의 모순은 더 이상 혼란이 아니라, 질서화 작용 속에 있다.

초기의 "토속과 민중의 문학"은 한에의 침잠으로 필연적으로 좌절될 수밖에 없으며(이론: 228), 전쟁이라는 비극이 "소외된 저변 민중의 것이" 못 되었다고 판단하며, 그들이 그것을 한으로 누적시키기보다 비극으로 받아들일 수 있기를 희망(이론: 289)하던 김병익은 따라서 세계 내 인간의 대립이 지성인/일상인이라는 문화적 국면의 대립에 머물러 있었는데, 그러나 70년대 이후 소외 계층의 삶이 "역사와 현실로부터 멀리 떨어진" 것이 아니라 우리가 주체적으로 만든 역사·현실의 가장 핵심적인 모순임을 인식하면서, 그들의 삶의 실상이 엄연히 현존하는 것임을, 따라서, "마땅히 우리 문학의 주제가 되어야"(문학: 226) 함을 인정하게 된다. 민중을 발견한다는 것은 현실 극복의 실제적 지반을 현실에서 찾아낸다는 것과 같은 말이다. 지성/일상인의 문화적 대립은 정신/물질의 대립이지만, 지배자/민중의 대립은 물질/물질, 집단/집단의 물질론적 대립이다. 정신/물질의 대립을 물질/물질의 대립으로 치환한다는 것은 대립을 현실 내부로 끌어들이고 정신의 뿌리를 찾는다는 것을 의미한다. 정신의 현실적 지반의 발견, 그것을 통해서 김병익은 민중의 소외된 삶이 '뿌리뽑힌' 삶이라는 것을(그가 70년대 소설들에서 자주 찾아내는 '집'의 상실은 뿌리 상실을 말한다. 역으로 그것은 김병익의 정신의 뿌리에 대한 인식을 보여준다) 인식하고, 우리의 뿌리를 찾으려는 노력들(김원일·전상국·유재용)에 긍정적인 시선을 보내며, 그 뿌리의 근원인 우리 민족,

특히 서민의 전통적 정서에, 초기와는 달리, 적극적인 평가(박경리 · 황석영 등)를 내리게 된다. 한의 누적이 비극으로의 승화로 이르지 못한다는 부정적 평가를 받던 전통적 정서가 이제는 "자연스러움, 끈질김, 천부적 직감, 우애와 관용" 그리고 "불덩이를 간직"하고 있어서 "때가 오면 활화산처럼 폭발하는 힘"(시대: 223~24)으로 새롭게 보여진다. 그리고 바로 이 자리에서, 과거의 억압받는 집단이 미래의 주도 집단이 되리라는 '삼촌에서 조카로'라는 전통 계승 이론이 적극 옹호되며(문학: 86~89), 그 가능성을 구조적으로 보여주는 소설들(김원일 · 윤흥길 · 유현종)이 찾아진다.

IV-3

하지만 민중에 대한 이러한 적극적 이해가 민중에 대한 전적인 신뢰를 뜻하는 것은 아니다. 김병익은 민중 문학 주창자들의 민중 개념이 역사 인식과 현실 파악이 결합됨으로써 도출된 것임을 분석해내는데, 즉 현실 파악에서는 구조적 모순에 의한 민중의 소외가, 역사 인식에서는 역사를 감당하고 움직이는 민중의 생명력 · 힘이 각기 추출되어 결합된 개념이라는 것이다(시대: 150, 202~03)(많은 민중 문학이 역사 · 대하소설을 향하고 있음은 그 예가 될 것이다). 그러나 그 역사적 생명력이 현대 사회에서의 민중의 힘으로 직결 유추되는 데서, 민중 개념의 불분명성이 야기된다. 그 불투명함이, 문학이기 때문에 차라리 강한 울림을 줄 수도 있겠으나(시대: 131), 현대적 민중의 독자적 존재상이 정립되지 않는다면, 그것은 관념 · 감상 · 구호화의 위험이 수반된다. 그 위험을 극복하지 못할 때, 민중만이 역사의 주체라는 단정으로 인해 "역사의 죄 역시 모조리 민중에게 돌려야 할" 역설의 논리가 저도 모르게 성립(문학: 245)되며, 민중은 세계와의 갈등 관계를 통해 발전하는 것이 아니라, 스테레오 타입으로 화석화(문학: 240)되고, 민중의 생명력의 근거인 전근대적 삶 그리고 문화 양식이 현대에 어떤 유효성을 가질 수 있는지 검토되지 않은 채로 맹목적으로 찬양(문학: 247; 시대: 159)된다.

이 성찰을 통해 김병익은 민중 개념이 관념화되는 것을 방지하기 위하여, 지식인과의 결합을 시도한다. 그가 보기에, 역사에서 민중이 보여준 힘과는 달리, 현대에서의 도시 대중은 현실 순응 의식에 파묻혀 있다(문학: 54). 그렇다면 민중의 힘은 현대에서 잠재력이지 현실태가 아닌 것이다. 따라서 그 잠재력을 현실화시키기 위해선, "지배자 편에 있을 수도 있고 민중 편에 있을 수도 있으며 어느 쪽에 가담하지 않을 수도 있고 양편에 교차해서 작용할 수도 있는"(문학: 245) 지식인의 "시대를 개념화하고 논리화하며 진상을 통찰하는"(상황: 160) 능력과의 결합이 필요하며, 민중의 '저력'과 지식인의 논리가 결합된 "비판·참여력을 시민 정신으로 새로이 정립"(문학: 248)해야 한다고 제안한다.

4

                                                                    I

김병익의 안으로의 공간 이동은 단순히 현실이라는 관념에로의 공간 이동이 아니다. 그의 공간 이동은 관념의 이동이 아니라, 현실의 실제로의 진정한 공간 이동이다. 그의 현실의 실제적 양상들에 대한 성실한 이해와 작가·작품 세계에 대한 겸손한 탐색, 그리고 작가의 내면을 들여다보려는 노력은, 그러니까 현실/내면의 모순을 유발한 것이 아니라 동일한 태도의 여러 측면들이다. 그것은 탐구의 대상이 무엇이든, 자신과 동격의 살아 있는 생명력으로 보고, 그것의 내적 법칙을 이해함으로써, 거꾸로 말하면 자기화함으로써, 자신의 자리에서 그리고 살아 있는 생명의 가능성의 자리에서 극복을 모색하는 귀중한 태도이다.

하지만 우리는 그 뛰어남의 바로 그 자리에서 몇 가지 한계를 물어

볼 수 있을 것이다. 그 한계는, 내가 보기엔 그가 추구한 언어와 현실, 상황과 상상력, 내용과 형식의 결합이 접합 논리에 의거해 있다는 데서 찾아진다. 접합 논리란, 그 양쪽의 각 항들이 상대항과 대립되는 자장을 가지고서, 긴장의 심화라는 의미 내용으로, 서로를 보충하고 그 보충을 통해 하나의 완결형으로 승화된다는, 혹은 되어야 한다는 인식 태도를 말한다. 치열한 현실 인식과 생생한, 아름다운, 실감이, 말을 빌리면 "삶의 치열성과 언어의 완벽성"이 제가끔 진행되어, 형식은 현실 인식을 실감 있게 전달하는 방법으로서, 내용은 실감의 현실성을 받쳐주는 지반으로서, 상보적 기능이 되어, 그 상보적 대립이 완벽하게 상응할 수 있기를 그는 바란다. 그러한 논리에서 생성되는 개념이 절제, 치밀한 형상화, 그리고 무엇보다도 재미를 통한 각성과 충격의 효과이다. 물론 그 재미는 세속적인, 배설적 재미가 아니다. 그것은 "감동·고통·계몽을 통한 정신적·감정적 지양감" (의식: 51), "고급한 긴장감"(의식: 73)이다. 그 긴장감·지양감은 내용과 형식의 완벽한 대응·결합에서 오는 것이리라. 다음의 도표는 그가 실제 작품평에서, 현실의 치열성에 상응하는 형식의 고급한 긴장을, 구극적인 평가의 준거로 삼고 있음을 보여주는 보기이다.

작가 또는 작품	형 식	긍정적 평가	부정적 평가	출 처
『묵시의 바다』	부문부문의 유기적 관련, 문체의 절제→치밀한 형상력	서정성과 깊은 암시		(상황: 338)
조해일	고도로 세련된 상상력과 절제된 문체	한국 지식인이 갖고 있는 두 개의 지적 편향을 종합시킬 뿐 아니라 문학과 현실의 엄청난 거리를 접근, 종합시킴		(의식: 269)
	사실적인 산문에 비사실적 수법 도입	하나의 행위가 일상적이며 구체적인 행위이		(의식: 113)

		기를 멈추게 하여 인간 이 전생애를 투입하는 결정적 순간의 행동으로 승화		
최인훈				
조세희	스타카토 문제→최대 한의 생략과 절제 위에 서 문체를 순수하게 결 정된 상태로 유도	사실주의적인 주제와 소재를 담고 있음에도 불구하고 오히려 더 깊 은 서정성을 느끼게 해 줌		(상황: 70)
『객지』 『한씨연 대기』	거칠고 생경하며 구성 에 있어서는 균형을 잃 고 작위적인 부분도 있 음		지루함, 독 자에 대한 자기 주관 의 강요	(상황: 295)
『젊은 날 의 초상』	주인공의 절망과 결론 에서의 예술적 절망이 유기적이고 실체적인 연관을 못 맺고 있거 나, 예상된 결론으로 차질 없이 진행		사적 회상 의 자기 만 족	(문학: 273)

치열한 현실 인식(내용)과 치밀한 형상력(형식)간의 완벽한 대응·결합은 물론 문학 현상의 중요한 일면이다. 하지만 그것에 대한 집착은 형식이 그 자체로서 내용이 될 수 있으며, 내용이 형식을 요구할 수도 있다는 것을 간과한다. 이를테면, 문학이 보여주는 치밀한 긴장감은 그 자체로 훌륭한 것일 수 있지만, 거꾸로 생각하면 억압적 현실이라는 내용이 요구하는 삶의 리듬을 충실하게 좇는 것이라 할 수도 있다. 치밀한 긴장감이 그 자체로서, 완벽한 현실 대항력이 되기 위해서는 문화의 논리가 현실의 논리와 완전히 상반된 것이라야 한다. 그러나 그렇게 독립적으로 존재할 수 있는 문화가 있을까. 오히려 문화의 패턴과 리듬은 현실 논리의 침투력에 알게 모르게 감염되

어 있는 것이 아닐까. 특히 현대처럼 전체적 통합 체제에서는 문화의 타락―감염이 문화의 생존의 방식이라는 근원적인 자리에까지 파급되어 있는 것이 아닐까. 그럴 때, 형식의 과격한 파괴는 현실에 대한 질문과 인식이 문면에 드러나 있지 않다 하더라도, 그 파괴의 운동으로써, 우리에게 무의식적으로 강요된 사유와 감각의, 패턴과 리듬을 해체시키는 것일 수 있다. 형식의 적은 삶의 내용일 뿐 아니라 형식 그 자신일 수도 있다. 따라서 형식의 파괴는 완성된 형식의 틀에 대한 기대감을 배반하고 독자의 긴장감을 끊임없이 깨뜨려 지루하게 만듦으로써, 글읽기 행위 자체에 대한 고통스러운 성찰을 유발하며, 더 나아가 글읽기와 관련된 우리의 문화 체계에 대한 의혹 · 살핌 · 파괴일 수 있다. 반대의 측면을 얘기하자면, 새롭게 이루어져야 할 현실――민중적 지반에 의해 관념적으로 확보되는――의 형성 의지가 기존의 형식을 넘어서 새로운 형식들을 발굴 · 체계화시킬 수도 있는 것이다. 짧게 말해, 내용과 형식은 완벽한 대응, 결합 또는 대립, 승화일 뿐 아니라 서로의 배반 · 해체 또는 만들어냄일 수 있다(대립/승화, 해체/형성은 각자 동위 개념이다). 김병익은 80년대에 두드러지게 나타나는 내면화 경향의 실험성과 형태적 보수성에 뒷받침된 현장문학을 형식적 과격성과 내용적 과격성(시대: 143~44)으로서 언어와 실제의 괴리를 드러내는 것(시대: 145)이라고 우려하는데, 우리는 그것들을 문화의 패턴 자체를 해체 · 파괴하고 또는 그 반대로 새로운 문화 패턴을 만들어내는, 형식―내용이 각자 독립되기보다 그 자체 하나인 현실 생산의 움직임으로 볼 수도 있다. 현실 비판적 내용의 문화라 할지라도 어쩔 수 없이 물들어 있는 현실 수락적 형태를 파괴하고 새로운 문화 형태에의 길을 여는 것으로, 그리고 비록 과거의 것에 기대고 있지만, 그 과거의 것 ――민요 · 판소리――이 제국주의 침탈 이전에 우리의 근대적 문화형으로 발아하던 것이라는 점에서, 현대 세계 자본주의의 내용―형태에 적극적인 대항력을 가질 수 있다고, 따라서 '보수적'인 것이 아니라 생산적인 모색이라고 볼 수도 있다. 그러한 것들에 대한 우려는 내가 보기에 문화와 현실을 괴리된 것으로서(상황: 101), 따라서 상이한 체계와 굴곡을 가진 것으로 이해하고 있기 때문이다.

II

내용과 형식의 접합 논리는 그의 민중—지식인관에도 대입된다. 그의 민중—지식인관은 각자의 장점이 이상적으로 결합될 수 있기를 지향한다. 역사가 보여준 민중의 잠재적 힘이 지식인의 비판·판단력에 의해 현실화되기를 희망하는 것이다. 현대 사회가 드러내는 민중/지식인의 괴리가 올바르게 통합되어야 함은 분명하지만, 그 양자가 안고 있는 근원적 모순의 해결이 고려되지 않는 한, 이상적 결합은 꽤 어려운 일이다. 현대 사회에서의 민중/지식인은 원천적으로 생산 관계의 모순을 안고 있는데, 최근의 김병익의 변모에 비추어볼 때, 70년대의 김병익의 지식인—민중관은 그 모순을 접어두는 불투명성 속에 어느 정도 젖어 있다. 그는 현대 민중에서 소외적 양상을 끌어내고, 민중의 잠재적 힘을 역사에서 빌려온다. 물론 이러한 소외론적 시각과 역사에의 의존은, 그 자신이 지적했듯, 많은 민중주의 문학가들의 인식이기도 하다. 그러나 그 인식—한계에 대한 성찰에서 김병익은 민중—지식인의 결합으로 나아가지, 현실에서의 민중의 힘의 근거를 향해 가지 않는다. 이러한 지적이 민중의 실제적 힘이 현실에 드러나 있다는 것을 뜻하는 것은 아니다. 강력한 권력 통제, 완벽한 행정 체제, 현란한 매체 조작은 여전히 민중을 현실 순응 대중으로 추락시키고 있고 민중의 힘을 잠재적인 상태로 머물게 하고 있으며, 따라서 지식인의 역할이 필요한 것 역시 사실이다. 그러나 그 잠재적인 힘이, 역사에서 우리 서민의 끈질긴 생명력에서뿐 아니라 현실 내부에서도 그 근거를 찾을 수는 없을까. 이를테면, 생산 관계의 심화에서 필연적으로 일어나는 조직화와 비중의 증대, 그리고 직접 생산—노동의 뜻에서 민중의 잠재적 힘의 현실적 발현의 매개항을 발견할 수 있는 것은 아닐까. 누구의 말대로 현실 개혁의 그 힘이 현재 왕성하게 일어나고 있는 것은 아니라 할지라도, 오히려 현상은 그 역이라 할지라도, 집단간의 모순은 갈수록 팽창하며, 따라서 민중의 역량의 축적은 갈수록 고양되고 있는 것이 아닐까. 민중은 소외 집단이지만 동시에 생산—집단이다.

그 불투명성은 지식인에 대한 인식에서도 드러난다. 그는 초기엔 우리 민족의 수동적 역사의 혼란에 대한 강력한 환기력으로서, 다음에는 민중의 체제 순응적 현상에 대한 분석·비판의 상보적 주체로서 지식인에 대해 깊은 관심을 표시하고, 지식인 소설들에 대한 분석을 게을리하지 않는다. 그런데 민중을 인정하고 따라서 지식인의 상대적 부정성을 이해하는 과정에서도 지식인의 부정성은 중산층 소시민이라는, 즉 직접 생산자보다 부·문화·교육의 혜택을 누리고 있다는 계층론적 시각에 의존해 있다. 그럴 때 지식인의 민중과의 결합의지는 지식인의 외적 정황에 대한 성찰을 가능하게 하지만 지식인을 끊임없이 요구하고 생산해내는 사회 구조 내 지식인의 자리에 대한 인식으로 이어지기가 어렵다. 지식인 집단의 상대적 풍요보다도 그 집단의 생산의 의미, 즉 통제 체제하에서의 지식 노동자의, 권력의 조정에 의한 민중 관리적 또는 문화 관리적 기능 체계의 형성과 그 메커니즘의 확대 재생산, 그리하여 그것에 의한 지식의 물신화, 그 이면으로서 권력에 의한 지식 생산의 피강제성·수동성·탈인격화, 그리하여 그것에 의한 지식의 사물화가 고려되어야 하지 않을까. 계층론적 시각에서 볼 때는 지식인이 소외된 민중에게 자기 기능을 제공하는 것으로 충분할 수 있지만 생산 구조적 측면에서는 그 기능 자체가 왜곡된 관계 속에 놓여 있다. 지식인은 정신적으로 자유로운 개인이라기보다 조직화된 집단으로, 또 그 집단성이 독립적이라기보다 관계적인, 세계 구조 내에서 한 요소로서가 아니라 구조화 작용의 한 자장으로서 존재한다. 그 존재성에 대한 명료한 인식이 있을 때 지식은, 그리고 그 하위 범주이며 동시에 개별 범주인 문학은 필요한

가, 필요치 않은가, 필요하다면 무엇을 어떻게 할 수 있는가의 극명한 성찰이 행해질 수 있다. 하지만 이러한 말이 민중으로의 완전한 궤도 수정, 민중에의 완벽한 복무를 의미하는 것은 아니다. 신중간 계급은 도시 근로자와 함께 현대 한국 사회에서 인구 구성 비중의 확대를(그 확대는 단순히 양적 팽창이 아니다) 기록하는 유일한 집단이다. 신중간 계급의 존재가 일거에 와해될 수 있는 것도 아니고, 지식인이 그 계급성에서 완벽하게 일탈할 수 있는 것도 아니다. 문제는 지식인인 한, 버릴 수 없는 자기 생산 수단—언어(그 오염된!)에 대한 냉철한 반성적 인식이 있을 때 그것의 체제 강화적 기능——현대는 학문까지도 공문서화한다——을 현실 변혁적 기능으로, 민중의 소외적 측면이 아니라 생산적 측면이 깊이 있게 고려될 때 그들의 현실 형성력이 실제상으로 파악될 수 있다는 것이다.

5

I—1

그런데 우리는 김병익의 두번째 정신 궤적의 성취와 한계가 진행되어나가는 과정에서 그것에 겹쳐 맞물리며 새로이 드러나는, 그의 새로운 변모를 보게 된다. 그 변모는 80년을 전후로 한 두 체험(1979년 독재자의 종말과 1980년 군사 쿠데타)과 깊은 관련을 맺고 있는데 그것은 그에게 이전의 두 체험과 마찬가지로 역사의 필연과 배반으로 이해된다. 그러나 똑같은 유형의 체험임에도 불구하고 그 의미는 달라진다. 첫번째 체험이 그에게 이념의 확신과 전망의 부재를 동시에 안겨주었다면 두번째 체험은 전망의 현실 모색으로 나아가게 한다. 세번째 체험의 첫 항——역사의 필연——은 그에게 이념의 열림으로 이해된다. 그 열림은 모색에서 가능성으로의 인식의 방향 전환을 가르쳐주지만, 그렇다고 첫 체험의 첫 항처럼 전망의 획득으로 곧장

126

드러나는 것이 아니라, 가능성으로서 드러난다. 우리는 그 달라짐의 이유를 세번째 체험이 우리의 완전한 주체적 노력의 결과가 아니라 어느 정도는 돌발적으로 주어졌다는 것에서 찾을 수 있을지도 모른다. 그러나 그 체험을 70년대의 "역사에 의미를 부여하려는" 사람들의 부단한 주체적 노력(문학: 32)이 "절정에 달한 순간"(문학: 200) 일어난 것으로 인식하고 있다는 점에서, 그것은 충분한 설명이 못 된다. 어쩌면 그의 연령의 상승과 관련하여 이해할 수도 있을 것이다. 즉 4·19의 체험은 그가 막 성인으로 올라서고 있던 때의 체험, 따라서 그에게 그 이념이 미리 주어진 것이지만, 세번째 체험 때 그는 불혹의 어른이었다는 것, 따라서 그것을 온전하게 받아들이는 것이 아니라, 나름대로 의미 부여하고 그것의 바람직한 전개를 구상할 수 있는 방향 구성 능력이 있었기 때문에 체험 그 자체에 머물기보다 체험으로 열린 전망의 발전적 확대에 관심을 가지게 되었을 것이라는 것이다. 그러나 무엇보다도 중요한 것은 그가 주체적으로 선택하여 행한 '안으로의 공간 이동'이라는 전망의 현실화 모색의 연장선상에 그 체험이 자리해 있다는 것이다. 주체적 모색의 연장선에서 그는 그 역사적 체험을 만났고 그 체험은 따라서, 돌연한 주어짐이어서 삶에 대한 새로운 태도를 요구하는 것이 아니라, 주체적 모색의 결과이며 동시에 안으로의 심화라는 그 모색을 밖으로 확산시킬 수 있는 계기가 된다. 그때, 열림은 조건일 뿐 아니라 그의 이념 자체가 열림이 되는 것이며,[5] 그것은 그의 모색이 바람직한 사회를 향한 미래 전망으로

---

5) 여기서 우리는 '이념의 열림'이란 말을 이해할 수 있다. 초기의 '이념의 현전과 전망의 부재'에서 이념은 절대적인 것으로서 존재했으나, 그 이념의 현실화를 추구하면서, 그 이념은 알게 모르게 절대성을 무너뜨리며, 전망의 열림과 함께 이념 역시 변모하는 잠재적 과정을 겪게 된다. 그리하여 그것이 긍정적인 계기를 얻게 될 때, 이념의 실현 가능성의 열림은, 단순히 이미 있는 이념의 전망, 열림이 아니라, 이념─전망의 동시적 열림으로 표면화된다. 그의 「두 열림을 향하여」(문학)는 그러한 계기의 단초이며, 후에 그것은 "역사의 진행 자체가 역사이며 [······] 이념의 실천 자체가 이념이 되어야"(시대: 70) 한다는 뚜렷한 명제를 얻게 된다.

나아가는, 즉 안으로의 공간 이동이 밖으로의 시간 이동으로 변모할
가능성을 마련한다.

I-2

그런데 이 전망의 열림이라는 행복한 체험은 곧 역사의 배반으로
좌절한다. 그 좌절 역시 앞의 두 체험과 유형은 같으나, 의미를 달리
한다. 4·19의 패배로 인한 사회적 상황이 그에게 "혼란"이라고 인식
되었었다면, 세번째 체험은 혼란이라기보다는 오히려 "아우슈비츠"
(시대: 167)를 야기한 조직적·구조적 폭력(시대: 25~32)으로 이해
되며, 지금까지 자신이 자주 써왔던 '혼란'이란 말이, 당연히 있어야
하고 "피하지 않고 지혜롭게 이겨"내야 할 "갈등"을 누르기 위해, 정
치 권력에 의해 조작된 용어임을 깨닫게 된다(문학: 15). 그리고, 구
조적이란 점에서 그것은 두번째 체험을 둘러싸고 있는 70년대의 구
조적 모순의 연장선상에 있지만 70년대의 그것이 주체적 가담에의
믿음, 그리하여 그 체험의 첫 항과 둘째 항이 동등한(적어도 정신에
있어서는) 힘으로 맞부딪고 있었던 데 비해, 세번째 체험은 둘째 항에
의한 첫 항의 완벽한 무화, 따라서 균형의 절대적 상실을 보여준다.
  역사의 배반이 획일적·조직적 폭력으로 이해되었다는 것은 억압
의 실체가 뚜렷해졌다는 것을 의미한다. 혼란이라고 이해될 때 억압
은 차라리 분위기이지만 획일·조직적 폭력이라고 이해될 때 억압은
실체를 명백하게 가진다. 또한 그것은 균형의 절대 상실이란 점에서
억압적—실체/현실에—뿌리내린—정신의 대립의 파괴를 유발하며,
따라서 70년대의 정신적 지향의 현실 모색과 정반대로 현실과 정신
의 동시적 무너짐, 말 그대로 아우슈비츠를 느끼게 한다. 이러한 인
식과 느낌은 그에게 기왕의 지식인관의 무력함을 느끼게 한다. 왜냐
하면 현실의 부정성이 혼란일 때, 개념화·추상화의 능력을 가진 지
식인은 그 혼란의 질서화에 기여할 수 있지만 조직적 폭력이 질서일
때 지식인은 오히려 억압 체계의 편승자일 수도 있기 때문이다. 할

일을 질서화 · 초월 · 승화라고 이해하고 있던 그에게 그 인식은 충격이었을 것이다. 그 충격이 어느 정도인지는,

　　이제까지 분명하게 보였던 어떤 것들에 대한 확신이 흔들리고 혹은 풀어져서 무엇이 옳고 그른지, 어떻게 하는 것이 좋고 나쁜지 뚜렷이 말할 수 없게 되어버린 불투명한 생각들에 빠져버린 것이다. (시대: 57)

라고 고백했을 정도이다.

Ⅱ-1

　그러나 김병익은 그 갈피의 흐트러짐에 머물지 않는다. 그의 진지한 성찰은, 지식인은 무엇을 할 수 있을까라는 질문을 새로이 받아들이고 그 대답을 위해서 지식인의 현실 내 관계와 양상을 재검토하게 한다. 그 재검토를 통해 그는 몇 가지 새로운 인식을 명료화한다. 그 인식은 짧게 말하면 지식인의 계급적 위치에 대한 인식이다. 그 인식을 얻기까지의 단계적 과정을 살펴보면, 1) "하류층은 역사의 침전물로 가라앉기 때문에, 그리고 상류층은 〔……〕 불행의 사정권 밖에 있기 때문에, 지식인이 속한 중산층이 역사의 체험의 주체"(시대: 245)일 수 있다는, 70년대의 소외 계층에 대한 관심에서 거꾸로 후퇴했다가, 2) 그 소외 계층이 단순한 "소외" 계층이라기보다는 "조직화된" 소외 집단임을(시대: 126) 인식하면서, 3) 그것은 우리 사회의 중산층이 "서구의 근대 사회를 이끌어온 중산층들이 가졌던 윤리적 · 사회적, 요컨대 시민적 의식을 소유했는가"(시대: 129)의 회의로 발전하며 그 탐색을 통해, 우리의 중산층은 "사회 윤리적 실천 계층으로 나타나는 것이 아니라 타락과 속물화와 자아 상실의 비판적 평가의 대상"(시대: 181)이며 "하층민과 같은 본능적 힘도 없고 상층민처럼 현실을 통찰하고 그 모순을 의식 · 개조하려는 지혜도 부족한 채 침

묵하는 다수로 굳어"(시대: 43)가고 있다는 결론을 내리게 되고, 4) 그 부정성은 사회 구조가 고착되는 데 따라 집단적 유전성으로 영구화될지 모른다는 불안(시대: 59)으로 이어진다. 하지만 이 부정적 인식을 통해 그가 취하게 되는 태도는 오히려 적극적인 것이어서, 1) 집단적 조직화, 집단적 유전성의 문제는 이미 소비 수준에 따른 계층론적 시각을 넘어서서 "생산 구조의 분열"에 따른 계급론적 시각으로 보아야 한다는 것(시대: 122)을 인정하게 되고, 2) 그 생산적 측면에서 접근할 때 중간 계급, 즉 지식인은 더 이상 상대적 풍요를 누리는 사람이라기보다는 지식의 기능이 "정치적 권력과 야합하여 악용"되는, 기술―관료 체제의 도구적 지식의 기능인(단순한 묵인자가 아니라)(시대: 53)일 수 있음을 직시하며, 3) 그리하여 "지식인으로서의 우리의 인식의 폭을 넓히고 지식인의 몫이 무엇이며 그 속성과 기질을, 특히 계급적 성격과 관련지어, 어떤 것인가를 정직하게 반성해보아야 한다"(시대: 76)고 주장하게 된다. 결국 그것은 지식인이 제 할 일을 하지 못한다는 자탄과 해야 한다는 당위감의 초기에서, 민중보다 더 나은 풍요를 누리고 있는 지식인의 반성과 자기 몫을 찾는 중기를 거쳐, 지식인의 자기 몫은 진정한 자기 몫인가, 그것은 부정적인 성격을 갖고 있지는 않은가, 그럼에도 포기할 수 없는 그 몫은 어떤 방향으로 제자리를 찾아야 하는가라는 자기 위치의 반성적 정립을 향해 나아간 것이다.

II―2

그 자기 위치의 정립은 문학의 측면에서는 '글쓰기'의 문제와 직결된다. 글쓰기가 문학인의 생산 관계 내 자리의 전면적 재검토와 함께, 직접 생산자를 맹목적으로 우상화하거나 "목표의 즉각적 실천"에 얽매이지 않고, "보다 유연하게 개방된, 그러니까 폭넓은 시야에서 성찰되어 실제 작품들에게로 연관시키는 가운데 진행"(시대: 158)될 수 있으려면 어떤 방향으로 나아가야 할까. 그것은 무척 어려운 물음이다. 그의 말대로 "체제 개혁의 방법론과 함께 얽혀 있는 복잡하고 어려운 과제"이다. 하지만 김병익에게 있어서 그 물음은 자신의 기왕의 문학관——내용·형식의 접합——을 알게 모르게 수정하는 방향으로 나아간다. 그 방향은 같은 작가에 대한 이해의 변모를 드러내기도 하며, 혹은 문학의 속성에 대한 강조의 변화, 또는 속성의 첨가로 나타나기도 한다. 이해의 변모는 이를테면 "명백한 구체성으로 현실의 비리를 묘사하기보다 비리로 충만한 애매성으로 구체적인 명백성의 질서를 어질러놓는," 이전의 그로서는 예외적으로 다루어진, 이제하의 작품 세계에 대해 그 부정의 방법론이 "오히려 더 깊은 논리성을, 더 치밀한 리얼리티를 발산하고 있"(의식: 79~80)다는 평가로부터 "파괴를 통하여 초월을, 병듦을 통한 아름다움을, 추락을 통한 비상을, 억압을 통한 꿈을 이루고자 하는" "풍요를 향한 혼란스런 작업" (시대: 279)이라는 이해로 바뀌는 것에서 조심스럽게 드러나며, 문학의 속성에 대한 강조의 변화는 가령 "독립성"에 대한 강조에서 "연계성"의 강조로, 예를 들자면 "문학과 정치학"을 "별개의 영역인 것처럼 구분"(의식: 36)하자는 주장에서 "문화가 그것 자체로 독립적인 것이 아니라 그것을 구조적으로 조건지어주는 정치·경제·사회 등 외적 상황과 연결지어야 그 실체가 드러나는 것이며 그 전체, 그러니까 한 국민 단위의 삶의 총체가 문화라는 말로 이름될 수 있을 것이다"(문학: 111)라는 진술상의 변화에서 볼 수 있으며, 속성의 첨가는 예전의 문학의 초월성이 "부정의 방법론"으로만 이해되던 것이 이제는 "열려 있음"(문학: 55, 110~01)으로 확대되고 있음에서 볼 수 있다. 부정—초월이라 했을 때, 문학은 현실 내부의 끈질긴 탐사, 안으로의 심화를 유발한다면, 초월—열려 있음으로 확대될 때 그것은 밖으로의 확산을 드러내는 것이다.

III

그렇다! 김병익의 최근의 조심스런 변모는 안으로 깊어진 모색들이 밖으로 확산되는, 즉 미래 전망이라는 시간 이동을 꾀하는 것이다. 민중과 지식인의 자기 위치의 분명한 정립을 통한 통합의 추구나, 글쓰기의 문제를 체제 개혁의 방법론과 연결짓는 것은 모두, "보다 구체적이고 실현성 있는"(시대: 161) 미래 전망을 향한 움직임들이다. 그 움직임들은 그의 정신적 혼란이 깊었던 만큼 조심스럽고 문제 제기적이며 아직 명확한 해결을 본 것도 아니지만(가령, 문학인─지식인의 생산 관계 내 자리의 인식이 중요함을 성찰하면서도, 그는 소박한 계급론에 빠져들기를 거부한다. 왜냐하면 1) 소비재의 대량 생산과 더불어 소득─소비 수준에 의한 실질적 계층화, 2) 교육·문화 및 복지의 증가로 신분 이동 기회의 증대와 계급간의 불평등 의식의 감소[시대: 76]로 인해, "계층론의 개념이 더 적절한 분석 도구"[시대: 122]가 될 수 있기 때문이다. 하지만 그 계층화는 계급 관계를 은폐하기 위한 체제 이데올로기의 현실화는 아닐까──현금의 생산─소비 관계가, 생산 수준에 비해 월등한 소비 수준을 드러내고 있다는 것이 그 한 반증이 될 것이다. 그렇다면 소박한 계급론에 의거할 수는 없다 하더라도 계급 관계─계층화 현상 사이의 엄밀한 관계 파악이 요구된다고 할 수 있다. 김병익은 그 양자를 동시적으로 파악하는 것이 중요함을 인정하면서도, 그 관계의 의미까지는 우리에게 가르쳐주지 않고 있다). 그러나 그 조심스럽고, 진지한, 더 구체적인 물음의 개진이야말로 그가 80년 전후의 몇 개월 간에 느꼈던 열림의 전망을 스스로 구체화하고 있음을 증거해준다. 최근에 두드러지게 시도되는 민주주의에 대한 다각적 검토도 그런 측면에서 이해될 수 있을 것이다. 독자인 우리로서는 그 차분한 미래 전망으로의 시간 이동이 차츰 무엇을 이루어갈 것인지, 그 고통스런 회의가 깊었던 만큼 더욱 풍요롭게 열리리라는 기대를 가지고 바라보며, 또한 우리 자신의 깨우침으로 전이시키고 다시 그것을 김병익에게 되돌려줄 수 있어야 할 것이다.

6

지금까지 나는 한 높은 정신을 이해하기 위하여 꽤 힘든 곡예를 해온 셈이다. 내가 할 수 있었던 일은 그 정신의 높이를 낮게 끌어내려 내 나름으로 정리해보는 일뿐이었다. 그 곡예의 단순성의 내용을 요약하면 이렇다.

김병익의 정신적 궤적에는 세 번의 이중 체험이 잠복해 있다(그의 유년 체험을 볼 수 없다는 게 아쉽다. 작가와는 달리 비평가는 어린 시절을 잘 드러내지 않는다). 그 세 번의 체험은 똑같이 역사의 필연과 배반이라는 유형적 동질성을 가지고 있는데, 그러나 그 동질성을, 그는 정신의 주체적 운동에 의해, 그의 말을 빌리면 "실존적 결단"(시대: 60)에 의해 그 의미를 변모, 아니 심화·확장해나간다. 4·19의 체험은 그에게 이념의 현전과 전망의 부재를 주었고, 그것의 현전은 그의 고전주의적 세계관을, 그것의 부재는 비극적 세계 인식을 낳는다. 그 비극적 세계 인식은 그를 문학적 초월로 이끌고 가는데, 그러나 초월성에 자신을 의탁하지 않고, 그 전망을 현실에서 찾으려 하는 데서 그 전망은 건너가야 할 전망이 아니라 숨은 전망이 되고, 정신의 방향은 위에서 안으로 공간 이동하며, 세계관의 측면에서는 비극적 세계 인식이 고전주의적 세계관과 결합하는, 달리 말해 비극적 세계관의 가장 높은 경지로 나아가게 된다. 그, 안으로의 공간 이동은 두번째 체험의 전후에서 현실의 실체를 만나기 시작하며, 그 만남은 그에게 전망의 비극성으로부터 긍정성으로의 방향 전환의 기미를 띠게한다. 하지만 그것은 여전히 기미였을 뿐이고, 그의 초월적 전망의 인식론적 실체들과 비극적 세계 인식의 존재론적 실체들은 온전한 변증법적 지양이라기보다는 접합의 차원에 머물러 있었다. 그 과정 중에서 그는 세번째 체험을 만나고, 그 만남은 그에게 이념의 열림과 막힘으로 이해된다. 그것이 이념의 현전과 전망의 부재가 아니고 이 넘 자체의 열림과 막힘으로 이해되었다는 점에서 그는 또 한 번의 변모를 준비한다. 그 변모는 그에게 그 막힘이 완벽하다고 느껴졌을 때, 비로소 그의 주체적 결단에 의해 실질적으로 개진된다. 그 개진은 다름아니라 미래를 향한 안에서 밖으로의 시간 이동을 말한다. 그 시간 이동은, 애초에 그에게 주어졌던 이념을 다시 질문하고 새롭게 꾸며가는, 미래 형성을 향한 시간 이동이다. 이 자리에서 그의 안으로 깊어진 현실 인식은 밖으로 서서히 열리고 있다.

　다시 되뇌어보자면, 나는 그를 제대로 이해했을까? 어설픈 곡예를 벌여야 했던 만큼, 김병익의 세계를 적절하게 정리했다고 할 수는 없을 것이다. 하지만 그 어설픔을 통해서 그 높이를 자꾸만 낮게 끌어내린 덕분에, 나는 내 속의 김병익을 너절하게나마 해체·객관화하고, 그 객관화에 의해 내 속에 그와 내가 불편한 속박이나 안락한 기댐이 아니라 자유롭게, 함께, 서 있을 수 있기도 하고, 그를 그에게 되돌려줄 수도 있다면——그것도 바람뿐이지만——그것으로 이 서투른 놀이가 의미를 띨 수도 있지 않을까. 그래, 나는 그가 나에게 숨쉬는 공기일 수 있기를 바랐던 것이다. 나도…… 그에게 숨쉬는 공기일 수…… 있을까!　　　　　　　　　　　　　　〔『문학의 시대』, 1986. 6〕

자유와 문화적 초월, 혹은 열린 전망
―김병익론

박 혜 경

　문학을 하나의 지적 체계로 받아들이고 그것을 비평적 관점으로 수용하는 데 내 자신 많은 영향을 받은 윗세대의 평론가들 가운데 한 사람을 비평의 대상으로 삼는 일은 나로 하여금 이중의 두려움을 짊어지게 한다. 우선은 내가 의식적으로 혹은 무의식적으로 많은 영향을 받은 비평가의 글을 얼마만큼이나 객관적으로 대상화시켜 바라볼 수 있을 것인가라는 두려움이 그 하나이다. 영향받음이란 주관적인 경사의 가능성으로부터 자유로울 수 없는 것이고, 그 주관적인 경사는 종종 비평적인 검증의 객관성을 상대적으로 약화시켜버릴 수도 있을 것이기 때문이다. 그러나 자신이 영향받은 비평가를 비평의 대상으로 올려놓는 것은 단순히 비평가를 비평하는 일이기에 앞서 자기 자신의 비평적 사고를 비평하는 일이기도 하다. 내가 이 글을 시작하면서 두려움과 더불어 한 가닥의 위안을 삼는 것은 바로 이 점에서이다. 따라서 이 글은 '김병익론'이면서 동시에 내 자신에 대한 비평적인 자기 점검의 의미를 지니는 것이기도 하다. 이 글이 어느 쪽으로든 기여하는 바가 있다면 아마도 그것은 후자 쪽에 더 가까울 것이다.

두려움의 다른 하나는 그 윗세대 비평가들의 글을 단순히 정리해내는 것만이 아니라 그 글 속에 내재된 마음의 움직임을 따라가고 싶을 때, 그의 보이지 않는 내면의 무늬를 읽고 싶다는 나의 은밀한 욕망과 그것을 실제로 읽어낼 수 있는 나의 남루한 능력의 결합이, 마치 몸에 넘치는 헐거운 옷을 입었을 때처럼 어설퍼 보이지나 않을까 하는 우려, 그리하여 5년 전 '김병익론'을 시작하면서 정과리가 했던 "그것(을) 나는 볼품있게 해낼 수 있을까?"라는 말을 이제 나의 몫의 탄식으로 받아들일 수밖에 없다는 데서 비롯되는 두려움이다. 그것은 말을 바꾸면, 비평을, 그것도 김병익의 경우처럼 지적으로 잘 절제되고 통제된 비평적 담론을 앞에 놓고 느끼는 당혹감의 다른 표현이기도 하다. 비평의 대상을 자신의 주관적인 내면 속으로 끌어들여 그 대상과 함께 숨쉬는, 아니, 그 대상이 자신의 마음속에 불러일으키는 풍요로운 상상의 무늬들을 그려나가는, 이를테면 비평의 대상과 비평의 주체가 일종의 화간(和姦)의 상태에 이름으로써 비평가의 의식의 율동이 비평적 담론 그 자체의 율동이 되는, 그리하여 스스로의 마음의 움직임을 담론의 육체성으로 형체화시키는 김현의 경우와는 달리, 그의 글들은 그 지적인 자기 절제와 객관적인 분석 태도로 인해 그의 마음의 움직임이 비평적 대상의 뒤에 완강하게(그렇다! 그의 내부를 읽고 싶은 나에게 그 가리워짐은 완강한 것으로까지 느껴진다) 가리워져 있어 좀처럼 그의 의식의 안쪽을 들여다보기가 쉽지 않은 것이다. 따라서 이 글은 필경 아마도 그의 글의 내부에 감추어진 마음의 무늬를 밝혀내기는커녕 밖으로 드러난 무늬들만을 힘겹게 모으고 추려내는 수준에서 만족해야 할 것이다. 다만 나는 이 글이, 김병익이 지닌 그러한 지적인 자기 절제의 태도가 시대의 한계를 받아들이는 동시에 그것과 싸우는 과정을 통해서 어떻게 스스로를 지키고 변화시켜나갔는지를 가능한 한 사실에 가깝게 그려내보일 수 있기만을 바랄 뿐이다.

앞에서 말한 바 김병익의 지적인 자기 절제는 표면적으로는 그의 오랜 기자 생활에서 연유한 것일는지도 모르지만, 보다 근본적으로 나에게 그것은 김병익의 의식이 뿌리내리고 있는 서구의 고전적인 합리주의적 사고 체계와 밀접한 관련을 맺고 있는 것으로 여겨진다. 비판적 자유주의자, 혹은 균형잡힌 열린 지성의 소유자로서 시대의 변화와 더불어 자신을 변화시켜온 김병익이라는 의식의 뿌리로 내려가기 위해 우리는 먼저 그의 비평적 사고 체계 내의 세 개의 동심원으로 자리잡고 있는 것으로 보이는 정치와 종교, 그리고 문화에 대한 기본적인 관점들을 살펴볼 필요가 있다. 나는 지금 김병익의 비평적 사고의 근간을 이루는 세 개의 동심원으로서 정치─종교─문화를 나열했지만, 여기에는 일정한 유보가 필요하다. 보다 정확히 말한다면 김병익에게 있어 정치와 종교는 문화라는 커다란 원 속에 포함되는 작은 원들일 것이다. 왜냐하면 그의 글 속에서 문화는 정치와 종교뿐만이 아니라 다른 주요한 인간 활동을 모두 아우르는 상위의 개념으로 나타나기 때문이다. 특히 그가 자신의 지적 사유 체계를 정립하기 시작하던 초기에, 정치와 종교는 특정한 사회 내에서의 그것들의 실질적인 존재 양태나 구체적인 운용 방식에 대한 관심을 통해서가 아니라 문화라는 보편적인 정신의 자장 속에서, 즉 인간의 정신을 받쳐주는 문화의 가장 기본적인 내적 원리로서 수용되고 이해되어진 것으로 보인다. 그 과정을 보다 상세히 설명하면 이렇다.

체제의 유지를 향한 것이든, 체제의 변화를 도모하는 것이든 정치에서 중요하게 취급되는 것은 현실에 대한 이념의 구체적인 적용 가능성에 대한 탐색, 그리고 그것의 실현을 위한 실질적이고 유용한 방법의 모색일 것이다. 그 실질적인 유용성을 통해 정치가 목표삼는 것은 현실에 대한 직접적이고 즉각적인 영향력의 행사이다. 따라서 정치 속에 내재된 그와 같은 실용성은 정치로 하여금 종종 자기 반성이 결여된 맹목적인 신념과 세속적인 목표 지향성으로 치닫게 한다. 70년대초 김병익이 정치를 "자기 긍정적인 통치의 기술"(『지성과 반지성』, p. 72)로 이해하고 정치와 지성의 두 영역에 대해서 "서로 다르면서 잠재적으로는 서로 얽혀 있을 뿐 아니라 서로 적대적인 관계를 성립시킨다"(같은 책, p. 73)라고 말하는 것은 이처럼 세속화된 인간 활동으로서의 정치에 대한 그의 부정적인 인식을 드러내는 것에 다름아니다. 정치에 대한 이러한 인식은 그로 하여금 정치에 맞서는 지성, 혹은 문화[1]의 기능과 역할에 더욱 커다란 관심을 기울이게 한다. 그에게 지성, 혹은 문화가 의미 있는 것은 그것이 "자기 부정적이며 현실에 대한 질문"(같은 책, p. 72)의 형태로 제시되며, "실용적인 것도 비실용적인 것도 아닌, 좀더 정확히 말하자면 초실용적인 것"(같은 책, p. 73)이기 때문이다. 지성이 정치의 자기 폐쇄적이면서 현실 지향적인 유용성의 논리를 뛰어넘어 초실용성을 추구한다는 것은, 말을 바꾸면 지성이 현실 초월적인 자유를 갈망한다는 것을 의미한다. 70년대초 "권력이 자의적이라 하더라도 그 존재를 부인하거나 제거해서는 안 될, 지성이란 '성역'의 인정을 요청하는 것이다"(같은 책, p. 73)라는 정도의 표현까지 얻고 있는, 초월적인 지성에 대한 김병익의 믿음은 이후 주목할 만한 자기 수정을 거치면서도 그의 비평적 사고의 근간으로 남아 있게 된다.

　그런데 그가 정치의 세속적 논리에 대한 대항 논리로서 지성의 초월성에 기대는 것에는 짐작건대, 그 자신 청년기의 한때에 심취했었다고 말하는, 기독교적 종말론으로 대표되는 종교로부터의 영향력이 상당 정도 작용하고 있는 것으로 보여진다. 종교에 대한 발언은 정치의 그것에 비해 그의 글에서 상대적으로 적게 나타나는 편이지만, 서구에서 경제적 중산층의 정치적 시민층으로의 발전이 "막스 베버의

---

1) 60년대의 김병익에게 있어 지성과 문화, 혹은 문학이라는 개념은 거의 동궤의 의미를 지니는 것으로 사용되어진다. 그리고 그 세 개념이 지니는 동궤의 의미망은 이후의 변화에도 불구하고 그의 사유 체계의 기본적인 구도로 존속된다. 따라서 앞으로의 글에서 그 세 용어는 상호 포괄적인 의미를 지니는 것으로 별다른 구별 없이 사용되어질 것이다.

이른바 프로테스탄티즘을 포함하여 폭넓게, 문화"(『부드러움의 힘』, p. 161)라고 부를 수 있는 것에 의해 가능해졌다는 말이나, 혹은 다음과 같은 구절을 통해, 우리는 그의 정치에 대한 부정적 인식이 종교적 감화를 거쳐 문화에 대한 믿음으로 대체되어가는 과정을 시사받을 수 있을 것이다.

문학이 현실에 대한 초월이며 꿈이며 이상이라는 것은 이런 점에서 당연한 속성이다. 현실 인식이란 현장 속에 뛰어듦으로써 가능하기도 하지만 그것은 어디까지나 사실의 차원에서이며 그것이 보편적 세계, 참된 세계의 그것으로 지양되는 것은 오히려 사실의 차원으로부터 뛰어넘음으로써 가능하다. 여기에는 이빨에는 이빨로라는 유태교의 관계에서 이빨에는 사랑으로라는 예수의 잠언이 비유될 수 있을지 모르겠다. 기독교의 이 가르침이 인간과 세계에 대한 관계 인식을 전반적으로 그리고 혁명적으로 바꾸어놓았다. (『지성과 문학』, pp. 257~58)

김병익에게 기독교의 종말론은 낙원 상실 의식, 혹은 역사의 진행에 대한 종말론적인 비관주의보다는 오히려, 초기에는 초월성을 통한 개인의 구원의 문제, 그리고 이후에는 종말론적인 위기 의식을 통해 역으로 역사적 허무주의로부터 역사를 건져올려 그것을 현재적 충실성으로 되돌리려는 '선택의 의지'로 받아들여진다(『부드러움의 힘』, p. 86). "어느 시대, 어느 사회에서나 위대한 작가의 관심은 개인의 구원에 있었다"(『현대 한국 문학의 이론』, p. 126)라는 말에서도 시사되는바, 60년대로부터 70년대초에 이르는 기간 동안 그의 비평적 사고의 주요 부분을 이루어온 초월성을 통한 개인의 구원 문제는 이처럼 그가 받은 종교적 감화와 밀접한 관련을 맺고 있는 것으로 보인다. 그러나 그의 종교적 감화와 정치적 현실 인식은 서로의 영역을 견제하면서 동시에 그 내적 의미를 확대시켜나가는, 그럼으로써 그의 정신이 어느 한쪽으로 무반성적으로 기울어지는 것을 막는 저울

추의 역할을 하고 있다고 할 수 있다. 초월성에 대한 믿음으로 받아들여진 김병익의 기독교적 감화는 시대적인 정치 상황의 간섭에 의해 끊임없는 현실적 긴장을 겪고 있는 것이다. 따라서 김병익의 비평 활동은 언제나 시대적 상황의 변화와 더불어, 초기에는 그 안에서 그 너머를 꿈꾸며, 이후에는 점차 그 안에서 밖으로 이동해가며, 혹은 밖에서 그 안을 들여다보며 그가 초월하기를 꿈꾸는 세속적 정치 체제와 나란히 있다. 초정치적이기를 갈망하는 그의 비평적 사고가 실상 매우 정치적이라는, 아니 정치로부터 끊임없이 자유롭지 못하다는 이 역설을 이해하기 위해서 우리는 김병익의 비평적 사고의 또 다른 근간을 이루는 서구의 근대적 이념 체계가 한국의 파행적인 정치 현실 속에서 문화적 자유주의로 수용되어지는 양상과 그 한계들을 살펴보아야만 한다.

김병익이 그의 비평적 지성의 근간으로 받아들인 근대 서구의 지성사는 합리주의적인 이성에 대한 믿음을 바탕으로, 개인의 자기 완성이라는, 개인주의적 이상의 실현에 대한 욕망을 그 내적 추인으로 지니는 것이었다. 봉건 시대로부터 근대로 넘어오게 되는 가장 기본적인 내적 추동력을 이룬 것은 집단 속에서의 개인의 개인됨에 대한 자각과 개인의 자유와 행복을 추구할 인간적 권리에 대한 적극적인 인식의 확산이었던 것이다. 집단의 수동적인 구성원의 위치에 머물러 있던 개인으로 하여금 스스로를 자신의 삶의 능동적 주체로서 재인식케 한 이와 같은 변화는 단순히 세습적 신분 질서로부터의 자유로움이라는 외면적인 의미를 뛰어넘어 개인의 삶에 인간적 존엄과 창조적 의식의 자유로운 확대를 가져다준 획기적인 내면적 의미를 지니는 것이었다. 개인의 능동적인 자기 실현 욕구가 창조적 자유로움으로 이어지고, 자유·평등·박애의 원칙이 뜨거운 열정과 더불어 체제 내적 이념으로 수용 가능한 것으로 보였던, 그리하여 사회의 변화에 대한 낙관적인 분위기가 지배적이던 근대의 초기에 개인주의적 이상은 곧바로 사회 전체의 이념으로 보편화될 수 있었을 것이다. 그러나 근대 사회의 경제적 기초를 이룬 것은 자본주의 체제였고, 그 체제의 내부에서 개인의 행복을 향한 욕망은 타인의 그것과 충돌 내지는 갈등 관계에 놓일 잠재적 가능성을 지니고 있는 것이었다. 이윤 추구라는 자기 내적 논리에 의해 심화되어가는 자본주의의 물신적 사고 속에서 개인주의적 이상은 점차 폐쇄적인 이기주의의 황폐한 내면 풍경 속으로 퇴화해가고, 개인의 외적인 자유로움의 확대는 도덕적인 가치 상실감이나 소외 · 불안 등의 내적인 부자유의 심화로 나타나기 시작했다. 자본주의가 봉건 시대와는 다른, 그러나 그 기본적인 틀 자체는 다를 바 없는 자체 내의 계급 구조를 지니게 되면서, 동시에 자본주의의 경제 체제가 견고한 정치 구조로 경화되어가면서, 비록 개인의 능력을 통한 계급 구조 내의 신분 이동이 원칙적으로 자유로워졌다고는 할지라도, 자본주의적 계급 구조는 완강한 체제 내적 질서로 고착되어지는 경향이 나타났다. 서구의 근대적 지성사에서 점차 근대 사회에 대한 비관론이 표면화되기 시작하는 것은 아마도 자유의 문제가 평등의 문제와 조화롭게 공존하지 못할 때 나타나는 불만이 사회 전반의 정신적 황폐로 보편화되기 시작하는 상황과 더불어서였을 것이다. 그러나 서구의 사회 체제에 대한 극도의 위기감이 팽배하던 제 1, 2차 세계 대전과 그 이후의 사회적 갈등의 시기를 지나오면서도 서구 사회를 지탱해가고 그것을 체제 내부의 긍정적인 방향으로 유도해나간 것은, 문화적 연속성의 토대 위에서 서구를 이끌어온 합리주의적 이성에 대한 믿음과 민주주의의 제도화된 정착, 그리고 상황 변화에 따른 적극적 자기 수정을 가능케 한 정치 문화의 제도적인 유연성 때문이었을 것이다.

　김병익에게 "오늘날 모든 개개인을 민주 시민으로 만들고 공동체적 응집력을 획득하는 데 기능하는, 자아의 성취 욕구, 합리주의적 사고와 태도, 다원적 가치관의 형성, 박애의 실천적 노력"(『부드러움의 힘』, p. 161)이나, "근대적 자아와 사적 · 공적 책임 의식, 권리와 의무와 참여, 그리고 자유와 평등 · 박애 혹은 국민의, 국민에 의한,

국민을 위한, 정치 체계 등등의 고전적 개념에 의거한 가치들"(『지성과 문학』, p. 113)과 같은 서구의 정치 문화적 이념들은 곧 그가 꿈꾸는 문화적 이상으로 받아들여진다. 한국의 유교 문화, 혹은 샤머니즘적 전통 속에 내재된 "숙명적인 세계관이나 정태적인 인간관, 보수적인 사회관"(같은 책, p. 247)에 대한 반발과, 아마도 "우리는 우리 스스로를 후진국 또는 열등국이라 생각"(『열림과 일굼』, p. 86)했던 60년대 지식인 사회의 전반적인 분위기와도 무관하지 않을 이러한 서구 문화에 대한 경사는, 80년대적 상황을 거쳐온 우리의 시각으로 볼 때, 그 자체로서보다는 그것이 놓인 정치 사회적 상황과 관련해서 일정한 한계를 가지는 것으로 가늠될 수밖에 없다. 그 한계는 우선 김병익에게 있어 근대 서구의 정치 · 문화적 이념이 자유주의적인 이상 *ideal*의 형태로 수용되면서, 단지 지식인의 삶에 작용하는 내적 원리로 한정되어버린다는 데에 있다. 초기의 김병익에게 있어 문화는 지식인 사회의 문화라는 좁은 의미를 지니는 것이었고, 정치는 그것이 지식인 집단에 가하는 정신적 억압의 기제로, 즉 권력의 차원으로 이해되어지는 것이었다. "문화란 기본적으로 권력으로부터 독립적이며 초정치적"이라는, 혹은 "문화란 권력에 포섭될 것이 아니라 한 시대의 또 다른 한 면에서 정치와 병행하여 독자적인 방향을 유지해야 한다"(『지성과 반지성』, p. 115)라는 발언들은 바로 그와 같은 맥락에서 이루어지는 것이다. 아마도 이러한 발언들의 진의를 공정하게 평가하기 위해서 우리는 4·19 이후의 정치적 상황과, 그에 따른 지식인 사회 내부의 어떤 추세를 염두에 두어야 할 것이다. 이를테면 그가 지성의 문제를 정치 권력뿐만 아니라 기능 지식의 문제와도 구별지으려 하는 심리의 근저에는 4·19에 참여했던 지식인들이 정치적인 유혹에 몸을 맡겨 정치에 봉사하는 도구적 지식인으로 타락해가는 현상에 대한 진지한 자기 반성이 개재해 있는 것으로 보여지기 때문이다.

그러나, 비록 그의 비판적 지성이 당시 지식인 사회의 한 첨예한 인식의 수준을 대변하는 것이라고 해도, 초기의 그가 정치의 일반화된 속성 자체를 반성의 대상으로 삼을 뿐, 서구식 자유민주주의의 정치적 이념을 앞세운 당시 한국의 실질적인 정치 행태에 대한 구체적 논의에 상대적으로 소홀하다는 점은, 지금의 시각으로 볼 때는, 그 자신만의 한계로서가 아니라 당시 지식인 사회의 일반적인 한계로서 한 번쯤 짚고 넘어가야 할 사항이 아닐 수 없다. 정치는 그에게 지식인을 둘러싸고 있는 보편적인 실존적 상황으로 인지되어지고, 따라서 그가 문화의 초월적인 존재 양태를 통해 세속적인 정치 현실을 넘어서려 하는 것은 상황/지식인의 대립을 정치/문화의 대립으로 일반화시키는 것, 즉 지식인에 의한 개인적인 저항을 현실적 상황에 대한 저항의 유일한 형태로 간주하는 사고의 소산으로 볼 수 있는 것이다. 그리고 그것은 지식인의 개인성을 보편적인 개인성으로 확대한, 심지어는 지성을 일종의 '성역'으로 간주한 토대 위에서의 비판, 즉 지식인의 사회 계급적인, 혹은 계층적인 존재 기반에 대한 물음이 생략된, 순수한 자기 내적인 의식, 혹은 정신의 차원에서의 비판이었던 것이다.

아마도 김병익이 문화를 지성의 문제로 받아들이고, 현실 정치의 타락한 모습들을 순수한 정신 활동의 영역 속에서 뛰어넘으려 한 것은, 그가 이상적인 전범으로 받아들인 서구의 근대적 이념이 앞서 말한바, 개인주의적 이상이 보편적인 정치 이념으로 환치될 수 있었던 근대 초기의 그것이었다는 사실, 그리고 또한 정과리의 말처럼 "그가 근대 휴머니즘의 이상을 옹호하지만 그 출발의 실제적 결과는 받아들이고 있지 않"[2]다는 사실과 긴밀한 관련을 가지고 있을 것이다. 더군다나 서구의 현대사를 초기의 근대적 이념이 점차 타락해가는 과정으로 받아들인다 하더라도, 서구의 경우에 그 이념의 토대는 자생적인 동시에 현실을 지탱해나가는 지속적이고 비판적인 체제 내적

---

2) 정과리, 『존재의 변증법 2』, 청하, 1986, p. 287.

힘으로 작용해온 반면, 우리의 현대사에서 근대적인 서구의 정치 이념들은 외부로부터 빌려온 것일 뿐만 아니라, 타락하고 왜곡된 현실을 감싸는 위장된 외피로서 부정적으로 악용되어왔다는 사실을 감안한다면, 상황은 더욱더 비관적인 것이 될 수밖에 없는 것이다. 이처럼 자유에 대한 갈망을 바탕으로 한 근대적 개인주의의 이상이 사회의 외부적 이념으로 행복하게 자리잡을 수 없을 때, 아니 사회의 외부적 정치 현실과 피할 수 없는 갈등 관계에 놓이는 것일 때, 그것은 결국 개인의 내면적인 초월성의 자리로 물러설 수밖에 없을 것이다.

6·25에서 4·19, 5·16으로 이어지는 일련의 정치적 변화는 바로 그에 대한 직접적인 상황적 요인을 제공해준다. 6·25의 민족적 수난이 불러일으킨 절대적 빈곤의 문제와 반공주의 일변도의 획일화된 이념의 확산, 시민적 민주주의에 대한 욕구가 최초의 가시적인 혁명적 분출로 나타난 4·19의 열기, 그리고 5·16에 의한 정치적 이상의 좌절로 이어지는 상황에서, 절대적 빈곤으로부터 벗어나야 한다는 급박한 명제는 대개의 지식인들로 하여금 4·19의 정치적 이상을 정신 내부의 초월적인 문화적 이상으로 내면화하면서, 동시에 당시의 좌절된 정치적 현실과 체제 내의 거짓된 이념의 토대를 의문 없이 수락하는, 혹은 적어도 불가피한 삶의 조건으로 묵인하는 쪽으로 몰고 간 것으로 보인다. 따라서 그 당시의 그의 글 속에는, 그 세대의 문화적 이상이 "서구와 미국을 모범으로 설정"했던 것이며, 그것의 근저에는 "서구와 미국이 세계에 대한 패권을 장악하던 당시의 자기 문화 중심주의적 사고가 뿌리깊이 스며 있"(『열림과 일굼』, p. 89)음에 대한 반성이 누락되어 있다. 이러한 사정을 김병익은 80년대 들어 4·19 세대에 의한 본격적인 반성적 재검토를 시도하고 있는 「4·19와 한글 세대의 문화」에서 다음과 같이 말하고 있다.

우리의 현대 문화 구성이 서구 문화 편향이었다는 이유와 함께, 우리의 현실이 전쟁과 분단의 경험으로 피폐해 있었고 남북 대치의 상황이 유지되며 그래서 반공주의 일변도로 이념 교육이 이루어진 탓이 동시에 작용한 까닭이겠지만, 우리의 한글 세대는 거의 철저하게 보수우파적 체계로 고착되어 있었다. 이념의 차원으로만 보자면 우리의 여러 세대 중에 한글 세대야말로 자신들이 살고 있는 체제의 이데올로기 외에 다른 이데올로기적 체제를 접촉하지도 이해하지도 못한 가장 폭좁은 불행한 세대일 것이다. 〔……〕 어쩌면 이 세대는 운명적으로 이념적 맹목을 타고난 세대일지도 모른다. (같은 책, p. 90)

그러나 4·19 세대에 대한 이러한 반성은, 4·19 세대에 의해서 명실상부한 현대 문화의 정착이 가능하게 되었으며, "전통적인 농업 사회로부터 현대적인 산업 사회로의 전환, 기술 개발과 첨단 공학에의 도전, 해외로의 개척과 선진 학문에로의 유학, 그리고 우리에게는 쓰레기통에서의 장미 키우기로 보였던 민주주의의 실제화가 가능할 수 있었"(같은 책, p. 88)다는 자부심과 등을 맞대고 있다. 요컨대 절대적 빈곤으로부터의 해방은 정치적 민주주의에 대한 요구를 하나의 문화적 명제로 확산시켰고, 따라서 70, 80년대의 민주주의를 향한 사회 각 부면의 다양한 욕구의 분출은 4·19 세대가 마련한 경제적 · 문화적 기반 위에서 이루어진 것이라는 자부심이 그것이다. 이러한 자부심은 4·19를 단순히 정치적 국면에서가 아니라 "문화사 · 의식사의 영역으로 자리옮김을 시도"(같은 책, p. 92)해야 한다는 말, 즉 4·19를 "1960년이란 과거의 어느 한 시점으로 괄호해서 집어넣을 죽은 기억이 아니라, 지금 다시 이곳으로 끌어내어 길러내고 키워내며 오늘의 우리 자신의 의지와 결단의 힘으로 살려내야 할 살아 있는 꿈"(『부드러움의 힘』, p. 84)으로 받아들여야 한다는 말과 더불어 김병익이, 혹은 김병익의 세대가 문화의 역할에 대해서 거는 믿음의 기본적인 심리적 요인을 제공하는 것이다. 이처럼 김병익의 문화관은 그것이 정치를 넘어서는 것이든, 정치에 대한 실질적이고 구체적인 전망이나 대안으로 제시되는 것이든, 정치적인 상황과의 끊임없는 살비

빔을 통해서 형성되고 수정되어지는 것이다.[3] 그러나 김병익의 문화관은 시대적 상황의 변화와 함께, 그 비판적 자유주의에 대한 믿음을 견지하면서도 조금씩 자체 수정을 거듭해나간다. "문화의 정치적 포섭 내지 정치적 예속성을 강화하는 비운(悲運)"(『지성과 반지성』, p. 116)으로부터 문화가 초월해 있기를 갈망하던 초기의 문화관은 70년대에 이르러 "문화의 발전은 그것이 더욱 넓고 의미 있게 진행될수록 그것의 대척적 개념으로서의 정치의 세력을 전제하고 있으며, 현대사회에서 정치의 폭이 우리 개개의 삶에까지 미치고 정부의 권한이 비대화할수록 문화에 대한 의식을 배제할 수 없게 된다"(『지성과 문학』, p. 137)라는, 정치와 문화의 보다 긴밀한 상호 작용적인 측면에 대한 인식에 이르며, 그것은 다시 80년대로 넘어오면서 "그것은[민주주의적 문화: 인용자] 그 스스로 민주주의 체제에 합당한 문화적 가치관과 문화 사회를 형성해야 한다는 것과, 그러면서 정치적 민주주의가 올바르게 실천되고 든든한 기반을 갖도록 외적인 노력을 가해야 한다는 것이다"(『들린 시대의 문학』, p. 20)라는 보다 적극적인 표현을 얻는다. 이러한 변화의 과정은 초기에 문화적 현실 비판의 유일한 담당 계층으로 여겨지던 자유주의적 지식인 사회가 점차 자기 내적 모순에 직면하게 되는 과정, 즉 지식인의 계급적 기반에 대한 문화계

---

3) 김병익의 문학관이 명시적이든 묵시적이든 4·19를 출발선으로 한 정치적 상황과의 갈등을 통해서 형성되어진, 다분히 정치성 짙은 것이라는 사실은 예컨대 그 자신의 다음과 같은 말에서도 명백히 드러나는 것이다. 즉 그는 정치를 문화의 이름으로 자기 의식화하는 과정을 통해 정치를 문화의 영역으로 끌어올림으로써, 문화를 다시 정치에 자기 반성적 물음으로 되돌려놓기를 희망하는 것이다. "나는 글을 쓴 지 얼마 안 된 4·19에 이런 나의 생각들[정치란 자유를 확장하기 위한 테크닉이며 정치학이란 그 테크닉의 이념화이고 그 양자는 시 또는 문학이 상징하는 바의 아름다움으로 이어져야 한다는 생각]이 실현될 수도 있다는 가능성에 감동했으며 이듬해 5월 대학원에 진학한 지 얼마 안 되어 그 가능성의 쓰라린 배반을 목격했다. 그때 나는 공부를, 적어도 정치학 공부를 포기했으며 정치에 대한 관심도 구경하는 것 이상을 넘지 않았으며 대신에 정치적인 태도는 좀더 선명해지는 것을 스스로 느끼게 되었다"(강조: 인용자)(『부드러움의 힘』, p. 165).

전반의 적극적인 이슈화의 과정과 동시적으로 진행되는 것이다. 80년대에 와서 두드러진 그 현상을 살피기 전에 우리는 자본주의적인 산업 사회의 폐해가 보다 뚜렷하게 드러나기 시작하는, 그리고 김병익의 비평 활동에 있어 그 자신 가장 중요한 시기였다고 말하는 70년대적 상황에 대한 그의 인식을 먼저 살펴보아야 할 것이다.

70년대는 우선 김병익에게 4·19의 희망과 5·16의 좌절에 맞먹는 두 가지의 체험으로 특징지어지는 시대이다. 그 스스로 '야곱의 씨름'으로 명명하는 역사적 상황과의 싸움이 그것으로, "아아, 역사는 역시 이런 것이다!"와 "아아, 역사란 정말 이런 것일까"(『지성과 문학』, p. 26)라는 한 시기 동안의 낙관적 체험과 비관적 체험의 교차는 그로 하여금 역사에 대한 다음과 같은 중요한 인식을 이끌어내게 하는 단초가 된다.

> 역사란 그것이 의미있다고 믿는 사람에게는 그 의미를 허용해주는 존재라는 것이다. 역사에서 아무런 교훈과 의의를 기대하지 않는 사람, 도대체 역사를 의식하지 않는 사람에게 역사란 부재의 존재이며, 그런 것이 아니라, 역사의 지향에 신념을 갖고 과거의 일에서 전철을 발견하며 미래 역사에서 희망을 갖는 사람들에게 그것은 실존의 결단을 요구할 만큼 삶 그 자체의 구체성과 실재성을 갖는다는 것이다. (같은 책, p. 27)

70년대의 이러한 체험은 문화의 초월성을 정치적 상황의 실제 영역으로 끌어내림과 동시에, 그가 정신의 개념으로 받아들인 근대적 시민민주주의의 현실적 실현 가능성에 대한 힘겨운 자체 점검의 과정이 이루어지는 기반을 제공해준다(물론 우리는 위의 글이 70년대의 장기 집권이 종언을 고하고 사회 전반에 새로운 민주주의 사회에 대한 기대감이 팽배해 있던 1980년 2월에 씌어진 것이라는 사실을 고려에 넣어야 할 것이다. 위의 글에 두드러지게 나타나는 역사를 향한 낙관적 의

지는 당시의 외부적 상황의 변화와 무관하지 않을 것이기 때문이다). 그러나 "밑으로부터의 움직임──역사를 의미 있는 것으로 만들려고 노력한 숱한 사람들의 의식과 행동"(같은 책, p. 32)에 대한 인식에도 불구하고 김병익의 이러한 변화는 문화적 자유, 혹은 초월성에 대한 갈망을 포기하는 것이 아니라, 그것의 현실적 차원의 적용 논리에 대한 적극적인 탐색을 통해서, "깨어 있는 삶에서 역사는 깨어 있고 잠자는 사람에게 역사는 잠들어 있다. 그리고 그 깨어 있음은 자유로움이고 자유로움을 위한 것이며 자유로움에 의한 것이다"(같은 책, p. 33)라는 말에서도 나타나는바, 자유에 대한 믿음을 더 강화하는 방향으로 나아간다.

70년대로부터 시작되는 그의 이와 같은 비평적 사고의 변화에 보다 근본적인 현실적 토대를 제공한 것은 70년대의 파행적인 산업화에 의해서 야기된 사회 각 부면의 여러 부정적인 현상들이었다. 장기집권의 억압적인 정치 상황 속에서 이루어진 급격한 산업 사회로의 개편이 초래한 갖가지 부작용은, 분배의 불균형으로 인해 이미 사회의 구조적인 모순으로 뚜렷하게 자리잡기 시작한 빈부의 격차 문제와 농촌의 급속한 붕괴로 말미암은 이농과 도시 빈민층의 계속적인 증가, 그리고 노동 계층의 사회적 기여도에 못 미치는 부당한 처우와 그에 대한 상대적 박탈감의 급속한 확산 등의 현상으로 나타났다. 따라서 그 시기는 개인의 자유를 향한 근대적 이상이 집단적인 평등의 문제와 맞물리면서 자체의 존재 기반에 대한 점진적인 문제 의식에 직면하기 시작하던 때였고, 이른바 순수/참여 문학 논쟁이 적극성을 띠어가면서 문화, 혹은 문학의 정치 참여 문제가 지식인들의 첨예한 논의의 자장권 안으로 수용되기 시작하던 때였다. 이러한 상황을 김병익은 첫째, "문화가 개인적이며 집단적인 삶의 근본 질서이며 토대란 점을 인식했"다는 것, 즉 문화가 "선택받은 자의 고급스런 문명 생활이라고 생각하던 좁은 문화관에서 벗어나 사람들 모두의 생각과 생활이 문화"라는 폭넓은 이해에 도달하게 되었다는 것, 둘째, "문화적인 의미에서 삶다운 삶이 무엇인지를 재려면 정치적인, 경제적인 구조와 현실을 빼놓을 수 없음을 깨"닫게 되었다는 것, 즉 "정치·경제·문화는 저마다 떨어진 삶의 세 영역이 아니라 서로 원인이 되고 결과를 이루며 겹치고 어울려야 하는 세 요소라는 것을 분명히 깨달은" 것, 셋째, "바로 이러한 도덕적인 책임감에서 출발하여 우리 전체가 지향해야 할 이념을 문화계가 제시한" 것, 즉 "체제의 이념을 성찰하는 데에 문화계는 어느 때보다 적극적이고 과감했다"는 것, 그리고 마지막으로 이러한 인식의 각성과 이념 추구가 직접적인 행동과 내면적인 의식화의 두 가지 형태로 이루어졌다는 것으로 정리한다(같은 책, pp. 21~23). 70년대의 심각한 정치적 부패와 경제적 모순에 대한 자각과 더불어 진행된 이와 같은 폭넓은 의식의 변화 속에서, 개인주의적 자유를 스스로의 삶의 내적 지향의 원리로 끌어안으면서 현실의 직접적인 정치 상황과 관념적인 비판의 거리를 유지하던 60년대적 지식인들의 삶은, 누적된 경제적 불평등 구조에 대한 점진적인 자각과 더불어 보다 현실적이고 집단화된 시대 상황의 한복판으로 자의에 의해서든 타의에 의해서든 떠밀려갈 수밖에 없었을 것이다.

그러나 김병익이 말하는 바 "우리 문화와 의식의 역사로 보아서는 참으로 명예로운 문화의 정치 참여"(같은 책, p. 19)의 문제는 그에게 있어 실상 그리 순탄한 것이 아니었던 것으로 보인다. 특히 80년대에 이르면, 기본적으로 초기의 자유주의적 지성을 견지하면서 문화의 현실적 영향력의 확대를 위한 보다 구체적이고 다양한 가능성을 모색해보려는 그의 노력은, 자신의 기왕의 사고 체계를 뒤흔드는, 70년대와는 비교할 수 없을 정도의 심각한 외부적 충격을 체험하면서 힘겨운 자기 모색의 과정을 겪게 되는 것이다. 그가 80년대 상황을 겪으면서 느낀 혼란은 "특히 우리의 80년대는, 다른 경우와는 달리 대상이 분명하게 보이지도 않고 무엇의 옳고 그름의 판단에 앞서 우리가 그것을 바라보는 시선이 과연 정직하고 성실한가의 자문부터 시도해야 할 만큼 착잡했던 것으로 생각된다"라는 말의 연장선 위에서, 그가 "내가 아직도 여전히 내 관점과 사유와 판단이 확실하지 못하고 모든 것을 유보된 상태로 놓아두고 있"(『전망을 위한 성찰』, 서문)다고 고백하는 데서도 드러나지만, 그가 자유주의라는 말 앞에 새삼스레 '보수적'이라는 수식어를 붙인다든가, 80년대 들어 그의 이전의 글에서는 거의 찾아볼 수 없었던 자신의 성장 과정에 대한 고백이 나타나기 시작하고, 특히 민중 문학의 이념 체계가 가해오는 심리적 억압감의 일단을 엿보게 하는 구절들, 예컨대 "나의 부모는 일찍 이농해서 도시에서 자수성가한, 어떻든 전형적인 구중산층의 보기이며, 나는 그 중산층의 틀에서 벗어나지 않으려 했을 뿐더러 중산층적 삶의 유형을 안락하게 즐겨왔다는 점, 나의 성장기는 서구의 문화·교육·기독교의 세례로 채색되었고 그것들의 인문주의와 교양주의가 나에게는 가장 좋은 가치 체계로 받아들여졌다는 점, 그리고 이 두 가지 요소는 그것들이 마땅히 비판받아야 할 점들을 갖고 있고 그 비판을 나 스스로 수락하면서도 지금까지도 그것들이 지닌 어떤 장점들의 포기에는 동의하지 않고 있다는 점"(『전망을 위한 성찰』, p. 13)과 같은 구절에서처럼, 자신의 계층적 기반에 대한 반성적 성찰을 시도하면서도 그 이념의 억압성에 저항하려는 마음의 움직임 등을 통해서도 감지될 수 있는 것이다.

그러나 부끄러움과 혼란과 저항의 심리가 착잡하게 뒤얽힌 채로 받아들여진 80년대는 그 스스로 자신을 지탱해온 이전의 사고 체계를 부분적으로 수정하면서, 그리고 그와 동시에 민중 문학의 이념적 정당성이 배타적인 억압적 논리로 굳어가는 현상에 대해 온건한 비판과 충고로 대응하면서, 초기의 현실 초월적인 지성을 현실 작용적인 지성으로 열어가는, 그럼으로써 지성이 전체적인 사회 구조 속에서 담당해야 할 역할에 대한 진지한 자기 성찰과 전망의 탐색이 이루어졌던 중요한 시기였다. 물론 이러한 일련의 변화들은 그가 말하는 것처럼 "60년대적, 그러니까 자유주의적 세대의 테두리를 멀리 벗어날 수가 없었던" 한계 내에서 여러 가지 유보와 제한에 발묶이면서 참으로 힘겹게 이루어진 것이고, 따라서 그 변화는 80년대 전반에 걸쳐 서서히 형성되어나간 것일 수밖에 없었을 것이다. 그러나 그 과정에 깃들인 그의 자기 정직성은 우리로 하여금 "나는 나의 목소리로 나의 몫만 드러낼 수밖에 없"(『열림과 일굼』, 서문)다는 말에 내포된 자기 한계성에 대한 고백을, 오히려 그 힘겨움을 자기의 것으로 정직하게 받아들여온 그의 성실성의 또 다른 표현으로 받아들이게 한다.

김병익에게 80년대의 이러한 변화는 "고전적인 민주주의의 회복만이 거의 유일한 관심사였으며 현실 변혁에 대해서는 그 관념조차 이해할 수 없었던 70년대말의 나와, 어떤 극단적인 발언이나 극적인 일까지도 놀라움 없이 대할 수 있게 된 그 후 10년 만의 나와의 거리는 이래서 정말 아득한 것이 아닐 수 없다"(같은 책, p. 12)고 말할 정도로, 뿐만 아니라 그가 80년대적 상황에 대해서 '혁명적'이라는 수식어를 스스럼없이 사용할 정도로 커다란 충격으로 받아들여진 듯싶다. 반공 이데올로기나 미국식 인문주의적 교양에 무의식적으로 젖어 있던 그 자신의 사고 체계에 가해진 그 충격은 우선 마르크시즘의 수용으로 대표되는 대항 이념의 문화적 주도에서 비롯되어진 것이었다. 그 충격을 나름대로 소화하기 위해 애쓴 글들, 그 중에서도 특히 민중 문학권에서 제기된 지식인의 사회 변혁적 역할에 대한 심각한 불신을 염두에 두면서 씌어진 듯한 「문화민주주의와 사회 계층」이나 「작가란 무엇인가」 등의 글들은 지식인에 대한 불신을 온건한 포용적 태도로 극복하려는 깊이 있는 노력의 흔적들을 보여준다. 「작가란 무엇인가」에서 따온 다음 구절은 그러한 노력이 도달한 주목할 만한 결론의 일단을 제시해준다.

작가들과 그들이 소속된 넓은 편차의 자유 지식인들은, 현대의 사회 구조와 계급적 성격, 교육의 기회로 보아, 중산층에서 대체로 배출되는 것은 사실이지만, 그렇다 해서 이들이 반드시 중산층의 이데올로기에 봉사한다는 것은 출생 신분으로 그의 모든 것을 간단히 수렴시키는 소박한 환원주의로 떨어져버리고 마는 것이며, '자유' 지식인으로서의 그들의 선택이 얼마든지 자기 계급에 배반하거나 혹은 초계급으로 될 수 있다는 특권을 무시하는 것이다. (『전망을 위한 성찰』, p. 120)

그가 "문학은 그 진의 자체가 불온한 것"(『부드러움의 힘』, p. 315)이라고 말할 때, 그것은 작가가 진실과 자유로움에 대한 갈망을 통해 자신의 한정된 계급적 기반을 초월하고, 그 내면적 초월성을 통해서 역으로 현실의 부정성에 대한 비판적인, 더 나아가서는 변혁적인 기능을 담당하게 된다는 말에 다름아니다. 따라서 우리가 앞서 말한 바 김병익의 변모는, 문학이 '감동'이라는 정신적 통로를 통해 현상황에 대한 부끄러움과 회의, 변화에 대한 내면적 욕구를 일깨우는 것이라는 그의 일관된 관점[4]이 사회 변혁과 관련된 논의의 차원에서 보다 첨예하게 논리화되어가는, 즉 문학적 초월성의 안쪽이 아닌 바깥쪽을 논의의 표면으로 부상시킨 것이라는 정도로 이해되어지는 편이 더 정확할 것이다.

그러나 이러한 변모의 과정에서 얻어진 열린 지성의 모습은, 그것이 자신의 말대로 "점진적이고 수정주의적이며 또한 자유—자본주의적이기 때문에 양극단의 이념적 지향을 가진 사람들에게 협공을 받을 수 있는 대상이"(『들린 시대의 문학』, p. 100) 될 수 있는 소지를 부정할 수 없음에도 불구하고, 80년대적 상황에서뿐만 아니라 앞으로 더욱더 유효할 지식인의 바람직한 태도로 강조되어 지나침이 없을

---

4) 이러한 관점이 보다 다각적이고 세부적인 형태로 드러나는 것은 그의 활발하고 뛰어난 실제 비평 작업을 통해서이다. 특히 김병익의 실제 비평은 "창작의 형식미가 그 내용의 전달하고자 하는 바의 것을 그 자체 안에 감추고 있듯이 문학적 지성은 작가가 현실적인 지성으로 발언하고자 하는 바를 그 구성과 문체를 통해 발산하면서"(『상황과 상상력』, p. 259)라는 말에서처럼, 구성과 문체와 같은 작품의 형식적 특성들을 세밀하게 분석하고 그 내적 의미를 입체적으로 재구성함으로써 대상이 된 작품 속에 감춰진 깨달음과 감동의 요체를 독자의 몫으로 되넘겨준다.

것이다. 그가 말한 바, "말의 엄밀한 뜻으로 보자면 문화란 기존하는 것들에 대한 성찰의 체계일 것이며 지양의 방법론일 것이다. 그것은 '변화하는 세계'와 더불어 응고되지 않으려는 정신의 표현이기 때문이다"(『지성과 문학』, p. 107), "여기에는 이른바 진실에 대한 겸허한 성찰이 요구될 것이며 상대의 논리 및 주장들과 토의하는 정신이, 가치의 상대주의와 태도의 포용주의가 전제되어야 할 것이다"(『열림과 일굼』, p. 168)나 혹은 "진보적 이념이 설자리를 마련하기 위해서는 그것에 대응한 보수적 이념도 제창되어야 하며 마찬가지로 고전적 민주주의 이념이 확신을 얻기 위해서는 과학주의적인 새 이념도 자유롭게 제시될 수 있어야 한다"(『전망을 위한 성찰』, p. 174) 등의 구절들은 모두, "목표를 향한 우리의 전략 자체가 민주적이어야 한다는 것, 그 전략을 실천하는 우리의 자세가 민주주의 문화적 태도와 심성이어야 한다는 것이고, 그 모두가 부드러움의 체계에서 연유해야 한다"(같은 책, p. 17)라는 믿음, 그리하여 그 '부드러움의 힘'을 통해 "모두들 싸안아, 함께 껴안고 연민의 울음을 울 듯 공감"하고, 그 공감을 통해 "한을 품은 외로운 사람끼리는 폭력과 음모를 버리고 용서와 사랑으로 어루만져줄 수밖에 없게 되는 화해"(『열림과 일굼』, p. 302)에 이르기를 바라는 그의 꿈과 그 꿈을 향한 깊은 열림의 다양한 표현들일 것이다.

그러나 어떤 점에서 소극적이고 무기력한 것으로 보일 수도 있을 그 화해에의 꿈 이면에는 "우리가 살아 있는 한 역사를 망가뜨려서는 안 된다는 그 소망을 실천적인 힘으로 바꾸"(『부드러움의 힘』, p. 81)려는 전망에의 의지가 깃들여져 있다. 그렇다. 김병익의 열린 지성이 갖는 의미는 단순히 80년대적 상황의 억압성에 대한 자기 방어라는 차원에서 그치는 것이 아니라 대개의 경우 미래 전망을 향해 열려 있는, 그리하여 현재의 부정적 상황에 대한 책임 있는 문화적 대안을 제시하려는 노력과 맞물려 있다. 그에게서 그 전망에의 모색은 "멀리로는 비관적으로 전망하되 가까이로는 낙관적으로 대응"(『전망을 위한 성찰』, 서문)하는 태도, 즉 비관과 낙관이 교차하는 복합적인 모습을 보여주고 있다. 그가 유토피아라는 말이 지닌 '이 세상의 어디에도 없는 곳'이라는 의미를 누차 강조하고, 유교적 전통 문화가 무너지고 새로운 서구적 민주주의 이념이 정착되어지지 않은 과정에서 겪는 우리 사회의 보편적인 가치 이념의 부재에 비관하며, 그에게 그 새로운 이념 정착의 주도적인 담당층으로 보이는 중산층의 도덕적인 부패로 말미암아 "이 사회의 근본적인 전망에 회의적"(『부드러움의 힘』, p. 243)이라고 말하고 있음에도 불구하고 희망을 버리지 않는 것은, 아니 희망을 버리지 않으려 애쓰는 것은, "문화가 정치보다 앞설 수 있다는 것은 그 불균형이 빚는 손실을 문화가 감당해야 함에도 불구하고 우리의 장래에 반드시 어둠만이 깔려 있다고 볼 수 없"(『상황과 상상력』, p. 14)다는 믿음, 즉 시종일관 그의 비평적 사고의 기저를 이루는, 문화에 대한 궁극의 믿음 때문인 것으로 보인다.[5]

이것은 비관적 현실을 낙관적 전망으로 극복하려는, 다시 그 자신의 말을 빌리면, "비관적인 전망이라 해서 반드시 무기력한 체념으로 방관한다거나 운명론적인 순응주의로 자포하기를 의미하지 않"는,[6] 지금의 관점으로 보면 제한적이고 유보적인 것일 수밖에 없을 정치 사회적 진단을 드러내보인다는 사실 또한 한 번쯤 짚고 넘어가야 할 것이다.

---

5) 그러나 우리는 여기에서, 문화에 대한 믿음에 기초한 김병익의 그와 같은 낙관적 전망이 간혹 "1986년을 기점으로 하여 우리의 국제 수지가 흑자로 돌아섰다는 사실은 아무리 강조해도 지나치지 않을 의미를 갖는다. [……] 우리의 근면성으로부터 경영과 기술의 합리화·선진화의 정도를 보여주는, 그리고 그것이 가능하도록 만든 정신적·문화적·교육적 배경의 힘을 드러내주는 [……] 정치와 정치가가 어떤 동떨어진 짓을 하더라도 우리에게는 희망이 더 많다는 자부심을 자랑할 근거가 된다"(『부드러움의 힘』, p. 75)라거나, "우리의 무역이 지난해부터 안정된 흑자국으로 변신하고 노사 쟁의의 시련을 거쳐 기업의 구조가 전환되며 민선 대통령의 출현으로 정치적 민주화로의 진전이 이루어"(같은 책, p. 199)졌다라는, 지금의 관점으로 보면 제한적이고 유보적인 것일 수밖에 없을 정치 사회적 진단을 드러내보인다는 사실 또한 한번쯤 짚고 넘어가야 할 것이다.

오히려 "우리가 던져진 정황이 음울한 것이기에 그 정황에 도전하여 우리의 생존 조건을 우리가 살아볼 만한 환경으로 전환시켜볼 의욕과 의무가 길어질 수 있을 것이며 보다 나은 미래를 구상하고 실천할 지혜로운 길을 탐색"(『열림과 일굼』, p. 71)하려는 노력에 다름아닌 것이다. 그러한 노력은 곧 "진실은 진실화 과정 속에 있으며 역사는 역사를 만들어나가는 역사 속에 있다"는, 그럼으로써 역사에 대한 환상이나 허무주의, 그리고 "그것을 빙자한 어떤 폭력도 용서하지 아니하며 진정 역사적 삶을"(『전망을 위한 성찰』, p. 36) 살려는 성실한 의지에 의해서 가능해지는 것이다. 그러므로 김병익의 낙관적 전망은 그 노력의 최종적인 결과 속에 있는 것이 아니라 그 결과에 가까워지려고 끊임없이 꿈꾸고 애쓰는 그 노력 자체 속에 있다.[6] 이처럼 과정에의 노력 그 자체가 민주주의적인 방식으로 이루어져야 한다는 생각은 그의 유연하게 열린 지성적 태도의 근간을 이루는 것이다. 김병익의 끊임없는 전망에의 모색은 결국 문화—예술—문학에 대한 믿음, 그리고 그것을 낳고 수용하는 인간의 자유로운 정신의 힘에 대한 믿음으로부터 발원하는, 더 나은 미래를 향한 힘겨운, 그러나 포기하지 않는 꿈의 다른 이름인 것이다.

나는 김병익의 비평적 사유 체계를 나의 의식 속으로 흡수하고 분해하면서, 또 그 과정을 내 스스로를 향한 새로운 인식과 반성의 재료로 삼으려고 노력하면서, 여기까지 왔다. 지금 나는 내가 애초에 가졌던 두려움이 결국은 나의 능력의 남루함만을 드러내버리고 말았다는 부끄러움으로 바꾸어지는 것을 바라보면서, 내가 김병익의 비

---

6) 그 노력은 아마도 궁극적인 유토피아의 단계에까지 이르지는 못할 것이다. 왜냐하면 유토피아는 불가능의 다른 이름, 즉 영원한 이상의 경지일 것이기 때문이다. 김병익의 낙관적인 전망은 유토피아를 향한, 그러나 유토피아의 실현 가능성을 믿지 않는 비관주의와 서로 갈등하는 관계 속에 놓여 있다. 엄밀하게 말한다면, 그의 낙관적 전망은 그 비관주의의 안쪽에서 현실적인 삶의 조건의 점진적인 나아짐을 꿈꾸는 제한적인 범주 안의 것으로 보여진다.

평적 지성의 요체를 올바로 자기화한 것일까라는 새로운 두려움에 젖는다. 그러나 자기화는 자기화, 결국 나에게 김병익은 나만큼의 용량으로 수용되어질 수밖에 없고, 이제는 다만 나에게 떠맡겨진, 그리고 내 자신이 기꺼이 감당한 이 역할과 더불어 지나온 시간의 충만함만이 오롯이 나의 몫으로 남는 것을 느낀다. 마지막으로 나는 이 글을 통해서 80년대적 상황 속에서 비평적인 사고의 체계를 키우며 성장한 세대의 한계와 가능성이 60년대에 비평 활동을 시작한 세대의 그것과 만나 바람직한 형태로 통합·극복되어나가는 모습의 일단이 보여질 수 있기를 바랄 뿐이다. 그러나 이 글이, 나에게 그러한 희망을 허용할까?   〔『비평 속에서의 꿈꾸기』, 1991〕

열린 자유주의로 현실 껴안아
──김병익

고 종 석

아마도 나는 너무 관대하거나 아니면 너무 과욕한지도 모르겠다. 어느 한편에 절대선을, 다른 한편에 절대악을 부여하는 것이 내게는 두렵다. 그 전체주의적 단순성이, 그 낙관주의적 폭력성이, 무류성에 대한 그 회의 없는 자신감이 두려운 것이다.

1967년 10월, 10여 명의 작가 · 비평가 들이 모여 '작가와 사회'라는 주제로 메트로 호텔에서 연 조촐한 원탁 토론회는 60년대 문단에 잠복해 있던 문학에서의 '순수/참여' 논쟁의 불길에 새로운 땔감을 보급했다. 임중빈 · 선우휘 · 이호철 등을 논객으로 등장시킨 이 논쟁은, 뒷날 이것을 가짜 대립에 기초한 소모적 논쟁으로 본 새 세대 비평가들에 의해서 '이론적 실천/실천적 이론'(김현), '시민적 전망/민중적 전망'(성민엽), '현실에의 반성적 질문/현실에의 몸담음'(정과리), '분석전망주의/역사실천주의'(장석주)라는 새롭고 멋진 이름들의 대립 구도로 변주됐다. 오늘의 한국 문학을 이루는 두 주류의 수로가 되고 있는 이 대립 구도는 조금씩 다른 방향으로 초점을 맞춘 새로운 명명자들에 의해 그 대립항들의 상호 보족성과 지양 가능성이 지적돼왔지만, 문학과 현실이 상관하는 양상에 대한 핵심적 쟁점은 여전히 해소되지 않은 채 90년대로까지 이월되고 있다. 이 대립 구도가 문학 저널리즘을 통해 얻은 90년대적 표현은 '자유주의/현실주의'이다.

문학평론가 김병익(53)씨가 발을 딛고 있는 곳은 이 대립 구도의 왼쪽 항들이지만, 그의 얼굴은 그 오른쪽 항들을 향해 있다. 당대 지식인들에 의한 지성의 와해 현상을 비판하고 비판적 지성의 회복을 촉구한 「지성과 반지성」(1971)에서부터 80년대 진보적 문화 운동의 이념과 실천을 적극적으로 평가하는 「80년대: 인식 변화의 가능성을 향하여」(1989)에 이르기까지 그의 글쓰기는 외부의 현실, 그리고 그 현실의 변화에 일관되게 열려 있었다. 다른 한편으로, 끊임없이 "캐묻고 되묻고 다시 확인하고 검증하고 그래서 얻어진 대답에서 또 다른 질문을 대조시키고 부연하고 참조하는" 이청준 문학에 대한 그의 높은 평가나, '노동' 문학과 구별되는 노동 '문학'의 존재 의의에 대한 그의 강조는 대상에 대해 그가 유지하는 지적 거리, 무류성에 대한 불신, 그리고 문학 고유의 몫과 영역에 대한 그의 고집 센 믿음을 보여준다. 요컨대 그의 글쓰기는 아름답고 미더운 균형 위에서 대상을 따스하게 감싸고 보듬는다. 그 균형은 그러나 그보다 왼쪽에 있는 사람과 오른쪽에 있는 사람 모두에게 때때로 아름답지도 미덥지도 않게 비치기도 했다. 민중 문학에 대한 그의 애정에 찬 문제 제기에 되돌아온 백낙청씨의 냉정한 답변이나, 노동 문학·통일 문학에 대한 그의 공감이 야기한 문학평론가 이동하씨의 불평 같은 것들이 그 예다.

"70년대 이래의 진보적 운동에 대한 나의 지지는 확고하다. 그렇지만 적극적 행동주의는 내 몫이 아니라고 생각했다. 그것과는 별도로, 나는 세계를 하나의 원리로 정식화할 수 있다고 생각지는 않는다. 만일 세계가 그리도 단순하다면, 그 속에 살고 있는 우리가 너무 비참하고 가난하다. 어떤 틀 하나로 설명할 수 없을 만큼 복잡하고 풍요로운 것이 세계다"라고 이 70년대 해직 기자는 말했다.

대학에서 정치학을 전공하고 동아일보 기자가 된 그는 평론가 고 김현에 이끌려 『68문학』 동인에 가담하면서 비평가로 나섰다. 70년에 김치수·김현과 그가 편집 동인이 되어 창간한 계간지 『문학과지성』은 그것보다 앞서 창간돼 80년대 신군부에 의해 함께 폐간된 『창작과비평』(1988년 복간)과 더불어 70년대 한국 문학의 가장 실속 있고 화려한 전시장 구실을 했다.

한국기자협회장으로 재직하던 1975년 자유 언론 운동과 관련해 동아일보사에서 해직된 그는 '문지' 동인들과 함께 출판사 '문학과지성사'를 차려 출판인 겸 문필가가 되었다. 그는 몇몇 해직 동료들처럼 민중 운동의 제일선으로 달려가지도 않았지만, 또 몇몇 문학적 동료들처럼 어두운 시기의 광포함을 피해 자신의 내면으로 망명하지도 않았다. 그가 본디 사회과학도였고 기자 출신이라는 사실의 흔적인 양, 그의 글쓰기는 문학 텍스트의 바깥을 향해 활짝 열려 있다. 열 권에 이르는 그의 평론집의 많은 글들은 주로 소설을 대상으로 한 실제 비평이지만, 또 다른 많은 글들은 텍스트를 뛰쳐나와 문화의 생산·수용·유통의 조건, 문화 일반과 정치적 민주화에 대한 전망 같은 보다 보편적 주제들을 향하고 있다. 문화의 초월적 힘을 믿고 그 문화 안에 정치까지를 포함시키는 그의 글들은 그래서 때때로 로베르 에스카르피의 계량사회학까지를 포함하는 넓은 의미의 문학사회학이나 정치 에세이를 닮아 있다. 그 점에 대해 그는 "내가 문학을 체계적으로 공부하지 못했기 때문"이라고 시치미를 뗐다.

그의 다원주의적 세계관의 밑바탕에는 자신의 경험과 지식 바깥에 있는 세계에 대한 교조적 단정의 회피, 즉 인식의 허영에 대한 경계가 깔려 있다. "80년대의 진보주의로부터 나는 그때까지 의심 없이 받아들였던 어떤 체제를 새롭게 반성하는 법을 배웠다. 물론 나는 60년대의 교양주의적 한계 때문에 젊은 세대의 생각을 온전히 받아들일 수는 없었다"고 이 4·19 세대의 비평가는 소탈하게 말했다. 또 그는 어쩌다 보니 앞세대(일제·전쟁 세대)와 뒷세대(유신·80년대 세대)의 수난과 투쟁과 희생을 통해 여문 민주주의와 경제적 풍요라는 열매를 "별다른 반대 급부 없이 누리기만 하는 4·19 세대"로서의 다행스러움과 죄송스러움에 대해 겸손하게 말했다.

그의 비평이 논쟁적·배제적이 아니고 포용적·개방적이라는 사실은 그의 문단적 명성을 위해서는 불행한 일이지만 사나움이 넘쳐나는 우리 비평 문학을 위해서는 복된 일이다.

〔한겨레신문, 1991. 10. 20〕

비평의 이타성과 초월적 전망
─김병익을 어떻게 읽을 것인가?

이 광 호

> 회의론자와 신앙인은 둘 다 역사와 그 의
> 미를 쉽게 생각하는 부류를 비판하는 데 있
> 어서 동일한 동기를 갖고 있다.
> ──칼 뢰비트

> 나를 타자에게 드러냄으로써만, 타자를
> 통하고 타자의 도움에 의해서만 나는 나 자
> 신을 인식하고 나 자신이 된다.
> ──미하일 바흐친

1

'비평의 위기'가 논의된다. '비평의 시대'는 갔다는 주장도 들린
다. 그것은 배후가 있는 주장이다. 그 주장은 오늘의 문화 상황에 대

한 현실적인 성찰을 담고 있다. 때문에 우리는 비평이 이 시대에 무엇인가라는 문제 의식 안에서 비평의 운명을 물어야 한다. 그 물음을 위해 우선 우리는 개척민의 상처로 얼룩진 비평의 역사를 반성적으로 현재화할 필요가 있다. 그 영광과 패배의 역사 속에 이미 비평의 운명이 아로새겨져 있기 때문이다. 이때 한 중요한 논의의 대상으로 떠오르는 것이 김병익의 비평이다. 이 자리에서 4·19 세대의 대표적인 비평가로서의 그의 우람한 비평적 성과물들과 '문학과지성사'를 이끌어온 출판인으로서의 그의 위치에 대해 새삼 강조할 필요는 없다. 중요한 것은 그가 4·19 세대 비평가로서 변화하는 사회 문화적 현실에 대해 적극적으로 대응함으로써, 문학과 비평에 대한 자기 세대의 인식을 부단히 심화해왔다는 점이다. 그것은 그의 비평이 여전히 현재적이라는 것을 의미한다.

하지만 이 글은 온전한 의미의 김병익론으로서의 자격을 갖추지 못한다. 우선 나에게 김병익의 비평과 사유 체계 전체를 재구성하는 것은 너무나 벅찬 작업이다. 그리고 여기에 관해서는 정과리[1]와 박혜경[2]의 성실한 분석이 이미 모범으로 주어져 있다. 나에게는 오히려 김병익을 어떻게 읽을 것인가 하는 보다 기본적인 문제가 절실했다. 그러므로 이 글은 김병익을 읽기도 전에 마감될 것이며, 진정한 김병익론을 위한 문제 제기에 그치고 말 것이다. 나는 철저히 나의 문제 의식 속에서 그를 끌어들여 그의 비평을 현재화하려고 한다. 그래서 어쩌면 이 글은 김병익 비평에 대한 곡해와 오해로 들끓게 될 것이다. 나의 문제 의식이란 무엇인가? 그것은 비평의 근대성과 문학의 세대적 자기 동일성이라는 문제, 그리고 우리 시대 비평의 위기 의식에 관한 것이다. 나에게 '김병익 비평이란 무엇인가'라는 질문은 '우리 세대의 비평이란 무엇인가'라는 질문과 겹쳐진다.

---

1) 정과리, 「깊어져 열리기」, 『존재의 변증법 2』, 청하, 1986.
2) 박혜경, 「자유와 문화적 초월, 혹은 열린 전망」, 『문학과사회』, 1991년 여름.

2

　김병익 비평을 말할 때, 4·19 세대로서의 그의 입지와 '열림'이라는 수식어가 등장한다. 여기에 관해서는 김병익 자신이 "나는 어차피 60년대 세대라는 카테고리 안에 갇혀 있었던 것이고 혹은 거기서 뿌리를 두고 있었던 것"[3]과 "내 자신의 관심의 축이 현실—사회에 있어서나 문화—문학에 있어서 나의 '개방'이라는 데 있어왔다는 자의식"[4]을 고백하고 있다. 김병익 비평에 있어서 '60년대 비평'과 '개방'이라는 것은 무엇인가? 이 두 가지 개념은 그의 비평에서의 '세대론'과 '지성론'이라는 두 가지 이론축에 연관된다. 김병익 비평에 관한 이 글의 입장을 당겨 말하면, 김병익 비평의 자기 진행은 4·19 세대로서의 동일자가 타자로서의 50년대 문학과 70년대 참여 문학, 80년대 민중 문학 그리고 90년대 문학과의 대화적 관계를 설정하려는 노력이었다고 할 수 있다.[5] 그는 다른 세대의 문학 범주와의 열린 관계를 통해 4·19 세대로서의 자기 정체성을 심화해나갔으며, 동시에 그것은 4·19 세대의 인식 지평을 개방해가는 작업이기도 했다. 그래서 나는 그가 다른 세대와 어떠한 관계를 설정함으로써 자기 세대의 문학을 옹호하고 그 동일성을 반성적으로 심화해나갔는지를 살펴보려 한다.
　1972년에 나온 『현대 한국 문학의 이론』은 그를 포함한 4·19 세대 비평가들의 자기 정립의 문제 제기를 선명하게 보여주는 신호탄이었다. 이 책 속의 「60년대 문학의 가능성」이라는 글에서 김병익은 자기 세대와 50년대 문학을 구별짓는 경계를 분명히한다. 그에 의하면

---

3) 김병익, 『두 열림을 향하여』, 솔, 1991, p. 20.
4) 김병익, 위의 책, p. 12.
5) 타자와의 만남과 대결을 통해 비평의 자기 동일성이 형성된다는 시각에서 최근에 나온 권성우의 논문 「1920~30년대 문학 비평에 나타난 타자성 연구」(서울대 대학원, 1994)는 주목을 요한다.

"6·25 세대는 당대의 사건을 경악과 비명으로 받아들이며 현실에 대한 저주와 비탄의 신음을 내며 패배주의와 운명의 굴욕감에 젖어 관념으로 피신하거나 안이한 허무주의로 발산한다. 그러나 4·19 세대는 의지와 절규로 자신이 만들고 있는 역사의 순간을 고양시키며 현실의 가능성과 미래에 대한 소망의 함성을 울리며 주체적으로 창조할 수 있다는 신념 위에서 사회와 시대의 기초 단위가 되고 있는 인간의 탐구에 용기를 갖는다."[6] 두 문장 사이를 연결하는 '그러나'라는 접속사에는 6·25 세대와의 차별성을 분명히하려는 4·19 세대의 문학적 패기와 자신감 그리고 단호한 세대론적 전략이 실려 있다. 김병익을 포함한 4·19 세대는 식민지 문학의 연장에 있던 인습적인 샤머니즘과 50년대 작가들의 관념적인 허무주의 혹은 저항 문학과 자신들의 문학의 경계를 분명히할 필요를 강하게 느낄 수밖에 없었다. 그리고 이러한 도전에는 한국 문학의 퇴행성과 예속성을 극복하고 주체적이고 근대적인 문학을 확립하려는 뜨거운 의지가 담겨 있다. 김병익이 자신의 문학적 동료의 한 사람이었던 홍성원의 『남과 북』을 높이 평가하면서 "남의 전쟁을 우리의 전쟁으로 환치시키는 작가의 탁월한 착상"을 말하고, 6·25라는 "비극의 주체화를 통해 우리 민족의 주체적 결단이 가능해진다"라고 분석할 때,[7] 김원일의 『노을』을 평가하면서 주인공의 귀환과 아버지 찾기에서 "불행한 땅에 사랑과 미래에의 기대로 우리 자신을 뿌리박을 계기를 획득하는 것"[8]이라는 의미를 읽어낼 때, 최인훈의 『광장』에서 "운명과 상황을 능동적으로 선택한 보기 드문 인물의 등장"[9]을 평가할 때, 그것은 6·25 콤플렉스에 붙들려 있는 50년대 세대의 도피주의와 피해 의식을 극복한 자기 세대의 주체화의 의지를 표나게 옹호하는 것이다. 그에게는 현실의 비극에 매몰

6) 김병익 외, 『현대 한국 문학의 이론』, 민음사, 1972, p. 261.
7) 김병익, 『상황과 상상력』, 문학과지성사, 1979, p. 83.
8) 김병익, 위의 책, p. 200.
9) 김병익, 『지성과 문학』, 문학과지성사, 1982, p. 99.

되지 않게 그것을 정직하게 인식하고 거기에 능동적으로 참여하는 개별화된 주체의 의지가 중요했다. 하지만 지금 이 시점에서 50년대 문학에 대한 4·19 세대의 평가는 다시 역사적으로 규명될 수밖에 없다. 다시 말하면 4·19 세대는 그 세대의 역사적 조건 위에서 전세대를 극복하기 위한 자신의 문학적 역량을 예각화할 수밖에 없었다는 점이다. 때문에 근대적인 정신과 대결한 김동리를 포함한 문협 정통파의 사상 구조[10]와 50년대 작가들의 형이상학적 치열성에 대한 상대적인 평가 절하는 어쩌면 필연적인 것이었다. 그리고 넓은 의미의 근대주의의 계보를 말해야 한다면 50년대 문학의 '화전민 의식'과 저항의 문학 역시 부정할 수 없는 근대적 움직임을 포함하고 있다는 것을 인정해야 한다. 그럼에도 불구하고 4·19 세대가 50년대의 문학과 그 선을 그을 수 있는 근거는 무엇인가? 그것은 김병익의 표현에서 드러나는 것처럼 주체화의 문제, 다시 말하면 근대적 의지의 내재화와 자기 동일성의 문제였다.

1974년에 간행된 『지성과 반지성』은 김병익 비평의 기본적 입각점을 확인하게 한다. 「지성의 형성과 패배」(1972)에서 그가 "한국 지성사가 8·15 직후 6·25 이후 혼란을 치러야 했던 것은 정치적·사회적 변동에 대치할 만한 지적 축적이 없었기 때문이며, 보다 정확히 말한다면 격심한 현실의 무대에 설 지성의 자리가 확보될 수 없었던 것이다"[11]라고 분석한 것은, 한국 현대사의 질곡과 그것을 타개할 지성의 결핍에 대한 안타까움의 표현이다. 하지만 그에게는 그 지성의 부재를 돌파할 역사적 계기로서의 4·19가 주어져 있었다. 4·19를 통해 "지성이 현실 앞에서 파탄되고 있던 해방 이후 50년에 이르기까지 한국 지성사는 중요한 체질 개선을 얻는다"[12]고 그는 인식한다. 그것을

---

10) 이 점에 대해서는 최근의 김윤식의 연구를 참고할 수 있다. 김윤식, 『한국 근대 문학 사상 연구 2』, 아세아 문화사, 1994.
11) 김병익, 『지성과 반지성』, 민음사, 1974, p. 42.
12) 김병익, 위의 책, p. 42.

가능하게 한 것은 물론 사회적으로 지식 계층의 성장이며, 그들의 "지성이 권력으로부터 분화될 때 권력에 대한 비판적 태도가 가능"하다는 것이다. 우리는 여기에서 권력의 전횡을 비판하고 역사를 주도하는 지성의 역할이라는 그의 역사 인식, 세계 인식의 한 기본틀을 보게 된다. 어쩌면 그것은 가장 4·19 세대다운 역사 의식이라고 할 수 있다. 그에게 '지성'이란 진정한 4·19 정신의 번역어였던 것이다. 지성의 역할에 대한 이러한 의미 부여는 구체적인 계급적 기반을 가진 혁명 주체 없이 학생과 지식인에 의해 주도된 4·19 혁명의 추상성, 그래서 역사적 현실에 대한 집단적 전망으로 나아갈 수 없었던 4·19 혁명의 본질적 한계에 대응하는 것이다. 그의 지성론의 출발은 역사 전개 과정에서의 지식인의 계급적인 기반과 노동 계급의 역할에 대한 사회과학적 고려를 갖지 못했다. 이러한 비판적 자유주의자의 면모에는 서구의 합리주의적 세계관이 깔려 있으며, 근대적인 가치 체계에 대한 4·19 세대의 전폭적인 신념은 4·19 세대의 정신적 수원(水源)이자 한계로 작용했다. 이러한 논의의 연장선상에서 4·19 세대로서의 김병익 비평의 한계를 지적할 수 있을 것이다. 하지만 우리가 읽어야 할 것은 4·19 세대의 정신적 입지의 이러한 역사적 한계가 아니라, 한 비평가가 어떻게 자기 세대의 한계를 자기 세대의 진실로 바꾸기 위한 치열한 반성적 작업을 밀고 나갔는가 하는 점이다.

지성의 권능에 대한 그의 신념이 보다 구체적이고 실천적으로 개진된 것은 「지성과 반지성」(1971)이다. 이 글에는 언론 자유 수호 투쟁의 한복판에 있었던 그의 정치적 입장이 선명하고도 박진감 있게 드러나 있다. 지성의 와해와 퇴화에 대한 절박한 위기 의식을 깔고 있는 이 글에서 그는 지식인과 지성인을 분별하면서 "지성은 해답을 설명하는 것이 아니라 해답을 질문으로 전환시키는 역량"[13]이라는 명쾌한 정의를 내놓는다. 이런 문맥에서 그의 지성은 비판·반성이라

---

13) 김병익, 위의 책, p. 57.

는 항목을 동시에 갖게 된다. 그의 지성이 부정적인 현실에 대한 적극적인 대결 의지를 드러내는 것일 때 그것은 비판적 사유의 힘을 동반했고, 동시에 그 지성의 칼날이 주체의 내면을 향할 때 자기 부정과 내성적 의식을 낳는다. 이러한 지성의 두 측면은 그가 4·19 이념의 고귀함을 절대적으로 신뢰하면서도 그것의 현실적 배반에 절망하고 역사 전망의 부재를 경험했다는 것을 의미한다. 그렇기 때문에 4·19 이념이 실현되지 않는 상황에서, 그 이념의 고귀함에 기대어 그 이념을 현실에 대한 치열한 질문으로 전환시키는 이론적 실천이 필요했던 것이다. 진정한 4·19 정신의 핵으로서의 지성의 위기는 그에게 '기능적 지식/창조적 지성'의 분별을 요구한다. 그래서 그가 "한 사람이 스스로 지성인임을 선언하는 것은 전폭적인 비극성을 내포한다"[14]라고 말할 때, 그의 지성이 가지는 비극성은 이러한 상황의 조건을 갖고 있었다. 이러한 창조적·비판적 지성의 요구는 물론 4·19 이념의 배반과 좌절 그리고 근대화의 힘이 전체주의적 정치 권력의 억압으로 작용하는 현실에 대한 위기 의식에 기초한 것이다. 이것은 4·19 정신이 어떠한 방식으로 전체주의적 권력과 싸워나가는가 하는 문제 의식과 맞닿아 있다.

물론 그는 70년대 초반 언론 자유 수호 투쟁을 통해 억압적 권력과 맞선다. 하지만 넓은 의미에서 본다면 김병익에게 전체주의와의 싸움은 정치의 층위가 아닌 문화의 층위에서 진행되었다. 여기에는 두 가지 계기가 겹쳐 있다. 그 하나는 4·19 이념의 섬광과도 같은 역사적 이미지가 5·16 이후 정치의 층위에서 굴절되어갔을 때, 4·19 세대에게 4·19는 현실적 성과이기보다는 정신의 근원이며, 문화의 출발이라는 의미로 자리잡게 되었다는 것이다. 4·19 이념의 정치적 좌절이 4·19 이념의 문화적 관철을 시도하게 만들었다. 4·19로 상징되는 자유의 꿈과 좌절은 그것의 내면화와 문화적 양식화라는 방식으로 전

---

14) 김병익, 위의 책, p. 63.

개될 수밖에 없었다. 두번째는 김병익 개인의 기독교와 실존주의에 대한 젊은 날의 고뇌와 연결된다. 그 고뇌의 경험은 그로 하여금 인간 내면의 문제에 대해 관심의 중심을 두게 만들었다. 이는 달리 말하면 그의 문제 의식이 정치 중심적인 것이 아니라 개인의 자유 의지를 일구는 공간으로서의 문화 중심적인 것이었다는 것을 의미한다. 이렇게 말할 때, 김병익의 문화론은 정치에 예속된 문화론이 아니라 일그러진 정치 현실을 간접적으로 개선하는 자립적인 힘으로서의 문화론이다. 이것이 그로 하여금 문학의 초월적 가능성에 대한 탐색으로 나아가게 한 것이다.

3

「지성과 반지성」에서 직접적이고 외향적인 형태로 나타난 비판적 지성에 대한 그의 옹호는 그 후 문화적 초월의 가능성에 대한 보다 심화된 탐색으로 나아간다. 그는 비판적 지성과 닫힌 현실의 갈등 사이에 있는 문화와 문학의 초월성에 대한 인식을 깊게 한다. 여기에는 70년대 이후의 파행적인 근대화 과정에서 나타난 부정적 사회 현실과 이에 대응하는 문학의 긴장에 대한 그의 경험이 놓여 있다. 그리고 그의 동세대들 사이에서 전개된 '순수 참여 논쟁'은 그로 하여금 좌절된 4·19 이념이 문화적 힘으로 작용할 수 있는 두 가지 방식에 대한 성찰로 이끈다.

시민적 각성이라든가 집단적 자아라는 것이 개인적 자아의 각성으로부터 출발한다는 것은 옳은 일이고 그래서 4·19 세대의 문화적 가능성은 높이 평가되어야 마땅하지만 그것이 이미 드러나기 시작한 정치적 폐쇄성과 4·19로부터의 역행의 추세를 뚫고 시민적 혹은 집단적 자아의 각성으로 발전할 전망은 배제되고 있었다. 정치적 좌절이 독립

함수적 기능으로 버티고 있는 가운데 문화적 가능성이 선택할 수 있는 길은 두 가지로 나타난다. 하나는 아직 트여 있는 문화에의 길을 통해 목적하든, 하지 않든 의식의 변화를 유도함으로써 시민적 자아를 각성하는 것이고 또 다른 하나는 4·19가 좌절된 것이 아니라 좌절되지 않도록 직접적이고 노골적으로 문화가 정치에 개입하는 것이다. 이 두 개의 길이 서로 가치 판단을 주장하면서 양자택일의 결단을 요구해온 것이 순수와 참여의 논쟁이었다.[15]

4·19 이념의 정치적 좌절이라는 상황 속에서 그 문화적 가능성의 두 가지 진행 방식은 4·19 세대의 실천적 지표의 분화와 연관된다. 이 분화가 김병익에게는 동세대의 문학적 타자들과의 열린 관계에 대한 인식의 조건으로 작용한다. 그에게 순수 참여 논쟁은 '개인주의적 자아'와 '집단적 책임감'으로 분리될 수 있는 근대 시민 의식의 두 가치에 기초하며, "4·19라는 하나의 뿌리에서 출발하여 이 시대에 대응할 수 있는 두 개의 지향을 반영하는 것"[16]이다. 물론 그의 비평적 입지는 그 두 가지 가능성 가운데 전자에 가까웠을 것이다. 하지만 김병익 비평의 열린 태도는 그러한 당파적 입장보다는 두 가능성의 상호 관련에 대한 이해로 나아간다. 그에게 그 두 가지 가능성은 '양자택일의 결단'을 요구하는 것이 아니라, 그 '연계적 내지 상호 보충적 관계'에 대한 이해의 필요와 만난다. 그가 70년대 문학을 정리하면서 발견한 것은 "오해되었든 진정한 의미에서든 문학의 순수성과, 좁은 의미로든 높은 의미로든, 그것의 참여적 관계가 정당하게 결합될 때 문학의 문학다움이 획득된다"는 결론이었다.[17] 그가 조세희의 『난장이가 쏘아올린 작은 공』에서 "인물과 세계의 단절된 대립을 비언표된 방법적 구조로 드러내고자 하는 노력"[18]을 읽어내고, 이

---

15) 김병익, 『상황과 상상력』, 문학과지성사, 1979, p. 105.
16) 김병익, 『지성과 문학』, 문학과지성사, 1982, p. 224.
17) 김병익, 『상황과 상상력』, 문학과지성사, 1979, p. 105.

소설이 취하고 있는 "비사실주의적 수법은 그것이 바로 비사실주의적이라는 이유 때문에 초월에의 사랑, 해방의 자유로움을 동경하게 만든다"[19]라고 평가할 때, 그는 문학의 사회적 참여와 리얼리즘의 기율에 대해 탄력 있는 접근법을 보여주고 있다. 또한 여기에는 닫힌 사회에서의 문학의 열림에 대한 그의 인식이 개입되어 있다. 「두 열림을 향하여」(1980)에서 이러한 그의 입장은 보다 정리된 표현을 얻는다.

문학의 속성을 이렇게 본다면, 문학 그 자체가 열려 있는 심성의 작용이 될 것이다. 그 열림을 통해 현실이 조화됨으로써, 현실의 닫힘과 억누름을 발견하고 자유로움을 지향하게 될 것이다. 이 열려 있음을 우리는 문학적 초월이라고 부를 수 있겠는데, 이 초월을 통해 현실의 스캔들을 보다 명료하게 관찰하고 그것을 극복할 정신의 폭을 넓혀준다는 것은 분명한 문학적 아이러니가 될 것이다. 〔……〕 70년대 문학에서 볼 수 있는 것처럼 사회적 긴장과 문학적 긴장의 치열한 대결을 통해 우리는 뛰어난 창작 성과를 얻을 수 있었고 그것의 현실적 효과까지도 찾을 수 있었다. 그러나 두 축이 열린 상태로 지향되지 못한 채 80년대의 양자간의 긴장과 닫힘이 보다 경화된다면 우리는 반드시 안도할 수만은 없는 것이다.[20]

그에게 '열림'이란 "문학 자체의 것을 위한 것과 그것의 현실적 대상으로 하고 있는 열린 사회, 그리고 양자의 열린 관계를 위한 3중의 맥을 갖고 있다."[21] 70년대 문학에 있어 닫힌 사회라는 조건이 주어져 있다면, 그 닫힌 사회를 열린 사회로 만들기 위한 문학적 실천은

---

18) 김병익, 위의 책, p. 209.
19) 김병익, 위의 책, p. 212.
20) 김병익, 『지성과 문학』, 문학과지성사, 1982, p. 21.
21) 김병익, 위의 책, p. 19.

열린 문학과 열린 사회의 열린 관계라는 두 가지 방향이 동시에 충족되지 않으면 안 된다. 그는 70년대 문학을 통해 사회가 "문학적 긴장의 폭을 제한"하거나 "문학적 긴장이 닫힌 상태로 팽배하게 되는" 부정적 국면을 발견한 것이다. 이러한 그의 태도는 문학 자체의 초월적 가능성을 신뢰하는 것이다. 초월은 일그러진 현실의 저편으로 날아가려는 욕망의 한 표현이다. 그것은 현실과 문학 혹은 문화와의 불화로부터 발생한다. 그런 의미에서 그것은 4·19 이념의 실체를 현실 안에서 얻지 못한 세대의 정신적 표정이다. 하지만 그에게 초월은 현실로부터의 이탈과 도피를 의미하는 것이 아니다. 초월은 오히려 현실의 모순을 명료하게 드러내고 그것을 극복할 수 있는 정신의 가능성을 열어준다. 문학적 초월의 비현실성은 오히려 그 비현실성으로 하여 현실적인 힘을 가질 수도 있다. 그는 현실과 대결하려는 70년대 참여 문학의 과도한 문학적 긴장이 이러한 문학의 초월적 가능성을 부정하여 진정한 문학과 사회의 열림을 제한한 것이 아닌가 묻고 싶었던 것이다. 그는 80년대 문학이 70년대 문학의 이러한 과제를 극복해주기를 바랐다. 하지만 70년대 후반 이후 진행된 현대사와 문학사는 닫힌 사회에서의 열린 문학의 열린 관계라는 명제의 아름다움과 추상성을 동시에 확인하게 했다. 여기에서 닫힌 사회에서 문화의 길만이 트여 있을 수 있는가의 문제, 다시 말하면 닫힌 사회에서 어떻게 열린 문학이 가능할 수 있는가의 문제가 제기될 수 있다. 그는 억압적인 정치 현실과 그 물리적 토대, 그리고 그것들과 맞서는 자율적인 영역으로서의 문학과 문화의 초월적 힘을 상정한 것이다. 그의 '문학적 초월'에는 문학과 문화의 자율성의 신화가 숨쉬고 있었다.

4

5월 광주에서의 권력의 무자비한 물리력의 행사와 이로 인한 사회적 긴장 그리고 이에 대응하는 사회과학적 인식의 확산으로 특징지어지는 80년대를 통해, 김병익의 비평은 상당한 자기 조정을 경험하고 이를 통해 문학적 전망을 확대하게 된다. 그는 80년대를 통해 4·19 세대의 문화적 기획의 현실적인 가능성을 보다 폭넓게 타진한다. 우선 그는 자신의 지성론의 탈계급적 성격을 극복한다. 「지식인됨의 고민」(1984)에서 그는 역사에 온몸으로 참여한 좌파 지식인들의 궤적을 읽어내면서, 이념과 실천 사이의 갈등과 지식인의 계급적 기반의 극복에 대해 성찰한다. 70년대의 그의 지성론이 지성의 계급적 성격에 대한 인식을 결여하고 있었던 점을 환기한다면, 그의 문제 의식은 이런 측면에서 심화되었다고 할 수 있다. 하지만 그의 결론은 지식인의 계급적 존재 이전에 대한 해답으로 나아가지 않는다. 그가 "지식인의 몫이 무엇이며, 특히 계급적 성격과 관련지어, 어떤 것인가를 정직하게 반성해보아야 한다는 것이다. 그것은 신비화를 거부하면서 자기 콤플렉스에 젖어들지 말기를 요청하는 것에 다름아니다"[22]라고 말할 때, 그는 지식인의 역사적 투신의 방식 그 자체보다는 그 고민의 진정성을 묻고 있다. 이러한 그의 관점은 「작가란 무엇인가」(1987)에서도 다시 확인된다. 그는 이 글에서 작가들의 계급적 기반에 대한 분석을 제시한다. 작가들과 자유 지식인들은 대체로 중산층에서 배출되기는 하지만, 그렇다고 그들이 중산층 이데올로기에 봉사하는 것은 아니라는 것이 그의 입장이다. 그는 "자유 지식인으로서의 그들의 선택이 얼마든지 자기 계급을 배반하거나 혹은 초계급으로 될 수 있다는 특권"[23]을 인정한다. 이와 연관해서 그는 작가의 '전문성/장인성'의 구분을 제기한다. '전문성'이 창작의 기능적인 성격을 말하는 것이라면, '장인성'은 상투성을 극복하고 독창적인 새것을 창조해내려는 진지한 요구이다.

---

22) 김병익, 『들린 시대의 문학』, 문학과지성사, 1985, p. 76.
23) 김병익, 『전망을 위한 성찰』, 문학과지성사, 1987, p. 120.

장인성으로의 선택 자체가 타락한 지배 세력과 물신화 추세에 대한 부정과 저항의 표지이며, 실험적이고 전위적인 문학과 예술 작품이 오늘의 수용층으로부터 소외되고 무시된다는 그 측면에서 바로 그것은 진지한 도덕적 문제성을 제기한다. 장인적 작가가 그래서 몰두하는 순수 예술에의 창작 의욕은 앞의 문단에서 우리가 고찰한, 언어체의 구성으로 표현된다. 그는 이 세계에 있어본 적도 없고 그 누구도 구경해 보지 못한 새로운 (작가의 경우) 언어의 세계를 만들어낸 것이다. 그것은 일상적인 것이 아니라 허구적인 것이며, 상투적인 것이 아니라 그 자체 개별적이며 자율적으로 존재하는 구성체이고 우리가 경험한 의식이 아니라 그 지평을 넘어선 미지로의 탐험에 개방된 세계로의 인식이다. 그것들은 그래서 지금—이곳의 우리의 현실적인 삶을 잘못되고 구겨진 삶으로 대조케 만들며, 보다 아름다운 진실한 세계를 꿈꾸게 만든다.[24]

그에게 '장인성'은 도구적 질서와 싸우면서 문학의 자율성과 초월적 가능성을 탐색하는 작가의 창조력의 다른 이름이다. 그의 '전문성/장인성'의 구별은 그의 비평의 한 출발이었던 '기능적 지식인/창조적 지성인'의 구별을 연상시킨다. 하지만 80년대에 제기된 '장인성'의 개념은 70년대의 그의 지성론과는 다른 조건을 가지고 있다. 70년대의 그의 지성론이 비판적 지성을 억압하는 권력의 전횡에 대한 위기 의식의 소산이었다면, '장인성'의 개념은 산업화로 인한 도구적인 지식의 팽창과 물신화 그리고 민중 문학 진영의 계급 환원주의에 대한 대응이라고 할 수 있다. 그의 지성론·문학론은 민중 문학이라는 타자와의 비판적·반성적 대화를 통해 그 이론적 심화를 이루었던 것이다.

---

24) 김병익, 위의 책, p. 122.

80년대의 민중 문학에 대한 그의 진지한 대화적 노력은 80년대에 씌어진 그의 중요한 글에 일관되어 있다. 「민중 문학의 실천적 과제」(1985)에서 그는 민중 문학의 실천적 노력과 성과를 인정하면서도 민중문학론의 배타적 태도와 가치론적 독단론, 민중 개념 안에 있는 사회의 이원적 대립화의 문제를 제기한다. 또한 「'노동' 문학과 노동 '문학'」(1988)에서는 운동으로서의 노동 문학과 문학으로서의 노동 문학을 구별해서 각각의 몫을 인정하는 것이 노동 문학의 열린 전개를 위해 긴요하다는 제안을 내놓는다.

그는 80년대의 사회과학 세대와의 대화적 관계를 통해 자신의 문학적 전망을 다듬어간다. 어떤 글에서 그는 "80년대 세대는 나에게 많은 것들을 가르쳐주었고 그들이 가르쳐준 것말고도 나는 그 세대로부터 엄청난, 그러나 갚을 길이 없는 빚을 얻어들였다"[25]라고 고백하고 있다. 그가 여러 지면에서 반복해서 4·19 세대로서의 자신의 자유주의·인문주의·교양주의적 기반을 반성적으로 확인하면서 80년대의 인식론적 변화의 충격을 말하는 것을 보면, 그 충격에 대응하는 것이 그에게 얼마나 절실한 문제였는가를 실감할 수 있다. 그는 물론 80년대 세대들의 사회과학적 인식에 대해 열린 자세를 보여준다. 그 열린 자세는 마르크시즘의 역사적 기획에 일정한 의미를 부여하게 만든다. 「문화민주주의와 사회 계층」(1985)에서 그는 민주주의의 주도 담당 계층의 형성에 대한 견해를 제시하면서, 중산층의 도덕성에 대해 비판하고 그들을 중심으로 시민민주주의를 정착시키는 실제의 전략들에 대해 그 가능성을 의심한다. 그는 그 의심을 보완할 수 있는 희망의 일부를 "하류 계급을 위한 일련의 이념적·실천적 움직임들이 강조하는 경제적 평등화 운동"[26]에 부여한다. 하지만 그가 이러한 마르크시즘의 시각과 기획에 의미를 두는 것은 그것이 유일한 대

---

25) 김병익, 『우공의 호수를 바라보며』, 세계사, 1991, p. 47.
26) 김병익, 『전망을 위한 성찰』, 문학과지성사, 1987, p. 51.

안이기 때문이 아니다. 그에게 중요한 것은 오히려 이러한 논의의 확대가 "인식 체계의 변화와 그것의 지평 확대"에 기여하는 측면이었다. 그는 「80년대: 인식 변화의 가능성을 향하여」(1989)라는 글에서 80년대의 정신사적 변혁의 핵심을 "서구 부르주아 체계 속에서 형성된 가치 체계만을 절대적인 것으로 받아들여오던 우리의 의식에 그것들은 다만 상대적인 체계에 불과하다는 사실을 깨닫게"해주고, "우리의 정신사에서 처음으로 금기가 없는 사고의 자유로움, 한계에 막히지 않은 인식의 열림, 상반된 많은 대안들에서 억압감 없는 선택이 가능해졌다는 것" "해방 이후의 현대사가 운명적으로 수락해야 했던 정신의 불구성과 의식의 편향성, 사고의 흑백 논리와 선택의 편협성을"[27] 극복할 단초를 마련해주었다는 것으로 정리한다. 그에게 중요한 것은 인식 공간의 확장이며, 그것을 가능하게 한 회의적·창조적 지성의 힘이었다. 그렇기 때문에 그는 80년대의 진보적 이념들이 이러한 인식 변화의 가능성을 폭넓게 활용하지 못한 채 또 하나의 실효성 없고 비생산적인 흑백 논리와 편향성, 이론을 위한 이론으로 경도될 위험을 지적하고, 그것이 기성의 이념 체계들과 어울려 다양한 의식의 지평을 획득하기를 희망하게 된다. 이는 80년대 사회과학 세대와의 대화적 관계가 4·19 세대로서의 그의 인식 체계를 전복시킨 것은 아니었다는 것을 의미한다. 김병익에게 그들 문학적 타자들에 대한 이해는 4·19 세대의 자기 동일성을 해체하는 방향으로 진전되지 않고, 그것의 현실적 가능성을 보다 폭넓게 개방함으로써 그 동일성을 심화하는 방향으로 진행된다.

---

27) 김병익, 『열림과 일굼』, 문학과지성사, 1991, p. 23.

5

　김병익은 80년대의 진보적 이념이 그 편향성을 극복하고 보다 풍요로운 역사적 가능성으로 실재화되기를 바랐다. 그러나 90년대 들어와 그 이념적 열광은 우리 사회 안팎의 상황의 급격한 변화로 순식간에 싸늘하게 식어가고 있다. 이 빛 바랜 이념의 자리를 채우는 것은 대중화와 시장의 논리이다. 이 지점에서 김병익의 질문은 다시 시작된다. 그것은 진보적인 사유와 실천적 주장들이 "아주 효력을 상실해야 하는가, 그 이상주의는 이제에 이르러 보다 단단하고 알찬 작업을 시작해야 할 것이 아닌가"[28] 하는 것이다. 그의 이러한 안타까움이 가장 곡진하고 감동적으로 드러난 글은 「'겨울 나무'의 뿌리 키우기」(1992)이다. 이 글에서 그는 옥중의 박노해의 시를 읽으면서 진보주의의 역사적 역할의 중요성을 새삼 확인하게 된다. "포스트모던적 양상들이 나타나게끔 만드는 첨단적 과학 기술들의 생활화와 편의화는 현실과 일상에 대한 반성을 희석화시키면서, 인간의 욕망과 꿈을, 비틀어 추하게 만들지 않고서는, 그래서 타락한 모습으로 변모되지 않고서는, 결코 드러날 수 없는 상태로 전락시킬 것이다"[29]라는 위기감이 거기에 실려 있다. 그러므로 이러한 상황에서 "자본주의 체제에 대한 안티테제로서 현실적인 측면 못지않게 내적 긴장을 지탱시켜줌으로써 사물화적 인간관에 치열한 견제와 수정을 가해온 진보주의의 현실 세력이 와해"[30]되는 것은 안타까운 일이다. 80년대를 통해 진보적 이념의 인식 지평의 확대에 대한 기여 못지않게 그것의 편향성을 지적해온 그가 90년대라는 상황에서 그 진보적 이념의 위축을 우려하는 것은 전혀 놀랄 만한 일이 아니다. 그에게는 한 가지 체제의 고

<hr/>

28) 김병익, 『숨은 진실과 문학』, 문학과지성사, 1994, p. 4.
29) 김병익, 위의 책, p. 54.
30) 김병익, 위의 책, p. 54.

착화와 전횡을 견제하고 인식론적 균형을 이루어줄 대안적인 이념의 기능이 중요했기 때문이다. 90년대라는 새로운 현실에 대한 김병익 비평의 대응은 다양한 국면에서 이루어진다. 변화된 문화 현실과 새로운 세대의 대두에 대한 그의 이해의 노력도 두드러진다. 문화의 초월적 가능성에 대한 그의 관심은 90년대에 오면 전체주의에 대한 견제라는 측면보다는 무반성적 대중 문화와 경제 제일주의에 대한 견제로서 작용한다. 「대중 사회와 대중 문화 논의」(1993)에서 그는 새로운 대중 문화의 현실을 인정하면서도 그것의 무반성적 비진정성을 색출해야 하는 과제를 잊지 않는다. 「우리 문학 어디로 갈 것인가」(1993)에서는 "따르기와 베끼기와 숨기기의, 오늘의 문학과 사회에 대한 반성과 저항이 없다"[31]는 우리 문학의 위기를 진단한다. 그리고 「무거움과 가벼움 걷어내기」(1992)에서는 고식적인 과도한 정치 지향적 문학론과 함께 포스트모더니즘의 적실성과 포용력의 결핍 그리고 그것이 과도한 소비 탐닉의 허무주의적 문화론으로 될 위험성을 동시에 성찰한다. 그렇다면 그의 문학적 전망은 어디에 있는 것일까? 그는 "문학에 내려지는 무거움을 걷어내며 문학 안에서 피어오를 가벼움을 지워버리는 공간"[32]을 제시한다. 그 공간에서 그가 두 명의 신세대 작가에 주목한 것은 매우 시사적인 것이다.

90년대 문학에 대한 그의 대화적 노력은 90년대 비평에 대한 그의 관심에서 다시 한번 확인된다. 최근에 씌어진 「90년대 젊은 비평의 새로운 양상」(1993)에서 그는 90년대 작가들의 작업이 "민족과 사회의 거대 구조에 대한 '큰 이야기'를 펼치고 있는 것이 아니라 개인적이고 주관적이며 혹은 심리적인 '작은 담론'을 펴겠다는 욕망을 표현하는 것"이며, "90년대 비평가군의 이러한 문학적 접근은 단선적이며 가파르고 굳어 있던 80년대의 비평적 자세를, 풀고 헤치고 반죽하여,

---

31) 김병익, 위의 책, p. 69.
32) 김병익, 위의 책, p. 88.

새로운 시대의 정황에 들어맞을 부드러움의 비평으로 바꾸어 되찾으려는 욕망의 움직임에 의한 것일 것이다"[33]라고 평가한다. 김병익은 90년대 비평이 80년대 비평과 스스로를 구별하려는 노력을 따뜻한 시선으로 의미화하고 있으며, 이것은 그의 비평의 열린 태도를 다시 한번 확인하게 하는 것이다. 그는 "나의 세대에 혹은 나 자신에게 부족한 역사성과 총체성의 힘과, 80년대 세대가 외면하려 드는 초월성과 단독자성의 진정함이 어울려야 한다는 나의 희망"과 "그 희망을 앞으로의 역사를 짊어질 세대에게 짐지워주고 싶었"다고 말한 바 있다. 그의 이러한 기대에는 4·19 세대와 80년대의 세대가 어떤 식으로든 일정한 이념적 편향성을 갖고 있다는 판단과 함께, 그래서 그 종합을 통해 "균형잡힌 사유 형태가 나타나고, 다양한 문학적 움직임들이 역동적으로 펼쳐지며, 의식 체계의 전방위적 확대의 의미가 살아날 것"[34]이라는 희망이 실려 있다. 그의 이러한 기대의 근저에는 "현실—문화—문학의 복잡한 연결 회로는, 특히 오늘날과 같이 착잡한 사회에서는, 직선적이며 단선적인 시각으로는 정확히 포착되지 않"기 때문에, "다양성이나 다원주의적 관점이 아니고서는 진실은 드러나지 않는다"[35]라는 입장이 있다. 그런데 이러한 새로운 세대의 대두와 변화된 사회 문화 현실에 대한 그의 열린 관점과 다원주의는 서구 합리주의의 사유 양태의 틀 속에서의 다원주의이다. 서로 다양한 이념과 힘들이 일정한 공간에서 적절한 균형과 조화를 이룩해야 한다는 그의 이상은 이성의 권능에 의해 권력의 분배가 가능하리라는 비판적 합리주의의 인식 기반에 기초하고 있다. 그것은 이성의 합리성에 기초한 이념의 종합과 변증을 통해 역사의 개진이 가능할 수 있다는 신념을 의미한다.

---

33) 김병익, 「90년대 젊은 비평의 새로운 양상」, 『문학과사회』, 1993년 겨울, p. 1333.
34) 김병익, 『두 열림을 향하여』, 솔, 1991, p. 20.
35) 김병익, 위의 책, p. 21.

6

　지금까지 나는 김병익이 새로운 문학적 타자들과의 대화를 통해서 4·19 세대의 자기 인식을 심화시켜가는 과정을 거칠게 살펴왔다. 여기에서 드러난 김병익 비평의 전개 과정은 한 시대의 정신사적 성격을 예각적으로 드러내주는 것이다. 그는 현실의 변화와 문화의 변동에 적극적으로 대응해왔지만, 언제나 지성과 문학의 초월적 힘을 신뢰했고, 그 신뢰 위에서 새롭게 등장하는 문학적 타자들과 대화하고자 했다. 초월적 지성에 대한 그의 신뢰는 그의 대화적 비평을 가능하게 했고, 역으로 그의 대화적 태도는 초월적 지성에 대한 그의 믿음을 현재화하도록 만들었다. 4·19 이념의 정치 층위에서의 배반이 그로 하여금 문화적 초월의 전망이라는 다소 비극적인 세계 인식을 낳게 했지만, 그 초월의 형이상학에 매몰되지 않은 것은 그가 변화하는 현실 속에 대두되는 문학적 타자들의 존재를 자신의 세계 인식의 반성적 준거로 삼았기 때문이다. 그의 이타성에 대한 이해는 그의 초월적 이념이 추상화되지 않도록 만들었다. 사유의 방법적인 측면에서 말한다면, 그는 문학적 타자들과의 대화를 통해 4·19의 이념의 외부에 자신을 위치시켰고 그 과정을 통해 그 이념을 반성적으로 현재화하고 다시 4·19 세대로서의 동일자의 위치로 되돌아오는 공간 운동을 반복했던 것이다. 그가 『들린 시대의 문학』의 「서문」에서 "나는, 내 글을 통해 내가 모르는 바를 증언하고 있는 것이다!"라고 말할 때, 그것은 단순히 겸손이라는 인간적 미덕의 문제가 아니다. 그것은 그가 얼마나 적극적으로 자신의 인식 체계를 타자들 속에서 개방하려 했는가를 보여준다. 그것은 타자에 대한 겸손인 동시에 역사에 대한 겸손이며, 동일성에 대한 겸손이다. 그런 의미에서 그가 "절박한 싸움을 하고 있을수록 타자를 끌어안고 포용하고 인정할 수 있을 때, 타자의 타자성을 최대한 참아낼 수 있을 때 그 싸움의 승패가 결정된다"[36]라고 진술한 것은 주목을 요한다.[37] 그렇기 때문에 그의 비평은 한 시대의 전위적인 의식과 실천에 대해 언제나 열려 있는 것일 수밖에 없었다. 이제 우리는 이 글의 출발로 다시 돌아가야 한다. 그것은 그가 4·19 세대로서 사유했다는 것이 무엇인가 하는 물음, 그리고 새로운 세대에 있어 그의 세대는 무엇인가 하는 물음이다. 이와 연관해서 최근에 나온 그의 비평집 『숨은 진실과 문학』(1994)의 머리에 「한 4·19 세대의 자기 확인」이라는 글이 실려 있는 것은 주목을 요한다.

나는, 내가 4·19 세대에 속해 있음을 나의 생애에 가장 큰 행운이라 생각한다. 그 행운은, 우리의 어느 시대든 갖게 마련인, 윗세대에 억압받고 아랫세대를 위해 희생당해왔다는 피해 의식으로부터 나를 자유롭게 한다. 나는 나의 세대가, 앞세대들의 희생을 자산으로 하여 성장하여왔고, 나의 뒷세대가 힘들게 일구어놓은 것들을 우리와 공유하는 재산으로 누리고 있음에 동의한다. 이것을 나는 뻔뻔하다기보다 행운스러운 것으로 받아들이는데, 그것이 자기 세대는 늘 과도기에 불과했다는 다른 세대들의 탄식 속에 스며 있는 자기 부정의 고통스러운 자의식으로부터 우리를 벗어나게 만든다. 이 벗어남은, 역사에 대한 수난 의식을 미래 지향적으로 바꾸게 하며, 민족에 대한 숙명론적 패배주의의 시각을 변화 추구의 낙관적 태도로 전환하게끔 만든다.[38]

---

36) 『문학 정신』, 1992년 4월호, p. 25.
37) 김병익 비평의 이타성은 문학적 타자들과의 대화적 관계를 이루려는 노력뿐만 아니라, 그의 텍스트 읽기의 기본적인 태도와 방법론이기도 하다. 그의 비평에서 텍스트는 단순한 비평의 대상이 아니라 존중되어야 할 또 하나의 주체이기 때문에, 비평의 주체와 대상은 서로를 억압하지 않고, 텍스트는 독서 주체에 반성적 거울이 된다. 그의 실제 비평이 작품의 한계에 대한 이해까지를 포함하는 작품에 대한 겸손하고 따뜻한 시선으로 이루어지고 있는 것 역시 이 때문이다. 이러한 측면은 그의 실제 비평을 보다 자세히 분석해야 할 필요를 가중시키는데, 이 글에서 그러한 작업을 보여주지 못한 것은 이 글의 관심이 그의 이론 비평에 치중되어 있기 때문이며, 그것은 이 글의 분명한 한계이다.
38) 김병익, 위의 책, p. 11.

이 도저한 자부심과 자긍심 그리고 낙관적 전망은 어디서 연유하는 것일까? 이러한 태도에는 두 가지 조건이 주어져 있다고 나는 생각한다. 그 하나는 해방 이후 한국 사회를 지배해온 것이 산업화와 근대화의 추진력이었고, 그 추진력의 이념적·물리적 헤게모니가 아직 해소되지 않았다는 가정하에서 4·19 세대는 그 역사의 변함없는 주인이라는 점이다. 자본주의를 건설한 근대적 인간중심주의와 합리주의는 그 자체로 지배적 이념의 일부였다. 문학 내부에서 말한다면, 문학의 자율성과 문화적 다원주의에 대한 믿음, 그리고 그 믿음의 실현자로서의 창조적인 개인이라는 논리에는 근대 세계를 건설한 부르주아 휴머니즘이 배어 있다. 4·19 세대를 비판한 80년대의 진보적 이념이 지배 체제에 대해 저항적인 것이었다 하더라도 그 기획은 현실화되지 못했을 뿐만 아니라, 그것 역시 넓은 의미의 근대적 기획의 일부였다고 할 수 있다. 더욱이 4·19 세대부터 80년대에 이르는 우리 비평은 한국적인 상황에 대해 문학이 어떻게 주체적으로 대응할 수 있는가의 문제에 중심을 두었다는 입장에서 동궤의 것이며, 문학의 주체적 주도성을 중심으로 사회와 문화와의 관계를 생각했다는 측면에서 동일한 지평의 문학적 기획에 속해 있었다고 할 수 있다. 그렇다면 4·19 세대가 역사의 주인임을 부정할 수 있는 계기는 근대적 기획 전체에 대한 근원적인 회의라는 패러다임의 전환과 연관될 것이다. 두번째로 김병익 비평의 근저에 자리하고 있는 기독교적 역사 의식의 문제이다. 그가 고백한 바 있는 젊은 날의 종교적 고뇌와 기독교적 문화 감각은 그의 비평의 밑자리에서 지워지지 않았다. 가령 그가 민중 문학의 역사적 전망을 비판하면서 "그날은 저 너머 어디에 있다기보다는 지금 바로 여기 종말론적 시간 속에 놓여 있다. 나는 역사에 대한 이러한 인식 위에서야 환상에 젖지도 아니하며 허무주의에 빠지지도 아니하고 그것을 빙자한 어떤 폭력도 용서하지 아니하며 진정 역사적 삶을 사는 것이라고 생각한다"[39]라고 밝힐 때, "역사는 역사의 진행 자체가 역사이며" "도달하지 못한 미래의 역사를 위해 지금의 역사가 희생되어서는 안 된다"[40]라고 선언할 때, "역사는 바로 우리가 만들어가는 것이며 우리의 이러한 선택에의 의지가 반복되어질 수 없는 역사의 일회성에 진정한 의미를 부여해줄 것이다"[41]라고 쓸 때, 여기에는 진정한 역사의 의미는 지금 이 순간의 역사적 실천 안에 이미 들어 있다는 신념이 자리잡고 있다. 그리고 그곳에는 현재적 · 실존적 종말론이 개입하고 있다. 그가 이해하는 종말론적 역사관은 "구원이든 파국이든 역사는 항상 그 종말을 예비하고 있으며 그 종말에의 위기적 인식으로 현재의 역사를 만들어가는 것이다."[42] 그에게 역사의 의미는 항상 현재 속에 있고, 그 현재가 종말론적 현재로서 파악될 때 역사의 의미는 실현되는 것이다. 이러한 한에서 아무리 실패의 경험으로 얼룩져 있다 하더라도 역사의 희망은 그 실패의 사실들에 비추어 반박될 수 없다. 그가 자신의 입장에 대해 가치의 상대주의와 역사 허무주의라는 비판이 제기될 수 있음을 인정하면서 그 비판에 대해 너그러울 수 있는 것은 이러한 세계 인식 때문이다. 김병익과의 좌담의 자리에서 한 젊은 비평가는 "기독교적인 유일신의 부정에서 세상에는 절대적인 선도 절대적인 악도 없다는 균형 감각으로, 다시 다원화된 가치 체계의 조화를 통해 현실의 모순들을 해결해가야 한다는 점진주의적 정치관으로" 김병익의 의식 세계가 이어지고 있다고 정리한다.[43] 물론 유일신의 세계의 붕괴와 가치 영역의 분화는 근대성의 중요한 정신적 지표이다. 하지만 김병익에게 그것은 기독교적인 세계관 전체에 대한 부정을 의미하는 것은 아니다. 그에게는 문화의 품위를 유지하고 파편화된 가치들을

39) 김병익, 『전망을 위한 성찰』, 문학과지성사, 1987, p. 36.
40) 김병익, 『들린 시대의 문학』, 문학과지성사, 1985, p. 70.
41) 김병익, 『부드러움의 힘』, 청하출판사, 1988, p. 86.
42) 김병익, 위의 책, 같은 면.
43) 『문학 정신』, 1992년 4월호, p. 25.

통합하고 역사의 희망을 일깨우는 것으로서의 기독교적 세계관이 남아 있었다. 그것은 흔적 이상이다. 그에게 있어 회의하는 지성은 믿음을 가진 지성과 둘이면서 하나였던 것이다. 우리는 여기서 한 4·19 세대 비평가의 근대적인 사유가 기독교적 역사관적 초월적인 전망과 만나는 정신의 풍경을 본다.[44]

이제, 내가, 여기서 4·19 세대에 비추어 우리 세대의 자기 동일성을 묻는 것은 쓰라린 일이다. 김병익 세대와는 달리 우리 세대는 많은 경우 "자기 세대는 과도기에 불과하다는 자기 부정의 고통스러운 자의식"에 붙들려 있는 때문이다. 그러나 우리 세대는 김병익 세대에 대한 시기심을, 그 세대의 문화적 전망의 역사적 유효성과 우리 세대의 자기 인식에 대한 질문으로 전환시켜야만 한다. 나는 그의 문화적 전망이 문화라는 단위를 중시한다는 측면에서 그가 지나온 시대보다 앞으로 더욱 긴요할지도 모른다고 생각한다. 오늘날처럼 문화적 현실과 그 실천적 가능성이 관심의 표적이 된 시대도 없다. 더욱이 현실 사회주의의 몰락 이후 문화적 민주주의에 대한 그의 전망은 우리에게 많은 것을 시사해준다. 하지만 우리가 김병익의 세대와는 다른 측면에서 문화를 볼 수 있다면, 나는 문화가 믿음의 대상이 아니라 분석의 대상이 되어야 한다고 말하고 싶다. 김병익에게 문화는 '문화주의'라는 표현에서 드러나는 것처럼 "자아의 성취와 삶의 높은 결을 지향하는 가치 체계"[45]이다. 다시 말하면 그에게는 문화 자체가 이상이며 이념이다. 그리고 그것은 앞에서 논의한 바의 4·19 이념의 연장선에 있다. 하지만 문화의 영역은 타락한 정치 경제적 범주를 정화할 최후의 보루가 아니라, 그 자체로 이미 사회적 모순이 첨예하게 작동하는 장이다. 그렇기 때문에 그 문화의 중심에 군림하는 문학에 대해서도 우리는 그 주체성과 자율성을 확인하는 대신에, 그것의 일그러

---

44) 근대 이후의 한국 사회에서 기독교의 유입과 성장이 근대화와 민주주의 이념의 확대에 부합되었다는 것은 많은 논자들이 지적한 바 있다.

45) 김병익, 『숨은 진실과 문학』, 문학과지성사, 1994, p. 31.

진 실상을 파고들지 않으면 안 된다. 그렇다면 문화와 문학의 초월성과 자율성에 대한 믿음과 그 열린 전망은 그 계몽주의적 진지성에도 불구하고 또 하나의 이념형일 수 있다. 우리는 열림의 세계관과 다원주의적 가치 체계 역시도 하나의 상대적인 세계관이며, 역사적인 범주에서 규명될 필요가 있는 개념이라는 것을 인정해야 한다.

김병익에 대한 비판은 그러나 비판이 아니라 탐색일 수밖에 없다. 그에 대한 비판은 먼저 그의 비평에 대한 체계적 · 계보학적 재구성을 통해 그것을 총량화하는 작업을 필요로 할 텐데, 나는 그것을 제대로 수행하지 못했다. 더 나아가 그의 비평에는 근대적인 의미의 문학이라는 이름, 비평이라는 이름 자체가 실려 있기 때문에, 그것에 대한 회의는 근대적 문학과 비평을 탄생시킨 한 시대 전체에 대한 회의가 되어야 한다. 그 회의는, 근대의 피안에 무엇이 있는가? 왜 자기 동일성, 혹은 주체성의 문제가 그토록 중요한가? 비평의 계몽주의 저편에는 비평의 무엇이 있나? 라는 질문으로 이어질 수 있다. 이런 맥락에서 김병익의 정신적 궤적과 그 정신의 현재성은 우리에게 한 시대의 이미지로 주어져 있다. 그 한 시대의 충실한 증언자인 그가 아직 "즐거운 지옥"[46]에 머물고 있다는 것은 놀라운 일이 아니다. 비평의 몰락은 어쩌면 더 이상 그 '즐거운 지옥'에 살고 싶어하지 않는다는 것을 의미하는 것이 아닐까?

[『현대 비평과 이론』, 1994년 가을/겨울]

---

46) "한 사람이 스스로 지성인임을 선언하는 것은 전폭적인 비극성을 내포한다. 그는 자신의 내부를 끊임없이 동요시키는 현세적인 유혹과 자신의 선언을 줄기차게 회의시키는 타인의 무관심과 싸워야 한다. 남들이 차분한 행복감 속에 젖어 깊은 잠을 자는 동안 그는 절망적인 고독 속에 불면의 고통과 씨름해야 하며, 대낮에도 간밤의 미진한 악몽에 시달려야 한다. 남들은 그 풍성한 빛과 열을 즐기는 태양 아래서 그는 한구석 어둠의 조각을 찾아다녀야 하며 깜깜한 한밤중에 한 줄기 별빛을 찾아 율리시스와 같은 방랑을 계속해야 한다. 보통 사람들이 무심하게 혜택을 향유하고 있을 때 그는 그 혜택을 증오하며 그 혜택 뒤에 숨은 결함의 그림자를 꼬집어내야 한다. 세계, 그것은 평범한 사람에겐 힘든 낙원이겠지만 그에게 '즐거운 지옥'이다"(김병익, 『지성과 반지성』, 민음사, 1974, pp. 63~64).

야곱의 씨름: 자기 지키기와 타자 감싸기
——김병익의 문학 비평

구 모 룡

1. 비평가의 자리

비평가의 입장이나 위치는 가장 먼저 그가 지닌 문학관에서 형성
된다. 그런데 문학관이라는 것이 그것만으로 별도로 존재하는 고정
된 체계가 아니라 개인의 실존·상황·시대, 그리고 역사 등과 관련
되어 끊임없이 움직이는 비고정적인 체계라는 점에서 그의 입장과
위치 또한 정해져 있는 것이라 할 수 없다. 그리고 이것들은 문학 제
도(비평 제도), 해석 그룹, 그리고 다른 비평가들과 맺게 되는 역동적
인 관계 속에서 형성되는 것이기도 하다. 이러한 사정으로 한 비평가
의 비평 체계나 그 구조를 파악하는 일은 매우 어렵다. 자칫 비평가
의 입장과 위치를 결정짓는 여러 매개항들을 고려하지 못하고 추상
화된 도식으로 자리매김하거나 이원 대립적인 대상으로 타자화하기
쉽다. 더욱이 문학이나 비평이 '전체로서의 문학 생산의 장' 속에서
복합적이고 다층적인 대립에 의해 여러 흐름들로 분화·갈등한다는
사실을 고려하기란 쉽지 않다.

한 사람의 비평가와 그의 비평에 대해서 글을 쓴다는 것은 폭넓은 지성사적인 안목을 요청받게 된다. 그의 시대, 특히 사회를 구성하는 제세력의 권력 관계와 이러한 관계 속에서 비평가가 주체를 세우기 위한 정신적인 기제들 그리고 다른 비평적 입장과 위치와의 싸움에서 만들어내는 여러 가지 게임의 규칙 혹은 전략들을 읽어내어야만 한다. 물론 이러한 과정은 세심한 담론 분석에 상응하는 것이다. 비평 담론이 결국 비평가 자신이 지닌 문학에 관한 신념의 체계가 가장 정당한 것이며 정통성을 지닌 것이라는 위계화와 무관하지 않기 때문이다. 따라서 이것은 끊임없이 대립들을 만들어내며 그 대립은 항상 문학적 정당성을 어떻게 정의내릴 것인가 하는 문제 의식과 관련된다. 그래서 비평가는 나름의 경계를 설정하고 이를 지키고 통제함으로써 기존의 질서를 보호하려고 한다. 이러한 과정에서 다른 비평 담론 창출자들과의 세대 내적 싸움이나 새롭게 비평 권력을 세우려는 신참자들과의 세대간의 투쟁이 상존하게 된다. 이 과정은 인정과 불인정, 포괄과 배제 그리고 정통과 이단의 끊임없는 대결 구도라 할 수 있다.[1]

그러나 김병익 비평을 논하는 이 글이 앞서 말한 대로의 이론적 분석의 완전한 실천이 될 수 없다. 그것은 김병익 비평이 이 한 편의 소고(小考)로써 해명되어질 수 있는 성격의 것이 아니기 때문이다. 이 글은 다만, '비평가의 자리'라는 관점에서 그의 비평을 주마간산 격으로 일별한 나의 소감을 기술한 것이다. 그래서 나무도 숲도 제대로 보지 못한 것은 아닌가 하는 염려가 앞선다.

---

1) 비평가의 자리에 관한 이러한 생각은 많은 부분 부르디외의 이론에 기댄 것이다. 그는 문학사회학의 새로운 측면을 보여줌과 동시에 메타 비평의 가능성들을 열어 놓고 있다.

2. 김병익 비평의 입장과 위치

비평가 김병익을 '문학과지성 그룹'(이하 '문지')이나 '문학과지성
사'와 분리시켜 보기는 어려울 것이다. 이미 고인이 된 김현과 더불
어 그리고 김주연·김치수 등과 함께 그는, 실질적인 '문지'의 관리
자였고 지금도 그 권한을 유지하고 있기 때문이다. 이러한 그의 비평
이 문학에 관한 '문지'적인 지각 범주를 대표하고 있고 그래서 그를
70년대 이래 우리 문학의 주류적인 한 흐름을 대표하는 비평가로 평
가할 수 있을 것이다. 이러한 그의 위치는 우선 70년대에는 '창작과
비평 그룹'(이하 '창비')과의 대립적인 관련성에서 형성되고, 80년대
에는 계간지 『문학과지성』이 강제 폐간되고 난 뒤 '문지'를 관리하면
서 다음 세대인 『문학과사회』 그룹을 태동시켜 '문지'의 유산을 확대
계승시키고 있는 데서 더욱 확고해졌다고 할 수 있다. 여기서 내가
그의 위치가 더욱 확고해졌다고 한 것은 '문지'의 실질적인 관리자로
서의 그의 역할이 커진 80년대적인 상황과 밀접한 관계가 있다. 이
점은 80년대적인 비평의 상황이 특히 '문지'적인 문학 체계에 억압적
이었다는 점에서 그러하다.

그런데 이러한 상황 속에서 김병익은 '문지'적 문학 체계의 보존이
라는 중요한 짐을 떠맡았다고 볼 수 있고 이것이 그의 비평을 보다
개방적이고 유연하게 만들었다고 할 수 있다. 이러한 그의 입장은 80
년대 후반기에 '창비'가 세대간의 확대보다는 자기 이념의 보존에 더
의미를 두어 『창작과비평』을 복간한 것과는 달리 『문학과지성』을 버
리고 새로운 세대에게 『문학과사회』를 만들게 한 점에서 잘 나타나
있다. 여기서 나는 그의 입장에 나타난 비평 전략을 '감싸기'라고 부
르고자 한다. 물론 이러한 감싸기는 그가 지닌 의식의 개방성에 기초
하는 것이면서 동시에 '문지'의 경계에 유연성을 더하고자 하였음을
뜻한다. 80년대는 김병익 비평이 70년대적인 입장을 다소 수정하면

서 주체적인 전환을 모색한 시기라고 할 수 있다. 그러나 이러한 전환은 '문지'의 재생산 혹은 자기 보존을 위해서 없어서는 안 될 과정이었다. 70년대적인 비평 전략으로 80년대를 돌파해나갈 수 없었기 때문이다.[2] 80년대는 '문지'는 물론이고 '창비'마저 부정되는, 비평적 위치 공간의 격변 시대였다. 그리고 새로운 비평 그룹들의 차별화 전략이 대개 '문지'의 성향과는 대립적이었다.[3] 따라서 '문지'가 지닌 휴머니즘적 헤게모니가 관철될 수 없었던 것이다.

그런데 이러한 '문지'가 80년대를 견뎌내고 90년대에 이르기까지 그 이념의 재생산 기반을 보존할 수 있었던 것은 김병익의 비평적 입장이 지닌 개방성과 유연성에 기인한다고 생각된다. 김병익의 비평은 끊임없이 타자와 교섭하는 대화의 체계를 지녔다. 그래서 그의 비평은 자기 동일성을 유지하기 위해서 타자를 배제하는 것이 아니라 그것을 확인하기 위해서 타자를 감싸는 방법을 택하고 있다. 이러한 그의 비평 전략을 나는 '자기 지키기와 타자 감싸기'라고 말하고자 한다. 그는 한편으로 주체적인 입장을 견지하면서, 그러나 그와 다른 타자의 입장에 대하여 가능한 개방적인 관심을 보인다. 이러한 그의 관심 구조는 그의 비평의 경계를 수정하고 확대하게 만든다. 그래서 그의 비평에는 정과리가 지적하고 있듯이 '~에도 불구하고 ~일 수 있다'는 언술이 많이 나타나게 되는데,[4] 이러한 언술은 곧 그가 지닌 열린 의식, 삶의 가능성에 대한 유보적 태도와 무관하지 않을 것이

---

2) 이러한 '문지'의 비평 체계에 대하여 가장 가혹한 평가를 내리고 있는 것이 민병욱과 황국명의 『'문학과지성' 비판』(지평, 1987)이다.
3) 김병익이 80년대 비평과 90년대 비평의 변별성을 논하는 자리에서 "이때의 '80년대적 비평'은 민중-민족문학론으로 염두에 둔 것인데, 당연히 80년대의 비평에는 그것이 전부가 아니라 부분적임이 분명함에도, 그 민중-민족문학론에 비판적인 혹은 그 영역의 바깥 것의 비평적 작업들도 80년대의 이념적 사유로부터 결코 자유롭지 못하기 때문"에 함께 포괄할 수 있다고 한 데서 80년대 비평과 '문지'의 대립적 상황을 잘 알 수 있다. 김병익, 「90년대 젊은 비평의 새로운 양상」, 『숨은 진실과 문학』, 문학과지성사, 1994, p. 116.
4) 정과리, 「깊어져 열리기」, 『존재의 변증법 2』, 청하, 1986, p. 297.

다. 그러나 그의 이러한 비평적 입장은 단순한 절충주의와 무관하다. 그가 분명하게 자신의 위치나 입장을 말하면서 많은 타자들의 가능성을 언급하고 있기 때문이다. 이러한 그의 비평은 부분으로 전체를 만들어가는 변증법적인 방법론과 다르다. 그보다 아이러니적인 입장에 가깝다. 이러한 입장을 그는 "절박한 싸움을 하고 있을수록 타자를 끌어안고 포용하고 인정할 수 있을 때, 타자의 타자성을 최대한 참아낼 수 있을 때 그 싸움의 승패가 결정된다"는 말로 설명하고 있다.[5]

이러한 입장은 그가 애초에 견지한 합리주의가 시대와 상황의 불합리에 대응하여 회의론으로 기울게 된 것과 연관된다. 아이러니와 회의론은 동전의 양면과 같은 것으로 다원적인 가치를 존중하는 반성의 체계이다. 김병익은 이러한 반성의 체계를 사유의 중요한 바탕으로 삼고 있다. 이러한 바탕은 물론 4·19 세대의 체험과 무관하지 않다. 김병익에게 있어서 주체적인 입장으로 형성되어 여전히 변하지 않고 있는 것은 4·19 세대의 이념 지평이다. 4·19 세대의 이념 지평은 개인의 주체성에 바탕을 둔 합리주의와 자유주의라 할 수 있을 것이다. 그러나 이러한 이념 지평은 좌절을 겪고 억압당한다. 70년대의 유신 체제 속에서 그러했고 80년대의 독재 체제 속에서 그러했다. 그는 그가 지닌 이념의 지평이 부재하는 상황에 처하여 회의론적 입장에 서게 된다. 이 회의론이 가치의 상대성·다원성을 용인하는 의식의 열린 체계를 이루며, 이러한 열린 체계를 억압하는 독단에 대응하게 한 것이다. 그래서 그의 비평은 정치적인 도그마가 지배하는 세계에서 문학적 자유로움을 강조하며 문학의 이러한 자유로움이 기존의 억압적 세계에 대한 해방의 꿈으로 작용할 수 있음을 주장한다. 이러한 그의 생각은 거의 흔들리지 않는 것으로 보인다.

---

5) 대담집 『말·삶·글』, 열음사, 1992, p. 134.

문학은 근원적으로, 김현이 강조하는 것처럼 비억압적이어야 한다. 그것이 우리에게 사유와 인식, 감정과 정신의 자유로움을 주지 않고 억압적인 형태로 우리에게 죄어든다면 그 자체가 하나의 닫힌 체제가 될 것이다. 문학의 속성을 이렇게 본다면, 문학 그 자체가 열려 있는 심성의 작용이 될 것이다. 그 열림을 통해 현실이 조화됨으로써, 현실의 닫힘과 억누름을 발견하고 자유로움을 지향하게 될 것이다. 이 열려 있음을 우리는 문학적 초월이라고 부를 수도 있겠는데, 이 초월을 통해 현실의 스캔들을 보다 명료하게 관찰하고 그것을 극복할 정신의 폭을 넓혀준다는 것은 보다 분명한 문학적 아이러니가 될 것이다. 문학이 열려 있고 자유로울 때 현실의 긴장과 갈등이 더욱 적극적으로 적발되고 따라서 문학적 긴장이 고양되며 이 고양된 심성이 다시 현실적 긴장을 유발시킨다. 사회적 안일 속에서도 끊임없이 문학에 의해 음험히 숨어 있는 갈등의 요인과 현상들이 적발되고 그에 대한 긴장감이 부여되는 것이 문학과 사회의 관계이다.[6] [강조: 인용자]

문학을 열림의 체계로 보고 이것이 현실의 닫힌 체계에 대한 긴장된 반역의 양식이 된다는 문학적 초월성의 문제틀은 다소의 진폭을 염두에 두더라도 '문지'의 변함없는 아비투스 *habitus*[7]라 할 수 있다. 즉 이것은 70년대에는 상황에 대한 상상력의 부정성으로 80년대에는 이데올로기의 허위성에 대한 해체로 확산/이월되는 것이다. 70년대의 상황 속에서 김병익의 비평은 상황의 억압성과 부조리성, 그리고 그 속에서의 인간의 실존적 선택의 문제에 많은 관심을 기울였던 것으로 보인다. 비판적 지성의 진정한 자리, 문학적 지성의 상황 부정성의 논리, 문학적 상상력의 시대 초월적 기능, 그리고 자유로운 문화의 갈망 등이 그의 비평의 주된 화제들을 이룬다. 그리고 이들은

---

6) 김병익, 「두 열림을 향하여」, 『지성과 문학』, 문학과지성사, 1982, p. 55.
7) 아비투스는 부르디외의 개념으로 '성향들의 체계'라 할 수 있다. 이것은 단순한 구조가 아니며 상황에 따라 전략을 조절하는 기능을 갖고 있다.

70년대적 상황에서 중요한 비평적 위치를 갖게 된다. 그의 논리가 70년대적인 억압 체제 속에서 문학적인 가능성의 공간을 이룰 수 있었기 때문이다. 그런데 80년대적 비평 상황은 이와 다르다. 김병익의 비평이 보인 상황과 실존 또는 개인과 사회의 문제틀이 계급과 계급의 문제틀의 등장으로 거듭 부정되기 때문이다. 여기서 '거듭 부정된다' 는 것은 70년대의 '창비' 와의 대립적 구조가 한꺼번에 부정되는 과정을 의미한다. 이러한 과정에서 김병익 비평의 자기 보존을 가능하게 한 것이 기왕의 회의론이라 할 수 있다. 그에게서 회의론은 니힐리즘의 전면 부정으로 기울지 않으면서 현실 속에서의 상대적인 가치들을 진단하고 그것들이 건전하게 소통될 수 있는 길을 모색하는 절충적인 종합주의로 발전된다.

그런데 김병익의 이러한 회의론은 자기 세대의 이념 지평이 자기 시대에 관철되지 못하고 늘 시대를 반성하는 기제로서만 기능하게 되는 데서 비롯된 것이라 할 수 있다. 그래서 전망을 내세우기보다는 상황 속에서의 최선의 선택이라는 문제 의식이 앞서게 되었던 것이다. 그러나 80년대가 김병익에게 가하는 무게는 매우 큰 것이었다고 볼 수 있다. 상황 속에서의 반성이 아니라 '전망을 위한 성찰' 을 강요받게 된 것이다. 이러한 성찰의 과정에서 회의론적 입장이 지닌 가능성이 유감없이 발휘된다. 즉 차선의 모든 가능성들에 대한 감싸기 전략은 회의론의 아이러니적 비전에서 가능했다고 할 수 있다. 인식론적 전환이나 대화적인 열린 지평의 강조는, 자기 것의 포기가 아니라 타자들을 감쌈으로써 자기 것의 가능성을 확대시키려는 노력의 일환이다. 이러한 점에서 80년대는 김병익 비평이 자기 확대와 함께 자기 보존을 동시에 이루어낸 시기라고 할 수 있다. 따라서 대단히 힘든 정신적인 모험이 뒤따랐다고 본다. 어떤 점에서 70년대는 4·19 세대의 두 계보인 '창비' 와 '문지' 의 분할 통치의 시대였다. 그렇기 때문에 서로의 입장은 70년대 문학의 두 중심으로 구조화되었고, 따라서 서로가 서로에게 없어서는 안 될 상보적인 관계를 이루었다. 그렇기 때문에 이들간의 대립과 싸움은 전체로서의 문학의 장의 관점에서 말 그대로의 대립과 싸움이 아니라 '대립과 싸움이라는 환상'을 만들어내었다는 일면이 없지 않다. 이들은 한줄기에서 나온 두 가지 혹은 이란성 쌍생아였던 것이다. 이들 4·19세대의 비평가들 그리고 김병익의 진짜 싸움은 80년대에 벌어진 것이다.

80년대에 김병익 비평이 처한 곤경의 가장 큰 요인은 '문지'의 비평 체계가 지배 이데올로기에 공헌하는 것이라는 지적에 있다. '문지'의 문학주의 곧 지배 이데올로기라는 등식은 이념의 시대를 맞은 '문지'의 위기 의식을 불러일으키기에 족했다. 80년대는 동일성에 대한 복종을 거부하는 모든 타자들을 부정하는 변증법의 시대였다. 이러한 시대의 김병익 비평은, 70년대적 정통성을 상실하고 80년대 비평의 이단으로 몰릴 처지에 놓인 '문지'의 위기 의식을 타개하기 위한 노력에 다름아니다. '열림'과 '대화'에 대한 강조나 '전망'에 대한 성찰은 '문지' 이념의 관철에 목적을 두기보다는 공격에 대한 방어의 전략에서 비롯된 것이라고 할 수 있을 것이다. 그러나 이러한 전략은, 오히려, 김병익 비평을 심화시킨다. 이러한 심화 과정은 우리 비평에 있어서 마르크스주의적 기획이 지닌 의의와 한계를 동시에 짚어내면서 그것의 타자성을 공인하는 데서 나타나게 된다. 따라서 김병익에게 있어서 80년대는 견뎌내어야만 했던 야만의 시대였던 동시에 자기 갱신을 가능하게 했던 시기였다고 할 수 있다. 그렇기 때문에 90년대의 달라진 문화 지형 위에서도 그의 비평이 탄력성을 유지할 수 있게 되는 것이다. 이는 또한 '문화의 시대'로 불리는 90년대의 지평에서 '문지'적인 문제틀의 복권 가능성이 보이고 있기 때문이기도 하다. 그 가능성은 다음과 같은 말에서 찾을 수 있을 것 같다.

동·서양을 막론하고, 산업 혁명 이후의 현대 세계는, 특히 자본주의 체제가 완숙해진 이후에는 물신화 구조 속에 인간의 타락을 경험하고 확인하게 된다. 그것의 비인간적인 양상을 날카롭게 파악하고 고발하며 개혁을 요구할 수 있는 것은 본질상 반물신적인 예술일 수밖에 없으며 예술만이 오늘의 사회적 변혁 의식을 환기시키는 정신적 작업이다.[8] 〔강조: 인용자〕

이처럼 그에게 있어서 문학(혹은 예술)은 본질적으로 반자본주의적인 것으로 인식된다. 이러한 인식은 부분적이나마 마르크스주의적인 것의 수용을 통해서 이루어진 것이다. 특히 프랑크푸르트 학파와의 지적 연대감은 그의 비평 이론을 심화시킨 계기가 되었다고 할 수 있다. 물론 이러한 인식은 80년대의 마르크스-레닌주의의 정통성의 담론에 견준다면 매우 지엽적인 것에 지나지 않는다. 하지만, 이것이 70년대의 문학적 초월성의 문제틀을 보완하는 데 많은 이론적 기여를 하고 있으며 특히 '마르크스주의의 정지 상태'로 규정할 수 있는 90년대적인 지평에서 문학의 사회적 존재 양식을 새롭게 재정의하는 데 도움이 되고 있는 것으로 보인다. 즉 이것은 90년대가 보이는 상품 미학의 이데올로기에 맞서는 대안의 한 가능성이 될 여지가 있는 것이다. 이러한 점과 함께 90년대적 문학 지형은 김병익 비평이 그동안 견지해온 자기 보존의 전략을 다시 현실화할 수 있는 계기를 부여하고 있는 것이라고 할 수 있다.

이러한 현실화로 그는 4·19 세대 문학과 5월 세대 문학의 변증법적인 지양으로서의 90년대 문학을 내세운다.[9] 물론 엄밀한 의미에서 이러한 지양은 가능한 것이 아니다. 두 세대의 '성향들의 체계'가 다르기 때문이다. 그러나 그 가능성의 공간은 달리 문학주의적 가능성이자 인문주의적 가능성으로 열려 있다. 이러한 가능성은 80년대의 마르크스주의 비평가인 한 비평가가 매슈 아놀드적인 교양주의를 강조

---

8) 김병익, 「예술의 즐거움과 괴로움」, 『우공(愚公)의 호수를 보며』, 세계사, 1991, p. 42.

9) 김병익, 「4·19와 한글 세대의 문화」, 『열림과 일굼』, 문학과지성사, 1991, p. 88.

하고 있는 역설적인 상황에 직면할 때 매우 현실적인 실감으로 다가오고 있는 것이기도 하다.[10] 이러한 점에서 인문주의적인 성향들의 체계를 대표하는 '문지'의 김병익 비평의 입장이나 위치는 80년대와 다른 사정을 맞고 있다고 할 수 있다. 90년대 비평이 직면한 상황이 상업주의적인 상품 미학이라고 한다면, 그래서 더욱 고도화되어가는 자본의 논리에 대한 미시적이고도 구체적인 접근이 요구되고 있는 상황이라면, 새로운 비평적 문제틀에 대한 요청이 큰 것이라고 할 수 있다. 즉 새로운 차원의 비평적 투쟁이 벌어지고 있는 것이다. 이러한 상황에서 김병익 비평은 본래의 정통성에 대한 복권 운동을 전개한다. 그는 80년대적인 이념 비평의 이단성과 90년대 포스트모더니즘적(나아가서는 상업적) 비평의 이단성을 동시에 비판하면서[11] 인문주의적 헤게모니를 회복하고자 한다. 이러한 그의 기획은 우선의 성공 여부를 차치하고서 그의 비평이 지닌 일관성을 말해주는 것이라고 할 수 있을 것이다. 동시에 90년대적 상황 속에서의 '문지'의 자기 정의와도 관련된 것이라고 할 수 있다.

3. 야곱 이야기 혹은 문학의 초월적 힘

김병익은 자신의 역사 인식을 '야곱의 씨름'에 비유한 적이 있다. 이 비유는 매우 함축적인 것으로 느껴진다. 우선 야곱의 씨름은 축복을 받기 위한 힘겨운 노력을 의미한다. 물론 그 축복은 하나님으로부터 오는 것이다. 형 '에서'의 다리를 잡고 나온 동생 야곱이 아버지

---

10) 윤지관, 「현시기 비평의 기능」, 『창작과비평』, 1995년 봄호, pp. 262~63.
11) 그는 이렇게 말했다. "한쪽은 과녁을 잃어버렸는데도 여전히 그 방향으로 활을 겨누고 있는 모습이며 다른 한쪽은 앞의 과녁판을 미처 치우지 못했는데도 거기에 새 과녁판을 세우겠다고 나서는 형태이다. 너무 완고하게 지키고 있거나 너무 빨리 대응을 하고 있다는 것이다." 김병익, 「대중 사회와 대중 문화 논의」, 『숨은 진실과 문학』, 문학과지성사, 1994, p. 36.

를 속이고 형을 대신하여 아버지의 축복을 받고 다시 하나님으로부터 축복을 받는, 이러한 일은 성서의 여기저기서 볼 수 있는 '나중 난 자의 먼저 됨'의 한 예라고도 할 수 있다. 그런데 이러한 야곱 이야기가 어떻게 해서 김병익의 역사 인식으로 전화될 수 있었을까.

  그들[문화인들: 인용자]은 4·19의 패배를 인정함에도 불구하고 그 정신과 의의의 패배를 허용하지는 않았던 것이다. 그들의 집요한 노력과 희생은 무용한 정열로 보일 만큼 가혹한 것이었으나, 밤새 야훼와 씨름하며 구원을 얻어낸 야곱처럼, 침묵하고자 하는 역사로부터 교훈과 의미를 뜯어내는 데 성공한 것이다.[12]

  인용에서처럼 야곱은 깨어 있는 자의 삶 또는 실존적인 결단이 역사를 변화시키는 원동력이라는 의미에서의 진정한 문화인의 삶에 대한 비유로 쓰여졌다. 물론 이들 문화인이란 여기서 '문화의 민주화'에 힘써온 4·19 세대를 의미한다. 그런데 나는, 김병익의 야곱 비유에서 더 많은 것을 읽고자 한다. 그것은 야곱 비유가 지닌 '문지'적인 문맥이다. 그 문맥은 그가 역사의 합법칙성보다는 상황 속에서 진정한 삶을 살려는 노력에 더 많은 의의를 부여하고 있음을 알게 한다. 특히 이 글이 1980년 2월에 씌어졌다는 점에서, 그리고 그가 "희망의 한 순간에 절망이 오는가 하면 끝없는 미로 속을 헤매는 듯하다가 어느새 여명을 발견하게도 된다"는 지적을 하고 있음에서 우리는, 그의 개성적인 통찰과 접한다. 이러한 통찰은 결국 인간이 상황을 선택할 수는 없으며 그보다 그 상황 속에의 실존적 결단이 중요하다는 것을 말하고자 하는 것으로 이해된다. 즉 '한 작은 생명의 빛과 광막한 어둠과의 대결'이라는 실존성이 역사성의 거대함보다 더욱 중요한 것이라는 뜻이다. 이러한 견해의 배경에는 역사 선택의 문제에 있

---

12) 김병익, 「야곱의 씨름」, 『지성과 문학』, 문학과지성사, 1982, p. 32.

어서 인간이 신과 같은 자리에서 예언을 할 수 없다는 입장이 있는 것으로 보인다. 그는 내일을 예언하고자 하는 역사의 변증법보다 인간의 비극을 더욱 본질적인 것으로 생각하고 있다. 이러한 그의 사유 체계는 80년대적인 마르크스-레닌주의를 수용할 수 없는 이유가 되기도 한다. 요컨대 야곱 비유는 그의 문학주의적인 세계 인식 혹은 문화주의적인 희망론이라 할 수 있다.

그런데 이러한 그의 생각은 한편으로 기독교적인 교양에서 다른 한편으로 실존주의적인 지식에서 형성된 것이라고 할 수 있다. 그에게 있어서 기독교적인 것은 여러 가지 측면에서, 즉 "세계를 보는 눈, 인간을 이해하는 눈, 내 자신의 내면을 읽어가는 눈" 등에서 사유의 바탕을 이룬다. 특히 기독교적인 사유의 핵심인 종말 의식은 그에게 있어서 역사 의식에 앞서는 것이라 할 수 있다. 이러한 의식은 그를 순진한 낙관주의자가 아니라 현명한 비관주의자로 만든다. 그는 유토피아적인 전망보다는 '지금 바로 여기의 종말론적 시간' 속에 놓여 있는 진실을 찾고자 한다. 그는 말한다. "나는 역사에 대한 이러한 인식 위에서야 환상에 젖지도 아니하며 허무주의에 빠지지도 아니하고 그것을 빙자한 어떤 폭력도 용서하지 아니하며 진정 역사적 삶을 사는 것이리라고 생각한다."[13] 이러한 그의 생각에서 그의 사유에 작용하고 있는 종말 의식과 만날 수 있는 것이다. 실존주의 또한 기독교적인 것과 함께 중요한 정신적인 기제의 하나로 작용하고 있다. 이것은 그에게 늘 외적인 것보다는 내적인 것의 문제를 먼저 생각하게 만든다. 그래서 이러한 그의 사유 형태는 자주 '비역사적'이라는 비판을 받게 되기도 한다. 그러나 그는 이렇게 말한다. "그러나 한편으로 믿고 싶은 것은 인간의 내면에 대한 고민 없이 어떻게 세계의 고통을 이해할 수 있겠는가 하는 것, 구체적인 사랑을 깨달아가는 일련의 과정들 없이 어떻게 역사에 대한 사랑을 말할 수 있겠는가 하는 것입니

---

13) 김병익, 「미래 전망을 위하여」, 『전망을 위한 성찰』, 문학과지성사, 1987, p. 36.

다."[14] 그는 인문주의적 심성을 사유의 바탕으로 인문주의적 가능성을 고갈시키는 현실과 이론에 대하여 비판한다.

그러므로 야곱의 모습은 김병익의 얼굴과 겹쳐진다. 그는 야곱처럼 개인적인 그리고 공동체적인 구원의 가능성, 축복의 가능성을 향해 간다. 그러나 현실은 그러한 가능성들이 억압되고 고갈되어 있다. 여전히 진실은 드러나지 않고 숨어 있으며 "가짜의 의식들이 켜켜로 쌓여 있어, 거기에 진상은 묻히고 진지함은 사그라지며 진정성은 메말라가고" 있다. 그가 직면한 현실은 진실의 부재라는 점에서 '비극적'이다. 그렇지만, 그는 "우리의 문학은 그 타락한 세계 속에서 여전히, 집요하게, 가려진 진의를 캐내고 숨은 진실을 밝혀내며 그것들을 아름답고 힘있게 키워내야 할 몫을 자긍하지 않으면 안 된다"[15]고 말한다. 그리고 이러한 '자긍'은 야곱에게처럼 나중 난 자가 먼저 난 자보다 축복을 받을 것이라는 믿음과 다르지 않다. 그에게 문화 혹은 문학은 현실의 논리 속에서 나중 난 자와 같은 존재 양식이다. 이러한 존재 양식의 진정성이 세계를 구원할 것임을 그는, 믿는다. 그러나 실상 그는 먼저 난 사람이다. 세대론적 지평에서 볼 때, 그의 세대는 '한국 문학의 주체성을 세운 처음 세대'이다. 그러므로 그 이후의 8, 90년대 세대의 입장에서 본다면 그들이 먼저 난 것임에 틀림이 없다. 그러나 야곱의 비유는 이러한 평면적인 세대론과 무관하다. 그것은 현실에 대한 문화적·문학적 대응의 내적인 논리에 상응하는 것이다. 그러기에 달리 그것은 '잠재력'이라고 설명된다.[16] 이것은 모든 직접성·생경성·부자연성, 그리고 부자유성에 대한 문화적인 자

---

14) 대담집 『말·삶·글』, 열음사, 1992, p. 128.

15) 김병익, 『숨은 진실과 문학』, 문학과지성사, 1994, p. iii.

16) 그는 자기 세대의 잠재력을 다음과 같이 말한다. "이 잠재력은 선배들과 달리 역사에 대해, 그 무게를 강하게 느끼면서도 그것에 짓눌리기보다 스스로 일구어 만들어갈 대상으로 생각하도록 하며, 그들의 후배처럼 이념에 억눌려 집단적 사유 속으로 자신의 내면을 투기해버리는 함정도 피할 수 있게 해준다. 그래서 전체와 개인간의 갈등에 균형을 추구할 가능성을 획득하게 된다." 김병익, 「모국어 세대

연스러움과 자유로움의 힘에 다름아니다. 이러한 잠재력의 논리에서 볼 때, 80년대의 과학주의 비평에 대한 그의 비판은 이미 기정 사실화되어 있었던 것이기도 하다. 90년대에 이른 지금 그는 다시 '문지'적 아비투스의 효과를 복원하고 나아가서는 그것을 확대시키고자 한다. 야곱의 도피가 끝나고 이제 본거지로의 회귀가 임박한 것이다. 80년대와의 씨름 또한 끝난 셈이다. 90년대에 이르러 그의 문화주의 혹은 문학주의적인 기획이 새로운 의미 관련성을 얻고 있다는 판단이 생긴 것이다.

이제까지 '과녁'이 분명하게 보이던 이념의 시대의 순진함과는 달리, 억압이 내면화되고 허위가 은폐되며, 문화와 문학의 진정성이 휘발되고 왜곡되는, 그렇게끔 후기 산업 사회의 천민적 자본주의와 기호—소비적 상업주의가 더욱 확산되고 미만될 이 시대에, 우리의 문학적 '위엄과 영광'을 어떻게 보존하며 한국 문학의 '의미화'를 무엇으로 구축할 것인가의 문제가 그것이다. 정말 우리가 싸워야 할 것은 이 싸움이다.[17)]

이러한 지적에서처럼 그는 90년대적인 문학의 장에서 새로운 '싸움'의 전략을 제시하고 있다. 80년대적인 체제/반체제의 싸움이 아니라 상업주의에 대한 문학적 진정성의 싸움이 그것이다. 이러한 그의 문제 의식 속에는 한편으로 그가 일관되게 견지해온 문학주의의 복권을 말하면서 다른 한편으로 새로운 시대의 문학적 위계를 설정하겠다는 입장이 놓여 있다. 그러나 이러한 그의 입장에는 아직 유보해 두어야 할 것이 있다. 그것은 80년대적 비평을 시효 상실로 처리해도 되는가 하는 문제이다. 나는 이미 다른 글에서 그의 이러한 입장을

와 모국어 문화」, 『숨은 진실과 문학』, 문학과지성사, 1994, p. 13.
17) 김병익, 「90년대 젊은 비평의 새로운 양상」, 『숨은 진실과 문학』, 문학과지성사, 1994, p. 119.

"80년대 비평의 괄호치기"[18]라고 지적한 바 있거니와 이것은 앞에서 지적한 바 그의 '감싸기' 전략과 모순되는 일면이 있다. 그렇다면 80년대적인 문학 공간의 확대 가능성에 대한 그의 부분적인 긍정이 수사학으로만 남는가, 하는 의문이 제기된다. 그에 대한 답은 스스로 그의 입장을 밝히고 있는 다음과 같은 발언에서 찾아질 수 있을 것 같다.

> 나는 그것을 다원주의 혹은 다양성이라고 부르는 입장이며, 그래서 지향이 상반되고 성향에서 서로 어긋난 작품이나 태도나 이론들을 모두 싸안고 싶어하는 욕심을 부리고 있지만, 이러한 입장과 욕심을 가질 때, 문학과 문화의 현실은 매우 유기적인 연관성을 지니고 있음을, 그래서 보다 자유롭고 전향적인 자리로 열어갈 수 있음을 발견하게 된다. 현실─문화─문학의 복잡한 연결 회로는, 특히 오늘날과 같은 착잡한 사회에서는, 직선적이며 단선적인 순진한 시각으로는 정확히 포착되지 않으며, 올바로 해명될 수 없다. 다양성이나 다원주의적 관점이 아니고서는 진실은 드러나지 않는다.[19] 〔강조: 인용자〕

이러한 진술에서 그의 '감싸기'가 비평의 방법적 사유의 일부임을 알 수 있게 된다. 그것은 진실을 알기 위한 과정에서 타자의 타자성을 용인하는 입장에 다름아니다. 그런데 이것은 하나의 동일성으로 모든 것을 수렴하려는 유일론이 지배하던 80년대적 상황에서 발생한 주체의 위기에서 비롯된 것이라는 점에서, 이러한 위기 상황의 해소는 마땅히 입장의 수정을 불러오게 되는 것이다. 주체의 입장을 드러내면서 타자와의 동등한, 혹은 우월한 관계를 유지할 수 있는 새로운 상황에서 다원주의적 상대주의의 폭은 좁혀지게 된다. 90년대의 상

---

18) 구모룡, 「위기 의식과 문학의 위엄」, 『실천문학』, 1994년 여름호, p. 480.
19) 김병익, 「나의 세대, 그리고 우리 세대의 문화」, 『두 열림을 향하여』, 솔, 1991, p. 21.

황 변화에 의한 문학적 장의 구조 변화는, 필연적으로 80년대적인 감싸기로부터 80년대와의 거리두기로 이어지게 한다. 80년대적인 문학의 장이 문학 이념을 중심으로 문학적 정당성의 내적인 위계가 만들어졌다면, 90년대는 이러한 이념의 문제가 상대적으로 퇴조하게 됨에 따라 상품 경제의 원리에 종속되는 외적인 위계화의 문제가 전면에 대두하게 된다. 이러한 장의 구조 변화에 따라 김병익이 상업주의에 대한 대응을 통하여 기존의 문학 질서를 보존하려고 한 것은 매우 자연스러운 현상이라고 할 수 있다. 다만 이러한 그의 비평 전략이 기왕의 80년대 비평과의 대화적 관계를 청산하고 새로운 90년대 세대와의 세대 이월적 동맹을 통하여 실현하려고 한 것이 성급하지 않았나 생각된다. 그래서 80년대 세대에게 '빚'을 진 대신 90년대 세대에게 스스로 풀 수 없었던 '짐'을 맡긴다는 그의 세대이월론에 쉽게 동의할 수 없는 것이다.[20]

사실 현금의 90년대 문학은 지형의 변화와 함께 신인들의 대거 등장으로 큰 변화를 맞고 있다고 볼 수 있다. 일부 급진적 비평가들의 '기이한' (?) 침묵이 우선 지적되어야 할 것이고 다음으로 80년대 비평 논리에 대한 신세대 비평가들의 비판과 이에 대한 80년대 비평가들의 대응을 들 수 있다. 그리고 신세대 비평가들의 활동의 제도적 지반이 형성됨으로써 90년대 문학적 장은 눈에 띄게 구조 변동을 보이고 있는 것이 사실이다. 이러한 상황에서 김병익의 비평은 나름의 비평적 전략의 조절을 시도하고 있는 것이다. 물론 이러한 그의 시도가 문학관의 수정과 무관하며, '문지'의 성향 체계를 대표하는 그의 비평이 능동적으로 선택할 수밖에 없는 일이라 할 수 있다.

---

20) 김병익, 「세대에서 세대로의 빚과 짐」, 『우공(愚公)의 호수를 보며』, 세계사, 1991, pp. 46~52.

4. 인문주의적 성향의 의의

김병익의 비평은 일견 그가 '문지'의 아비투스를 관리하고 있다는 점에서 거시적인 틀을 중시하고 있는 것처럼 보인다. 가령 세대론적 지평에서 그가 자기 세대를 포함하여 그 다음 세대들의 문화사적인 맥락을 보이고 있는 데서나 이 글에서는 언급하지 않았지만, 우리 시대의 문화를 정치적인 문맥에서 읽어내는 과정들은 대단히 거시적인 안목이라 할 수 있다. 그러나 그에게 있어서 이러한 거시적인 안목들은 진단의 결과이지 미리 가정된 것이 아니다. 오히려 그는 미시적이고 구체적인 관계의 복잡한 흐름에 더 많은 관심을 갖고 있다. 줄여 말해서 그는 인문주의적 심성의 소유자이며 이러한 심성들이 모여 삶의 구체적인 무늬와 결로 짜여지기를 바라고 있는 것이다. '작은 사랑과 정직한 반성'에 대한 강조, 공정하고 온당하며 균형잡힌 사고에 대한 요청 그리고 굴드너가 말한 "조심스럽고 비판적인 논의 문화"[21]의 가능성에 대한 회원에서 그가 지닌 인문주의적 성향의 내용을 엿볼 수 있다. 사실 이러한 성향들은 한편으로 정치주의에 의해 다른 한편으로 경제주의에 의해 끊임없이 억압받아왔다. 특히 이데올로기적인 혐의가 들씌워짐으로써 그것이 지닌 가능성의 폭이 매우 좁아졌다고 할 수 있다. 물론 인문주의적 감성의 체계가 억압적인 현실에 대하여 해방적인 가능성으로 전화되는 힘을 지니고 있는 것은 아니다. 그럼에도 불구하고 이것이 보편적인 인간다움의 연마에 없어서는 안 될 것이라는 점에서 그 의의가 매우 큰 것이라고 할 수 있

---

21) 이러한 문화는 바람직한 대화가 가능한 문화이다. 그리고 굴드너는 이러한 문화의 규칙이 i) 주장의 정당함에 관심을 기울이지만, ii) 정당화 방식이 권위에 호소하는 데 있지 않고, iii) 오직 제시된 논거를 토대로 상대방의 자발적인 동의를 이끌어내고자 하는 데 있다고 지적한다. 김병익은 이러한 대화 문화의 90년대적인 실천을 갈망하고 있다. 김병익, 「인식론적 단절과 대화 문화의 가능성」, 『열림과 일굼』, 문학과지성사, 1991, p. 37.

다.

90년대가 80년대와 다르다면, 이러한 인문주의적 가능성을 중시하는 것이라고 할 수 있다. 80년대의 이념들이 분명 시대적 억압의 사슬을 풀어내는 데 분명한 기여를 했음에 틀림이 없으나 또 다른 일면에서 이념의 과잉이 '이념의 키치화'를 초래한 것도 사실이다. 삶의 복잡성과 구체성을 섬세한 정신으로 느끼고 인식하는 것은 인문주의적 교양을 통해서 가능하다. 그리고 이러한 교양은 문학을 중심한 예술을 통해서 이루어진다. 이러한 의미에서 90년대 문학이 상품 미학의 이데올로기 속으로 매몰되는 현상은 비판되어야 하고 따라서 상업주의와의 싸움이라는 김병익의 문제 의식은 온당하게 받아들여져야 할 것이라고 생각한다. 이러한 그의 생각은 일관성 있는 김병익 비평의 자리라고 할 수 있다. 그는 "초월주의 혹은 문화주의"[22]라는 자리에서 비평적 계속성을 유지하고 있다.

그런데 김병익의 인문주의적 입장은 개인적인 성향과 비평적인 위치간에 통일된 일치를 보이고 있는 것이라 할 수 있다. 즉 그 자신의 출신과 비평적 자리잡기가 일치하고 있다는 것이다. 그리고 그는 이러한 일치를 정직성의 한 일면으로 받아들인다. 그렇기 때문에 지식인의 민중으로의 존재 전이의 문제나 민중 문학의 창작 주체의 문제와 관련하여 작가의 자리잡기에 깃들일 수 있는 허위 의식을 비판한다. 그는 소위 '존재 전이'와 관련하여 이렇게 말한다. "이들[부르주아 출신의 지식인: 인용자]은 자신이 태어나고 교육받으며 그들에게 세계관을 부여한 부르주아 계급에서 이탈하여 때로는 우스꽝스럽고 야만스런, 그러나 때로는 지혜롭고 우람한 힘을 가진 '변덕스런' 다른 계급을 위해 투신하지만, 그 계급적 속성 혹은 집단적 유전성의 근원적 차이 때문에 계급간의 한계적 상황에 빠진다."[23] 이러한 지적

---

22) 그는 이것을 "돈으로 우리의 품성과 노력이 계산되는 것을 거부하고 자아의 성취와 삶의 높은 결을 지향하는 가치 체계"라고 정의하고 있다. 「개혁의 성격과 미래를 위한 모색」, 『숨은 진실과 문학』, 문학과지성사, 1994, p. 31.

202

에서 볼 수 있듯이, 그는 성향과 위치의 일치를 통해서 자신의 비평적 지반을 공고히했다. 많은 부르주아 지식인들이 노동 계급과의 동맹에서 이탈하고 있는 현상을 볼 수도 있거니와 그러한 동맹이 자기 희생적인 일면과 함께 권력 의지나 '그릇된 동일시 *negative identi-fication*'로 나타나는 부정적인 일면들이 없지 않았다는 점을 상기한다면 김병익의 비평적 위치는 처음부터 분명한 자기 자리를 지녔다고 할 수 있다. 그리고 그의 이러한 위치는 곧 '문지'의 성향들을 재생산하는 기반으로 구조화되고 있다. 90년대의 그의 비평은 '대중을 위해 만들어진 작품'과 '대중을 만들어야 하는 작품'의 대립을 문학적 위계의 기준으로 하면서 '문지'의 문학적 가능성을 지키고 그 공간을 확대하고자 한다.

김병익의 비평은 70년대적인 상황에서 입장과 위치가 정립되었고, 이러한 입장과 위치는 80년대 비평의 등장으로 크게 위축되었다가 90년대에 이르러 새롭게 그 가능성의 지평을 보이고 있다. 이러한 점에서 80년대는, 누구에게나 그러했겠지만, 그에게도 대단히 고통스러운 연대였다. 그러나 이 고통스러운 연대를 유연하고도 개방적인 입장을 통해 감싸안음으로써 그 스스로의 자기 보존을 가능하게 한 것이다. 이러한 자기 보존은 한편으로 자유주의적 인문주의자로서 다른 한편으로 '문지'의 관리자로서의 역할을 성실하게 지켜온 데서 이루어진 것이라고 할 수 있다. 그리고 90년대적인 문학 지형의 변화와 함께 그는 그의 비평이 지닌 가능성의 지평을 다시 주체적인 입장에서 열어가고자 한다. 이러한 가능성의 공간은 물론 상업주의와의 새로운 싸움을 통해 넓혀질 것이라 할 수 있다. 그럼에도 7, 80년대와는 다른, 그리고 다양한 문학 그룹들의 등장과 대중들의 성향의 변화가 눈에 띄는, 90년대의 문학적 장은 김병익 비평의 또 다른 내적 변전

---

23) 김병익, 「지식인됨의 고민」, 『들린 시대의 문학』, 문학과지성사, 1985, p. 74.

을 요구하고 있는지도 모를 일이다. 그리고 이러한 내적 변전은 다음과 같은 위기 의식에서 가능할 것이라고 생각할 수 있다.

싸움이 없다는 것, 이 시대가 어떻게 움직여가고 있는지 그 천착을 위한 싸움이 없다는 것; 이 사회의 변화가 갖는 의미와 그 변화를 주동하고 그 의미를 만들어내는 숨은 무엇에 대한 탐색의 싸움이 없다는 것; 그 싸움들의 과정과 추리를 방법적으로 드러내려는 내적 싸움이 없다는 것; 다르기와 베끼기와 숨기기의, 오늘의 사회와 문학에 미만해 있는 그 현상들에 대한 반성과 저항이 없다는 것, 아니 덜 비관적이기 위해 고쳐 말하자면, 부족하다는 것이, 지금의 우리 문학의 진짜 위기일지도 모른다.[24)]

[『오늘의 문예비평』, 1995년 봄호]

---

24) 김병익, 「우리 문학, 어디로 갈 겄인가」, 『숨은 진실과 문학』, 문학과지성사, 1994, p. 69.

문화의 희망, 희망의 문화
──김병익의 '문화 비평'에 대하여

권 성 우

> 문화야말로 우리에게 남은 유일한, 그러
> 나 가장 근본적이고 장기 효과적인 희망의
> 선택이다.[1]

1. '문화 비평'의 시대

지금은 가히 '문화의 시대'라고 불림직하다. 대기업은 영화를 비롯한 고부가가치를 지닌 '문화 산업'에 대한 투자를 비약적으로 확대시키고 있으며, 대중 문화에 대한 분석과 성찰을 중심으로 하는 새로운 문화 잡지들이 속속 창간되고 있다.[2] 그런가 하면, 80년대에는 사회 과학 도서를 중심으로 독서했던 대학생들이 이즈음에는 문화 이론

---

1) 김병익, 「광복 40년의 문화」, 『부드러움의 힘』, 청하, 1988, p. 209.
2) 『문화과학』 『상상』 『REVIEW』 『오늘예감』 등의 잡지들이 이에 해당된다.

강좌와 문화 이론 스터디에 몰두하고 있다는 풍문도 들려오며 신문들은 연일 멀티미디어와 뉴 미디어, PC 통신에 대한 기획 특집 기사를 내보내고 있다. 이와 연관하여, 최근 대중 문화를 비롯한 문화에 대한 담론이 폭증하면서, 문화 비평, 혹은 대중 문화 비평에 대한 수요 역시 폭발적으로 증가하고 있는 추세도 주목되어야 할 것이다. '문화 이론의 상한가' 나 '문화에 대한 과잉 담론' 이라는 용어가 사용되는 것도 바로 이러한 맥락과 연계되어 있을 것이다. 이러한 현상은 전통적으로 문화의 중심을 고수했던 문학에 대한 비평적 담론이 오랫동안 향유해왔던 '문화적 헤게모니' 를 상실하고 있는 최근의 문화적 추세와 긴밀히 맞물려 있는 것으로 보인다. 그리하여, 안토니 이스트호프가 『문학에서 문화 연구로』라는 저작에서 열정적으로 주장하고 있는 바와 같이, 과거에 문학 연구를 주로 수행하던 사람들이 이제 연구의 지평을 '문화' 로 확장시키고 있다는 사실은 우리의 현단계 비평 문화에서도 선명하게 나타나고 있는 논리라고 하겠다.[3] 이러한 점은, 최근 몇 년 간, 영화 비평, TV 비평, 만화 비평, 음악 비평 등등의 대중 문화 비평에 대한 관심이 폭증하고 있다는 사실과 아울러 대중 문화 비평을 지망하는 비평가 지망생들이 급격하게 늘어나고 있다는 사실로 확인될 수 있다. 1970년대나 1980년대였다면 자연스럽게 '문학 비평' 을 지망했음직한 수많은 비평가 지망생은 이제 문학 비평보다 좀더 대중의 시선을 끌 수 있고 한결 매혹적이며(?) 동시에 부가가치도 높은 '영화 비평' 'TV 비평' '대중 문화 비평' 에 우선적인 관심을 두고 있는 형국이 아닌가. 이 점은 문화의 전체적인

---

3) 예를 들어, 프레드릭 제임슨이 원래 문학 비평으로 출발했다가 80년대부터 문화이론 *cultural theory* 분야로 그 영역을 확장한 것처럼, 80년대까지 문학비평가로 맹활약하던 이재현은 90년대 들어와서 문화 비평과 문화 이론 연구에 더욱 커다란 관심을 보여주고 있다. 최근의 문화 연구의 동향과 그 전망에 대해서는 반년간지 『한국 사회와 언론』(한울, 1995) 제5호의 특집 '한국의 문화 연구, 그 좌표와 전망' 에 수록된 글들과 김성기 · 심광현 · 김창남 · 원용진 · 조항제 등이 참여한 좌담 「문화 연구의 좌표와 전망」이 커다란 도움이 된다.

지형도 속에서 '문학'이 차지하고 있는 위상의 변화와 밀접한 연관성이 존재한다고 말할 수 있을 것이다. 가령, 문학 고유의 힘에 대한 신뢰를 꾸준히 간직하고 있다 하더라도, 전체적인 문화 지형도에서 '문학'의 비중이 지난 연대에 비해서 상대적으로 축소되고 있다는 점은 누구나 보편적으로 인정하지 않을 수 없는 현실일 것이다. 바로 이러한 현실 인식에서 '문화'에 대한 포괄적인 담론의 급격한 등장이 적절하게 설명될 수 있는 것이다.

지금까지 우리가 설명한 논리에 기대어볼 때, 문학비평가 김병익은 누구보다도 '문화 비평'에 선구적인 관심을 기울여온, 선견지명을 지닌 비평가라고 아니 할 수 없을 것이다. 지금도 정열적으로 수행하고 있는 지속적인 문학 비평 활동과 더불어, 김병익은 정치와 종교·출판·대중 문화를 포괄적으로 아우르는 문화 비평의 영역을 진작부터 개척해온 중요한 비평가라고 할 수 있는 것이다.[4] 이런 점에서 김병익의 문화 비평은 프레드릭 제임슨이나 이재현의 그것과는 뚜렷하게 구별된다. 김병익에게는 애초부터 문화와 문학이 한몸으로 존재했던 것이다. 그러니까, 주목되어야 할 것은, 김병익의 문화 비평이, 후기 산업 사회에서 문화 산업이 어떤 산업보다도 고부가가치를 띠게 됨에 따라서 문화에 대한 관심이 폭증하기 시작한 정황에 기회주

---

4) 김병익의 문화 비평은 그의 저작 곳곳에 산재되어 있다. 특히, 『문화와 반문화』(1979), 『지성과 문학』(1982), 『들린 시대의 문학』(1985), 『전망을 위한 성찰』(1987), 『부드러움의 힘』(1988), 『열림과 일굼』(1991), 『우공(愚公)의 호수를 보며』(1991), 『숨은 진실과 문학』(1994) 등의 저작에는 문화 비평이라고 분류될 수 있는 글들이 다수 수록되어 있다. 여기서 주목할 사실은 김병익이 상재한 대부분의 문학 비평집의 1부에는 '문화 비평' 및 '사회 비평'에 해당되는 글들이 집중적으로 수록되어 있다는 점이다. 아울러, 『부드러움의 힘』이 '김병익 문화 비평'이라는 형식을 지니고 있다는 사실도 인상적이다. 또한 그의 비평문에서는 어떤 비평가보다도 '문화'라는 용어가 자주 사용되고 있다는 사실도 주목되어야 할 것이다. 이렇게 본다면 김병익은 문화 비평이라는 장르에 대해서 자의식적이었으며, '문학 비평'과 그 문학 비평을 감싸안은 '문화 비평'을 지속적으로 동시에 추구해나갔다고 할 수 있겠다.

의적으로 편승하면서 솟아나온 것이 결코 아니라는 사실이다. 이에 따라서, 김병익의 문화 비평은 영화 비평이나 대중 음악 비평과 같이 최근에 급격하게 부상하고 있는 대중 문화 비평 쪽이 아니라, 그 특유의 반성적이고 비판적이며 세련된 시선으로 '문화' 자체에 대한 근원적인 성찰과 드넓은 조망을 폭넓게 보여주는 말의 진정한 의미에서의 문화 비평에 가까운 쪽이라고 할 수 있을 것이다. 김병익에게 있어서 '문화'는 "우리로서는 그 경제주의의 극복을 문화주의라고 불러도 좋을 것이다. 그 문화주의는 돈으로 우리의 품성과 노력이 계산되는 것을 거부하고 자아의 성취와 삶의 높은 결을 지향하는 가치 체계를 말한다"[5]는 지적에서 볼 수 있다시피 "인간을 사물화시키는 경제주의"와 뚜렷하게 변별되는 의미에서의 '문화'를 의미한다. 그러므로 김병익의 '문화' 개념은 인문학적인 교양이나 고전적인 휴머니즘의 개념과 밀접한 인식론적 연관성을 지닌다고 할 수 있을 것이다. 따라서 김병익에게 '문화'란 믿음의 대상이나 이념형에 가깝다.[6] 아울러, 김병익이 '문화'를 강조해 마지않는 또 한 가지의 중요한 이유는 후기 산업 사회에 접어든 우리 사회가 봉착할 수 있는 문화적 야만에 대한 경고의 의미를 내장하고 있다는 사실도 주목되어야 할 것이다. 김병익은 이에 대해서 다음과 같이 언급하고 있다.

제가 문화주의를 강조하는 것은 우리나라의 문화적 기반이 취약하다는 말이 아니라, 후기 산업 사회라는 다가올, 어쩌면 이미 도래했을지도 모를 풍요한 사회에서 어떻게 인간의 정신이 물질에 짓눌려 부패하지 않고 살아남을 수 있을까 하는 모색의 일단이라고 할 수 있을 것입니다.[7]

---

5) 김병익, 「개혁의 성격과 미래를 위한 모색」, 『숨은 진실과 문학』, 문학과지성사, 1994, p. 31.
6) 이광호, 「비평의 이타성과 초월적 전망」, 『현대 비평과 이론』 제8호(1994년 10월), pp. 159~60.

위의 지적에서 우리는 고전적 휴머니즘의 지적 전통을 이어받은 전형적인 인문주의자로서의 김병익의 체취를 감지할 수 있다. 문화에 대한 김병익의 이러한 도저한 관심은 비평가로서의 그의 독특한 이력과 커다란 연관성을 맺고 있는 것으로 생각된다. 우선 그의 청소년기를 지배했던 기독교 문화는 그에게 바람직한 삶과 문화에 대한 끊임없는 성찰의 원동력과 이웃과 사회에 대한 따뜻한 애정을 제공한 것으로 보이며, 그의 전공이 정치학이라는 사실은 문화와 끊임없이 치열한 길항 관계를 맺어왔던 정치와 문화가 맺는 복합적인 연관성[8]에 대한 치밀한 조망을 가능케 하였다고 볼 수 있다. 그리고 그가 지적 성장기를 보낸 1950년대 후반과 1960년대의 남한의 특수한 지성적 정황은 그에게 전통적인 인문주의와 고전적 휴머니즘의 강력한 세례를 제공한 것으로 여겨진다.[9] 한편, 문화적 정보의 유통의 한가운데 위치해 있는 신문사 문화부 기자 생활(동아일보)은 그에게 문화의 거대한 힘과 동시에 문화의 초라한 한계에 대한 정확한 성찰 및 문화가 유통되고 관리되는 정보의 논리에 대한 정밀한 조망을 가능하게 했으며, 또한 날카로운 비판적 사유로 채워진 문화와, 지배 이데올로기에 기계적으로 복무하는 문화를 섬세하게 준별할 수 있는

---

7) 김병익, 「대담: 되돌아봄, 둘러봄, 들여다봄」, 『우공(愚公)의 호수를 보며』, 세계사, 1991, p. 291.

8) 김병익은 정치학을 전공했지만, "나는 정치가 문화 안에 포용된다고 본 반면에 그는 문화가 정치 안에 들어 있다고 설명한 것이 그것이다"(「현실의 문화학」, 『들린 시대의 문학』, 문학과지성사, 1985, p. 97)라는 구절에서 잘 드러나듯이 문화와 정치 중에서 '문화'를 더욱 근원적인 것으로 사유하고 있다.

9) 김병익은 자신의 지적·세대론적 배경과 그 문화적 기원에 대해서, "산업화를 경험하기 이전에 성장하고 교육받은 70년대 이전의 세대는 거의 전적으로 서구 자본주의와 인문주의의 전통 속에서 지적 세례를 받았으며 그래서 좌파 진보주의에 대해서는 기초부터 무지했고 이른바 사회과학적인 상상력에는 거의 익숙하지 못한 상태였다"(「인식론적 단절과 대화 문화의 가능성」, 『열림과 일굼』, 문학과지성사, 1991, p. 39)고 고백하고 있다.

시선을 길러준 것으로 보인다. 또한 그가 대표로 있는 '문학과지성사'의 모범적인 출판 활동을 통하여, 김병익은 문화의 꽃이라고 할 수 있는 출판의 가능성과 중요한 역할에 대한 풍요로운 성찰을 전개할 수 있었던 것으로 보인다(그러므로, 김병익에게 '문화'라는 거대한 동심원은 정치와 종교·출판·문학이라는 작은 원들의 집합으로 이루어져 있다고 할 수 있다). 이러한 김병익의 다채로운 이력은 그의 글쓰기를 일찍이 '문화' 자체와 그 문화를 가능케 한 '제도'에 대한 정교한 관심으로 유도한 것으로 여겨진다. 이 평문은 이러한 문제 의식에 근거하여, 김병익의 문화 비평에 대한 몇 가지 테마를 간단하게 작성하는 것을 목표로 한다. 그렇다면 김병익의 문화 비평은 어떠한 논리와 표정을 담고 있을까.

2. 열린 사유, 전복적 상상력

김병익의 일련의 문화 비평은 그의 문학 비평의 방법을 구성하고 있는 밑자리라고 할 수 있다. 문화 비평이나 시론에서 그가 표출한 견해들은 문학 작품에 대한 섬세한 분석을 통해 개성적이며 구체적인 견해로 정립되는 것이다. 그리하여, 우리는 김병익의 문화 비평을 통해서, 비평가 김병익의 사유 구조와 무의식적 편향, 이념적 입지 등이 탄생한 '사유의 뿌리'를 구체적으로 확인할 수 있다.

비평가에게 자신의 입장에 대한 근원적인 반성과 해체는 그 자신의 지적 성장과 이론적 갱신에 가장 중요한 요소로 작용한다고 할 수 있을 것이다. 자신의 편협한 자기 동일성과 주관적인 이데올로기에서 탈피하여, 자신의 입지에 대한 가열한 반성적 사유를 보여주는 것, 그리고 상투적인 편견과 지배적인 관념에 끊임없이 저항하면서 새로운 인식 지평의 경계면에서 곡예적인 방식으로 존재하는 것은 뛰어난 비평가라면 필수적으로 갖추어야 할 태도일 것이다. 이러한 측면에서, 김병익의 다음과 같은 초기의 발언은 비평가로서의 김병익의 태도를 효과적으로 보여주는 상징적인 담론이라고 하겠다.

1968년[10]의 미국 청년들에게 일어났던 우드스톡 페스티벌이란 최대의 집회와 워싱턴, 뉴욕에서의 반전 시위를 동시에 관찰한 사람이라면 요즘 청년들의 장발과 고고, 혹은 무책임성과 이탈을 그렇게 단적으로, 그리고 고지식하게, '퇴폐'로 몰아붙일 수는 없을 것이다. 다시 말하면, 필자로서는 기성 세대가 퇴폐, 혹은 무책임이라고 비난하는 젊은이들의 생태를 긍정, 적어도 이해해준다는 것은 젊은이들의 액티비즘을 긍정, 적어도 이해해주는 결과가 되리라는 것이다.[11]

1970년대 초반에 급격히 유행하던 '담론'인 청년 문화에 대한 냉철한 이해와 성찰을 촉구하는 의도로 씌어진 「청년 문화와 매스컴」이라는 글에서 인용된 이 구절은 한편으로는 신세대와 X세대에 대한 응단 폭격, 그리고 또 다른 한편으로는 그들에 대한 상품 미학에 기반한 전략적인 옹호가 난무하는 지금 이 시점에서 보아도 탁견이 아닐 수 없다. 위의 글에는 '퇴폐'라는 용어를 무기로 하여 청년 문화를 안이하게 비판하는 문화적 관행에 대한 '전복적 사유'가 번득이고 있다. 기존의 문화적 관행에 대한 이러한 김병익의 반성적 성찰은 '퇴폐'에 대한 다음과 같은 근원적인 질문으로 나아간다.

비근한 예로 최근 자주 문제되고 있는 '퇴폐 풍조'를 보자. 젊은이들의 장발과 대마초 흡연으로부터 인기 있는 가요, 문제성 있는 연극·영화 혹은 소설에 이르기까지 광범하게 규제되고 있는 이른바 '퇴폐 풍조'에 대해서 우리는 몇 가지 질문을 던질 수 있다. 과연 규제

10) 1968년은 1969년의 오식으로 보인다. 실제로 우드스톡 페스티벌은 1969년에 일어났다.
11) 김병익, 「청년 문화와 매스컴」, 『문화와 반문화』, 문장사, 1979, p. 214.

되고 있는 여러 '풍조'가 나쁜 점만을 갖고 있는가, 나쁘다면 그것은 반드시 행정적인 조처로만 시정될 수 있을 것인가, 그런 풍조는 어떻게 해서 발생하고 어떤 연유로 유행하게 되는가, 아니 그 풍조는 '퇴폐'란 이름만으로 규정되어야 하는가, 아니 한 번 더 '퇴폐'란 무엇이며 그것은 얼마큼 나쁜 것인가.[12]

비평가의 임무가 관습적 사유 구조의 각질을 파괴하는, 전복적인 질문을 던지는 데 있다면 위의 예문은 김병익이 뛰어난 비평가라는 사실을 환기시키고 있다. 그는 당시의 대부분의 문화인들이 상식적으로 수용하고 있었던 청년 문화=퇴폐 풍조의 도식을 날카롭게 가로지르면서 '퇴폐' 자체에 대한 근원적이며 진지한 질문으로 이행하고 있는 것이다. 그렇다는 것은 비평가가 퇴폐=나쁜 것, 청년 문화=퇴폐 풍조식의 단순한 사고가 무의식적으로 표상하고 있는 것을 정확하게 추출했다는 사실을 의미할 것이다. 말하자면, 청년 문화가 지닌 전복적이며 비판적 요소를 청년 문화의 주류로부터 '분리'시키겠다는 정치적 무의식이 그러한 발상법에 스며들어 있다는 것을 김병익은 인식했던 것이다. 새로운 문화적 흐름을 보수적 입장에서 질타하는 입장이 지닐 수 있는 편견과 선입견을 날카롭게 지적하고 있는 김병익의 생산적인 질문들은 지금 이 시대에도 절실하게 요구되는 덕목이라고 하겠다. (지금, 신세대 문화와 신세대 문학에 대한 얼마나 완고한 편견의 벽이 형성되어 있는가! 그 편견은 신세대 문학을 균형 감각을 가지고 정밀하게 이해하는 작업에 결정적인 인식론적 장애물로 작용하고 있다.) 김병익은 또한 '민족'의 이름으로 비호되는 문화에 대해서 냉철하게 비판하고 있다. 그는 "민족 문화란 구호의 구차스런 반복"은 "시대착오적 허위 의식의 산물"이라며 그 이유를 몇 가지 열거하고 있다. 가령, "그것[민족 문화를 일컫는다: 인용자]은 민족적 열

---

12) 위의 책, p. 242.

등을 호도하며 나아가 열등을 우월로 착각하는 콤플렉스의 표현이다. 이러는 한 '민족적' 정황은 진실하게 파악되지 않을 뿐더러 일종의 종족우월주의로 타락한다" "그것이 극우적인 정치적 민족주의와 결합하면 독일과 일본의 경험에서 본 것과 같은, 복고주의가 곁들인 국수주의로 발전하며 안과 밖으로 벌거벗은 힘의 과시를 도모한다"는 지적들이 그 이유들이다. 이러한 인식은 80년대 내내 우리 사회를 지배했던 다소 편협한 민족주의적 열풍이나 어느 나라보다도 외국인들에게 배타적인 우리 사회의 문제적 징후를 놀라울 정도로 정확하게 예언한 지적이 아닌가 한다. 김병익은 배타적인 민족 문화 개념에 대한 대안으로 "카테고리컬한 용어로서의 민족이란 구호를 회피하고, 우리 문화의 개별성이 어떻게 인류 공유의 문화로 확산될 수 있는가라는 방법론을 고찰해보는 것"을 제시하고 있다. 이러한 대안은, 최근의 다분히 정치적인 목적을 깔고 있는 '세계화 논의'와는 별도로 우리 문화의 보편성과 특수성에 대한 중대한 문제 의식을 깔고 있다고 판단되는데, 이는 김병익 비평이 함유하고 있는 근원에 대한 성찰력과 비판적 사유의 날카로움을 예시하는 중요한 증거라고 하겠다. 그러한 김병익 문화 비평의 날카로운 전복적 사유는, "수백만의 유태인을 학살한 나치의 고문인들이 집에서는 얼마나 자상한 아버지이며 모차르트 음악을 즐기는 문화인이었던가"[13]라는 반문에서 빛나는 '인식의 개화'를 보여준다. 위의 예문은 문화의 근원적인 기능과 역할에 대한 통렬한 되돌아봄으로 작용하고 있는 것이 아닌가. 이와 연관하여, 김병익이 1980년대에 민중 문화가 거역할 수 없는 주도적인 흐름으로 부상하였을 때, 그 의미만큼이나 그 한계에 대해서도 냉철하게 직시하였다는 사실, 아울러 1990년대부터 진보적인 문화의 흐름이 위기에 봉착하고 탈이데올로기적 문화가 횡행하였을 때는 오히려 진보적 사유의 소중함을 환기시켰다는 사실에 주목되어야 할 것

---

13) 김병익, 「실의를 이기기 위하여」, 『부드러움의 힘』, 청하, 1988, p. 79.

이다.[14] 김병익은 항상, 주도적 문화 체계에 대한 비판적 사유의 칼날을 들이댔던 것이다.

지금까지 살펴왔듯이, 김병익 문화 비평은 무엇보다도 '반성적 인식'과 '비판적 사유'라는 비평 자체의 고유한 기능을 십분 발휘하고 있다고 생각된다. 이러한 의미에서, "반성과 비판은 돌려 말해서 도식주의와 권위주의를 극복하려는 진지한 의지이기도 하다. 문화적 도식주의는 앞에서 말한 것처럼 어떤 명제에 대한 획일적인 순응으로 그것은 발랄하고 창조적이어야 할 문화를 화석화할 운명을 안고 있다"는 김병익의 언급은 문화비평가로서의 그의 자세를 상징적으로 보여주는 구절이라고 할 수 있을 것이다.

3. 대화적 지성의 성실성

김병익은 그 기본적인 세계관의 측면에서 보자면, 온건한 합리주의와 문화적 다원주의를 신봉하는 입장에 속한 것으로 보인다. 그런데, 이러한 김병익의 세계관적 입지와 그의 타고난 지적 성실성은 그를 어떤 비평가보다도 '타자'의 입장에 대한 성실한 이해로 이끈다. 이러한 의미에서, 김병익은 자신의 문화적 입장이나 정치적 입장과 상반되는 타자의 논리를 최대한으로 그 내부의 시점에서 이해하고자 노력한 대표적인 비평가라고 볼 수도 있을 것이다. 예를 들어, 다음과 같은 구절을 보자.

항상 새롭고 학구적인 반체제적 젊은 지식인 집단들이 없었더라면, 우리가 80년대의 가장 소중한 업적으로 평가하는 인식의 전환이란 성과는 감히 기대할 수 없었거나 그만큼 늦어졌을 것이다.[15]

14) 이 점에 대해서는 『열림과 일굼』의 제1부에 수록된 글을 통해서 확인할 수 있다.

아마도, 80년대의 문화 현상 중 우리에게 가장 중요하고 의미 깊은 성취는 마르크시즘을 중심으로 한 진보 이념의 문학적 수용일 것이다. 그것은 우리 정신사에 이중적인 기여를 한다. 그 하나는 우리의 이데올로기적 폐쇄성의 역사 속에서 처음으로, 현실 권력이 강제 부여한 금기를 깨뜨렸다는 결정적인 기여이다. 이 기여는 아무리 강조해도 지나치지 않을 것이다.[16]

저 자신이 『창비』의 맞은편에서 다른 가치 체계와 지향을 가진 이른바 『문지』에 참여하여 『창비』와는 상반된 대안의 탐색에 노력해왔다고 할 수가 있겠지만, 저와 저의 동인들의 이러한 노력들은 『창비』의 선도적이고 문제 제기적인 작업이 있었기에 가능했고 또 필요했던 것일 것입니다. 아마도, 『창비』 없이는 『문지』가 결코 그 의미를 만들어낼 수 없을 것이지만, 『창비』는 『문지』의 존재에 관계 없이 그 자체의 역사적 자리를 얼마든지 충분히 건져낼 수 있었을 것입니다.[17] 〔강조: 인용자〕

위의 예문들은 김병익이 자신의 세계관이나 문학적 입지와 대척적이거나 뚜렷이 구별되는 자리에 놓인 '타자'의 논리와 의미에 대해서 얼마나 성실하게 접근하고 있는가를 여실히 보여준다. 특히 『창작과 비평』의 지성사적 의미를 적극적으로 인정한 세번째 예문은 김병익이 은연중에 한 동일자의 자기 동일성의 정립은 타자의 존재에 의해서 비로소 가능하다는 미하일 바흐친이나 후기 구조주의의 철학적 논리인 '타자성'의 의미를 무의식적으로 체득하고 있음을 인상 깊게

---

15) 김병익, 「80년대: 인식 변화의 가능성을 향하여」, 『열림과 일굼』, 문학과지성사, 1991, p. 23.

16) 「우리 문화: 가능성으로부터 실재화로」, 『열림과 일굼』, 문학과지성사, 1991, p. 61.

17) 김병익, 「『창비』와 한국 4반세기의 역사」, 『우공(愚公)의 호수를 보며』, 세계사, 1991, p. 153.

보여주고 있다. 이렇게 본다면, 김병익이야말로, 자신의 입지와 구별되는 '타자'의 섬세한 논리와 편향, 의미, 한계, 지성사적 성과 등등에 대해서 어떤 비평가보다도 따뜻하게 동시에 정확하게 이해했던 '대화적 지성'에 기반한 대표적인 비평가라고 할 수 있을 것이다. 그리하여, "절박한 싸움을 하고 있을수록 타자를 끌어안고 포용하고 인정할 수 있을 때, 타자의 타자성을 최대한 참아낼 수 있을 때 그 싸움의 승패가 결정된다"[18]는 김병익의 전언은 그의 비평 세계를 관류하여 흐르고 있는 가장 기본적인 태도라고 생각된다. 박노해에 대한 에세이인 「'겨울 나무'의 뿌리 키우기」는 이러한 김병익의 비평 태도가 아름답게 꽃핀 대표적인 비평문일 것이다. 김병익은 이 글에서, 1980년대의 남한 사회에서 가장 진보적인 사유의 시적 담지자였던 박노해가 감옥에서 절절하게 느낀 고뇌와 절망에 대해서 따뜻한 시선을 보내면서 박노해의 절망을 다음과 같은 그 자신의 다짐으로 옮겨놓고 있다.

나는 그가 신념하고 있는 이념과 실천의 체계들이 지금 처해 있는 정황에 대한 나의 이해에 내적 반전을 얻어내는 귀중한 계기를 체험하게 되었다. 그러고는, 그렇다면, 하고 혼자서 말했다: 이제 참된 시작이 시작되어야 할 때다.[19]

박노해라는 우리 사회의 지성사의 빈터를 종횡무진으로 메웠던 한 탁월한 실천가와의 만남으로 인해, 김병익의 세련된 인문적 지성은 중요한 '내적 반전'을 이룩하게 되는 것이다. 그 방향성은 틀리지만, 실천적 지성과 대화적 지성이 서로 스며들면서 자신의 입지를 되돌

18) 김병익 · 박철화 · 류철균 대담, 「반지성의 폭력을 허무는 지성의 열림: 김병익」, 『문학정신』, 1991년 4월호, p. 25.
19) 김병익, 「'겨울 나무'의 뿌리 키우기」, 『숨은 진실과 문학』, 문학과지성사, 1994, p. 44.

아보는 풍경은 아름답고 든든하다. 박노해의 진보적 지성을 자신의 지적 갱신의 계기로 적극적으로 활용하고 있는 김병익의 모습은 우리들에게 열린 지성의 바람직한 모델을 제공하고 있다. 바로 이러한 점으로 인하여, 김병익은 진보적 문화와 출판·문학의 논리에 대한 그 세대의 누구보다도 애정 어리며 정확한 지식을 소유하게 되는 것이다.

그러나, 김병익의 이러한 대화적 지성이 혹자에게는 '안타까운' 모습으로도 보이거나 세련된 절충주의의 포즈로도 받아들여질 수 있으리라. 예컨대, 어떤 논자는 80년대의 문화사적 의미를 천착하는 김병익의 글에 대해서 "그의 균형잡기 노력이 다소 안쓰러운 면도 없지 않지만, 적어도 자기 객관화를 실천하고 있는 것으로 보이고, 글의 성실성이나 솔직함에 놀라게 된다"[20]고 지적하고 있다. 아울러, 진보적 진영에 속한 한 비평가는 "상호 존중에 기반한 김병익의 유기적 다원주의는 현실성이 결여된 유토피아적 발상"[21]이라고 평가하고 있다. 이러한 반응을 의식했는지, 김병익은 다음과 같이 자신의 입장에 대해서 진솔하게 피력하고 있다.

어느 하나를 일방적으로 옹립하고 그 반대편에 대해서는 철저하게 배제적인 태도를 취하기에는, 나는 너무 복잡하고 비관적이며 소심한지도 모르겠다. 나의 이 나약한 자질들이 나를 이른바 '균형 감각'으로 자리하도록 만든 것이겠지만, 나로서는 일부러 균형점을 잡기 위해서가 아니라 속아넘어가지 않기 위해서, 속여넘기지 않기 위해서 질문하고 회의하고 반성하고 검증하는 과정에서 다다른 태도일 뿐이다.[22]

---

20) 현삼미, 「편집자에게 보내는 글」, 『문학과사회』, 1990년 여름호, p. 483.
21) 하정일, 「자유주의 문학론의 이념과 방법」, 『실천문학』, 1991년 여름호, p. 22.
22) 김병익, 「세대에서 세대로의 빛과 짐」, 『우공(愚公)의 호수를 보며』, 세계사, 1991, p. 51.

아울러, 김병익은 다른 지면에서, "나는 중도적인 절충주의자를 권고하는 것이 아니다. 오히려 각자의 신념에 따라 주장하고 추구하며 행동하기를 나는 바란다"[23]고 쓰고 있다. 이렇게 본다면, 김병익이 하나의 단일한 관점을 강력하게 고집하지 않는 것은, 회의의 시선과 전복적 사유를 항상적으로 내장하기 위한 방법론의 일환이었다고 볼 수 있겠다. 아울러 그 태도의 진정성이 그로 하여금 단순한 절충주의자를 탈피하게 해주는 것이다. 그렇다면, 수많은 타자의 목소리를 통해 지식의 성장을 꾀한 김병익의 문화 비평에는 정녕 아쉬움의 여지가 없는 것일까?

4. 글을 맺으며: 지속적인 지적 갱신의 여정

김병익의 저작들을 종합적으로 검토해보면, 그가 그 또래의 어떤 비평가보다도 다양한 지적·문화적 정보를 지속적으로 검토하고 창조적으로 수용하면서 끊임없는 지적 갱신의 편력을 밟아왔다는 사실을 명료하게 인지할 수 있을 것이다. 우선, 그의 문화 비평에는 정치·출판·종교·문학·문화 제도·대중 문화를 모두 아우르는 다양한 정보가 수시로 등장하고 있다. 그리고 김병익은 마르크스주의를 비롯한 진보주의 사상이나 신세대 문화, 민중 문화, 포스트모더니즘의 논리 등등의 당대에 첨예한 관심사로 등장했던 현안들에 대해서 끊임없는 의사 표명을 하면서 그 새로운 사상이나 문화를 자신의 주체적 관점으로 성실하게 이해·비판·수용하고 있다. 또한 김병익은 그 또래 비평가로서는 이례적이게도 장정일·이순원 등의 이른바 신세대 작가들의 글쓰기에 대한 깊은 관심과 애정을 지니고 있다는 사실도 인상적이다.[24] 이러한 점은 끊임없는 지적 성실성이 동반되어야

23) 김병익, 「인식의 균형을 위하여」, 『열림과 일굼』, 문학과지성사, 1991, p. 135.

비로소 가능한 차원의 미덕일 것이다. 말하자면, 김병익은 당대의 주요한 문화적 관심사와 온몸으로 대결하면서, 자신의 입지를 한층 풍부하고 균형감 있게 정비했던 것이다. 이와 연관하여, 김병익은 김윤식과 더불어 동세대의 비평가들 중에서 현재까지 현장 비평 활동에 가장 열성적이며 지속적으로 참여해온 비평가라는 사실 역시 주목되어야 할 것이다. 이러한 의미에서, 그는 비평을 '사는' 비평가이다. 그의 삶 자체가 이 사회와 문화에 대한 비평이 아닐까.

그런데, 김병익의 지칠 줄 모르는 다양한 지적 · 문화적 관심사는 그를 '수직적 깊이'보다는 '수평적 확산'의 세계에 가까운 비평가로 만든 중요한 요인으로 보인다. 그는 어떤 한 가지 테마를 정밀하게 파고들어서 새로운 지적 성과를 산출하거나 참신하고 기발한 해석을 내리기보다는 기왕의 문화적 · 문학적 현실에 대한 구체적이면서도 자상한 정보를 정리하고 제공하면서 자신의 주관적인 관점을 덧붙이는 방식으로 글을 써나가는 것이다. 이러한 면에서 김병익은 문화적 지형도의 작성이나, 프레드릭 제임슨의 용어를 빌리자면 '인식론적 지도 그리기'에 누구보다도 능통한 비평가이다.[25] 이는 대단한 장점이라고 할 수 있겠지만, 동시에 그의 글쓰기에 일정한 한계를 낳은 중요한 원인이라고 생각된다(항상 그렇지만, 성취와 한계는 동전의 양면의 관계를 구성한다). 이를테면, 그의 문화 비평은 때때로 문화적 현실에 대한 치밀하고도 독창적인 분석과 해석보다는 상식적인 정리의 차원에 머물고 있는 것으로 보인다. 때로, 진정한 넓이는 깊게깊게 내려가야 획득될 수 있는 가치일 터인데, 그 깊이에 전폭적인 시간을 투자하기에는 그가 관심을 둘 영역이 너무나도 많았던 것이 아

---

24) 김병익, 「고통에의 기억과 창조에의 고통: 이순원과 장정일의 성장소설」, 『숨은 진실과 문학』, 문학과지성사, 1994 참조.
25) 특히나, 『열림과 일굼』『전망을 위한 성찰』『들린 시대의 문학』『숨은 진실과 문학』에 수록된 문화 비평이나 사회 비평에서 이러한 김병익 비평의 특장을 여실히 엿볼 수 있다.

니었을까. 한국 현대 비평사의 거친 호흡은 그에게 우선적으로 비평의 넓이를 요구한 것이 아니었을까. 한국의 문화 비평·문학 비평은 적어도 지금까지는 다채로운 관심사와 다양한 정보를 지니고 문화의 민주화를 위해서 분투하는 넓은 의미의 계몽주의적 비평가가 절실하게 요구되었던 것이다. 김병익은 이러한 과제를 누구보다도 모범적으로 성실하게 수행하였다. 그러나, 앞으로는 인문적 교양이나 다채로운 정보와 더불어 특정한 사안에 대한 정밀한 지식이나 '전문성'에서 우러나오는 '이론적 깊이'가 더욱 절실하게 요청될 것으로 생각된다.

아울러, 우리는 김병익의 글들을 읽어내려가면서, 그가 자신의 지적 기반이라고 할 수 있는 인문학적 지성이나 고전적인 휴머니즘, 가치의 상대주의 등의 항목들이 내장하고 있는 이데올로기를 철저하게 해체한 연후에, 다시 근원적으로 재구성했을 때 그의 글쓰기가 좀더 투명해질 수 있을 것이라는 생각을 하게 되었다. 이러한 지적은 때때로 그가 마치 기독교적 초월주의를 내세우는 것처럼 문화와 문학에 대한 다소 과도한 인본주의적 신뢰와 주관적인 애정을 보여준다는 사실과 연관된다. "문화야말로 우리에게 남은 유일한, 그러나 가장 근본적이고 장기 효과적인 희망의 선택이다"라는 그의 전언이 보편적인 설득력을 띠기 위해서는 '문화'라는 개념이 함축하고 있는 이데올로기적 성격에 대한 냉철한 파악과 더불어 문화와 다른 영역간의 관계에 대한 합리적인 해명의 과정을 필수적으로 거쳐야 할 것이다. 그럴 때만이 그의 문화에 대한 도저한 애정에 기반한 문화 비평은, 문화주의자의 형이상학적인 성(城)의 구축이 아니라, 문화의 기능에 대한 합리적이며 냉철한 분석의 대표적인 실례로 자리매김될 수 있을 것이다.

그러나, 김병익의 놀라운 지적 갱신력은 이미 이러한 지적들을 오래 전에 따라잡고 창조적으로 수용하여, 이미 새로운 비약을 준비하고 있을 것이다. 그와 동갑내기인 어느 진보적 비평가의 소망이 60년대 비평가인 동시에 90년대 비평가로 기억되는 것이었다면, 나로서는 그러한 소망에 진정으로 합당한 비평가는 다름아닌 김병익이라고 생각된다. 그래서, 그의 놀라운 지적 갱신력은 그의 화려한 비평적 생존을 끊임없이 연장하고 축복하는 '영생의 샘물'에 다름아닐 것이다. 그의 지속적인 건필을 간절히 염원하며 글을 맺는다.

[『오늘의 문예비평』, 1995년 봄호]

위기의 담론, 혹은 대화적 읽기의 진정성
—김병익의 최근 비평 읽기

우 찬 제

1. 4·19 세대 문학주의자의 90년대식 사유 방식

비평에 대한 의혹의 눈초리가 요즘 심상치 않다. 불만도 여기저기서 많은 모양이다. 게다가 비평의 위기라는 말도 적잖이 나돌고 있다. 사정은 여럿일 터이다. 일반 독자들이 비평가의 글을 외면하려는 경향도 경향이지만, 창작자들 또한 비평 풍토를 퍽 걱정하는 모양이다. 최근 한 문예지의 설문에 의하면, 우리 창작자들은, 편중성과 정실 비평, 편파성, 논리적 일관성의 결여, 불필요한 전문 용어의 남용이나 평론 문체의 현학성 · 고답성, 난삽한 논리, 불성실한 독서와 미숙한 해석, 특정한 주제나 소재만의 선호, 비평가의 개성과 독자적 문체 빈곤, 엘리트적 폐쇄성에 의한 대중에 대한 영향력 상실, 계몽주의적 태도로 작가와 독자에게 군림하려는 경향 등등을 현행 비평의 문제점으로 들고 있다.[1] 물론 이런 의혹이나 불만은 비단 어제오

---

1) 『내일을 여는 작가』(1977년 1·2월호, 민족문학작가회의)의 「특집: 문학평론, 무엇

늘의 문제만은 아닐 것이다. 이런 의혹 중 비평가의 개인적인 역량과 관련되는 문제들, 이를테면 불성실한 독서나 미숙한 해석, 독자적 문체 빈곤 등 일련의 문제들은 어쩌면 문제가 아닐 수 있다. 그것은 비평 문학 이전의 것들이기 때문이다. 정작 문제는 새로운 상황 변화에 대응하는 성찰과 전망의 노력 내지 능력의 부족이라고 생각한다. 그리고 이른바 문학의 위기라는 좀더 큰 범주 안에서의 비평의 위기 문제일 터이다. 다른 글에서도 논의한 바 있지만, 90년대 들어 자본주의 성장 법칙에 따른 상업주의의 팽배와 신문화 대중의 등장과 관련한 소비 사회의 징후, 정보화 시대, 뉴미디어 시대에 따른 문화 변동 내지 문화 권력의 이동, 다시 말해 코드 전환 및 정보 전달 양식의 변화와 그와 관련된 문학의 상대적 위상 약화 등 문학 외적인 문제와, 이와 관련된 문학 내적인 문제로 재현 대상의 성격 변화와 그에 따른 재현의 곤혹성 내지 불가능성, 역사의 소멸과 서사적 의미 사슬의 해체, 심미적 대상과 주체 사이의 미학적 자동 조절추의 훼손, 혹은 작가의 왜소화 현상과 예술적·전위적 충동의 고갈 경향 등은 문학의 위기 담론의 중요한 논의거리였다. 이것과 관련하여 '비평의 위기' 담론이 거론되었거니와, 그것은 주로 이와 같이 급변하는 흐름 속의 문화와 문학 상황에 대처할 만한 비평적 지혜와 감각을 제대로 보여주지 못하고 있다는 의혹으로 압축된다.[2]

현행 비평의 상황은 분명 그 역량의 부족을 자인해야 하는 처지임에 틀림없어 보이지만, 바로 그렇기 때문에, 역설적으로 비평적 호기일 수도 있다. 그것이 호기일 수 있다는 이유는 다른 것이 아니다. 원론적으로 보더라도 비평이란 위기를 딛고 일어서는 담론이거니와, 현실적이고 구체적으로 보더라도 현행 문학과 비평의 상황이야말로 성찰하고 궁리하기에 따라서는 새로운 문학적 지성의 탄생을 견인하

이 문제인가」, pp. 158~59 참조

2) 졸고, 「'비평의 위기'론을 넘어서는 비평을 위하여」, 『타자의 목소리: 세기말 시간 의식과 타자성의 문학』, 문학동네, 1996, pp. 140~41 참조

고 문학 논의의 새로운 패러다임을 도출해내도록 유인하는 바 크다고 생각되기 때문이다. 이는 비평가들에게 난세의 도전적 인식을 요청하는 것인데, 그 구체적 양상은 비평가의 개성에 따라 달라지게 마련이다. 그 여러 가능성 있는 개성 가운데 최근 김병익 비평의 특징을 간략히 살펴보는 것을 목적으로 이 글은 씌어진다.

　김병익 비평은 한마디로, 그의 비평집 제목이기도 한, '전망을 위한 성찰'3)의 나날의 인식론적 궤적을 보여준다. 그것은 작게는 한 비평가 개인의 궤적이면서 동시에 한국 사회에서 문학의 구체적인 동향과 문학적 지성의 궤적 내지 지식사회학의 흐름을 보여주는 아주 중요한 역사이기도 하다. 이른바 1960년대 4·19 세대 비평가의 중요한 일원으로서 그는 지성, 지식인, 문화, 장인 정신, 인식 지평의 확대, 전망을 위한 성찰, 문화적 초월, 다원주의 등등의 여러 중요한 비평적 화두를 저작하며 우리 비평사의 뚜렷한 한 줄기를 살아왔고 또 살고 있다고 말해도 좋을 것이다.4) 여기서 내가 특별히『전망을 위한 성찰』에 주목하는 것은 거기에 그의 비평적 개성의 많은 것들이 망라되어 있다고 여기는 까닭이다. 즉 그는 "현실－문화－문학의 복잡한 연결 회로"5)를 다양한 시각과 관점으로 '성찰'하고 구체적으로 분석하면서도, 구체성의 맹목과 가치의 상대성의 허무주의를 극복하기 위해 끊임없이 '전망' 추구의 정념을 버리지 않았으며, 아울러 현실성을 결여한 독아론이나 문학적 지성에서 일탈한 단독자성에 빠지지 않고 진정한 '전망'의 지평을 열기 위해 부단히 그 복잡한 연결 회로

3) 문학과지성사에서 1987년에 간행된 평론집 제목임.
4) 김병익의 비평적 사유의 지평을 전반적으로 조감하는 데 참조할 만한 자료로는 다음과 같은 것들이 있다: 정과리, 「깊어져 열리기」, 『존재의 변증법 2』, 청하, 1986: 박혜경, 「자유와 문화적 초월, 혹은 열린 전망」, 『비평 속에서의 꿈꾸기』, 문학과지성사, 1991: 이광호, 「비평의 이타성과 초월적 전망」, 『환멸의 신화』, 민음사, 1995.
5) 김병익, 「나의 세대, 그리고 우리 세대의 문화」, 『두 열림을 향하여』, 솔, 1991, p. 21.

의 구체를 '성찰'하고자 했던 것이다. 다시 말해 깊이 있는 성찰을
통한 새로운 현실과 문학의 전망 열어가기, 바로 그것이 김병익 비평
의 고유한 개성이요, 특징이랄 수 있겠다.

  열린 마음으로 '전망을 위한 성찰'을 계속해오며 '인식 지평의 확
대'를 다양하게 도모해온 김병익이지만, 그 비평적 자아의 심층에서
4·19 세대의 자기 인식이 언제나 구조적 핵으로 기능했던 것은 새삼
지적할 필요도 없는 말일 터이다. 최근 급변하는 현실과 문학의 와중
에서 그가 퍽 곤혹스러워하는 것도 4·19 세대의 비평적 자아와 90년
대적 정황 사이의 심각한 충돌 때문이다. 지난 80년대에 그에게는 익
숙하지 않은 "진보주의적 이념 체계와 거기서 도출된 문학들"로 인해
때때로 당혹감에 빠졌지만, 비평적 열린 대화성으로 그 당혹감을 넘
어서 "우리의 문학과 인식에 대한 관념의 확산"[6]이라는 새로운 지평
에 이르렀던 그였다. 그러나 90년대에 이르러 새로운 변화상은 매우
근본적인 것임을 그는 직감한다. 하여 그는 "60년대적 사유가 90년대
적 정황에 부닥쳐 생겨난 곤혹 속에서, 나 스스로 판단하여 확정하지
못한 채 갈팡질팡하게 만드는, 내적 가늠자의 혼란 탓"(p. 6)임을 승
인하고 자기 반성을 전제한 다음, 그 반성을 딛고 일어서, "환경과 매
체가 달라지면서 글쓰기의 실제로부터 문학의 관념에 이르기까지의
모든 것도 함께 바뀌지 않을 수 없으리라는 것, 그 바뀌어감을 열린
마음으로 껴안으면서 우리의 문학사 속으로 수용해야 한다는 것"(p.
6)을 수긍한다. 그야말로 열린 마음이요 탄력적인 비평 감각이라 할
수 있다. 그럼에도 불구하고 그 새로운 글쓰기를 수용하는 척도로,
"시간과 자리의 다름에도 결코 달라져서는 안 될 문학적 진정성"(p.
6)을 강조할 때, 거듭 4·19 세대 비평적 자아의 구조핵을 확인하게 된
다. 혼란과 반성, 변화에 대한 열린 수용 태도와 문학적 진정성에 대

---

  6) 김병익, 『새로운 글쓰기와 문학의 진정성』, 문학과지성사, 1997, p. 5(이 비평집이
     이 글의 주된 텍스트이다. 앞으로 이 텍스트를 인용할 경우는 본문의 괄호 안에 그
     면수만 표기하기로 한다).

위기의 담론, 혹은 대화적 읽기의 진정성 • 225

한 지속적 신뢰. 바로 이 지점에서 4·19 세대 문학주의자의 90년대식 사유 방식과 비평적 내면 정경을 읽을 수 있지 않을까 싶다. 최근 비평집 『새로운 글쓰기와 문학의 진정성』과 「자본-과학 복합체 시대에서의 문학의 운명」에서 보이는 90년대식 성찰과 전망의 노력을 리뷰하는 가운데, 이 세기말의 터널을 잘 헤쳐나갈 수 있는 의미 있는 문학적 지혜를 발견할 수 있게 되기를 바란다.

2. '자본-과학 복합체 시대'의 새로운 글쓰기

김병익은 현단계를 성찰하고 21세기를 전망하는 자리에서 '자본-과학 복합체 시대'의 논리를 제출한다. 비평집 『새로운 글쓰기와 문학의 진정성』에서 우리 시대의 현실과 문학을 다각적으로 검토한 바 있는 그는 그 출간 직후 발표된 글에서 '자본-과학 복합체 시대'라는 용어를 채택한다. 「자본-과학 복합체 시대에서의 문학의 운명」이란 글에서 김병익은 이 세기말 현실을 추동하는 가장 강력한 두 요소로 자본과 과학을 지목하고, "한계를 모르는 자체 증식력"[7]을 공통점으로 하는 "그 둘이 유착하여 하나의 거대한 복합체로 결합하면서 그 속도와 규모는 기하급수적인 누진율로 빨라지고 커질 것"이라고 예단한다. 이 자-과 복합체는 자본의 증대와 과학 기술의 발전을 상승적으로 증진시키면서 21세기에는 독특한 양상을 표출하게 될 것이라는 게 그의 전망이다. 구체적으로는 "자-과 복합체 자체의 논리로 자기 증식을 폭발적으로 실현시킴으로써 거기에 어떤 한계나 견제가 힘들어질 것이라는 점" "그 복합체의 주도적인 결정과 수행에 인간의 모습은 보이지 않거나 숨어 있으며 익명들의 집단이 그것을 이끌어

---

7) 김병익, 「자본-과학 복합체 시대에서의 문학의 운명」, 『문학과사회』, 1997년 여름 호, 문학과지성사, p. 500.

갈 것이라는 점" "인간의 소외가 극대화되고 그의 존재는 더할 수 없이 왜소해지며 그들의 생활은 더욱 가난해진다"[8]는 점 등이 그 전망의 세목들이다. 아울러 문화와 예술이라는 독창적인 인간 행위 역시 문화 산업이라는 자본주의 구조에 편입되어 전래의 인간성·진지성·진정성을 바탕으로 했던 예술성이 희석되거나 약화될 것이라고 본다. 그 동안 문화와 예술이 지녀왔던 위의를 박탈당한 채 한갓 엔터테인먼트의 대상으로 전락할 것이며, 사이버 공간의 혁명적 약진은 기존의 문화 예술 지도를 완전히 전복시킬 것이라고 예상한다. 물론 이것은 머잖은 장래에 대한 예상이고, 그런 까닭에 상당 부분 큰 이야기의 성격을 띠는 것도 사실이다. 그러므로 이런 예상의 배경부터 살펴보는 것이 좀더 타당하다. 그 배경이 되는 논의가, 그러나 사실은 더욱 구체적이고 핵심적인 이야기가 그의 비평집 『새로운 글쓰기와 문학의 진정성』의 I부 내용이다.

90년대 이후 변화된 문학과 문학 환경에 대한 다각적인 검토로 이루어진 이 부분에서 저자가 주목하는 두 가지 핵심은 '컴퓨터'[9]와 '자본주의'이다. 지난 연대까지만 하더라도 문학적인 것과 이념적인 것 사이의 상충을 놓고 갈등하던 문학주의자가 이데올로기가 급하게 뒷걸음질치는 90년대 들어 맞부닥친 것이 바로 그 둘이었던 셈이다. 둘 다 괴물이긴 마찬가지였으나, 그럼에도 불구하고 문학의 운명에 아주 중대한 영향력을 행사하는 괴물이니 대적할 수밖에 없다고 생각한 것 같다. 「컴퓨터는 문학을 어떻게 변화시킬 것인가」 등의 평문에서 컴퓨터를 비롯한 뉴미디어의 개발과 보급으로 인한 문학(환경)의 변화상을 구체적으로 논의한 다음, 그 자신이 이렇게 요약 제시한다.

---

8) 앞의 글, pp. 501~02.
9) 여기서의 컴퓨터 환경과 관련된 논의를 확장시켜 「자본—과학 복합체 시대에서의 문학의 운명」에서 과학의 논리로 발전시킨 다음, 예의 '자본—과학 복합체' 논리를 채택한 것으로 보인다.

1) 컴퓨터의 워드 프로세서에 의한 글쓰기는 종래의 육필 작업 시절과 다른 문체를 개발할 것이다, 2) PC 통신 등의 새로운 미디어에 의한 문학 행위는 새로운 다중의 필자와 독자와 유통 회로를 가질 것이며 그것은 문학의 민주화와 혹은 우중화를 가져올 수 있을 것이다, 3) 이 PC 통신 문학은 이 통신 가입자들에 의한 쌍방향 집필 혹은 집단의 창작을 가능케 하며 그것은 가령 하이퍼 문학과 같은 새로운 창작 형식을 만들어낼 것이다, 4) 이럴 경우 문학은 작가의 독자적인 창작이며 작품에는 그의 서명이 있어야 한다는 근대 문학의 기초 개념이 전복될 것이고, 인격권과 재산권을 가진 저작권 개념, 다시 말하면 '저자'의 개념도 크게 흔들릴 것이다 등.[10]

컴퓨터는 문학의 중요한 생산 수단이면서 동시에 중요한 소통 수단(미디어)이다.[11] PC 통신 문학이 고도화되어 위의 3)항과 같은 하이퍼 텍스트가 창작되고 소통되는 경우라면 그 둘은 온전히 통합될 터이다. 그러나 그 이전까지는 둘은 나누어질 수 있으며, 그것이 정교한 논의에 이롭다. 예컨대 컴퓨터를 필기 도구 수준으로 이용하는 1단계, 워드 프로세서로 작성한 문학 작품을 컴퓨터 통신망을 통해 소통시킴으로써 생산 수단이면서 소통 수단으로 컴퓨터를 활용하는 2단계,[12] 위의 3)항처럼 컴퓨터를 통한 생산과 소통이 동시에 쌍방에

---

10) 앞의 글, pp. 504~05.

11) 컴퓨터는 워드 프로세서 기능을 담당하는 필기 도구라는 점에서 우선 생산 수단이라고 말할 수 있고, 뿐만 아니라 문학 생산 과정에서 다양한 정보 제공을 통한 창작 동기 부여 및 창작 과정의 경제성 제고 등을 도모하게 해준다는 점에서 아주 중요한 생산 수단이 될 수 있다. 또 기존의 종이책 중심의 소통 체계를 일거에 혁신시켰다는 점에서 문학 소통의 아주 중요한 미디어가 된다 하겠다(이에 대해 필자는 「디지털 복제 시대의 문학」이라는 글에서 비교적 자세하게 논의한 바 있다).

12) 이 단계까지는 컴퓨터를 통한 문학 생산과 소통의 시차가 분명히 존재한다. 즉 선(先)생산—후(後)소통이다. 컴퓨터의 자기 증식 능력을 충분히 활용하지 못한 상태에서 다만 도구로서만 이용할 따름이다. 필자가 보기에 우리의 현단계 PC 통신

228

서 혹은 다(多)회로에서 진행되는 3단계로 나누어볼 수 있다는 것이다. 그럴 때 앞의 인용문에서 1)항은 1단계, 2)항은 2단계, 3)항은 3단계, 4)항은 2단계 이후의 현상이다. 물론 김병익은 이런 양상을 포괄적으로 논의하면서 컴퓨터가 문학 제도, 내용, 저자의 성격을 어떻게 변화시킬 것인가를 전망한 것으로, 그 내용은 대체로 합리적인 수긍을 유도한다. 다만 이런 생각들은 덧붙일 수 있을 것이다. 먼저 2)항의 경우, PC 통신 공간에서 이루어지는 일련의 문자 형태들의 소통 양상을 어디까지 문학의 소통으로 수용할 수 있겠는가 하는 정도가 문제된다. 조선조의 선비들은 생활 속에서 늘상 시회(詩會)를 즐겼다. 그렇다고 그 시절 놀이판에서 읊었던 모든 시들이 문학 작품으로 소통되었던 것은 아니다. PC 통신이 활성화되기 직전 상황만 하더라도 그렇다. 사춘기 젊은이들의 편지나 낙서, 그들의 연습장에 씌어진 시나 산문 구절들, 혹은 스포츠 신문의 희담(戲談)들…… 이른바 변두리 형식이라 불려지는 이 같은 대중적 '생활 문학' 들이 있었던 것이다. 지난 80년대에 문학 장르의 해체와 통합을 논의하는 자리에서, 다른 측면에서 변두리 형식이 크게 존중되었던 적이 있긴 하나, 어쨌든 '생활 문학' 과 '전문 문학' 혹은 '순문학' 은 구분되어야 하는 게 아닐까. 그렇다면 이런 생활 문학들이 컴퓨터 통신이라는 미디어를 통해 약진을 보이고 있는 양상은, 그래서 문학의 우중화 경향을 띠는 것처럼 보이는 것은 그다지 심각하게 우려하지 않아도 좋으리라. 문학을 지향한다고 해서 혹은 흉내낸다고 해서 다 문학인 것은 아니다.

단 「문학의 제도성은 어떻게 바뀌고 있는가」에서도 거듭 논의되고 있는 것처럼, 문학의 민주화 경향은 문제적이다. 기존 문학 제도의 닫힌 체계가 포착하지 못하고 수용할 수 없었던 새로운 문학적 에너지들이 폭넓게 실험되는 가운데 새로운 문학을 형성할 가능성은 높

문학은 일부 전위들의 존재에도 불구하고 대체로 이 단계에 머물고 있는 게 아닐까 싶다.

아 보인다. 그러나 여기에도 유보 조건이 있는바 PC 통신 문학의 경우 현재 기성 작가들이 참여하고 있는 '하이텔 문학관'의 일부 코너를 제외하고는 글쓰기에 대한 경제적 보상이 거의 주어지지 않는다는 점이다. 보다 대중화된 혹은 속중화된 70년대식 학원 문단의 오믈렛처럼 될 가능성을 배제할 수 없는 까닭이다. 하지만 여전히 가능성은 긍정적인 측면에서 찾아야 하리라. 김병익이 "권위주의적 문단 구조를 해체하는 새로운 '시민 문단'이 형성될 수도 있을 것"(p. 61)이라 쓰고 있는 까닭도 대중화된 학원 문단의 상층부가 공동체적 초월을 도모할 때 가능한 양상으로 여긴 게 아닐까 생각한다.

그러나 새로운 '시민 문단'을 형성하고, 현존의 문학 시장 체제를 전반적으로 재편성할 에너지를 확보하기 위해서는 새로운 PC 통신 문학의 내포가 튼실해야 한다. 3)항에서 저자가 그 일부 형식으로서 공동 창작 가능성이나 하이퍼 픽션의 열린 가능성, 또는 "문학이 언어만의 것으로부터 풀려나"(p. 63) "복합 미디어 문학"(p. 64)으로 전개될 수 있는 가능성 등을 지적하고 있는 것도 그 때문이다. 새로운 문학의 가능성은 너그러운 문학주의자인 저자에게 흥미로운 것이기도 하지만 우려스러운 것이기도 하다. 틈이 있을 때마다 "기왕의 문학의 개념은 근본적으로 흔들리지 않을 수 없게 될 것이다"(p. 63)라고 적는 까닭도 거기에 있지 않을까. 그런데 실상 이 항목은 새로운 형태에 대한 범박한 예상이나 기존의 문학관 해체에 대한 우려에서 그칠 문제가 아니다. 「컴퓨터는 문학을 어떻게 변화시킬 것인가」라는 글이 1994년에 씌어진 것이라서 그렇지만, 「자본—과학 복합체 시대에서의 문학의 운명」을 쓴 1997년 버전이라면 그 내포를 또 달리했으리라 짐작된다. 컴퓨터 관련 모든 사이버리아들의 기본적인 특징이 바로 '버전업'이니까 말이다. 저자는 다른 글(「문학의 제도성은 어떻게 바뀌고 있는가」)에서 "전자 미디어를 타고 나올 이런 문학은 말 그대로 '근대 이후' 그러니까 포스트모더니티의 문학이 될 것"(p. 107)이라고 쓴 바 있지만, 포스트모더니티라고 하건 디지털 리얼리티라고 하건 그 새로운 리얼리티의 미학성 내지 세계관의 특성에 대한 조망을 거쳐야 이 새로운 문학 형태들에 대한 문학적 평가가 가능해질 수 있을 것이다.

4)항에서 저자의 문제, 특히 비인격적인 가상 저자를 논의하고 있는 대목은 김병익의 통찰력을 잘 보여주는 사례이다. 다른 자리에서 그는 자본주의 시장 체제와 관련하여 저자의 문제를 다시 상론하고 있는데, 우선 컴퓨터와 관련한 논의만을 보면, 통신 공간에서의 상호 작용성을 고려하여 근대적인 의미에서의 저자의 해체를 인지하고, 또 그 과정은 '복합 줄거리 소설'이나 '하이퍼픽션' 등에서 현실화될 수 있음을 간파한다.[13]

컴퓨터와 멀티미디어 등의 새로운 디지털 과학과 관련된 관심과 더불어 자본주의 시장 경제 체제에 대한 관심도 남다르다. "이념의 붕괴와 체제의 변화, 사회와 문화 및 문학적 풍토의 변모는 창작의 성격을 대중화·상업화의 추세에 얹어 진정성의 문학을 위축시키고 생산과 소비의 시장 경제의 체계로 흡수하고 있으며 따라서 문학 자체는 문화 산업의 한 기능적 부분으로 퇴화될 우려"(p. 120)가 그 관

---

13) 황현산은 '가상 작가'의 문제를 '가상 현실'과 관련하여 생각한다: "가상 현실이 문학화하기 이전에 '가상 작가'가 먼저 탄생하리라 본다. 이 가상 작가는 필명이나 익명 작가와 다르다. 익명이나 필명 뒤에는 현실 인격의 실체가 있지만, 가상 작가 뒤에는 가상의 경력과 가상의 학력, 가상의 감수성과 가상의 훈련 과정을 지닌, 즉 가상의 경험으로 조합된 가상 인격이 있을 뿐이다. 익명·필명 작가를 비롯한 모든 현실 인격 작가는 항상 자기 이력과 문학적 경력의 제약을 받지만, 가상 작가는 이 제약을 벗어나거나 이 제약을 임의로 선택한다. 이 점은 이 가상 작가의 모든 작가적 능력이 진정한 창조력이라기보다는 이제까지 확보되었던 모든 능력의 순열 조합에 불과할 것이라는 말이 된다(흔히 이야기하는 '작가의 죽음'은 아마 이 가상 작가를 통해 완성될 것이다. 작가의 죽음이란 따지고 보면 문학에서의 진정한 창조가 불가능하다는 말과 다른 것이 아니기 때문이다). 따라서 한 번의 가상 작가의 탄생은 곧 한 번의 소설의 소비를 뜻하는 셈인데, 이 점은 통신 문학이 또다시 겸손해야 할 필요를 방증한다"(「'컴퓨터 통신 문학'의 권위와 탈권위」, 『PC 통신 문학의 현황과 전망: 하이텔 문학관 개설 5주년 심포지엄 자료』, pp. 37~38).

심의 요체라 할 수 있는바, 이를 변화된 문학의 내용, 자본주의, 작가 정신 등의 논점으로 나누어 정리한 것이 다음 부분이다.

1) 문학적 주제가 역사 · 현실 · 변혁 등 '큰 이야기'로부터 개인 · 욕망 · 꿈과 작은 미시 권력의 '작은 이야기'로 옮겨간다, 2) 이 경향은 PC 문학의 새로운 개발과 보조를 같이하면서 근대 문학의 기초인 리얼리즘으로부터의 탈피를 유도한다, 3) 풍요한 소비 사회 속에서 문학은 대중의 읽을 거리로 자리잡으며 에로소설 · 추리소설 · SF 등 엔터테인먼트로서의 장르가 왕성해질 것이다, 4) 이럴 때 문학은 창작과 수용에서 생산과 소비의 시장 경제적 메커니즘에 종속되고 광고와 유통에 크게 영향받는다, 5) 이래서 문학은 문화 산업의 한 부문으로 내려앉고 작가는 영상 문화를 비롯한 그 문화 산업의 한 창의적 기능인으로 자리매김될 것이다, 6) 이것은 작가가 위대한 정신이라는 전래의 위엄과 영광으로부터의 퇴위를 의미할 것이고 그래서 문학은 문화의 중심으로부터 변두리로 밀려날 것이다 등.[14]

「문학은 이제 어떻게 생산 · 소비되는가」「문학적 리얼리즘은 어떻게 변할 것인가」「문학의 제도성은 어떻게 바뀌고 있는가」「오늘의 우리 문학과 장인 정신을 위하여」 등의 글에서 논의한 내용들을 압축해보인 것이다. 1)에서 3)까지는 논란의 여지가 적은 예상이다. 3)에서 추리소설이나 SF 등을 꼭 엔터테인먼트의 장르로 한정해서 논의할 수 있을 것인가가 문제될 수 있을 터이나, 그보다는 「문학은 이제 어떻게 생산 · 소비되는가」와 관련된 4)항 이후의 논점들에 주목해보기로 한다. 오랜 문화주의자 김병익이 여기서 문화적 맥락에서의 '창작'과 '수용'이라는 용어 대신, 경제적 맥락에서 '생산'과 '소비'라는 말을 채택한 것은 철저한 내지는 각고의 현실 성찰의 결과로 보인

---

14) 김병익, 「자본─과학 복합체 시대에서의 문학의 운명」, p. 505.

다. 전래의 수공업적 장인 의식을 바탕으로 한 창작 과정과 감동적인 파장을 동반한 그것의 수용 과정 대신에, "시장 조사—소비자 기호 확인—제품 기획—제작—광고—대량 판매—소비자 사용—폐기의 이 일련의 과정"(p. 75)으로 문학이 생산되고 소비될지도 모를 미구의 현실을 그는 퍽 안타까운 마음으로 그려보았으리라. 이런 과정에서라면 작가의 이름이 작아질 것은 당연하고, 문학성의 의미가 약화될 뿐만 아니라 문학 자체가 '위락적 소비의 대상'으로 전락할 것이라 우려한다. 이 우려의 끝에서 그는 "문학이 생산—소비의 시장 메커니즘에 함몰되어 이제 '진정한 가치 추구'를 포기하고 한낱 소모품으로 스스로를 전락시켜버린다면, 그때도 우리는 여전히 '문학'이란 말을 쓰고 '창조'며 '영원'이며 '보편성'과 같은 의미를 붙이고 고통스런 정신 혹은 초월적 감동이란 내적 환희를 얘기할 수 있을까"(p. 79)라며 우려의 괴로움을 실토한다.

이 대목에서 나는 제임스 미치너의 장편 『소설』이 생각난다. 여기서 작가 루카스 요더는 전통적 작가 정신을 가지고 있는 사람이지만 시장 메커니즘 속에서 성공하기도 한다. 편집자(이본 마르멜르)나 비평가(칼 스트라이베르트), 독자(제인 갈런드)의 여러 형태의 개입, 특히 편집자의 시장 경제적/문학적 개입 상황에 직면하지만, 그는 그런 상황과 대화하면서도 최종적으로는 자신의 문학적 소신에 의한 창작을 한다. 즉 시장 경제 메커니즘까지를 긍정적 타자로 활용하고 있는 것이다. 물론 이것은 소설이다. 그렇지만 나는 있을 수 있는 일이라 생각한다. 자본주의 경제 원리의 자기 증식성은 김병익도 여러 차례 지적하고 있다시피 매우 위력적인 질주를 보이고 있다. 그러나, 그럼에도 불구하고, 자본주의가 가장 관철되기 어려운 갈래가 문학이라고 여긴다면, 그것은 혹 어린 생각일까.[15] 즉 자본주의적 체계의

---

15) 개인적인 이야기지만, 나는 이 같은 '어린 생각' 때문에 경제학도에서 문학도로 전신한 경우에 속한다. 다른 자리에서도 언급한 바 있지만, 문학은 여러 문화 장르 중에서도 가장 수공업적인 갈래이기 때문에, 자본주의화 정도나 과학화 정도

사고를 거부할 수 있는 나름의 합리적인 내적 근거를 확보하고 있는 것이 문학 아닐까 생각하는 것이다. 그렇다면 자본주의적 체계의 사고와 아울러 문학적 반체계의 사고가 고려되어야 할 터이다. 이를테면 아무리 시장 경제 메커니즘이 문학의 생산-소비 과정을 철저하게 관철해나간다 하더라도 최종적이고 가장 중요한 생산자는 역시 작가이며, 작가의 창조적 상상력일 수밖에 없다는 것, 다시 말해 예의 메커니즘이 아무리 철저하게 작동한다 하더라도 그런 시절에도 아무나 작가가 될 수는 없을 것이라는 점, 독자 측면에서 보더라도 광고 등 시장 메커니즘에 매몰되지 않을 문화적/비판적 교양층은 앞으로도 여전히 존재할 것이라는 점, 혹은 (소망스러운 생각이지만) 새롭게 형성된 신문화 대중들이 교양의 성장을 도모하여(그러기 위해서는, 김병익도 지적하고 있다시피, 문학 교육과 저널리즘의 역할이 대단히 중요하겠지만) 사회의 문화적 밑흐름을 바꾼다면(정말 그럴 수만 있다면!?) 계속해서 그레샴의 법칙이 관철되지는 않을 것이라는 점, 등등…… 물론 김병익의 예상대로 시장 메커니즘의 '주문 생산자-작가'가 많이 늘어날 것이다. 그러나 여전히 1급의 문학은 그 메커니즘을 넘어선 '창조자-작가'에 의해 씌어질 것이다. 그리고 그 '창조자-작가'의 창작품이 '주문 생산자-작가'의 문학 상품에 비해 시장에서도 상당 부분 경쟁력을 지닐 수도 있지 않을까.[16]

면에서 가장 낙후될 수밖에 없으리라고 생각한다. 그리고 그것이 문학의 문학다운 생명이다. 자본-과학 복합체 시대를 가장 더디게 살 수 있는 조건을 문학은, 그것이 진정성을 구유하고 있다는 전제하에서, 이미 확보하고 있다고 여기는 편에 속한다, 나는.

16) 이 또한 너무 낙관적인 견해일지 모른다. 그러나 나는 그럴 수 있고, 그랬으면 좋겠다고 생각한다. 좀 다른 사례지만, 몇 안 되는 전통 공예 전문가들에 의해 수공으로 제작된 전통 가구의 희소 가치에 따른 현실적인 경제성을 보라. 문외한이 겉으로 보기엔 비슷한 가구인데도 불구하고, 공장에서 생산된 것에 비해 몇 곱절 비싼 값으로 판매되는 것을 보면, 나는 매우 신난다. 비록 내가 구매할 수 없어 속상하기도 하지만, 신나는 이유는 자명하다. 비록 그 높은 가격으로도 다 평가받는다고 보기 어렵긴 하지만, 나름대로 예술적 품격을 인정받고 있다고 생각되기 때문

그렇다면 5)항의 우려 역시 반감될 수 있다. 아무리 영상 문화가 약진한다 하더라도, '스크립터―작가'와는 다른 '창조자―작가'의 존재 방식과 그 의의는 뚜렷할 것이기 때문이다. 정말 뛰어난 작가의 상상력에 의해 창조된 문학 작품만이 작곡가에게는 음악적 영감을, 화가에게는 미술적 감수성을, 영화 감독에게는 영상적 상상력을 추동하는 충격을 줄 수 있지 않을까.[17] 그리고 아무리 더한 '자본―과학 복합체 시대'라 하더라도 음악이나 미술, 심지어는 영화로 번역되기 어려운, 오직 언어로만 표현될 수 있는 문학의 순금 지대를 우리 작가들이 계속 확보해낼 수 있다면 6)항의 우려 역시 줄어들 수 있지 않을까 짐작한다.

컴퓨터 및 자본주의 시장 메커니즘과 관련한 이상의 10가지 진단과 예상은 대체로 4·19 세대 문학주의자인 김병익의 우려를 낳게 하는 것들이다. 그런 우려는 그가 상정한 '자본―과학 복합체 시대'에는 더욱 심각해질 것으로 보고 있다. 앞서 살펴보았듯이 그의 우려는

이다. 혼자의 공상일 수 있겠지만, 작가의 이름이 점점 작아지는 시대일수록 역설적으로 작가의 이름을 크게 할 필요가 있다. 물론 단순히 상업적/대중적으로 키우라는 이야기는 결코 아니다. 가령 이런 크기는 어떤가. 같은 소설이라고 하더라도, '주문 생산자―작가'의 상품이 5천 원에 팔리는 데 반해, '창작자―작가'의 작품은 5만 원에 소통된다면? 과연 만화적 상상력일까? 이 가격 차별화 정책은 화장품이나 고급 외제 소비 상품에서만 통하는 것일까? 혹은 전통 원목 가구 등속에서만 그치는 것일까? 자본주의가 점점 위력을 더해가는 이 시대의 작가들이라면 응당 자본주의적인 방식으로 자본주의를 견디고 넘어서는 고도의 문학적 전략 수립도 검토해볼 필요가 있을 터이다.

17) 영화 「장미빛 인생」을 만든 김홍준 감독은 언젠가 내게 이런 말을 했다. 최근 작가들이 소설의 영화화를 생각하여 충무로의 눈치를 보고, 의도적으로 소설 속에 영화적 장면을 많이 넣기도 한다고 하는데, 이는 그들이 영화는 물론 소설도 잘 모르기 때문이 아닐까 생각한다는 것이다. 수준 있는 영화 감독일수록 보통은 영화로 표현하기 어려운 것처럼 보이는 소설에 의욕을 보인다는 것, 이미 영화적인 요소를 많이 갖춘 소설을 영화화한다면 그것은 영화 제작이 아니라 단순 번역에 불과하다는 느낌을 주기 때문이라는 것, 그리고 무엇보다 문학으로 잘된 작품이라야 보다 풍성하고 깊이 있는 영화적 상상력을 가져다준다는 것, 이런 것들을 모르는 소치가 아니겠느냐며 우려를 표했다.

자본주의나 과학을, 다시 말해 새로운 현실과 그 변화상을 성찰하는 체계의 사고에 근거한 것이었다. 말이 허용된다면, 합리적인 우려라고나 할까. 새롭게 예상되는 현상에 근거한 체계의 사고가 자아낸 우려는 그 저편에서 문학적 변이의 체계를 추동시키기도 한다. 그것은 4·19세대 비평가의 비평적 자아의 뿌리를 확인하는 작업이기도 하다. 바로 '문학적 진정성'과 '장인 정신'에 대한 애정 어린 강조가 그것이다. 그것은 또한 문학의 실존적 선택과도 관련되는 절박한 문제라고 그는 생각한다. '자본—과학 복합체 시대'의 문학의 운명이 거기에 달려 있다고 보는 것이다.

　삶의 의미와 세계의 허위에 대한 각성이 어느 시대에든 있어왔고 기능해왔기 때문에, 그것은 앞으로의 시대에도 여전히 나타나, 의미를 키우기 위해, 허위를 벗기기 위해 자—과의 거대한 세계 체제와 싸움 싸울 것이다. 그 싸움이 문학적 진정성이란 이름으로 수행되기를, 수행될 수 있기를 나는 기대하는 것이다. 그 진정성은, 세계 자본과의 싸움이고 신적 존재를 도모하는 과학과의, 골리앗스런 싸움이다. 나는 그것이 알타미라 동굴에 소를 그린 원시 시대로부터 연면히 이어온 예술가들의 장인 정신에서 발현될 것임을 믿는다. 그들은 영상의 시대에도 여전히 문자로, 상업주의 시대에도 꾸준히 가난한 창조의 정신으로, 과학 만능의 시대에도 다름없이 수작업으로 자기만의 세계와 인간을, 그들의 고독과 진실과 품위를 드러낼 것이다. 바로 그들의 존재함 자체가 자본과 과학의 독재에 저항하는 존재성을 발휘할 것이다. 그것이 문학의 종말을 유예시키고 삶의 진의를 밝혀낼 것이다.[18]

---

18) 김병익, 「자본—과학 복합체 시대에서의 문학의 운명」, pp. 508~09.

3. 심리적 이중 구조의 대화성과
새로운 인식의 지도 그리기

「오늘의 우리 문학과 장인 정신을 위하여」에서 김병익은 "장인 정신이란 자기 자신에 대한 엄격성을 요구하는 대신 타인에 대해 또는 새로운 세대에 대해 자신이 이루지 못한 새로운 가능성을 발견할 관대함을 가질 수 있고 또 가져야 한다"(p. 131)고 적고 있다. 우리는 이 대목에서 그의 견해를 십분 수긍하면서, 바로 그 자신이 그 같은 장인 정신을 지닌 비평가가 아닐까 생각해보게 된다. 그 이유를 여럿 댈 수 있을 것이다. 앞서 김병익론을 개진한 논자들도 그랬지만, 실제로 김병익론이란 그가 장인 정신을 구유한 비평가라는 이유 대기 이외에 달리 무엇이겠는가.

나는 앞에서 '전망을 위한 성찰'을 계속 견지해온 비평가라며 그 하나의 이유를 댔다. 또 하나. 자본—과학 복합체 시대, 혹은 정보—자본주의 시대에는 누구나 한결같이 "꿀벌통의 외톨이 벌집 속에 들어 있는 벌과 같은 존재"[19]이기 십상이다. 개인은 점점 왜소해지고 상대적으로 점점 더 무지해지며, 판단력 비판의 근거를 확보하기 힘들어진다. 이 점 비평가—개인이라고 해서 예외일 리 없다. '전망을 위한 성찰'은 매우 어렵고, 그런 까닭에 미시 담론에 어쩔 수 없이 빠져드는 경우도 많다. 더 나쁘게는 "비평의 중간화 · 잡담화 · 가십화가 가속"[20]화되기도 한다. 이런 상황에서도 여전히 변화된 현실을 조감하며 새로운 문학적 인식을 보인다는 것은, 그것도 사태를 종합적으로 성찰하여 그 결과를 제출할 수 있다는 것은 여간한 장인 정신의 발로가 아니고는 어려운 일이라고 생각된다. 그의 종합의 능력이나 의지는 다름아닌 장인 정신의 소산이다.

---

19) 앞의 글, p. 496.
20) 유종호, 「비평 50년」, 『한국 현대 문학 50년』, 민음사, 1995, p. 273.

하나 더. 비평 과정상에 보이는 심리적 이중 구조 혹은 비평적 반성 기제를 들 수 있다. 「책머리에」를 비롯한 여러 자리에서 그는 그 자신의 "피할 수 없는 심리적 이중 구조"(p. 91)에 대해 토로한다. 아니 어쩌면 그의 근작 비평 전체가 이 같은 심리적 이중 구조로 구성되어 있다고 보아도 과언이 아니다. 변화된 현실을 객관적으로 관찰하는 심리와 평가하는 심리 사이의 거리, 현실과 신념 혹은 소망 사이의 심리적 거리, 자본—과학 복합체 상황과 문학적 진정성 사이의 심리적 거리, 신세대적인 양상과 4·19 세대 의식 사이의 심리적 거리 등등이 그의 비평적 판단과 진술의 심층에 한결같이 드리워져 있다. 예컨대, 컴퓨터로 인한 문학의 변화 양상을 검토하면서 그가,

문학의 민주화는 바람직하다, 그러나 그것으로 인한 문학의 저급화는 못마땅하다; 또는, 문학이 열린 텍스트가 되어 수정이 자유로워진다는 것은 흥미롭다. 그러나 그 결과로 작가의 아우라가 사라진다는 것은 슬픈 일이다; 혹은 문학이 전적으로 문자와 언어에만 종속된다는 것은 보수적인 문학관이며 그것으로부터 자유로워져야 문학의 새로운 가능성이 개발될 것이다. 그러나 그럴 때, 문학이 다른 장르, 특히 대중적 예술 장르와 다름으로써 자부할 수 있었던 문학의 독자적인 위엄을 잃어버리는 것은 인간 정신을 위해 비극적이다…… (「컴퓨터는 문학을 어떻게 변화시킬 것인가」, p. 64)

라고 적을 때, 우리는 그 피할 수 없는 심리적 이중 구조의 한 단면을 잘 알게 된다. 그것은 사태의 실상을 왜곡하지도 않고, 문학적 소신을 버리지도 않는 상태에서 균형 잡힌 비평적 진술의 가능성은 어디에 있는가를 보여준다. 또는 그 이중 구조의 대화 속에서 그의 비평이 생산적인 에너지를 지닌다고 볼 수도 있다.[21] 물론 이 이중 구조의

---

21) 김병익 비평의 가장 큰 미덕으로 나는 '대화성'을 들고 싶다. 일차적으로는 비평

대화성은 비평적 포괄의 지혜를 지닌 이에게만 허용된다. 김병익은 그런 비평가다. 아래에서 보이는 것처럼 "'그래서'와 '그럼에도 불구하고'의 갈등"을 거듭하고 있는, 김병익의 심리적/비평적 이중 구조는 그 자신뿐만 아니라 여러 타자들에게 적극적인 대화를 요청하고 있는 공간이기도 하다.

전래의 문학적 감동과 기능을, 형태는 어떻든 질로써 여전히 살려내기 위해서는 그 순환의 고리가 잘려야 하는데, 그 황금의 칼을 가진 사람은 결국 작가 자신에게 있다는 점을 결론적으로 제시하지 않을 수 없다. 작가는 자신의 문학을 지켜내기 위해, 한편으로는 문학사적 전통을 지켜가면서, 다른 한편으로는 시대 변화의 도도한 흐름을 담아내면서, 문학을 위협하고 그래서 한갓진 소비품으로 추방하려는 세력과 싸움싸우지 않으면 안 된다. 우리가 문학적 제도의 변화를 예감하면서 그럼에도 그것을 통해 문학의 수명을 유지하기 위해서 가장 오래된 작가의 진정성에 그 미래를 걸어야 한다는 것은 아이러니이다. 그러나 문학은 아이러니의 산물이며 작가는 그 같은 아이러니를 먹고 문학을 창조한다. 그래서, '그래서'와 '그럼에도 불구하고'의 갈등은 이렇게 해서 새로운 시대의 문학적 화두가 될지도 모른다. 삶과 사유와 정서의 양식이 변한다는 것, 그래서 문학도 변한다는 것, 그럼에도, 가장 오랜, 문학적 존재 이유에 기대어 그것의 진정성을 여전히 살려내려고 노력한다는 것, 거기에 문학의 미래가 달려 있는 것이며 작가들에 대한 우리의 신뢰가 매여 있는 것이다. (「문학의 제도성은 어떻게 바뀌고 있는가」, pp. 118~19)

의 대상(그것이 현실이든, 작가든, 작품이든간에)과 충분한 대화를 나누며, 그 다음에는 그 대상과 관련한 여러 타자들과 교감하고 대화를 나누어가며 자기 논리를 펼쳐가고 있는 것이다. 그 비평문에서 여러 타자들의 목소리가 다성적으로 어울리면서 하나의 새로운 비평 논리를 탐색해 들어가는 과정을 발견하는 일이란 그리 어려운 일이 아니다.

줄곧 작가에게 우려될 상황들을 검토하고 작가의 이름이 작아질 수밖에 없다고 생각하면서도, 그럼에도 불구하고, 작가에게 신뢰를 보낼 수밖에 없는 심리적 이중 구조 혹은 비평적 곤혹을 우리는 잘 알고 있다. 그러므로 그가 '문학적 진정성'을 결론적으로 강조하고 있는 것은 그 나름의 새로운 탐색과 종합, 그리고 대화적 읽기의 소산이라고 보아야 한다. 김병익은 자신의 대화적 읽기의 결과를 여러 타자들과 다시 나누고 대화하고자 한다. 특히 최근에는 진정한 작가들과 더욱 내밀하게 교감하고 대화를 나누고 싶어하는 것 같다. 그에게 있어 비평은 권력이 아니다. 대화다. 대화를 위한 공공의 마당 *public sphere*이다. 전망을 위한 성찰과 대화를 계속하고 있다는 점에서 그는 진정한 장인 정신을 지닌 비평가로 불려도 좋다고 생각하는 것이다.

그 이유는 또 얼마든지 더 댈 수 있다. 이미 인용해보인 대로 그가 생각하는 장인 정신의 내포 중 "새로운 세대에 대해 자신이 이루지 못한 새로운 가능성을 발견할 관대함을" 가지고 있다는 것 또한 그렇다. 앞에서도 구체적인 세목이나 각론의 버전업 가능성을 열어두고 있다고 적은 바 있는데, 적어도 나는 그의 최근 비평을 읽으면서 몇 가지 새로운 비평 글감을 발견했다. 아니 과제를 받은 느낌이었다. 새로운 세대의 가능성에 대한 관대함을 그가 보여준 것이다. 모름지기 새로운 인식의 지도를 그려야 한다고 강조하는 그 과제들을 잊기 전에 간략히 메모해두는 것으로, 변죽만 울린 형국이 돼버린 김병익의 최근 비평 읽기의 초고를 마치고자 한다. 가령 이런 것들이다: 1) 김병익이 '자본—과학 복합체 시대'라 부르고 있는 그 새로운 시대의 새로운 패러다임을 더 효율적으로 설명할 수 있는 학제간 이론틀은 무엇인가. 불확실성 이론이나 퍼지 이론 등이 혹 그 구성에 도움을 줄 수 있지 않을까? 2) 김병익이 포스트모더니티라고 언급한 그 부분, 어쨌든 새로운 리얼리티에 대한 다각적이고 심층적인 탐색이 필

요하다. 김병익의 최근 성찰이 사회문화론의 측면에서 의미 있을 뿐
만 아니라, 전문화된 문학론의 지평을 심화하는 데 기여하기 위해서
라도 요긴한 작업이다. 특히 버추얼 리얼리티를 탐구하다 보면 사이
버 문학이 단순한 위락의 문학만은 아니라는 사실이 밝혀지게 될 것
이다. 3) 자본과 과학이 지배적인 우세종이라면, 가령 정수복의 저작
제목처럼 '녹색 대안을 찾는 생태학적 상상력'이 그 대안 사고로서
아주 중요하지 않을까? 미래의 정보—자본주의 시대는 디지털토피아
와 유토피아 사이의 경쟁과 긴장으로 구성되지 않을까? 비록 현실적
인 위력은 약하다 할지라도 진정한 인간다운 삶을 소망하는 문학에
서는 아주 중요한 명제가 아닐까? 4) '문학적 진정성'이나 '문학성'
에 대한 심화된 논의가 비평 공간을 위해서는 물론 창작 공간을 위해
서도 아주 필요하다. 5) 장인 정신을 통한 언어 미학의 미래적 가능
성에 대한 탐구? 혹은 장인 정신의 실존적 의미 재고? 등.

[『문학과사회』, 1997년 가을호]

판단의 자세와 분석의 방법*

—김병익의 『상황과 상상력』

황 동 규

1

아름다움과 진실 앞에 설 때 인간은 두려움도 느낀다. 우리가 좋은 문학 작품에서 받는 감동의 일부에는 이 두려움이 있으며 좋은 독자는 그것을 자기 시야 확대의 동력으로 삼는 것이다. 두려움에 휩싸인 자신의 모습을 개인적인 차원이 아닌 공적인 공간 속에 펼쳐 내보여 주어야 하는 비평가는 때로 두려움의 요소를 피해가고 싶은 강한 충동을 받는다. 밖으로는 누구나 다 의젓해지고 싶어하는 법이다.

그러나 자기 방어 행위는 반복될 때 습관이 될 소지를 갖고 있으며 그것이 지적인 합리화의 도움을 받을 때—비평가에게서 지적 합리화를 빼면 시인에게서 감수성을 뺀 것과 같은 것이다—그럴 확률은 증가된다. 김병익의 『상황과 상상력』은 그런 한국 문학 비평의 고전적인 궤도에서 벗어난 드문 예 가운데 하나이다.

---

* 이 글은 제목 없이 『정경문화』에 실렸던 글을 『김병익 깊이 읽기』에서 새롭게 붙인 것이다.

그는 두려움을 내보이는 것을 두려워 않는다. 그 흔적은 이 평론집 도처에서 발견할 수 있지만, 우선 「서문」만 보아도 짙게 나타난다. "글이란 결국 자기 패배를 확인하는 것이고 그래서 스스로와 이 세계에 대한 심한 부끄러움을 얻게 하는 것이 아닐까. 그러고 보면 나는 더 크게 지기 위해서 더 많이 지기만 할 뿐이다." 작품 앞에서 두려움을 느끼지 않은 자라면 어떻게 더 크게 지기 위해서 더 많이 지는 부끄러움을 스스럼없이 말로 표현할 수 있단 말인가.

말을 바꾸어보자. 문학 비평의 두 가지 기능은 작품 혹은 작가의 이해와 가치 판단이다. 그러나 한국의 비평은 그 어느 한편, 특히 후자에 너무도 치우쳐왔다. 그것은 종전의 가치 체계가 무너지고 새 체계가 제대로 정립되지 않은 시대에 있어서 가치 정립의 필요성 때문에 생겨난 현상이라고 볼 수도 있을 것이다. 그러나 판단하는 자세의 늠름함이 유혹한 부분도 많았을 것이라고 나는 감히 말할 수 있다. 그런 비평의 흐름 속에서 『상황과 상상력』처럼 늠름함의 표출도 아니지만 그렇다고 해서 단순한 줄거리 추적만도 아닌 해설들을 판단에 앞서 충분히 담고 있는 글을 읽는 일은 독특한 즐거움을 주는 것이다.

2

비평가의 이런 자세 속에서 우리 문학, 아니 우리 정신이 직면하고 있는 몇 가지 문제가 적절한 조명을 받으면서 분석되고 판단되는 것이다.

제1부를 이루고 있는 7편의 글은 남북 분단 상황, 한국 종교의 심층, 가난한 계층의 현황, 문학과 억압, 70년대 소설의 심층 구조, 순수와 참여, 전통 문제 등을 다루고 있다. 그러나 이런 문제들이 흔히 요구하는 관념과 논리의 형태를 기대한다면 즐거운 당혹감을 맛볼

것이다. 우선 첫번째 글「분단 의식의 문학적 전개」는 다음과 같은
말로 시작하고 있다.

이 글은 현대 한국인의 개인적 · 집단적 삶을 거의 전폭적으로 규정
짓는 것으로 추구될 수 있는 남북 분단의 역사와 현실이 세대에 따라
우리 소설 문학에 어떻게 투영되어왔는가를 검증해보기 위한 것이다.

다시 말해서 분단이 야기된 40년대 후반부터 6·25를 거쳐 오늘에
이르기까지, 김동리부터 윤흥길에 이르기까지 구체적으로 작품에 나
타난 구조물들을 검증하는 작업으로부터 시작하는 것이다. 그 검증
속에서 확인되는 것은 상처와 그 극복의 필요성이다.

6·25의 상처는 그 동안 자주 논의되어온 문제이다. 그러나 김병익
이 제시하듯이 이청준의『소문의 벽』에 나오는 '전짓불' 체험처럼 우
리 생 속에 내면화되어 있다는 사실이 확인된 적은 드물다. 정체를
알 수 없는 심문자가 전짓불을 들이대고 '어느 편이냐'를 요구하는
상황은 어쩌면 우리가 처해 있는 정신 상황에 대한 상징이기도 한 것
이다. 상징이라기보다는 심리적 원형이라는 것을 김병익의 글은 강
력히 시사하고 있다.

극복 방법으로 흔히 제시되는 도덕적 결단을 김병익은 조심히 미
루고 있다. 이 점에 있어 그는 리얼리스트이다. 도덕적 결단은 결단
뒤에 이루어질 유토피아를 향한 인간 일반의 그리움을 안고 있어서
막대한 힘을 발휘하지만, 그 유토피아의 내용 검증을 감추는 이상주
의적 입장을 동시에 가지고 있는 것이다.

김병익은 황순원의『나무들 비탈에 서다』에 나오는 숙이, 서기원의
「암사지도」에 나오는 윤주의 선택 같은 개인적인 행위로부터 윤흥길
의「장마」에 나오는 고통을 통한 화해에 이르기까지 극복 유형들을
제시한다. 그리고 그것들이 불만스럽다는 것을 인정하며 동시에 변
화 가능성을 결론으로 이끌어내는 것이다. 물론「분단 의식과 문학적

전개」는 한 리버럴리스트의 정신의 열림과 동시에 한계를 잘 보여주는 글이다. 그러나 한계를 감추기 위해 신비화시키지 않은 정직한 글이기도 하다. 그 정직을 통해 인간적인 삶이 전제되는 통일의 필요성이 전개되고 강조되는 것이다.

이런 태도는 문학과 종교를 다룬 「한국 소설과 한국 기독교」에도 이어진다. 이 글은 기독교 편에 서서 문학을 기독교 정신의 전개로 보거나, 문학 편에 서서 한국 기독교의 왜곡된 흐름을 매도하는 태도 둘 모두를 버리고 현대 문학에 나타난 기독교와 우리 정신의 접촉을 다루고 있다. 당연히 관심은 기독교라는 울타리를 넘어 종교 전반에 확대되며 그 과정에서 한국 토속 신앙의 두께가 규명된다. 그 과정은 동시에 우리 정신의 구조 조명이기도 하다.

염상섭의 『삼대』부터 백도기의 「청동의 뱀」에 이르기까지 한국 기독교의 토속 신앙화는 외래 문화의 자기 문화화에 앞서 고등 종교의 제재 초복(除災招福) 종교화임이 날카롭게 지적된다. 김병익은 추상적으로가 아니라 작품들의 구체적인 맥락 속에서 그 사실에 대한 올바른 인식을 요구한다. 그리고 개인의 구원은 사회의 구원과 불가분의 관계라는 명제가 한국 현대 종교의 출발점이 될 것이라고 시사한다. 그리고 기독교를 다룬 최근의 몇몇 작품 속에서 그 출발을 발견한다. 발견한다고 했지만 결국 구체적인 작품 속에서 그것이 발견되는 입장을 취함으로써 김병익 특유의 매력을 잃지 않는다.

다음에 가난한 민중의 삶을 다룬 「난장이, 혹은 소외 집단의 언어」도 예외는 아니다. 소외 문제에 접근할 때마다 예외 없이 사용되던 사회학적인 방법이 뒤로 물러서고 언어, 특히 조세희의 소설 언어에 대한 분석이 클로즈업되어 있다. 정면 대결을 피하는 소극적 자세라고 볼 수도 있지만, 늘 같은 결론을 끄집어내는 것으로 거의 상투화된 방법을 피함으로써 오히려 소외의 심층 구조를 더 절실하게 드러내주기도 하는 것이다. 사회학적 접근을 계속 고집했다면.

그의 소설은──난장이란 혐오스런 기형조차 아름답게 보일 만큼 우리를 순수하게 만든다. 리얼리즘이 동반할 비극과 분노를 속으로 접어넣으면서도 그는 우리를 순수한 감동에 젖게 만든다. 이 효과의 마술은 어디에서 연유하는가. 아마 그 원인의 가장 큰 부분은 그의 특이한 문체에 있는 듯하다.

같은 그의 통찰력이 설자리가 없었을 것이다. 그러나 우리는 언어적인 접근을 했기 때문에 김병익이 놓친 것이 무엇인가도 물어야 한다. 「뫼비우스의 띠」를 살피는 부분에서,

　　단편 「뫼비우스의 띠」는 폭력에 의한 강탈이 범죄라는 상식적인 우리의 판단이 얼마나 그릇될 수 있는가를 밝히고 있다. 앉은뱅이와 곱추는 자기들이 살 최소한의 집을 지키기 위해서 입주권을 몰아사서 폭리를 취하는 장사꾼에게 폭력을 사용한다. 그렇다면 우리는 누가 더 큰 잘못을 저지른다고 말할 수 있는가.

　　그렇다. 없는 것은 빤한 결론에 대한 침묵뿐인 것이다. 그 침묵의 해석을 그가 독자들에게 종용하고 있는 것이다. 포용력도 가진 침묵이기도 하다. 그런 태도가 올바른 비평 태도인지 아닌지는 간단히 결정할 문제는 아니지만 여하간 그의 특성이 되어주고 있는 것은 사실이다. 그 특성은 또 하나의 어려움을 동반한다.

　　조세희의 그 스타카토 문체는 그의 독자적인 개척이며 일련의 난장이 소설에서 십분 효과를 얻고 있지만 그 스스로의 한계를 깨뜨리지 않는다면 그 효과는 동어 반복의 테두리에서 맴돌 수도 있을 우려를 품고 있다.

라는 "그의 판단을 그의 소설이 나오는 인물들은 용서받을 수 있는

자들과 용서받을 수 없는 자들로 되어 있다. 앞으로 용서하기도 안하기도 힘든 인간들이 그의 소설에 나타날 때 그가 주저할지도 모른다는 우려를 품게 해준다"로 때로 환치해 읽어야 하는 어려움이 바로 그것이다. 한 스타일의 성패는 한 작품의 테두리 속에 한정시켜도 무방한 것이다.

3

위에서 살펴본 세 글에 나타나 있는 그의 태도는 제1부의 나머지 글들에 그대로 적용시킬 수 있을 것이다. 단 한 가지 주목해야 할 것은 그가 전통에 대해서 심상치 않은 관심을 표명하고 있다는 사실이다. 전통 문제에 관심이 있는 사람이면 선험적인 판단이 들어 있지 않다는 점에서 「한국 문학과 전통」을 독립시켜 읽어도 좋을 것이다. 그러나 이 비평집의 맥락 속에서 읽을 때 글 자체의 의미도 의미지만 지금까지 그의 비평의 가치 판단 상당 부분이 전통 속에 차지할 위치에 의거했음을 상기시켜주고 확인시켜준다. 그의 동년배 세대의 비평 풍토가, 순수·참여를 막론하고, 전통과의 관계를 별로 중요시하지 않았음을 감안할 때, 이것은 그의 궤적에 대한 하나의 길잡이가 될 수도 있을 것이다.

제1부에서 다루고 있는 문제들도 물론 중요하지만 김병익 문학 비평의 본령은 제2부, 즉 구체적으로 작품과 작가를 다룬 부분이다. 여기에서 황순원·박경리·홍성원·윤흥길 등등 10여 명의 작가와, 그들의 최근 활동이 재조명을 받는다. 그 조명 광원의 색상을 색상표에 의거 밝히기는 힘들지만 여하간 엄격하기보다는 따뜻하다는 판단을 할 수 있을 것이다. 따뜻한 빛이 때로 대상을 필연성 없이 모호하고 신비롭게 휩싸 진실된 이해를 막을 수도 있음을 지적할 수도 있을 것이다. 그러나 지금까지의 비평이, 이 점 또한 참여·순수를 막론하

고, 지나친 단색의 조명 속에서 대상의 가치를 규명하려 들었다는 사실을 고려한다면, 선뜻 그의 약점인가 강점인가 판단하기 힘들게 된다. 현재 비평 흐름의 균형을 위해선 강점일 것이다.

제3부는 제2부의 연속이지만 끝에 한국 비평의 현황을 검증하는 「비평 방법의 재검토」와 「비평적 관심의 확대」가 들어 있다. 그가 끌어내는 명제들, 예컨대 "한국 문학에 대한 역사적 이해는 아무래도 아카데믹한 접근법으로 시도될 수밖에 없을 것이다" 같은 것은 논란의 여지가 있겠지만 그것도 전체적인 맥락 속에서 보면 주장이 아니라 일종의 대안으로 제시되어 있는 것이다.

자, 이제 부끄러움과 두려움을 아는 비평가의 목소리를 직접 들어보기로 하자. [『정경문화』, 1979. 10]

감동하는 의식의 관용적 역사주의

김 현

『들린 시대의 문학』은 80년대에 들어와 김병익씨가 펴낸 두번째 평론집이다. 80년대에 펴낸 두 권의 평론집(『지성과 문학』〔1982〕, 『들린 시대의 문학』〔1985〕: 문학과지성사)은 그 이전에 그가 펴낸 평론집들과 달리, 『지성과 반지성』 『문화와 반문화』 계열의 문화 시평적인 글들과, 『한국 문학의 의식』 『상황과 상상력』 계열의 문학 비평적인 글들을 함께 싣고 있다. 그것은 그의 의식이 이제는 문학과 문학을 둘러싼 정황을 서로 엇물린 것으로 인정하고 있다는 한 증거를 이룬다. 그는 문학 작품을 분석하듯 문화적 정황을 분석하고 있으며, 문화적 정황을 분석하듯 문학 작품을 분석하고 있다. 그가 선택하고 있는 분석의 대상은 모든 비평가들이 그러하듯, 그의 관심이 주의를 기울인 대상들이다. 그것들은 대개 문화와 민주주의의 관계를 보여주는 대상들이다.

『들린 시대의 문학』이라는 책의 제목은 매우 당돌하고 충격적이다. 당돌감은 사귀 들린, 혹은 귀신 들린이라고 써야 할 곳에서 사귀·귀신을 떼어버린 데서 생겨나는 것이며, 충격은 풍요로운 소비의 시대(!)를 사귀 들린 시대라고 감히 말하는 그의 어투 때문에 얻어진다.

보통의 비평가라면 한 맺힌, 한이 서린 시대라고 쓸 것을 그는 과감하게 [사귀] 들린 시대라고 쓴다. 그 표현은 그가 기독교적 세계관과 연계되어 있음을 무의식적으로 드러내주고 있으며, 모든 유형의 광신주의를 혐오하는 개인주의적 합리주의에 그가 기울고 있음을 보여주고 있다. '들리다'라는 말에서 그는 대뜸 성경의 한 구절(「마가」5:9~20)을 상도해내며, 그것을 인용하고 있는 도스토예프스키의 『악령』을——그것의 원래의 뜻은 '들린 사람들'이다——떠올린다. 그렇다고 그가 들린 사회주의자들을 공격하기 위해 그 말을 사용하고 있는 것은 아니고, 바로 그 구절들을 인용한 뒤에 한 프랑스의 비평가가 많은 귀신들이란 허용된 말만을 광신적으로 되풀이하는 뻔뻔한 말들이라고 주석 붙인 그런 정신 아래 그 말을 사용하고 있다. 들린 시대의 문학이란 그 뻔뻔한 말들의 문학이란 뜻이 아니고, 그 뻔뻔한 말들을 반성케 하는 문학이란 뜻이다.

『들린 시대의 문학』은 4부로 구성되어 있다. I부에서 그가 다루고 있는 것은 문화 전반에 관한 문제이다. 「문화와 민주주의」는 "문화와 민주주의의 관계가 결코 자연스럽게 이루어지지 않는다"는 전제 밑에, '민주주의를 향한 결단'과 그 실천에 기울여야 할 지혜로운 노력의 필요성을 논의하고 있다. 그에게 특이한 것은, 민주주의를 향한 결단과 그것의 실천에 기울여야 할 지혜로운 노력이 조직과 조직 내부에서의 비민주적 지도성과 연계되는 것이 아니라, "이 결단과 실천의 노력 자체가 민주주의적이고 문화적인 것"이어야 한다는 방법의 민주성과 연계되어 있다는 것이다. 이것은 그의 문화주의의 가장 기본적인 핵심이며, 그가 글쓰기의 초기에서부터 지금까지 계속 지탱해온 중요한 태도이다. 그 문화주의를 그는 열린 문화주의라 부르고 있다. I부에 실린 두번째 글 「『1984년』과 1984년」은 오웰적 악몽의 표현인 『1984년』을 1984년에 읽는, 『1984년』의 역자의 느낌을 감명 깊게 기술한 글이다. 그것을 번역하던 1967년의 고통스러운 겨울, "일

렬로 늘어선 점호 시간에서처럼, 번호는 하나씩하나씩 불려져나가고 오웰의 그 악몽의 해의 전조는 점점 더 실감나게 하기 시작하지만, 그러나 84라는 숫자는 영원히 결석"할 것 같은 비현실적인 감각의 때와, "어김없이 〔우리 앞에〕 다가서 있는" 1984년 사이의 17년 간의 내면적 고통이 그 글 속에서는 분명하게 감지될 뿐만 아니라, 우리의 고통으로 감정 이입된다. 그 고통은 1984년의 세계는 선택되어서는 안 되는 세계라는 실존적 외침이며, 윤리적 결단이다. I부에 실린 세 번째 글「과학 시대와 지성인의 고뇌」는 후기 산업 시대에서 과학의 발달이 자아내는 여러 생산물들에 대한 어두운 전망을 담고 있다. 지식인은 "과학적 생산물의 반인간적 활용에 반대하는 사회 · 인간적 진실을 추구"해야 하는데, 역설적이지만 그 추구는 "현대의 과학 기술로 성취된 미디어와 그것의 거대 사회 조직에 기대어 싸워야" 하는 '이중의 고통과 아이러니'의 추구이다. 네번째 글「지식인됨의 고뇌」는, 이문열의『영웅 시대』, 님 웨일즈의『아리랑』, 조지 오웰의『카탈로니아 찬가』, 파울 프뢸리히의『로자 룩셈부르크의 사상과 실천』을 읽고, 그것들에 공통된 "어려운 시대와 싸움싸우며 정해진 이념적 목표를 향해 실제의 현장에 스스로를 투신해나간 좌파적 지식인의 내면적 정신과 고뇌, 구체적인 투쟁과 갈등의 궤적"을 뒤따라가보고 "그들의 이념과 실천 사이에 개입해 있을 어떤 간극이나 딜레마"를 이해하려는 의도로 씌어진 에세이다. 그것들의 검토를 통해 그는 "서구 지식인들은 자유와 대의제를 통해 문제 극복에 개량주의적인 입장을 취하게 된 것 같고, 동구 지식인들은 무산 계급에 통합되면서 기능적 역할을 수행하게 된 것 같다. 그것은 서구에서는 자본주의적 세계관의 지탱 속에 부분적 개선을 요구하게 되고, 동구에서는 그것을 부인하는 입장에서 자본주의의 장점 도입을 조금씩 보이기 시작하는 것과 대조된다"고 말하고, 지금 이 자리에서 지식인들은 "지식인의 몫이 무엇이며 그 속성과 기질은, 특히 계급적 성격과 관련지어 어떤 것인가를 정직하게 반성해봐야" 한다고 주장한다. 그 주장은 악몽의 전체주의를 극복하고, 억압적 힘으로 작용하는 과학 기술에 맞서서 싸우려면 자기 자신이 어떤 사람인가를 철저히 그리고 정직하게 반성해야 한다는 주장이며, 그것이 개인 의식의 각성을 전제한다는 점에서 개인주의적이며, 부정의 의식에 기댄다는 점에서 합리주의적인 주장이다. 「현실의 문화학」은 80년대의 여러 문화적 현실을 바라다보는 에세이들이다. 거기에는, 예술은 비기능적·비합리적·비실용적이지만 그것 때문에 현실의 정치학을 반성하고 비판할 수 있게 해준다는 주장이 담겨 있다. 문화란 "소득—소비가 윤리적인 개인과 사회의 실현 방법으로 사용되도록 유도하는" 거의 최후의 방파제이다; 한국 사회에서도 "정부가 제시하고 수행하고 있는 복지 정책을" 주장할 정당이 있어야 한다; 한국 사회의 대의적 기능이 더욱 신장되어야 한다는 여러 제안들을 다루고 있다. 그 다룸은 에세이의 본질이 그러하듯, 그의 개인적 체험, 책읽기 등에 의거해 있으며 단편적이다. 그러나 그 단편적인 에세이들을 통해 어떤 논리적 글보다 한국 문화의 현장이 직관적으로 감지되고 이해될 수 있음은 그의 에세이들이 정직성이라는 희귀한 자질에 의해 지탱되고 있기 때문이다. 가장 설득력 있는 글은 무엇보다도 먼저 정직한 글이다.

I부에 실린 글들은 다 에세이라는 장르에 속하는 글들이다. 에세이는 학술 논문과 창작 사이에 있는 장르이며, 자서전과 소설 사이에 있는 장르이기도 하다. 그것은 학술 논문의 엄격한 객관성과 창작의 주관성 사이에 끼인 장르이며, 자서전의 사실적 전체성과 소설의 허구적 전체성 사이에 끼인 장르이다. 에세이는 붓 가는 대로 쓰는 글이 아니라, 개인의 체험이나 책읽기에 의거하여 객관성과 주관성 사이를 오고 가며 자서전적 사실성과 소설적 허구성 사이를 오고 가는 것이다. 그 오고 감을 통해, 단편적 삽화들이나 책에 의거한 인용문들이 삶에 대한 지혜로 변모한다. 이 사회 속에서 이 사회를 더 나은 사회로 만들기 위해서는 어떻게 살아야 하는가라는 질문에 대한 성

찰이 이 비평집에 실린 에세이들의 내용이다. 그 성찰은 쉬운 대답에 의해 호도되지 않으며 계속적인 질문에 의해 더 깊어진다. 오웰이 스페인 전쟁 뒤에 자유민주주의자로 옮겨앉게 되는 것을 설명한 뒤에 그가 던지는 무수한 질문들은 그 첨예한 예들이다: "이념적 차원에서 실패로 볼 수밖에 없는 그의 이 같은 좌절 혹은 전향은 어디에서 비롯된 것일까. 이념 자체가 잘못인가, 이념이 실천되는 장 안에서의 잘못인가, 혹은 이념의 실천화 과정에서 야기되는 때로는 우스꽝스럽고 때로는 비참한 실제의 비극을 역사와 이념의 큰 흐름으로 흡수하지 못한 오웰 자신의 지적 소인성 때문인가, 아니면 윌리엄스가 집요하게 분석하고 있는 것처럼 중산층 지식인이라는 집단적 유전성에서 그가 끝내 못 벗어난 때문인가" 그의 질문은 계속적인 질문, 끝없이 질문을 부르는 질문이다.

6편의 글로 이루어진 II부는 문학적 에세이, 우리가 흔히 비평이라고 부르는 것들을 모아놓고 있다. 「한국 문학에 나타난 계층 문제」는 "사회 구조의 재편성과 경제적 산업화 과정에서 생산된 소외 집단이 계층적으로 확산·구조화되어가는 양상들을 관찰하고, 그들의 문제성을 제기 의식화하는 데 가해진 문화적 노력"들을 통시적으로 고찰한, 그 방면에 관한 글로서는 서평자가 보기에 가장 뛰어난 것 중의 하나이다. 그는 "작가·시인 들에 의해 제기된 계층─계급적 갈등이" 사회적으로 정당하게 받아들여지기를 바라서 그 글을 쓰고 있는데, 그의 도덕적 성실성과 작품 분석의 치밀성은 그 글에서 감동적으로 융화된다. 그 글의 결론에서 그가 말한, "적어도 계층간의 격차가 조세희와 80년대의 민중주의적 시인들이 관찰하고 있듯이 죄의 차원으로 여전히 남아 있고 거기서 비롯한 갈등을 은폐하는 데에만 노력한다면, 그 갈등은 현상에서 구조로 고착화되어 그 경색된 구조를 변혁시키는 데 더 큰 희생과 충격이 필요하리라"는 예상은 끔찍한 예상이지만 곰곰이 생각해야 할 예상이다. 「80년대 문학의 천착」은 80년대의 문학적 현상 몇 가지를 검토하여 그것의 성격과 의미를 찾아보려는 시도이다. 그가 보기에 80년대의 가장 중요한 문학적 현상 중의 하나는 무크―동인지의 활발한 간행이다. 그 매체는 주로 '문학적 진보주의자'들의 과격한 주장들, 예를 들어 "문학은 개인적·공동체적인 삶의 현실을 직설적으로 드러내고 개혁하는 방법이 되어야 한다"는 주장 등을 강력하게 제시하고 있는데, 그 주장은 문학의 개념을 넓히는, 그래서 문학적 보수주의자들의 관념을 상당량 수정할 수 있는 긍정적 면도 갖고 있지만, 문학을 지나치게 운동으로만 파악, "현실 세력의 장악 운동으로 전락하여 천박한 실천성"이 되어버릴 부정적 면도 간직하고 있다. 그 두 면의 어느 쪽으로 그것이 기능할지는 아직 확실하지 않다. 무크―동인지를 매체로 한 문학 활동 중에서 80년대초에 드러난 또 하나의 현상은, '문학의 형태적 과격성과 내용의 과격성'이 어울려 있는 현상이다. 시적 진보주의의 내용적 과격성과 소설적 실험성의 형태적 과격성은 과격성이라는 점에서는 같지만, 그 내용에 있어서는 내용적 과격성은 형태적 보수성과, 형태적 과격성은 내용적 보수성과 연계되어 있다. "방법적 과격성은 그 실험성의 사회적 배경이 중산층적 의식의 표현"이라는 점에서 보수적이며, "내용적 과격성은 시의 형태에 있어서 오히려 완고한 보수성을 띠고" 있어 서로 엇갈린다. 그 이유를 설명하기는 아직 쉽지 않다. 또한 80년대초의 시의 활발한 전개와 소설의 상대적 침체를 분명히 설명하는 것도 쉽지 않다. 그의 종합적 진단은 "80년대의 시대적 성격이 불확정적이고 우리의 그 문학도 역시 불투명하다"는 것이지만, 그 결론에 이르는 과정은 수많은 질문이 제기되어 있는 투명한 과정이다. 서평자로서는 이 글의 제목이 차라리 「80년대 문학의 새로운 주장들」이었으면 오해가 생길 여지가 없지 않았을까 하는데, 왜냐하면 이 글에는 80년대에 중요한 업적들 중의 상당수가(예를 들면 황동규나 이청준·김원일 같은 작가들의 작품) 의도적으로 제외되어 있기 때문이다. 「민중문학론의 실천적 과제」는 민중문학론의 본거지라 할 수 있는 자실

기관지에 실려 많은 물의를 일으킨 화제의 글이다. 그 글의 전제를 이루는 것은 "변화와 변혁이 두렵기 때문에 현실 고수의 체제 순응을 수락해서도 안 되지만, 타락된 체계에 대한 증오가 격렬하고 이상 사회를 향한 꿈이 정열적이라 해서 이념의 실제에 대한 판단과 사회와 인간 혹은 역사와 미래의 본질에 대한 정확한 인식을 포기해서도 안 된다"는, I부에 실린 에세이들에서 그가 되풀이하여 표명한 열린 문화주의의 태도이다. 그 태도는 모든 문학 행위는 좋은 문학 작품, 세련된 현실을 향한다는 미학적 신념과 연계되어 있다. 그에게 있어 '세련된 현실'이란 갈등과 분열이 가짜로 해소된 현실이 아니라, 성찰의 대상이 될 수 있도록 형태화된 현실이라는 뜻을 갖고 있다. 바로 그 태도에서 민중문학론에 대한 그의 여러 질문들이 생겨난다. 우선 "민중 문학에서 실천이라 할 때에 그것은 개혁에의 직접적인 실현 노력만을 가리키는가, 아니면 글쓰기 행위의 특성 때문에 나타날 수 있는 간접적 노력까지 포함하는가, 간접적 노력이 인정될 때 그 간접성은 어디까지 포괄될 수 있는가." 그 다음 "근로자·대학생·교회 등에서 왕성하게 공연되는 마당극·굿놀이 등"의 민중 문학적 연희에 대하여: "구비 문학이나 서민 연희는 외국에서와 마찬가지로 우리 나라의 경우에도 전근대적 농촌 사회의 취락 구조에서 행위되는 예술 형태인데, 도시화·산업화된 오늘의 대중 사회에서 그것은 어느 정도로 유효한 가능성을 가질 수 있을 것인가." 또한 "봉건적 가치 체계로의 회귀가 어느 만큼 바람직한 것인가." 그 다음, "〔민중문학론의 출발점이 되고 있는 민중과 민중 운동에 대한 질문이지만,〕 그것이 목표로 하고 있는 개혁을 통해 성취하려는 체제의 구체적인 모형이 무엇이며 그것을 수행하는 방법은 어떤 것일까." 그가 제기하고 있는 질문들은 민중문학론자들뿐만이 아니라 우리 모두가 껴안고 씨름해야 할 중요한 문제들이다. 「진실에의 꿈」「사회 변화와 소설의 세계」「모색에서 가능성으로」는 1982, 1983년의 소설 세계를 조감하는 글들로서, 문학비평가로서의 그가 갖고 있는 종합 능력이 유감없이 발휘된 글들이다. 그는 어떤 이론적 근거에 의거해 작품들을 재단하는 것을 조심스럽게 피해, 작품들의 세계 속에 빠져들어가 그것의 문학적 의미를 섬세하게 분석한다. 그가 분석하는 문학적 의미는 좁은 의미의 심미적 의미가 아니라 현실이 문학화되는 과정에서 발생하는 역사적 의미이다. 그 역사적 의미는 "현실이라는 커다란 집단체의 일과 그 구성원이면서 그곳으로만 귀속될 수 있는 개개 인간의 또 다른 모습간의 거리"가 갖는 의미이며, 그 의미 파악은 말의 엄정한 의미에서 그가 개인주의적 합리주의자임을 다시 보여준다.

그의 문학 비평의 큰 특색은, 그 자신 그렇게 명확하게 지칭하고 있는 것은 아니지만, 모든 것을 포용하고 받아들여 그것의 역사적 의미를 천착해내는 관용적 역사주의이다. 그의 역사주의 앞에 관용적이라는 한정사를 붙인 것은 그의 역사주의가 자기의 이론에 맞지 않는 것을 계속 도려내는 배타적 역사주의가 아니라, "포용성과 개방성, 그리고 누적적 성취에 '대한' 긍정적 시야"를 갖춘 포괄적이고 종합적인 역사주의라는 것을 선명하게 드러내기 위해서이다. 그것은 물론 사건 나열의 실증주의적 역사주의가 아니며, 역사의 목적이 미리 결정되어 있는 결정주의적 역사주의도 아니다. 그것은 모든 역사적 사실은 역사적으로 이해되고 해석될 수 있다는 해석학적 역사주의이다. 그 역사주의의 성과 중의 하나: "60년대는 4·19와 함께 한글 세대의 부상과 그들을 통한 개인주의 문학의 출현을 가능하게 했고, 5·16의 주체들이 추진한 근대화 작업을 둘러싸고 참여문학론을 제기시켰다. 필자로서는 순수 문학적 입장으로 설명된 개인주의 문학이나 참여론을 강조하는 집단주의 문학이나 다 같이 4·19와 근대화가 이념적으로 제시한 정치적 및 경제적 민주주의의 두 측면, 즉 근대적 자아 형성과 그것과 더불은 공동체적 연대성의 표현으로 이해되는데, 이 이해가 동의된다면 60년대의 우리 문학은 그 시대적 명제와 어울린 작업을 틀림없이 하고 있었던 것이다. 70년대 역시, 그 초반부터 주목된 이른바 70년대 작가군의 새로운 창작 경향들, 그리고 그것들이 사회적으로 받아들여진 양상들이 유신과 특히 산업화와 그에 따른 사회 변화의 양상들과 면밀하게 대응되고 있음을 보여준다." 다양한 문학적 사실들과 정치·경제적 사실들의 대응 관계를 살피고 그것들을 개별적인 고립된 사실들로 이해하지 않으려는 그의 노력은, 거기에 반대하는 사람이 없을 수는 없겠지만, 검토할 만한 성과에 다다르고 있다. 서평자 자신도 '순수 문학적 입장으로 설명된 개인주의 문학'이나 '참여론을 강조하는 집단주의 문학'과 같은 용어에 약간의 저항감이 느껴지지 않는 것은 아니지만——왜냐하면 60년대 참여파의 기수인 김수영을 집단주의자라고 부르기는 힘이 들며, 순수 문학의 기수라 할 수 있을 김춘수를 몰개성주의라고 부를 수는 있을지 몰라도 개인주의자라고 부르기는 어색하기 때문이다——문학적 사실이 정치·경제적 사실과 유관하다는 지적은 유보 없이 받아들일 수 있다. 특히 "70년대 작품들이 다양한 형태와 다양한 방법으로 그 중요한 성취를 얻게 되는 과정이 유신 시대의 정치적 검열을 모면하기 위한 것"이라는 지적 같은 것은 매우 흥미 있는 지적이다.

Ⅲ부와 Ⅳ부는 작품·작가[시인]론의 모음이다. Ⅲ부는 황석영의 『장길산』, 박경리의 『토지』제3부, 조세희의 『시간여행』, 김원일·이청준 작품 모음 1, 이제하, 홍성원의 『마지막 우상』, 윤흥길의 『완장』을 다룬 글을 모은 것이다. Ⅳ부는 『김수영의 문학』, 박이도의 『불꽃놀이』, 이태수의 『우울한 비상의 꿈』, 박남철의 『지상의 인간』, 김광규의 「희미한 옛사랑의 그림자」를 다룬 글을 모은 것이다. 그 중의 어떤 것에도 비평가의 비평 대상에 대한 애정이 가득 들어 있다. 열린 문화주의, 관용적 역사주의를 지탱하는 힘은 비평가의 비평 대상에 대한 애정이다. 그 애정의 문학적 이름은 감동이다. 작품 앞에서 그는 겸허하게 감동한다. 그의 비평적 의식은 감동하는 의식이다. "필자가 신문에 연재되는 『장길산』을 읽으면서 맨 먼저 감동을 받았

고, 황석영의 존재를 재인식하면서 이 작품에 벌써부터 큰 기대를 갖게 되었던 것은 길산과 묘옥과의 첫 정사 장면을 묘사한 [……] 대목에서였다.” “오늘의 우리의 지적인 삶이 경직되고 도식화하며, 근원적인 사랑과 풍요함이 없이 메마르고 상투화되어가고 소문과 강요가 지배하면서 그것에 대한 정직한 성찰이 기피되고 무엇보다 지식인됨 자체에 대한 모멸이 팽배하고 있는 상황에서 이 고전주의 지식인의 자기 확인 행위는 그래서 더욱 감동적일 수 있는 것이다.” “그런 모습의 방황하는 서정은 나의 10대에 무척 많은 감동을 주었던 헤세의 『크눌프』의 마지막 장면을 연상시키는 ‘빨간 콧등을 입김으로 녹이며’에서 보는 그런 세계의 것이다.” 감동하는 의식은 대상을 크게 증폭하는 의식이며 더 풍요롭게 느끼는 의식이다. 감동하는 의식만이 대상을 깊게 그리고 넓게 느낄 수 있다. 김병익씨의 의식은 그런 의미에서의 감동하는 의식이다.

그의 비평은 두 방향의 오고 감이다. 한 방향은 구체적인 비평의 대상 속에 들어가 감동하고, 그 감동의 의미를 천착해내 그것을 문화 전반의 의미망 속에 위치시키는 확산의 방향이며, 또 한 방향은 문화적 사실들의 의미를 천착하고, 그것들이 문학 작품 속에 어떻게 드러나고 있는가를 따져보는 집중의 방향이다. 확산하는 의식은 그의 감동하는 의식을 가능하면 작품에서 떼어내려 하고, 집중하는 의식은 그의 추론적 의식을 가능하면 극소화시키려 한다. 그 오고 감의 중심에 그의 비평 의식이 자리잡고 있으며, 그 의식의 장점은 확산하는 의식이나 집중하는 의식 속에 완전히 빠져들어 다른 의식을 망각하지 않는 데 있다. 　　　　　　　　　　　　　　　　　　　　〔『분석과 해석』, 1988〕

문학적 지성과 실존적 선택

성 민 엽

1

『둘린 시대의 문학』은, 『한국 문학의 의식』(1976), 『상황과 상상력』(1979), 『지성과 문학』(1982)에 이은 김병익의 네번째 평론집이다. 『토지』 3부의 작품론으로 1979년에 씌어진 「식민지 시대의 사회 변화와 인간」을 제외하면 모두 『지성과 문학』 이후의 글들을 수록한 이 책을 통독하면서 필자가 절감한 것은, 김병익 비평 세계가 한층 더 넓어지고 깊어졌다는 사실과 그 넓어짐·깊어짐의 과정에 고통의 감당이 수반되어 있으며 그 고통의 부피와 무게는 한 사람의 지식인이 감당해내기 힘겨울 만큼 크고 무겁다는 사실에 관해서였다. 수록된 24편의 글(그 중 「현실의 문화학」은 4편의 짧은 에세이를 한데 묶은 것이다)은 대부분 발표 당시 그때그때 읽었던 것이었지만, 이 책의 통독은 그때그때 읽기의 단순한 합계와는 질적으로 다른 독서 체험을 가능케 한 것으로 생각되는데, 그것이 바로 앞에 말한, 넓어짐·깊어짐/고통의 감당에 관한 절감인 것이다.

필자가 알기로, 김병익 비평에 대한 비평적 기술(記述)은 꽤 많이 있어왔다. 가령, 그의 방법론이 "문학에 대한 다양한 정독(精讀) 경험을 바탕으로 해서 날카로운 감수성 그리고 포괄적인 상상력의 형태로 체득된 것"이라는 지적(조남현), 그의 비평 태도가 "탄력성"(조남현) 혹은 "온건한 너그러움"(홍정선)으로 특징지어진다는 지적, 그의 문학관 및 세계관을 "문학이 현실 세계를 초월하는 가치를 갖고 있다라는 문화적 초월주의"로 분류·파악한 견해(김현), "점진적 사회·문화개혁론"에 입각하여 "문학과 현실간의 물리적 역학 관계에 대한 고찰"에 집중하고 있다는 지적(이윤택), "지식인과 지성의 역할"을 신뢰하는 "주지주의"적 성향을 갖고 있다는 지적(최원식), 실천적 주체를 중산층 내지 신중산층으로 파악하고 있다는 지적(김사인·이윤택: 그것에 대한 이들의 평가는 각각 부정·긍정으로 나뉜다) 등이 그 대표적인 예들이다. 이러한 비평적 기술(記述)들은, 김병익 비평에 나타나는 현상적 요소들에 대해 나름대로 지적하고 있다는 점에서, 일단 가치 판단의 태도와 분리하여 볼 때, 옳다. 그것들을 종합하는 것으로 김병익 비평 세계의 윤곽이 대체로 드러날 정도이다.

이 서평의 글자리에서, 필자는, 이상 예거한 견해들을 받아들이면서 그러나 김병익 비평 세계에 대한 정태적 기술보다는 그 세계 속에 살아 움직이는 내밀한 역동적 모습을 길어내는 데 주력하고자 한다. 그것은 곧, 고통의 소산임이 분명한 '들린 시대의 문학'('들린 시대'란 악령에 들려 몽매주의로, 그리하여 끔찍한 파국으로, 혹은 대재난으로 치닫는 시대라는 뜻이다)이라는 제목의 이 평론집에 대한 필자의 독후감——넓어짐·깊어짐/고통의 감당에 관한 절감——을 구체화하는 일과 다르지 않다.

2

김병익의 문학관을 집약적으로 나타내주는 것으로 '문학적 지성'

이라는 개념을 들 수 있다. 1976년의 글 「동화와 동의」에서 김병익은 '문학적 지성' 이라는 개념에 대해 다음과 같이 진술한 바 있다.

　　문학적 지성은 어떻게 가능한가. 한마디로 요약할 때 생기는 미흡감을 감안하면서 말하자면, 그것은 자기가 인식 통찰한 이 세계의 모습과 극복되어야 할 모습들이 문학의 공간에서 최대의 효과를 얻도록 통제하고 혹은 탐구하는 지적 선택이다. 이것은 현실적 지성이 그 개념 어휘들의 껍데기를 벗고 구체적이고 실체의 모습으로 보이도록 만드는 것이다. 이 작업 혹은 창조 행위는 소설의 구성과 문체로 드러난다. 〔……〕 그것은 창작의 형식미가 그 내용의 전달하고자 하는 바의 것을 그 자체 안에 감추고 있듯이 문학적 지성은 작가가 현실적인 지성으로 발언하고자 하는 바를 그 구성과 문체를 통해 발산하면서 이 세계와 인간을 감성화시킨다. (『상황과 상상력』, pp. 258~59)

　　문학적 지성이란, 문학적 특수성 혹은 문학성에 대한 인식의 김병익 나름의 표현이다. 탁월한 문화 에세이집인 『지성과 반지성』(1974)의 저자이며 세번째 평론집 『지성과 문학』에 '70년대의 문화사적 접근' 이라는 부제를 붙인 데서도 단적으로 드러나듯 그의 비평은 포괄적인 문화사적 관점을 밑에 깔고 있는데, 문화사적 관점 일반이 빠지기 쉬운 피상성과 평면성을 그는 그 개념의 획득에 의해 탁월하게 극복해낸다. 일정한 문학 현상이나 작가 · 작품을 의미화하며 문학과 현실의 관계의 천착에 초점을 맞추되 내용사회학의 천박한 논리로 추락하지 않고, 의미화 작업에 있어서 단단한 상식론에 바탕을 두면서도 놀라울 만큼의 다독과 정밀한 글읽기를 기반으로 그 주제론적 분석을 상식론적 수준 이상으로 성큼 끌어올리며, 형태론적 요소 내지 형식적 측면의 분석적 파악을 의미론적 접합을 통해 주제론과 통합시키는 김병익의 실제 비평에 대해, 그 문학적 지성이라는 개념은 전체적인 통어의 원리가 되고 있는 것이다. 이번의 『들린 시대의 문학』에 그 말은 직접적으로는 거의 사용되고 있지 않지만, 그것이 여전히 비평의 원리로 작용하고 있음은 약여해 보인다.

이제하론인「상투성의 파괴, 그 방법적 드러냄」과 박남철론인「시, 혹은 진실과 현실 사이」는 김병익의 형식 분석의 솜씨를 유감없이 보여주는 대표적인 글이다. 앞글은, 이제하의 도치·비약의 문체를 분석적으로 파악해내어, 거기에서, "이 세계를 정시할 수 없다는 것, 그것은 차분한 설명을 허락할 만큼 차분한 세계가 아니라는 것이 이제하가 이 세계를 들여다보는 시선"이며, '그것의 방법적 드러냄'이 그 문체의 효과라는 의미론적 결론을 산출하고 있고, 뒷글은 박남철 특유의 형태 파괴가 필연성을 지닌 새로운 형태화임을 치밀하게 분석해내고 거기에서 "시적 진실의 세계에서 추잡한 현실로 추락·추출되는 하강"이라는 '비극에 대한 격렬한 반응'을 읽어내고 있다. 또, 김원일론인「'핏빛'에서 '가을볕'으로」는, 깊이 있는 주제론적 분석이 형식 분석과 긴밀히 결합되는 좋은 예가 된다. 이 글은 "초기의 관념적인 절망에서 점차로 구체적인 사랑"으로 변모해온 김원일의 '문학적 진전'을 설득력 있게 해명하면서 그 진전에 수반된 문체 변화를 적절히 포착하고 있다. 이런 예들은, 김병익 비평을 주제론적 비평이라 규정짓는 데 그치는 흔한 이해가 일면적임을 드러내준다. 이미 조세희론인「대립적 세계관과 미학」(1978)이 형식 분석의 귀중한 성과였으며, 이번 평론집 간행 이후의 글인 현길언론「왜곡된 역사 속의 부도덕한 삶」은 보다 섬세하고 치밀한 분석을 수행하고 있는 것이다. 이는 그 '문학적 지성'에 대한 탐구의 진전을 뜻하는 것으로, 그 진전으로부터 우리는 비평가로서의 성실성을 읽어내는 데 인색하지 않을 수 있을 것이다.

이번 평론집에 뚜렷이 나타나는 양상으로 지적되어야 할 것 중의 하나가, 김병익의 문학관의 중점(重點)의 이동이다. 김현(「비평의 유형학을 향하여」)이 문화적 초월주의, 민중적 전망주의, 분석적 해체주의라는 비평가 분류의 세 가지 범주를 제시하고 거기서 김병익을 문화적 초월주의로 분류한 것에 대해, 이번 평론집이 실제로 보여주는 것은 "문학이 현실 세계를 초월하는 가치를 갖고 있다"는 믿음보다는 (그런 믿음이 나타나지 않는 것은 아니지만) 오히려 "문학이 우리가 익히 아는 경험적 현실의 구조 뒤에 숨어 있는, 안 보이는 현실의 구조를 밝히는 자리이다"라는 믿음 쪽으로 더 많이 쏠려 있다. 그것은 예컨대,

   그렇다, 그가 다양한 주제를 폭넓게 제시한다는 것은 우리가 일상적으로 보아 무심히 넘기는 거의 모든 사상들에 대해 결코 긴장과 회의의 끈을 늦추지 않고 그 본원적인 진상과 인과에 대해 캐묻고 있는 그 자신의 지적 활기를 전폭적으로 가동시키고 있다는 것과 다름없는 말이 될 것이다. (p. 264)

   이 세계에 대한 새삼스런 낯섦! 러시아 형식주의의 설명에 따르면, 묘사의 낯섦을 통해 세계의 진상을 새삼스럽게 우리가 체험하는 것인데, 이제하가 낯섦을 통해 이 세계를 우리가 대면하게 함으로써 낯선 세계에 우리가 던져져 있음을 자각하게 하고 무엇이 우리를 이 세상으로부터 내던지게 하는가를 반성하게 한다. (p. 282)

같은 진술들에 잘 나타난다. 이 역시 '문학적 지성'에 대한 탐구의 진전과 관련되는 것이 아닐까, 하는 생각이 든다.

                              3

   많이 지적된 바처럼, 김병익의 현실 인식과 미래 전망은 중산층(특히 신중산층)에의 기대와 신뢰에 근거하고 있다. 그런데, 그 기대와 신뢰는 무반성적인 것이 아니라 고통의 감당으로부터 낳아진 일종의

실존적 선택을 그 진정한 내용으로 하는 것이다(이번 평론집에 유달리 자주 눈에 띄는 단어가 '선택'이다). 『1984년』과 1984년」(1984. 1)에서부터 「민중문학론의 실천적 과제」(1985. 6)에 이르기까지의, 김병익이라는 이름의 비평 정신의 치열한 지적 탐구의 궤적을 추적할 때, 그 실존적 선택의 고통스러운 모습을 어느 정도 엿볼 수 있으리라 여겨진다.

「『1984년』과 1984년」은, 김병익 자신의 표현을 빌리면, "1984년에서의 『1984년』 혹은 『1984년』에서의 1984년을 대조해보는 데" 초점을 모은 글이다. 조지 오웰의 『1984년』의 세계를 고찰하면서 오늘날의 현실 세계를 부단히 비판적으로 성찰하는 이 글은, 그 비판적 성찰의 결론으로 '실존적 선택'이란 카드를 제시하고 있다.

> 우리의 미래가 반드시 하나만의 길이 아니고 『1984년』의 세계가 그 선택지 가운데 하나라면 그것은 우리가 가장 마지막으로 택해야 할 길이며, 그 막바지 길로 밀려나지 않기 위해 우리의 실존적 선택이 인류 모두의 이름으로 이루어지지 않으면 안 된다. (p. 47)

얼핏 '너무나 온당한 상식'으로 보일 수도 있겠으나, 그러나 그것은 조지 오웰의 '진부한 혁명적 낭만주의'의 딜레마("그들은 의식이 들기까지 반란을 일으키지 않을 것이다. 그러나 반란이 일어나기까지 그들은 의식을 가질 수 없다"는 딜레마)가 낳는 비관주의와 그에 상반하는 민중주의적 낙관론 모두에 대한 비판적 인식과, 나아가서는 '순응주의적 가치 주도 세력'에 의한 중산층의 수렴 경향에 대한 정직한 인식들을 그 밑에 깔고 있는 매우 고통스러운 결론이다. 이 잠정적 결론에의 도달에도 불구하고, 거기에 그냥 머물러버리지 않고 김병익은 민중과 중산층의 문제에 대한 천착을 계속해나간다.

「문화와 민주주의」(1984년 봄)에서 그는, '문화적 민주주의의 실천적 구조'로 경제적 평등, 참여의 보장, 주도 계층의 형성 등의 항목을 제시하고 '민주주의적 문화'의 양식에 대해 유기적 다원주의, 보편적 이념의 발견, 문화 향수권의 신장 등의 항목을 제시하는데, 그러나 가장 중요한 항목일 주도 계층의 형성("민중이든 시민이든 혹은 중산 층이든")이 이루어지지 않았다는 판단으로 '결단과 실천'에의 의지를 확인하는 데에 그친다. 그가 「한국 문학에 나타난 계층 문제」(1984년 봄)와 「80년대 문학의 천착」(1984년 여름)에서, 80년대 문학에 나타 나는 중요한 두 현상으로 시적 진보주의와 소설적 실험성을 들고 그 사회적 의미를 거듭 질문하는 것은, '주도 계층의 형성'이라는 문제 에 대한 답을 찾으려는 노력이다. 그가 보기에, 시적 진보주의는 '억 압받는 그리고 견디기 힘든 고통스런' 민중의 삶을 구조적으로 개혁 해야 한다는 신념의 표현이지만, 그것이 과연 민중의 주도 계층으로 의 형성이라는 사회적 사실을 반영하는 것인지에 대해서는 회의적이 다. 여기에는, 그 시적 진보주의의 신념의 표현이 당위이며 희망일 따름이 아닌가 하는 혐의를 걸고 있다는 이유도 있지만, 그의 정치적 비전이 개량주의적인 것이라는 데에 더 큰 이유가 있다. 그래서, 그 는,

문제는 작가·시인 들에 의해 제기된 계층—계급적 갈등이 사회적 으로 어떻게 받아들여지고 현실 개선을 촉구하는 기능을 발휘할 수 있 는가이다. 〔……〕 물론 우리는 완벽한 실제적 평등이 이루어질 수 있 다거나 갈등이 더 이상의 문제를 제기하지 않으리만큼 충분히 해소될 수 있으리라는 환상을 갖지는 않는다. 다만 갈등을 흡수하고 극복해나 갈 수 있는 장치와 사회적 양식이 마련되고 그래서 변동하는 사회의 연속적인 문제들과 싸워나가 합리적으로, 보다 좋은 사회로 만들어갈 수 있는 지혜와 실천적 힘을 찾도록 노력해야 한다는 것은 분명하다. (p. 133)

라고 말한다. 실제에 있어서 그는 배반당하지 않는 혁명의 가능성을

거의 믿지 않으며 따라서, 어떤 집단에 의해서도 주도 계층이 형성되어 있지 않은 것이 현실이라면, 그리하여 앞으로 주도 계층의 형성이 이루어져야 한다면 그 주체는 중산층인 것이 바람직하다고 믿는 것이다. 그러나 그를 곤혹스럽게 하는 것은 중산층의 형성이 설사 이루어지고 있다 하더라도 그들의 모습이 부정적이라는 사실이다. 그가 80년대의 소설적 실험성에서 읽어내는 것은 중산층의 삶에 대한 반성과 비판인 것이다. 여기서 또 하나 그를 곤혹스럽게 하는 것은, 시적 진보주의가 '내용적 과격성'과 '형태적 보수성'을 공유하며(아도르노라면, 이를 두고, 이미 체제에 수렴된 '뇌관을 제거당한 폭탄'에 불과하다고 말할 것이다), 소설적 실험성은 형태적으로 진보적이되 중산층적 의식의 표현(루카치라면, 이를 두고, '퇴폐적'이라 규정할 것이다)이라는 미묘한 역설적 현상이다.

이러한 김병익의 고뇌는 후기의 골드만을 연상케 한다. 그러나 양자 사이에는 후기 자본주의 사회와 신식민주의적 종속의 양상을 띤 한국 자본주의 사회라는 차이가 놓여 있다. 후기 자본주의 사회에서 의식의 사물화 현상이 보편적으로 나타나고, 그로 인해 노동 계급이 혁명성을 상실한 것이 적어도 현상적으로는 참으로 보이는 까닭에 골드만의 신중산층에의 기대가 일면적 정당성을 갖는 것으로 평가될 수도 있겠으나, 한국에서는 과연 어떠할지. 객관적 판단을 내리기에는 근거가 될 만한 사회 분석·계급 분석의 축적이 너무도 충분치 못한 것이 사실이다. 그렇다면 문제는 결국, 선택인가. 그럴지 모른다. 다만 정치적 전망의 선택과 문학의 총체적 탐구 사이에 불일치가 있을 수 있다는 전제가 여기서 인정되어야 할 것이다. 필자는 지금 신념에 대해 말하려는 게 아니라 진실에 대해 말하려는 것이다.

김병익의 고뇌는 그를 민중적 전망에의 탐색으로 몰고 간다. 그가 『장길산』에 대한 작품론을 「역사와 민중적 상상력」(1984년 여름)이란 제목으로 쓴 것도 그 탐색의 일환으로 이해되고, 특히 「지식인됨의 고민」(1984년 겨울)은 그 나름의 본격적인 탐색 작업의 소산이다. 이 글에서 그는, "민중과 민중 문학이 우리 지식층에 매우 중요한 주제로 떠오르고, 계층과 계급의 문제, 그것들이 우리 사회에 어떻게 표현되고 있는가를 구조와 현상을 통해 관찰하게 되면서부터 나는 무모해지기 시작했던 것 같고, 현실의 굳어감과 굳어가는 현실에 대한 젊은 항의간의 긴장이 고조되어가면서 나의 무모함은 무게중심마저 잃어버리도록 만든 것 같았다"라고 고백하면서, 이문열의『영웅시대』, 님 웨일즈의『아리랑』, 조지 오웰의『카탈로니아 찬가』, 파울 프뢸리히의『로자 룩셈부르크의 사상과 실천』을 대상으로 '자유로운 수상'을 펼치고 있다. 그의 관심은 주로, 이동영 · 김산, 조지 오웰, 로자 룩셈부르크 들에 있어서 이념과 실제의 괴리 및 그에 대한 그들의 대응, 그리고 지식인들인 그들과 프롤레타리아 계급과의 일체감 획득 여부에 주어지는데, 그 검토의 결론은 이렇다(긴 인용이지만 감수하기로 하자).

나는 여기서 어떤 결론을 도모하려고 하지 않는다. 세계는 복잡한 것이며 지식인의 대결 상황은 착잡한 것이고, 진실이란 측면이나 역사—이념적인 측면들이 일의적인 해석을 수락하지 않기 때문이다. 다만 내가 최근에 읽은 책들을 통해서 환기받은 바는 지식인으로서의 우리의 인식의 폭을 넓히고 지식인의 몫이 무엇이며 그 속성과 기질은, 특히 계급적 성격과 관련지어, 어떤 것인가를 정직하게 반성해보아야 한다는 것이다. 그것은 신비화를 거부하면서 자기 콤플렉스에 젖어들지 말기를 요청하는 것과 다름아니다. 지식인이 이럴 수 있을 때, 그러니까 환상에 빠지지도 않고 공동체적 관련성을 저버리지도 않을 수 있을 때, 자기 계급에 충실하든 그것에서 이탈하든 진정하면서도 실질적인 기능을 획득할 수 있을 것이며 그 기능을 발휘하는 제도적 정당성도 확보할 수 있을 것이다. 이러한 자기 성찰과, 이념/실제간의 성실한 인식의 과제는 우리 지식인에게 또 하나의 어려움을 첨가하는 것이 될 것이다. (p. 76)

이것이 바로, 김병익의 실존적 선택의 진정한 내용이다. 놀라우리만큼 열린 자세로 씌어진 「민중문학론의 실천적 과제」에서의 치밀하고 꼼꼼한 문제 제기는 그 실존적 선택의 실천으로 보인다. 김병익의 실존적 선택을 이해하는 일은 읽는 이에게 고통과 감동의 동시적 체험이다. 고백하자면, 적어도 필자에게는 그렇다. 민중적 실천 또한 그것이 진정한 것이 되려면 고통스러운 실존적 선택과 항상 함께하여야 하지 않을까, 하는 생각이 든다. 〔『정통문학』, 1985년 겨울호〕

내성적 고민의 독자성
——김병익 문화 비평『부드러움의 힘』

오 생 근

갈등이나 방황의 가치보다는 결단이나 실천의 논리가 우세하고, 부드럽고 우회적인 사고보다는 강직하고 직설적인 주장이 더 옳고 설득력이 있는 것처럼 보이는, 그러한 시대에 우리는 살고 있다. 정치적 억압과 규제의 벽은 두텁고, 사회적 부정은 명증하게 밝혀지지 않는 이 불투명한 시대 상황에서 모순의 실체를 파악하고 모순을 극복하려는 지식인의 바른 자세가 평화롭고 한가로운 시대의 경우와 같은 것일 수 없다는 것은 누구나 잘 알고 있는 사실이다. 그러나 현실의 허위를 타파하고 진실을 추구한다거나 그 의지를 관철시키려는 지식인의 열정이 자신의 정당성을 토대로 한 어떤 일관된 방향과 틀 속에서만 제한되어 있을 때, 배타적 폐쇄성을 뛰어넘지 못하고 또 다른 형태의 억압의 양식을 취하게 된다.

이러한 상황에서 열린 사고와 섬세한 분석 정신, 개별적인 것에 대한 이해 영역의 확산과 정직한 자기 인식 등이 요구되는 것은 그것들이 마땅히 옹호되어야 할 미덕이어서가 아니라 한 가지 흐름만을 좇고 있는 정신적 편향의 정당성을 반성하고 검증해볼 수 있는 계기를 마련해주기 때문이다.

  김병익씨의 문화 비평집 『부드러움의 힘』을 읽으면서 그의 사고와 논리의 유연성이 보여주는 힘과 폭을 확인하고 현실의 전반적인 지적 풍토와 연관시켜 그의 내성적 고민의 독자성을 발견하는 것은 자연스러운 일이다. 그것은 그의 관점이나 논거만이 옳고, 집합적 삶의 가치를 무엇보다도 우위에 두는 지식인들의 인식적 틀이 그르다는 깨달음에서가 아니라 그의 '부드러움의 힘'이 그것과 대립되는 어떤 '거칠고 강경한 힘'의 내면적 탄력을 자극하여 가동시킬 수 있는 어떤 보완적 요소로 보였기 때문이다. 그의 글에서는 글쓰기의 대상이 짧은 문학 비평이건 일반적인 문화의 성찰이건간에 독단적인 주장이 보이지 않고, 그렇다고 해서 비평적 판단이 유보되어 있지도 않다. 그의 사고는 자유롭고, 글에서 비쳐지는 마음은 따뜻하다. 그의 글을 인용해서 말하자면, "폭력적이고 고착되어 있으며 타성적인 현실 세계를 근원적으로 개혁하는 방법은 역시 폭력적이고 완매하며 무반성적인 힘의 도전에 있기보다는 화해적이고 유연하며 성찰적인 부드러움에 숨겨져 있다"는 논리 속에 그의 글쓰기와 비평의 입지점이 놓여 있는 것이다. 그 부드러움은 종교적이며 초월적인 화해의 수락이 아니라 인간적인 싸움의 방식이다. 그 싸움은 일회적인 행위로 승부가 결정된다고 믿는 조급한 싸움이 아니라, 우리의 삶과 인간다움을 위협하는 모든 형태의 도전과 질곡은 끊임없이 되살아난다고 생각하는 사람의 지속적이며 서두름이 없는 싸움이다. 그러므로 저자는 그 싸움에서 이길 수 있는 힘이 부드러움에서 발원된다고 믿는다.

  『부드러움의 힘』은 70년대말부터 80년대 후반인 현재에 이르기까지 10년 동안에 씌어진 '직업적인 문학 비평이 아닌 글들'의 모음이다. 이 시기야말로 정치·사회·문화 등의 모든 분야에서 암담하고 충격적인 사건과 변화를 감당하며 버티고, 혹은 싸우거나 혹은 도피하면서 살 수밖에 없었던 시기였다. 이 시대를 사는 지식인으로서 참담한 회의와 고통스러운 자기 반성의 체험 없이 세월을 보낼 수 있었

270

던 사람은 많지 않을 것이다. 말의 바른 뜻은 박탈되고, 정의는 유린되었으며, 공권력의 고문과 폭력은 음험하게 제도화되었고, 대중 문화의 마취 현상은 권력의 도구로 이용되었다. 김병익씨의 문화 비평은 이러한 여러 부정적 현상에 대한 폭넓은 비판적 성찰로 수렴되어 있는데, 그의 글이 보여주는 특징은 부분적인 사실과 전체적 현상을 관련지어 파악하는 보편적 사고와 자신의 체험을 자신의 언어로 정직하게 표현하는 문체에서, 그리고 대상에 더욱 가까워지려는 이해와 공감의 방식에서 뚜렷이 발견된다. 그의 넓은 시각은 때때로 과장된 개념화로 오해될 소지가 없지 않고, 또한 그의 정직한 표현 방법이 그의 유연한 문체에 의해서 비판적 힘을 상실할 우려도 있으며 대상에 대한 이해의 태도는 문제의 본질에서 멀어져 있는 낭만주의적 전망의 결과라고 비판받을 수 있을지 모른다. 그러나 그러한 오해와 비판의 개연성에도 불구하고 그의 글쓰기의 기본 입장이 그 나름대로의 무게를 지닐 수 있는 것은 그의 글쓰기나 책읽기가 그의 일상 생활의 차원에서 여과되어 문학적 태도와 삶의 논리가 별로 어긋남이 없이 역동적으로 연결되는 점에 있다. 그의 문체가 유연하되 가볍지 않으며, 논리적이되 메마르지 않고, 온기가 느껴지되 날카로움을 잃지 않는 것은 그의 글쓰기와 삶의 그러한 긴장 관계에 기인하는 것처럼 보인다.

그는 6·25를 십대의 소년 시절에 체험했고, 4·19를 대학 시절에 보낸 세대이지만, 6·25를 체험하지도 못했고 4·19의 의미에 대해 감격하지 않으면서 통일의 논리를 내세운 새로운 젊은 세대에 대해 "그들 나름대로 반성하고 토로하며 검토하고 제기한 제언을 '6·25의 미경험'이라는 한마디로 묵살하고 혹은 불온시하는 것이" 옳지 않다는 견해를 피력하면서 젊은 세대의 주장과 발언에 대해 가치를 부여하고 귀를 기울인다. 또한 문학비평가로서의 그 자신은 민중문학론에 대해서 비판적인 거리를 두고 있으면서도 "우리 시대의 독특한 산물인 민중문학론이 기여한 바, 기여할 바는 홀대되어서는 안 될 것"임을 강조한다. 또한 이념 서적을 불온시하는 문공부의 제재에 대해서 비판을 가하면서 "마르크시즘이든 과격한 급진 이념이든, 그것은 회피될 것이 아니라 극복되어야 할 것이며, 차단으로 해소되는 것이 아니라 그것을 수용하고 통과함으로써 이겨낼 수 있는 것"임을 말한다. 그의 비평적 시각은 대상을 이해하고 감싸면서 대상의 정체와 한계를 밝히고, 자기 자신의 세계를 반성하면서 다시 확산하는 운동성을 보이는 한편, 인간과 세계의 모든 주요 현상을 의미 깊은 것으로 조명하면서 비판적 언어를 잃지 않는 조용한 단호함을 보인다. '부드러움의 힘'이라는 상징은 그런 점에서 이 책의 내용과 배반되지 않을 뿐 아니라 오늘의 문화적 현실을 통찰하는 데 있어서 여러 가지 시사적이고 뜻있는 문제들을 제기하고 있다.　　　〔『한국문학』, 1988. 8〕

전망과 현실 사이의 지적 대화

권 오 룡

　우리들 앞에 열려 있는 90년대에 우리가 성취해야 할 일들은 무엇
인가? 그것이 두말할 나위도 없이 정치적 민주화의 달성, 경제적 정
의의 실현, 남북 통일의 성취, 사회적 공동체성의 회복 등과 같은 사
항이라는 것은 쉽사리 대부분의 사람들의 동의를 받을 수 있는 것일
터이다. 우리에게 90년대는 이러한 여러 가지 과제를 이루어내야 할
가능성의 장으로 열려 있고, 우리는 이 가능성의 장이 현실의 장으로
전환될 수 있도록 90년대를 일궈나가야 한다는 막중한 시대적·역사
적 책임을 떠안고 있는 것이다.

　그러나 우리가 수행해야 하는 과제의 성격이 당위적으로 다가오는
것이라 하더라도, 그리고 우리가 현재 처해 있는 시점이 그것을 회피
할 수 없게끔 만드는 절대적인 것이라 하더라도, 그것들을 수행해나
가는 데 있어 구체적으로 선택될 수 있는 방법까지가 모든 사람들에
게 공통될 수 있는 것은 아니다. 목표가 지니는 명분이 당위적이고
절대적인 만큼, 오히려 방법에 대한 고려는 소홀해질 수 있고, 또 어
떤 방법에 대한 집착은 더 완고해질 수 있다. 이것은 우리가 현실에
서 흔히 목도하게 되는 현상이지만, 그러나 이것이 반드시 목적과 방

법 사이의 일관성에 대한 배려의 불철저함이라는 일반적인 이유에서
만 기인하는 것은 아니다. 목표 그 자체는 공통된 것이라 하더라도,
방법에 대한 고려에 있어 현실적으로 전제되지 않을 수 없는 입장과
시각의 차이가 벌려놓는 간극은 그 방법들 서로서로를 불충분한 것
이지 않을 수 없도록 만든다. 이럴 때, 쉽사리 조화시킬 수 없는 방법
상의 불일치 앞에서는, 그것을 조정하는 데 노력을 기울이는 것보다
는 스스로의 방법에 대해 명분의 정당성으로 그 불충분함을 호도해
버리고는, 상대의 것을 일방적으로 무시하거나 억압한 연후 자기의
것만을 밀고 나가는 것이 훨씬 효과적으로 여겨질 것이다. 그러나 이
러한 무리함이 야기하게 될 충돌의 악순환 속에서는 이내 목표는 증
발해버리고 남는 것이라고는 입장의 차이에 따라 나누어진 편과 편
사이의 지루하고 짜증스러운 소모전일 것임은 불을 보듯 뻔한 일이
다. 그러나 다시 한번 그럼에도 불구하고 방법과 목표의 독점욕에서
빚어지는 이러한 본말전도의 현상이 오늘날 우리가 처해 있는 상황
의 실상임을 완전히 부정하기는 어렵다. 그렇다면 이 글의 첫머리에
서 확인한 우리의 시대적 목표를 이루기 위해서는 무엇보다도 이러
한 장애를 극복해내야 한다는 것이 우선 필요한 작업으로 부각되어
져온다. 과연 그 극복의 방법은 어떤 것일 수 있는가? 이에 대한 답
이 간단히 찾아지는 것은 아니지만 그 극복이라는 것이 단순한 의지
의 표명만으로 이루어질 수 있는 것은 아니기에, 그것은 상황의 전모
에 대한 정확한 진단과 현실의 겸허한 수용, 그리고 이것을 바탕으로
하여 도출되는 방법론의 지평 위에 미래에의 전망을 펼치는 복합적
인 작업을 필요로 한다. 이것은 매우 힘든 작업이 아닐 수 없다. 그런
데 이 힘든 작업의 분명한 단서와 구체적인 방법을 김병익씨의 최근
평론집인『열림과 일굼』이 제시해주고 있다.

　『열림과 일굼』은 근래 들어와서의 특기할 만한 문학적 사건이나 현
상에 대한 논의, 그리고 몇몇 작가들의 작품에 대한 해설 이외에도,

80년대에 대한 돌아봄과 90년대에 대한 내다봄을 그 기본 주제로 갖고 있다고 말할 수 있는 많은 글들을 함께 수록하고 있다. 저자의 이러한 면모는 유독 이번의 평론집에서만 두드러지게 나타나 있는 것은 아니다. 사실 우리가 김병익씨에 대해 지니고 있는 이해는 문학평론가로서의 면모에만 국한되는 것은 아니다. 그는 또한『지성과 반지성』『부드러움의 힘』 등과 같은 저서들이 보여주고 있는 것과 같은 문화비평가, 혹은 시사비평가로서의 면모를 함께 지니고 있으며, 기왕의 다른 평론집들에서도 이러한 면모는 약간의 정도의 차이는 있을망정 변함없이 유지되어 있었던 것이 사실이다. 이렇듯 문화 — 시사 비평가로서의 저자가 그때그때마다의 시대적 고비에서 행한 발언들이 갖는 의미의 중요성이 이번의 평론집에 수록된 글들의 그것보다 덜한 것이라고는 결코 말할 수 없지만, 그럼에도 필자의 주관적인 판단으로는 그 발언들의 배경이 되어져 있는 시대적 상황의 무게와 겹쳐짐으로 해서『열림과 일굼』에 수록된 문화 — 시사 비평적 성격의 글들이 갖는 의미는 그 어느 때보다 크고 중요한 것으로 보인다. 이런 관점에서 볼 때『열림과 일굼』은 문화적이고 시사적인, 그리고 또한 역사적인 성격을 갖는 주제들에 대하여 논의한 글들을 모은 1부에 보다 많은 비중이 놓여져 있는 것으로 보이고, 또 이런 관점에서 성급하게 이 저서의 전체적인 의의에 대해 말하면 그것은 앞서 말한 바와 같이 우리가 지난날의 역사와 오늘의 현실에 대한 진지한 고찰, 그리고 이미 우리가 그 초입에 들어서 있는 90년대라는 가까운 미래에 대한 가치론적 전망을 바탕으로 하여, 가능성으로서의 시대와 역사 앞에 위치해 있는 우리가 그 가능성을 현실로 실현시키기 위해 필요한 인식의 태도와 실천 방법의 대전환을 유도해낼 수 있는 지적 성찰의 한 모범적인 예를 보여준다는 점에서 쉽사리 측량하기 어려운 엄청난 중요성과 의미를 지니는 저서라고 말할 수 있다. 그 의미의 파장은 우리 사회의 문화 전반으로 파급되고 지성의 깊이로 심화되어 오늘의 시점에서 우리에게 요구되는 사고와 인식과 실천의 대전환에 있어서의 중요한 계기로 그 뚜렷한 흔적을 남기게 될 것이다. 그러므로 이 저서에 담긴 저자의 생각을 통해 90년대에 있어서의 우리의 인식의 자세와 실천의 방법을 점검하고 가다듬어보는 작업은 우리에게 거의 피할 수 없는 책무로 다가온다.

무릇 미래에 대한 전망의 작업이란 역사학에 부과되어져 있는 과제일 것이다. 그러나 이러한 진술이 의미하는 바는 반드시 역사학을 전공한 전문가만이 그 작업을 시도할 수 있다는 것이 아니라, 이 같은 작업에 있어서는 일정한 수준의 역사적 관점이 반드시 요구된다는 사실일 것이다. 이러한 점에서 우리는 『열림과 일굼』에 수록된 적지 않은 글들이 의지하고 있는 역사적 관점의 필연성을 이해할 수 있거니와, 거의 상식처럼 통용되는 것같이 역사를 과거와 현재와 미래 사이의 대화로 규정할 때 그 역사적 관점이 가장 먼저 가 닿게 되는 시간적 지평은 필경 현재일 수밖에 없다. 그렇다면 『열림과 일굼』에서 저자가 파악하고 있는 현재의 모습은 어떤 것인가?

간단히 말해 그것은 매우 착잡한 것이다. 저자는 "정말, 우리의 이 90년대는 어떤 것이 될 것인가. 세기말인가, 세기 전일까"라고 묻는다. 이러한 물음이 절박하게 느껴질 만큼 90년대를 세기말로 파악하지 않을 수 없게끔 만드는 현상들은 많다. 예컨대 저자가 「1990년대: 세기말인가 세기 전인가」라는 제목의 짧은 글에서 열거하고 있는 일천한 자본주의의 왜곡과 부정적 현상, 퇴폐적인 생활 방식, 공동체 의식의 와해와 급진적인 요구들, 그리고 이에 덧붙여 다른 글들에서 지적되고 있는 세대간의 단절, 보수-혁신 진영간의 갈등 등, 마치 한 세기 전 서구 사회로 하여금 세기말의 홍역을 치르게 만든 요인들과도 흡사한 현상들은 우리의 현실 인식을 이내 어두운 색조로 물들게 만드는 것들이다. 이에 비해볼 때 90년대가 세기 전이라는, 아니 세기 전일 수 있다는 인식은 어떤 구체화된 현상들에 의해서가 아니라 당위적인 의지에 의해서만 뒷받침되어 있을 뿐이다. 이렇듯 우리가 처해 있는 현재에 있어서의 현실적 인식과 당위적 위상 사이의 격차는 현재에 대한 인식 자체를 매우 착잡한 것으로 만든다.

　이렇게 볼 때 90년대에 있어 우리가 떠맡은 시대적 과제는 다른 것이 아니라 바로 이 착잡함을 어떻게 풀어나가느냐라는 문제로 귀착되는 것이라 할 수 있다. 그런데 여기서 주목되는 것은 90년대를 세기 전으로 받아들이는 자세가 단순한 당위적 의지의 표명이 아니라 그 착잡함을 풀어내는 방법으로 제시되어 있기도 하다는 사실이다. 가령 "서구가 19세기말을 관리하는 데 실패했기 때문에 20세기로 넘어오면서 사상 최초의 세계 대전과 역사의 단층적 변혁으로서의 러시아 혁명을 대가로 지불했다면, 우리의 세기말은 어떻게 감당되어야 할 것인가"라는 물음에 바로 이어지는 "아마도 이 어려운 과제는, 우리의 1990년대를 1900년대의 세기말로 치르기보다는 2000년대의 세기 전으로 받아들이는 데에서 풀려질 수 있을지 모르겠다"라는 조심스러운 답은 바로 이러한 사고의 전환을 "부정에서 긍정으로, 비관에서 낙관으로, 우리의 사유와 행동의 체계를 반전"시킬 수 있는 계기로 삼아 "21세기를 희망의 시대로 바라보고 그에 상응하는 자신감을 가지면서 지금 도전해오고 있는 이념들을 하나의 대안으로 포용"함으로써 궁극적으로는 우리가 소망하는 바의 미래를 현실화시킬 수 있는 방법의 실마리로 삼고자 하는 의지를 함축하고 있는 것이다. 저자는 『열림과 일굼』의 여러 곳에서 이 같은 사고의 전환에 대해 이야기하고 있다. 이러한 사고의 전환은 어쩌면 우리들 각자의 마음먹기에 따라 쉽사리 실천해낼 수 있는 것이라 생각될지도 모른다. 그러나 그렇다 하더라도, 혹은 그렇다고 해서 저자가 이 사고의 전환을 단순한 마음먹기의 수준에서의 실천 방안으로 제시하고 있는 것은 아니다. 마음먹기라는 것도 사실은 의식의 구조처럼 우리의 의지적 선택의 결과로서만 가능한 것은 아닐 것이다. 또 어떤 특별한 계기에서 새롭게 다져먹은 마음이라는 것이 지속적인 실천의 원리로 작용하게 되리라는 것을 보장하기도 어렵다. 우리의 의식과 사고와 행동이라는 것이 우리가 먹는 마음의 몫 못지않게, 아니 어쩌면 그 이상으로, 우리를 둘러싸고 있는 외적 조건들의 구조에 따라 일정한 결을 지니게 되는 것이라는 사실을 인정한다면, 사고의 전환에 대한 권고에 있어 선행 작업으로 요구되는 것은 바로 이 외적 조건들의 낱낱을 파악하고, 그 낱낱에 의하여 생길 수 있는 다양한 무늬의 결들을 살피는 일일 것이다. 그리고 이 서로 어긋날 수 있는 결들을 거스르지 않고 오히려 그 결들을 살려가면서 그것들이 전체로 어우러져 이룰 수 있는 조화의 모습을 예견해보는 일일 것이다. 바로 이 같은 선결의 문제들을 궁리하는 데에서 저자의 관점은 과거와 미래로 확산된다.

따라서 저자의 역사적 관점은 과거에 대한 돌아봄과 미래에 대한 내다봄을 하나로 이어주는 것이면서, 현상적인 '열림'을 실천적인 '일굼'으로 전환시킬 수 있도록 만들어주는 계기이다. 예컨대 저자가 80년대의 의미에 대해 논하면서

······80년대가 우리의 정신사에, 나아가 우리의 역사에 어떤 위치를 차지할 것인가는 80년대 스스로가 결정하기보다는 아마도 90년대라는 미래의 역사에 의해 결정될지도 모른다. 앞으로의 역사가 선택하고 실천하는 그 성과에 따라 우리의 80년대의 의미가 가늠되리라는 것이다. 그것이 80년대가 갖는 역사적 위상의 독특성이면서 이 시대가 만들어 놓은 가능성의 미래 지향적 성격을 이룰 것이다.

라고 말하는 데에서 우리는 80년대를 포함하는 과거 전반에 대한 저자의 돌아봄의 관점이 실제로는 90년대에 대한 내다봄의 관점과 하나로 종합되어 있는 것임을 간파해낼 수 있는 것이다. 이 같은 관점의 복합성은 현실의 착잡함에서 말미암는 필연적인 것이거니와, 이러한 관점에 입각할 때, 내다봄의 관점을 통한 돌아봄은 고무와 동시에 반성을 낳고, 돌아봄의 관점을 통한 내다봄은 우려와 동시에 기대를 낳는다.

이 같은 관점은 저자의 많은 글들에 일관되어 있는 것이지만 그 한 단적인 예를 우리는 4·19의 현대적 의미를 해석해낸 「4·19와 한글 세대의 문화」라는 글을 통해 살펴볼 수 있다. 이 글에서 저자는 "4·19가 정치적 차원에서는 좌절하고 있지만, 문화적, 그리고 의식사적인 영역에서는 중요한 진전을 성취"했다고 말한다. 그리고 이러한 판단을 입증해줄 '4·19 정신의 자산'으로 도출해낸 '상대주의'와 '개방성'은, "60년대에 성인식을 치른 4·19 세대에 대한 정직한 성찰은 90년대에 가능하기를 바라는 세대간의 변증법적 종합을 추구하기 위해 당연한 것"이라는 중간 전제를 거치면서 '미래에의 자신감'이라는, 다시 말해 4·19 정신의 자산이기도 하면서 90년대초의 시점에 있어서의 우리의 정신적 자산이어야 할 덕목으로 종합되는 것이다. 이것이 고무에서 기대로 이어지는 과거와 미래의 만남이라면, 반대로 4·19 세대의 의식은 "세계 전반을 균형 있고 공정하게 바라볼 수 있기에는 지나치게 협소한 것이었고 한쪽으로 편중된 것"이었다는, 다시 말해 "거의 철저하게 보수 우파적 체계로 고착되어 있었다"는 반성은, 한편으로는 "60, 70년대의 지적 성향이 편중되어 있었던 것처럼 80년대의 그것 역시 다른 반대쪽으로 편향"되어 있다는 우려 섞인 질책으로, 다른 한편으로는 이러한 편향성을 극복함으로써 양세대간의 "동질성과 공유성의 확인을 변증법적 과정을 통해 하나의 종합적인 인식 체계"를 만들어갈 수 있으리라는 기대로 연결됨으로써 과거와 미래의 다른 방식의 만남을 이루어낸다. 이처럼 균형 잡힌 관점에 입각함으로써 우리는 비록 착잡한 것이더라도 현실의 전모에 아무런 거리낌없이 접근할 수 있고, 또 그 긍정적인 측면뿐만 아니라 부정적인 측면까지를 미래를 위한 자산으로 삼을 수 있게 된다.

　그러나 사소한 것이지만, 4·19의 의미에 대한 논의에는 이런 반박도 가능할 것이다. 즉 과연 미래에의 자신감이라는 것이 정치적 차원에서의 좌절로 귀결된 4·19의 정신적 자산으로서 타당한 것인가, 또 4·19 세대의 의식이 철저하게 보수 우파적 체계로 고착되어 있었던 편향성을 보였던 것이 사실이라면 그것으로부터 상대주의나 개방성 등과 같은 정신적 자산을 길어낸다는 것은 무리가 아닌가 등의 비판이 그것이다. 비단 이러한 예에서뿐만 아니라 이것들과 맥락을 같이하는 것으로 보이는 내용들은 다른 글에서도 찾아진다. 예를 들면 저자는 80년대가 보여준 가장 괄목할 만한 변화의 내용으로 마르크시즘의 도입과 북한 문학의 수용 등을 꼽고 있지만, 이러한 이해는 가령 1980년의 광주 민주화 항쟁이나 1987년의 6월 항쟁 등과 같은 사건들을 중요한 것으로 생각하는 사람들에게는 선뜻 수긍되기 어려운 것일지도 모른다. 이러한 시각의 차이가 갖는 의미의 차이는 큰 것일 수 있고 또 이러한 비판이 갖는 일단의 타당성을 완전히 부정할 수도 없을 것이다. 그러나 어쨌든 우리가 굳이 사소한 것이라는 단서를 붙여가면서까지 비판을 가해본 것은 저자의 주장과 그에 대해 가능할 수 있는 비판 사이의 시비를 가리기 위한 것이 아니라, 바로 이러한 차이를 통해 저자의 관점이 갖는 또 하나의 중요한 성격이 선명히 부각되어오는 것으로 여겨졌기 때문이다. 그것은 저자의 관점이 현상적인 것에 몰두하는 것이 아니라 매우 지적인 것이라는 점이다. 이 같은 사실을 앞서의 예에 대한 우리 나름대로의 이해의 근거로 삼아 이야기하면, 4·19 세대의 의식의 편향성이나 정치적 좌절 같은 것은 현상적 수준의 사실이기는 하지만, 사실의 이러한 한계에도 불구하고 그것이 우리의 의식과 인식에는 개방성, 상대주의, 미래에의 자신감 등과 같은 정신적 자산을 남겨줄 수 있었다는 것이 저자의 판단인 것이며, 마찬가지로 우리의 의식과 인식에 끼친 영향의 크기를 고려할 때 80년대의 중요한 변화로는 광주 민주화 항쟁이나 기타 다른 사건들보다는 마르크시즘이나 북한 문학의 수용 같은 변화가 우선 순위를 점할 수 있게 되는 것이다. 현상이나 현실보다는 그것이 우리의 의식이나 인식에 끼친 영향의 크기를 중시하는 저자의 관점은 가령 80년대의 중요한 변화로 '마르크시즘의 한국적 수용'과 '한국 문학의 영토 회복 및 분단 해소 작업의 진전' 등의 과정을 기술한 연후 밝히고 있는 "나의 의도는 그 과정들의 정확한 기술보다는 그 결과로서 나타난 우리의 의식상의 변화가 갖는 획기적인 중요성을 강조하는 데 있을 뿐"이었다는 고백이나 "우리가 지난 10년 동안에 경험한 의식상의 그리고 사고법에서의, 나아가 이념상의 변화는 우리의 정신사에 있어 가장 급진적이고 개방적이며 역동적"이었다는 평가, 혹은 북한 문학의 수용이 갖는 의미에 대하여 "우리는 비록, 여전히 국토와 민족의 분단 상태에 살고는 있지만 지적·인식론적 차원에서는 반쪽의 시각을 벗어날 계기를 발견한 지점"에 이른 것이라는 서술 등에서 극명하게 드러나 있다. 사실 정치적·사회적인 어떤 사건들의 중요성은 그 자체에 있는 것이라기보다는 역사적인 지속의 맥락 속에서 그것이 갖는 의미의 크기에 의해 결정되는 것이다. 그리고 다른 시각에서 볼 때 어떤 역사적·사회적 사건 자체에 직면하여 달라지지 않을 수 없는 구체적인 입장들 사이의 대립은, 이 대립의 예각성을 지양함으로써 획득되는 변증법적 의미의 포용에 의해 용해될 수 있는 가능성을 갖는다. 앞서 우리는 사고의 전환에 대해 이야기하면서 그것이 단순한 마음먹기에 의해 가능한 것이 아니라 현실적 조건들에 의해 결정지어지는 의식과 사고와 행동에 의해 좌우되는 것이라고 말한 바 있거니와, 그런데 이러한 것을 결정하는 현실이란 사람들 개개인에게 천차만별의 양태로 구성되어져 있는 것이고, 따라서 이러한 현실의 차이를 극복해내지 못하는 한 사고의 전환은 물론 의식과 인식의 동질성이나 공유성이라는 것도 기대하기 어려운 것이라 하지 않을 수 없다. 저자는 바로 이러한 현실의 차원에서의 차이를 지적 수준의 동질성으로 끌어올리려 하는 것이다. 이렇게 볼 때 저자의 역사적 관점을 뒷받침하는 지적 성격은 한편으로는 현실의 수준에서 불가피한 차이와 대립, 그리고 이로부터 말미암는 갈등을 지양함으로써 그것들을 동질성과 공유성으로 전환시킬 수 있도록 만들어주면서, 다른 한편으로는 정치적·사회적 차원에서의 사건들을 우리의 지식과 인식에 영향을 끼칠 수 있었던 만큼의 의미와 가치의 수준으로 걸러냄으로써 그것이 미래를 향한 동력으로 삼아질 수 있도록 만들어주는 정신적 바탕이 된다.

그러나 과연 지적 관점에의 의존만으로 현실적 차이와 대립이 지양되고 간극이 해소될 수 있는 것인가? 오히려 지식의 내용과 양에 있어서의 차이는 그 대립과 갈등을 더 심화시킬 수 있는 요인이 아닌가? 사실 저자가 80년대 이후의 특기할 만한 현실로 지목하고 있는 보수와 혁신 사이의 충돌은 이와 같은 지식의 내용과 양에 있어서의 차이로부터 발단되고 진전되고 있는 것이다. 더구나 저자의 지적 관점에서 볼 때 현실에서의 구체적인 사건보다 더 중요한 비중을 갖는 의미라는 것은 어떤 사건이나 사실에 대한 의미화를 가능하게 해주는 지식의 양과 내용의 차이에 의해 크게 달라질 수 있는 것이므로, 단순한 지적 관점에의 의지만으로 현실적인 문제들이 해결될 수 있다고 생각하는 것은 너무나 소박한 낙관론에 지나지 않을 것이다. 이러한 지적들은 분명히 타당성을 지니는 것이지만, 그러나 김병익씨에 의해 제시된 지적 관점이란 우리가 배움에 의해 얻을 수 있는 지식에 근거한 관점이라는 것과는 약간 다른 것이다. 그것은 이러한 지식적 성격을 포괄하면서 또 한편으로는 어떤 당위를 당위로 받아들이는 사람으로서 당연히 가질 수 있고 또 가져야 하는 윤리적이고 도덕적인 성격의 것에 가깝다. 저자가 지닌 관점의 주된 특성을 이루는 지적 성격이란 사람의 본연적인 성격의 하나로 제시되어져 있는 것으로서, 이러한 관점에서는 오히려 지식인의 지식인답지 못함이 호된 질책의 대상이 된다. 예컨대 「새로운 지식인 문학을 기다리며」라는 글에서 몇몇 지식인—학생소설에 대해 비판적인 분석을 가한 후, "대학생의 비대학생적인 태도, 더 넓게 말하면 지식인의 비지식인적인 태도가 우리 시대에 만연한 한 증상이고 진보주의자들의 논리적 세련화를 지체 또는 억압하는 기능을 그것이 맡고 있다는 보다 두려운 현상이 거기 숨어" 있다고 말하는 것이 그 단적인 예일 것이다. 이렇듯 지식인도 지식인다울 때 비로소 지적 인간이 된다. 마찬가지로

282

문학도 문학다울 때 "우리에게 들씌워진 집단적 허위 의식으로부터의 벗어남을 지향"하는 본연의 기능을 수행할 수 있게 된다. 이처럼 '~다움'이라는 당위를 본연의 것으로 받아들이는 태도에서 우리는 저자의 본질주의자로서의 면모를 보게 되거니와, 그 가장 두드러진 예를 우리는 '노동' 문학과 노동 '문학' 사이의 '분간'의 필요성을 역설하는 데에서 찾아볼 수 있을 것이다. 저자는 '노동' 문학의 시대적 전위성을 수긍하면서도 궁극적으로 그것이 노동 '문학'으로 발전해야 할 것이라는 길을 제시해 보여줌으로써 문학의 본질을 상정하는 입장을 취하고, 시대적·역사적·사회적 요인에 의해 조건지어지고 형성되는 문학이 이 본질과의 관련에서 스스로 수립해내는 균형 감각을, 비단 '노동' 문학 같은 특별한 경향의 문학만이 아닌, 문학 전반의 발전과 본래적 기능의 수행을 가능케 하는 원동력으로 삼고자 한다. 그러니까 지식인 문학에 대한 저자의 기대는 기실 문학의 지적 기능의 수행에 대한 요구라 할 수 있는 것인데, 이것을 다시 작가에게 돌려 말하면 그것은 문학의 본질과 본연의 기능에 대한 진지한 성찰을 촉구하는, 다시 말해 작가의 작가다움이라는 지적 자세에 대한 요청인 것이다.

이렇듯 저자에게 있어 지적 자세라는 것은 사람이 사람으로서 당연히 품어야 하는 정신적 자세를 가리키는 것이다. 사람들이 각기 처한 입장의 차이나 지니고 있는 지식의 차이에서 필경 비롯하게 마련인 일체의 차이와 단절과 대립은, 그러나 그 차이 이전에 모든 사람들이 본래적으로 지니고 있는 이러한 지적 정신에의 지향과 입각을 통해 그 지양의 계기를 찾아낼 수 있게 된다. 바로 이 같은 정신의 지적 지평 위에서 현실의 모든 차이들은 '동질성'과 '공유성'으로 초극될 수 있다. 그러므로 이러한 관점에서는 현실의 혼란을 야기하고 현실의 착잡함을 초래한 것들이 오히려 더 소중할 수 있는 자산이 된다. 어쩌면 우리의 의식의 혼란, 판단의 혼란의 원인이 되는 것이라 할 수 있는 "우리의 내면과 의식에 있어서의 현격한 거리감"이 "80년대란 시대가 우리에게 일으킨 가장 큰 기여"가 될 수 있는 것은 이런 이유에서이다. 그 현격한 거리감을 가져온 것은 두말할 나위도 없이 마르크시즘과 북한 문학의 수용 등과 같은 사안들이거니와, 세대간의, 집단과 집단간의, 그리고 권력과 민중간의 대립을 더욱 부채질한 것이었다고 할 수도 있는 이러한 사항들이 90년대에 대한 전망적 시선 속에서 소중한 자산으로 포착될 수 있는 것 역시 바로 이런 이유에서인 것이다.

본연의 마음가짐으로서의 지적 정신은 개방성 · 공정성 · 솔직성 · 일관성 등을 그 내용으로 갖는 것이라고 말할 수 있다. 이것들은 지적 정신의 내용이면서 동시에 저자가 현실의 착잡함을 오히려 미래를 향한 가능성의 자산으로 전환시킬 수 있게 만들어주는 구체적이고 실천적인 방법으로 제시하고 있는 '문화적 대화,' 혹은 '대화 문화'의 필요 조건이기도 하다. 「인식론적 단절과 대화 문화의 가능성」에서 저자는 굴드너의 '조심스럽고 비판적인 논의 문화'의 수립을 제창하면서 그 논의 문화의 규칙이 "1) 주장의 '정당함'에 관심을 기울이지만; 2) 정당화 방식이 '권위'에 호소하는 데 있지 않고; 3) 오직 제시된 논리를 토대로 상대방의 '자발적인' 동의를 이끌어내고자 하는 데" 있음을 설명한다. 이러한 규칙들과 관련지어볼 때 우리가 앞서 열거한 지적 정신의 내용들은 바로 이 규칙들이 지켜질 수 있도록 만들어주는 전제가 되는 것이라고도 할 수 있다. 이러한 논의 문화, 대화 문화의 관점에서 볼 때 개방성은 포용성과 표리를 이루는 것으로서, 모든 차이에서 비롯되는 대립을 대화의 장으로 끌어들일 수 있게 만들어주는 정신적 바탕이 된다. 예컨대 오늘의 현실에서 가장 우려스러운 단절이라 할 수 있는 우파 보수주의와 좌파 진보주의는 각기 상대를 향해 스스로를 개방하고 상대의 논리를 포용함으로써 반목과 배척이 아닌 '상호 영향'과 '보완'과 '종합'의 가능성을 갖게 된다. 이처럼 개방된 대화적 시각에서 봄으로써 마르크시즘 같은 진보주의적 이념의 수용은, 단기적 관점에서 볼 때 그것이 가져온 현실적 혼란의 크기에도 불구하고, 그것이 "우파 보수주의로 아주 편향된 우리의 인식 구조에 균형 감각을 회복할 계기를 마련"해주고 "현대 학문 예술 체계에서 그 시각으로나 방법론으로 인식의 또 하나의 원천으로 기능하는 바를 활용함으로써 지적·미학적 탐구의 온전한 길"을 열어주며 "우리 민족의 분단 상황에 대한 객관적 관점이 형성되면서 그 상황의 해소를 향한 실천적 대응을 가능"하게 해주는 것이라는 점에서 지적·인식론적 차원에서 80년대의 가장 특기할 만한 사항으로 평가될 수 있게 되는 것이다.

개방성에 대한 저자의 이러한 요구는 현실 상황에 대한 분석을 통한 대안으로만 제시되어져 있는 것이 아니라 문학에 대한 논의나 작품에 대한 분석에도 일관되게 반영되어져 있는 것이다. 앞서 간략히 살펴본 바와 같은 '노동' 문학과 노동 '문학' 사이의 '분간'의 필요성에 대한 저자의 역설은 그것들 가운데 어느 하나를 선택하고 다른 하나를 포기하자는 것이 아니라 분간을 통하여 그것들 모두를 나름대로의 의미의 장에 수용하고자 하는 포용의 자세에 의해 뒷받침되어져 있는 것이다. 또 이와 비슷하게 『토지』의 4부를 논하는 자리에서 이 작품에 등장하는 많은 인물들의 삶의 방식을 '유희스러운 삶'과 '준열한 삶'으로 구분하면서도 저자는 준열한 삶의 방식에 근거하여 유희스러운 삶을 매도하지도 않고, 유희스러운 삶과의 비교에서 준열한 삶의 방식만을 일방적으로 칭송하지도 않는다. 저자는 이 상반되는 여러 가지 형태의 삶들이 "우리의 식민지 시대의 삶을 총체적으로 보여주는 하나의 거대한 파노라마"를 이루는 것이라고 말한다. 이렇게 다양하고 복잡한 삶의 모습들을 하나의 파노라마에 담을 수 있었던 것은 이 모든 삶의 방식들에 대해 아무런 선입관 없이 개방되어 있으면서 그 모두를 포용하는 저자 스스로의 개방적인 관점이 거둘 수 있었던 해석의 개가라 할 수 있는 것일 터이다.

한편 공정성은, 저자가 제시하는 '논의 문화' '대화 문화'가 논의의 차원을 떠나지 않고 그 바탕 위에서 자발적 동의를 구할 수 있게 만들어주는 안전판의 구실을 하는 것이다. 다시 우파 보수주의와 좌파 진보주의의 대립의 경우를 통해 말하면, 현실적으로 물리적인 힘과 경제적인 힘은 물론 법이라는 규범적인 힘까지를 독점하고 있는 우파 보수주의가 힘에만 의존하여 좌파 진보주의를 일방적으로 억압하고 묵살할 때 그것이 야기하게 될 반발과 충돌에 대한 우려는 크지 않을 수 없다. 이러한 충돌의 악순환을 벗어날 수 있는 것이 공정성의 존중을 통해서라는 것은 새삼 말할 필요도 없는 일이지만, 그러나 이러한 우려와 확인에도 불구하고 불행하게도 우리가 품어보는 공정성에의 기대가 온갖 음험한 방식으로 배반당하고 있는 것이 또한 우리의 현실인 것이다. 그 한 보기로 저자가 들고 있는 예는 이런 것이다.

5공 시절의 한 장관이, 이제는 중도파가 나서서 좌파의 오류를 지적해주어야 한다고 말했을 때가 그랬다. 그의 권고에는 좌파는 우선 나쁜 것이며 우파는 그 잘못까지 옹호되어야 한다는 전제가 숨어 있는 것이지만 우리의 곤혹감은 거기에 있지 않다. 그에게 내가 할 수 있는 말이란 이런 것이다. 좌파가 자유롭게 발언할 수 있고 그들의 정당한 주장이 지지받을 수 있을 때 우리가 좌파를 비판할 수 있는 것이지 우파적 주장이 지배적인 공인을 받고 좌파는 일방적으로 핍박받는데 그들을 공격한다는 것은 설령 그 공격이 아무리 옳은 것이라 하더라도 그것이 공정하지도 않고 설득력도 결코 가질 수 없다는 말이다.

인용문에서 읽을 수 있는 것과 같은 "좌파는 우선 나쁜 것"이라든가 "우파는 그 잘못까지 옹호되어야 한다"는 식의 무비판적 전제는 저자에 의해 가장 비(非)-지적인 것으로 타기되고 있는 것이거니와, 건전한 '대화 문화'의 수립에 무엇보다 필요한 것은 이러한 전제나 선입관 자체에 대한 자유로운 비판일 것이다. 그러나 문제는 우리의 현재의 현실 속에서 공정성을 지켜내려면 비판을 희생시켜야 하고 비판을 가하면 공정성이 손상된다는 딜레마에 있다. 우리의 지적 발전을 가로막는 가장 큰 장애는 바로 이러한 현실적 딜레마이다. 가령

> 대학생들의 과격한 행동주의 논리와 흑백논리적 사유법은 그들의 주장이 아무리 옳고 그들의 행동에 우리의 빚진 바가 아무리 크더라도 잘못이다라고 생각하고 말하기란, 그 폐해와 타락을 십분 인정하면서도 자유민주주의와 자본주의 체제가 좋다고 생각하며 말하기처럼 자연스럽고 쉬워 보인다. 그런데 뼈대는 좋은데 줄기가 나쁘다든가 줄기는 좋은데 뼈대가 나쁘다고 말하는 일이란 얼마나 궁색한 일이며, 게다가 그처럼 도식적으로 가리기 위해서는 얼마나 위험한 무지의 만용을 부려야 할 것인가.

라는 구절은 바로 이러한 딜레마 앞에서 궁색해지고 또 오히려 흉폭해지는 우리의 지적 자세에 대한 개탄을 함축하고 있다. 저자와 더불어 우리 또한 90년대에 수립되기를 소망하는 '대화 문화'에 필요한 것은 자유롭고도 지적인 비판의 풍토이지만, 그 비판이 공정한 것일 수 있기 위해서는 우선 모든 생각, 모든 사상, 모든 이념을 현실적 제재에 대한 두려움 없이 자유롭게 발표하고 주장할 수 있는 자유이다. 이 같은 자유에 대한 기대의 연장선상에서 저자는 "공산당도 허용되어야 한다"는 송복 교수의 주장까지를 조심스럽게 인용하고 있거니와, 이렇게 볼 때 지적 정신의 내용으로서의 공정성이란 문화적 자유, 사상적 자유에 대한 당연한 요구이면서 그것을 보장하는 원리이기도 한 것이다.

지적 정신의 또 하나의 내용인 솔직성은 '문화적 대화'에 임하는 각 개개인들의 주체적 자세와 관련되는 것이다. 현실적으로 우리가 갖는 생각이나 주장·이념이라는 것이 많은 부분 계층·세대·지식, 그리고 그 밖의 더 많은 요인들에 의해 달라질 수밖에 없는 것이 부인할 수 없는 사실이라면, 이처럼 다양한 요인들에 의해 그 내용을

달리하는 생각 · 주장 · 이념 들이 서로간에 대화 관계를 유지하고 발전시켜나가고자 할 때 필요되는 것은 그 각각의 생각 · 주장 · 이념이 각기 '상대주의'적 가치와 한계를 지닌다는 사실을 자각하는 일이다. 바로 이러한 자각의 필요성에서 솔직성은 우선 예리한 자기 비판과 자기 반성의 칼이 된다. 그것은 "타인에 대한 지탄의 손길이 자신에게도 향할 수 있도록 스스로에게 준열"할 것을 요구한다. 그러니까 신구 세대간의 인식론적 단절에 대해 말하면서 저자가 젊은 세대에 대하여는 "냉철한 지적 성찰과 실증주의적 접근법이 요청된다"고 지적하고, 기성 세대에 대하여는 그들이 지닌 '무지'와 '경험론에의 집착'에 대한 '완강한 아집'을 꼬집는 것은, 제삼자의 입장에서 그 양쪽 모두를 비판하는 것이 아니라 그 각각에게 스스로의 한계와 맹점을 자각시킴으로써 양자 모두를 '가치 상대론에 의한 포용의 논리'로 끌어들이기 위한 궁극의 목표를 갖는 것이라 할 수 있는 것이다. 이렇듯 상대주의적 한계는 한계로 머무르는 것이 아니라 오히려 한계에 대한 자각을 바탕으로 다른 생각, 다른 이념들을 포용함으로써 더 나은 생각, 더 발전된 이념을 지향할 수 있는 역동성을 획득하게 된다. 그 역동성이란 한편으로는 그것들이 모두 대화의 장으로 포용됨으로써 얻어지는 것이면서, 다른 한편으로는 각각의 테두리 안에서 내적 논리의 치밀성을 기하는 데에서 얻어지는 것이기도 하다. 상대적인 가치를 지니는 많은 주장과 이념들이 모여 이루는 대화의 장에서 힘과 같은 외부적 권위의 억압에 의해서가 아니라 설득에 의한 자발적 동의를 구할 수 있기 위해서는 자기의 주장이나 이념의 논리적 세련화가 또한 필요해지기 때문이다. 안으로 치밀해지되 밖으로 겸손하게 열려 있을 줄 아는, 실천하기에 그리 쉽지 않은 자세를 솔직성은 요구한다.

솔직성의 이름으로 요구되는 또 하나의 사항은 자신이 처한 입장이나 역할에의 분명한 자각이다. 앞서 우리는 솔직성을 그 내용의 하나로 갖는 지적 정신이라고 하는 것이 '~다움'의 당위를 본연의 것으로 받아들이는 데에서 가다듬어지는 것임을 말한 바 있다. 그런데 이 같은 '~다움'의 자세에는 바로 개인들 각자의 입장과 역할에 대한 투철한 자기 인식이 필요한 것이다. 이에 대해서는 바로 저자의 논의를 예로 삼아 살펴보는 것이 더 나을 것이다. 『열림과 일굼』은, 저자가 80년대의 가장 중요한 변화의 하나로 꼽고 있는 북한에 대한 인식 변화, 대북 정책의 변화에 관련된 여러 편의 글을 수록하고 있는데, 여기에는 한동안 우리 사회를 떠들썩하게 만들었던 문익환 목사, 임수경양, 국회의원 서경원씨의 평양행에 대한 언급도 당연히 포함되어 있다. 그런데 이 세 사람의 평양행에 대한 구체적 언급의 내용은 각기 다르다. 문익환 목사의 평양행 소식에 접했을 때 저자는 "큰일났다는 부정적 쇼크가 아니라, 와야 할 일이 드디어, 그러나 매우 빨리, 닥쳐왔구나라는, 오히려 신선한 경악"을 받았다고 말한다. 또 임수경양의 평양행에 대해서는 그 사건에 대해 가능할 수 있는 여러 입장에서의 찬반 양론을 열거하면서 문제의 초점을 임양의 평양행 자체에 대해서가 아니라 그 찬반 양론들 중에서 "우리가 어떤 것을 가장 좋은 대답으로 만들어야 할 것인가를 지금 우리가 선택할 수 있고 또 해야 한다는 점"으로 옮겨놓고는 "역사에서 어떤 교훈을 이끌어내고 그것을 현재화할 것인가는 역사를 살고 있는 사람들, 역사를 만들어가는 사람들의 현명한 결단에 의한다는 진실"을 확인시킨다. 이에 비해 서경원씨의 평양행은 "그가 제도권의 공인이라는 점에서 그의 행위는 목사나 작가·학생의 그것들과는 근본적으로 다르고 또 달라야 하는 것"이라는 신랄한 질책의 대상이 된다. 이 차이의 기준은 새삼 말할 필요도 없이 각 개인의 입장의 차이에 따라 달리 규정되는 역할과 그 의미의 차이에 대한 명확한 자각 여부이거니와, 이처럼 섬세한 '분간'의 관점 앞에서는 지식인의 지식인답지 못함, 정치인의 정치인답지 못함 등과 같은 일체의 현상들은 솔직성의 포기라는 준엄한 비판을 면할 수 없다.

아마도 이 '~다움'이라는 지적 자세의 요구는 각 개인들의 역할을, 그리고 각 개인들이 지니고 있는 생각·주장·이념 들을 일관되게 펼쳐나갈 때에 충족될 수 있는 것일 터이다. 논리의 왜곡, 내용의 변질은 대화 자체를 불가능하게 만든다. 논의와 대화에 있어 설득과 설복의 가능성은 일관된 주장이나 견해들 사이에서 객관적으로 판정되는 상대적 수월성(秀越性)에 있는 것이다. 비단 논의나 대화의 상황이 아닌 현실에 있어서도, 차이로부터 비롯되는 대립이 극한적인 충돌로까지 치달아가는 것을 어느 정도 예방할 수 있는 것도 바로 이 일관성이다. 그러나 80년대에 있어 일관성의 결여로 말미암아 많은 사람들이 당해야 했던 피해와 손실은 매우 큰 것이었다. 단적인 예로 '합법' 도서가 문제 학생들에 대한 증거물로 제시되는 난맥상 앞에서는 대화의 전제가 되는 상호 신뢰란 애당초 발붙일 여지조차 없게 된다. 그럼에도 불구하고 작금의 이른바 북방 정책에 있어서 이 난맥상은 그 혼란의 도를 더해가고 있는 실정이다. 북방 정책에 있어서의 이처럼 일관되지 못한 것에 대한 평계는 앞서 열거한 몇몇 사람들의 북한 방문 같은 "공적 책임 없이 낭만적으로 민족 문제에 접근하는 산발적 행위"들에게 전가될 수 있을지도 모르지만, 그러나 저자가 가하는 비판은 정부의 '범주적 착오'에 대해서만이 아니라 "우리의 의식과 관행을 5공 시절로 역류시킬지도 모를 어떤 음험한 기도가 그 대응의 뒷면에 숨어 있을지도 모른다는 점," 다시 말해 역사의 흐름을 수용하는 자세에 있어서의 일관되지 못한 태도에 더 깊이 관련되어 있는 것이다. 이처럼 일관성의 결여라는 현상은 오늘날 정부의 정책과 그 집행 사이의 괴리에서 특징적으로 찾아볼 수 있는 것이지만, 그렇다고 해서 일관성이라는 것이 정책과 집행 사이에서만 요청되는 것은 아니다. 일반화시켜 말할 때 그것은 이론과 실천, 목표와 방법, 주장과 관철 사이에 있어 변함없이 요청되는 정신인바, 이렇게 본다면 진보주의적 지식권에 대하여 저자가 요구하는 '논리적 세련화'의 노력이라는 것도 바로 일관성에의 요구라고 해석할 수 있을 것이다.

이제까지 장황하게 논의한 개방성·공정성·솔직성·일관성 등은 사실 매우 상식적인 것이다. 그러나 상식적인 것임에도 불구하고 그 것들이 얼마나 유지되지 못하고 있는가 하는 것도 우리는 같이 확인 할 수 있었다. 바로 이처럼 상식적인 것들이 지켜지지 않고 있는 우 리의 현실을 저자는 "진보적 이념 체계와 그 주장들이 가지고 있는 아직까지의 미숙함" "기성의 보수 체계 자체 및 그와 신체계간의 관 계의 미숙함" "우리의 지적·문화적 사회를 둘러싼, 그것의 진전에 조건을 이루고 있는 현실 세계의 미숙함"이라는 세 가지 미숙함을 통 해 규정하고 있다. 이것이 숨길 수 없는 우리 현실의 실상이라고 한 다면, 저자가 제시해 보여주는 지적 정신과 그 내용들은 이 같은 현 실을 보다 성숙한 것으로 도약시키고자 하는 우리의 의지를 뒷받침 해주는 정신적 바탕으로 받아들일 수 있을 것이다. 그것은 우리가 우 리들 미래의 삶을, 이해 관계에 의해 이루어지는 복잡한 얽힘 속에 갇힌 비속함의 세계에서 해방시켜 역사와 가치적 전망의 세계에 위 치시키고자 할 때 반드시 필요한 방법적 정신이다. 그러나 이처럼 중 요한 의미를 갖는 것임에도 불구하고 그 정신의 내용이란 매우 단순 하고 간단한 것이다. 다른 것은 몰라도 이것 정도는 어쩌면 우리의 마음먹기에 따라 비교적 쉽게 성취할 수 있을 것으로 여겨지기도 한 다. 이처럼 단순하고 간단하기에 그 방법론적 가치는 오히려 더욱 큰 것일 수 있거니와, 바로 이 같은 마음먹기를 통해 이러한 상식적인 사항들을 지켜낼 때, 그리하여 우리 현실의 미숙함을 극복하고 성숙 함을 지향해나갈 때, 우리는 저자가 굴드너의 '비판적 논의 문화' 론 에 의거하여 제시하고 있는 '문화적 대화' 혹은 '대화 문화'의 수립 을 기약할 수 있게 된다. 이 '대화 문화' '문화적 대화'는 저자가 90 년대의 문화적 실천 방법으로 제시하고 있는 내용의 핵심으로서, 우 리가 가장 열린 마음으로 경청해야 할 부분이기도 하다. 현실의 혼란 과 대립을 미래 지향적 가능성으로 전환시킬 수 있는 구체적 방법으 로서의 대화는 저자가 오늘의 현실에 대한 성실한 성찰을 바탕으로 하여 제시하고 있는 것이기에 이러한 시대적·역사적 배경과의 관련에서 그것이 갖는 중요성은 아무리 강조해도 지나침이 없는 것이다.

그런데 이처럼 중요한 의미를 지니는 '문화적 대화'는 단지 방법의 차원으로 제시되어 있기만 한 것이 아니라, 이미 저자에 의해 시도되고 있는 것이기도 하다는 점에서 그 방법에 거는 우리의 기대와 신뢰는 더욱 큰 것일 수 있다. 예컨대 임철우의 소설을 분석함에 있어 저자는 자신이 80년의 광주에 대해 어쩔 수 없이 '방관자적 시선'에서 벗어날 수 없다는 것을 고백한다. 그러면서 저자는 바로 이러한 솔직성을 바탕으로 하여 임철우의 소설들로부터 갈등을 화해로 '감싸안는 시선'을 찾아낸다. 저자에 의해 시도되고 있는 대화의 모습은 이런 것이거니와, 그 가장 빛나는 성공적인 예를 우리는 '김현과 김영현의 만남'을 성사시키기 위한 대화를 시도하고 있는「감동의 문학을 향하여」에서 찾아볼 수 있다. 이 글에서 저자는 60년대, 70년대, 80년대의 비평이 각기 추구한 이념을 각각 '감동'과 '재현'과 '변혁'으로 정리하고는 이를 바탕으로 오늘날의 한국 문학이 직면해 있는 "감동이라는 정서적 반응을 경시하는 데에서 빚어지는 문학의 문학다움의 쇠퇴와 현실의 재현─변혁을 위한 문학적 역할의 감소"라는 문제를 찾아낸다. 이러한 문제 제기 자체의 타당성에 대한 논의는 별개의 것이거니와, 이 표현된 바의 것만을 살필 때, 감동을 말하면서 동시에 문학의 문학다움을 말하는 이 진술은 저자의 문학적 인식이 뿌리내리고 있는 기반인 60년대에 대한 애착을 버리지 않고 있는 보수성과 함께 문학의 문학다움을 상정하는 본질주의자로서의 면모를 솔직히 드러내면서도, 그것을 오히려 70, 80년대의 문학이 추구한 재현─변혁의 노력과 접맥시키고자 하는 데에서 개방적이고 포용적인 면모를 동시에 드러내고 있는 것이다. 그리고 이 둘을 결합시켜 감동의 재현과 감동을 통한 변혁을 역설하는 데에서 우리는 저자의 대화주의자로서의 면모를 읽어내게 된다. 우리의 마음의 움직임이 그 자체로 세상을 변혁시킬 수 있는 것은 아니지만, 그것이 변혁의 가장 확실한 출발점이 된다는 사실을 인정하는 데 인색할 필요는 없을 것이다. 감동은 변혁의 단서를 제공하고, 변화된 모습의 확인은 감동으로 받아들여진다. 이렇듯 감동과 변혁의 사이를 매개하는 방법으로 저자에 의해 주창되고 스스로에 의해 시도되고 있는 대화는 그 자체가 더할 나위 없이 감동적이다. 이렇게 감동이 변혁의 출발점을 이루는 것이라고 한다면 어쩌면 대화 자체보다도, 대화를 통해, 혹은 대화의 모습을 지켜보는 것을 통해 행복하게 맛볼 수 있는 이러한 감동이야말로 90년대를 변혁을 향한 가능성의 장으로 일궈나갈 수 있는 진정한 힘으로 저자가 제시하고 있는 것인지도 모르겠다.

〔『현대예술비평』, 1991년 여름호〕

대화적 비평의 밑자리
——김병익의 『열림과 일굼』

임 우 기

츠베탕 토도로프는, 그의 저서인 『비평의 비평 *Critique de la Critique*』에서, '대화적 비평 *un critique dialogique*' 이라는 개념을 사용하면서, 이상적인 비평의 모습을 아래와 같이 제시한 적이 있다.

대화적 비평이란 작품에 대하여 말하는 것이 아니라 작품에게, 아니 오히려 작품과 더불어 말한다. 그것은 서로 대면하고 있는 두 가지 목소리들 중 어느 한쪽도 제거해버리기를 거부한다. 비평가가 읽는 텍스트는 '메타 언어' 가 떠맡아야 할 어떤 대상이 아니라, 비평가의 담화가 만나게 되는 또 하나의 담화이다. 텍스트의 작가는 '당신' 이지 '그 사람' 이 아니다. 인간적 가치들에 대하여 더불어 토론할 대화의 상대방이란 말이다.

토도로프가 이상적인 비평 형태로 여긴 '대화적 비평' 은, 인용글에서도 엿보이지만, 작품이나 작가와 수평적 관계를 맺고 있는 비평이다. 그것은, 작품을 자기 논리의 틀 속에 끼워넣는 비평이나, 작가를 위에서 내려다보는 비평이 아니다. '대화적 비평'이 꿈꾸는 것은, 더불어 진실을 찾아가는 비평이다. 더불어 진실을 찾아가기 때문에 그것은, 작품이나 작가에게 찬성 혹은 반대를 표명하는 일에 중요성을 두지 않는다. 작품에 대한 찬·반의 표시 자체가 중요한 것이 아니라, 찬·반의 표시가 그 대상 작품과 더불어 존재하는 것인가가 중요하다. 다시 말하면, 대화적 비평에서 찬·반의 표시는, 그 자체가 토론의 테이블에 동참한 상태다. 만약 토론에 참여하지 않는 찬·반의 표시는, 그 자체가 이미 하나의 독단론의 씨앗을 지니고 있기 쉽다. 대화를 인정하지 않는 비평은, 오직 자신의 목소리만을 유일한 것으로 듣는다. 그런 독단론적 비평은 인상주의 혹은 주관주의 비평을 통해 널리 전파된다.

독단주의적 비평의 생생한 모습들을 만나보기란 그리 어렵지 않다. 그 모습들은 '비평의 시대'로 일컬어지는 80년대의 비평들 속에서 얼마든지 찾아질 수 있다. 그런 비평의 대표적인 것이, '당*party*의 사상'으로 무장된 비평이다. '당의 사상'에 의해 작가는 그 자신이 무엇을 말해야 하는가가 이미 결정되어버리고, 그에 따른 비평은 작가에게 당위로 주어진 것이 작품 속에서 얼마나 잘 이야기되어 있는가를 따진다. 그때의 비평은, 도그마의 노예일 뿐, 작가와의 생산적인 대화의 장을 마련하지 못한다. 다른 한편, 독단주의적 비평과는 다른, 그러나 작품과 비평 사이의 수평적 대화의 가능성을 가로막는 또 다른 비평의 예는, 소위 '내재적 비평'에서도 얼마든지 찾아진다. 내재적 비평가들은, 그들 자신의 목소리와 작가의 목소리가 하나로 일치되기를 꿈꾼다. 그들은 작가와의 완전한 동화(同化)를 통해, 작품과의 대화를 스스로 제거해버린다. 비평가 자신의 목소리는 작가의 목소리에 의탁(依託)된다. 대화의 부재를 통해 '내재적 비평'은, 작가와 더불어 진실을 일구어가는 비평을 이루지 못한다.

김병익의 비평은, 한국 현대 문학사 속에 고질적인 흐름을 이루어온 독단주의적 비평과의 힘든 자기 싸움으로부터 형성된 비평이다. 그의 비평은, 작품과 작가에 대한 성실한 토론의 공간을 열어놓는, 아니 그보다, 토론의 과정 그 자체가 되고 있는 비평이다. 그의 비평은, 그가 작품에 대해 동의하든 거부하든간에, 그 작품과의 대화를 지속적으로 이끌어가는 비평이다. 그런 타자와 더불어 대화를 유인하는 비평은 몫의 비평이다. 왜냐하면 그것은 많은 생각들과의 수평적 관계의 중요성을 전제로 한 비평의 비평이 아니라 민주적 비평이고 폐쇄의 비평이 아니라 열림의 비평이며, 원칙의 비평이 아니라 일굼의 비평이다. 김병익의 그와 같은 비평 세계를 적절하게 설명해주는 개념이 '대화적 비평'의 개념이다.

김병익의 '대화적 비평'의 세계는 그의 평론집 『열림과 일굼』에서 한결 심화된 경지를 내보인다. 『열림과 일굼』에서, 그의 '대화 정신'은 한국 사회에 미만해 있는 독단론적 사유틀을 반성적으로 해체하면서 그것들을 포괄해간다. 그 해체와 포괄의 비평 과정은, 그 자신의 경험론적 구체성을 비평의 바탕에 깔면서, 문화의 공시적(共時的) 맥락과 통시적(通時的) 맥락 사이의 세심한 살핌과 추궁을 통해 이루어진다. 그 포괄적인 비평적 접근법은, 가령, 횡적으로는 80년대 후반의 한국 사회에서 '후기 산업 사회'의 대중적 문화의 맥락을 살핀다거나, 나라 안팎에서 이루어진 급격한 이념적 변화로 인해 혼선을 빚고 있는 오늘의 이데올로기적 상황을 소상하게 밝히는 것, 그리고 종적으로는, '4·19 세대'가 체득한 자유주의와 80년대의 젊은 세대의 급진적 운동주의 사이, 혹은 '한글 세대'와 그 이전 세대, 혹은 그 이후 세대 사이의 생활 방식과 언어 의식의 전이를 살피는 것 등에서 확인된다. 그 경험적 구체성에 바탕을 둔 포괄적인 비평 행위의 적절한 보기는 아마 다음과 같은 부분일 것이다.

우리의 민주화가 6·10, 6·29를 거쳐 드디어 구체적 발전 계기로 삼아도 좋을 1987년 12·16의 선거에서, 처음으로 투표권을 행사하여 직접 대통령을 선출할 수 있었던 36세 이하의 유권자가 총 유권자의 반 이상을 차지했다. 그런데 이 세대는 모두 6·25 이후의 출생자로서 우리 경제의 산업화와 양적 팽창이 진행되는 기간에 성장했고, 유신 시절에 학교를 다녔으며 5공화국 중에 기성 사회에 편입했거나 편입을 준비하고 있던 연령층이었다. 그래서 이들은 기존의 성인 세대와는 근본적으로 상이한 의식 구조를 갖춘다. 1) 그들은 6·25 체험이 없기 때문에 이념에 있어서나 실제에 있어 경험이 강요한 반공주의로부터 오염되지 않은 채 자유롭고 순수한 이데올로기적 탐구가 가능하다. 2) 그들은 절대 빈곤의 체험이 전세대에 비해 아주 적기 때문에 가난 콤플렉스로부터 벗어나 부의 추구와 양적 팽창 대신에 질적 향유와 정의로운 분배에 더 큰 선호를 갖는다. 3) 산업화와 더불어 현대적 과학 기술 및 전자 매체의 보급 속에서 성장했기 때문에 그들은 기능주의적 · 실용주의적 태도와 방법론에 익숙해 있다.

인용된 문장 속에서 확인할 수 있는 것은, 젊은 세대의 의식과 생활 방식을 이해하는 시선이 대상에 대한 공시적 · 통시적 시각에 입각하여 포괄적으로 살펴지고 있다는 것, 또한 그것이 경험적 구체성에 바탕을 두고 있다는 사실이다. 그러나 그의 비평적 입장이 지닌 가장 뜻깊은 미덕은, 그의 대상에 대한 비평적 이해가 자기 본위에서 행해지고 있지 않다는 점에 있다. 이런 비평적 입장은 위의 인용문에서도 나타나고 있는 것이지만, 대상에 대한 자기 위주의 이해 태도로부터 벗어나서 타자의 입장에서의 대상에 대한 이해를 함께 고려하려는, 그의 대화적 비평의 정신과 밀접한 관련이 있다. 이와 같은 타자의 입장에 서보기는, 다시 말하는 것이지만 타자의 입장에 대한 배타적 비평 행위를 극복하려는 비평 태도의 결과이다. 그가 젊은 세대의 급진주의에 대해 애정 어린 비판을 가하면서,

더구나 우리가 '신중하고 비판적인 논의 문화'를 희망할 때, 그리하

여 상대로부터 '자발적 동의'를 구하고자 할 때 자기 중심의 가치의 절대화는 허용되지 않을 것이다. 진리란 정반합의 변증법적 과정을 통하여 획득된다는 진보적 사유법에 따를 때 더욱 그렇다. 이렇다는 것은 진보주의적 지식권이 '냉철한 머리'로 보다 논리적이고 세련되며 관용적이고 대화적이어야 할 것을 반복하여 지적하는 것이다. (p. 39)

라고 힘주어 말하는 것은, 그의 비평이 스스로가 '관용적이고 대화적'인 비평 행위에 가담하고자 함을 뜻하면서 궁극적으로는 '신중하고 비판적인 논의 문화'의 형성을 희망하고 있음을 뜻한다. 다시 말해 김병익의 비평이 지닌 큰 힘은, 타자에 대한 비판과 질문을 자기화함으로써 건강하고 생산적이며 민주적인 '대화' 문화의 터전을 일구어내고 있다는 사실에 있다. 그는 그 스스로가 '4·19 세대'임을 자부하면서도, 자기 세대의 서구 편향성, 보수화, 이념적 편파성에 대한 자기 비판을 가함으로써, 사유와 인식의 균형과 공정성을 확보하고 있다. 이런 모습들은 그의 비평이 꿈꾸는 "진정한 민주주의적 의식 구조의 조성"(p. 86)을 향한 실천적 노력의 일환이다.

『열림과 일굼』은 오늘의 한국 사회가 처한 현실에 대한 분석과 그로부터 이끌어진 미래 전망을 일구어내려는 사회·문화 비평서인 동시에 대화적 비평 정신이 그의 문학 작품 분석 행위 속에 일관되게 관통되고 있음을 보여주는 문학 비평서이다. 이 책에서 그의 문학 비평적 태도를 압축시켜 보여주고 있는 글이「감동의 문학을 향하여」이다. 그 글에서 김병익은 자신의 문학 비평적 출발이 '감동의 정체 찾기'에 있음을 토로하고 있다. 그런 '감동의 정체 찾기'는 "감동의 회복, 감동하는 의식의 부활을 소망"(p. 194)하는 그의 문학적 희망에 따른 것이다. 그러나 '감동'이란 말은 얼마나 추상적이고 애매하며 사사로운 것인가. 김병익은, 그 '감동의 미학'이라는 추상적인 명제가 야기시킬 수 있는 갖가지 문제점들을 섬세하게 지적한 후, 그의 절친했던 동료 비평가인 고 김현의 비평으로부터 '감동의 비평'의 가능성을 타진해간다.

 그 탐색, 한 작품에서 얻어내는 감동의 심리적 추적이 그[김현: 인용자]의 비평의 뿌리를 이루고 있는 것이다. 그러나 그는 그의 감동의 논리를 자신의 개인적인 취향의 것으로만 귀속시키지 않는다. 오히려 그와 반대로, 감동하는 의식만이 추악한 현실을 바로 보고 그것을 뛰어넘을 꿈을 꿀 수 있는 자산으로 생각하고 있다. 그는 한 비평집에 대한 서평에서 "감동하는 의식은 대상을 크게 증폭하는 의식이며 더 풍요롭게 느끼는 의식이다. 감동하는 의식만이 대상을 깊게 그리고 넓게 느낄 수 있다"(「감동하는 의식의 관용적 역사주의」, 『분석과 해석』, p. 268)라고 쓰고 있는 것이다. 바로 그 자신이, 한없이 열려 있는 태도와 그 시선의 섬세한 더듬기, 그리고 시인의 상상력을 좇아 인간의 은밀한 욕망의 근원을 찾아내는 풍요한 비평 정신을 뛰어난 미덕으로 발휘하고 있고, 그것의 풍요한 성과들이 우리의 비평계에 한 줄기 커다란 흐름으로 고스란히 살아 움직이면서 비평을 독자적인 문학적 장르로 발전시키고 있거니와 [……] (pp. 187~88)

김병익은 김현 비평의 '뛰어난 미덕'으로 "한없이 열려 있는 태도와 그 시선의 섬세한 더듬기, 그리고 시인의 상상력을 좇아 인간의 은밀한 욕망을 찾아내는 풍요한 비평 정신"을 꼽는다. 그리고 김병익은 그러한 '감동의 미학'을 자신의 문학 비평적 태도와 접근법으로 삼는다. 그러나, 김현 비평과 김병익 비평이 추구하는 '감동의 미학'은, 그 내용에 있어서 일정한 차이를 드러낸다. 김현 비평이 비평하는 마음의 움직임과 글쓴이의 마음의 움직임 사이의 깊고도 행복한 겹침을 꿈꾸는 비평이라고 한다면, 김병익 비평은 글쓴이의 마음의 움직임 자체에라기보다는 그 마음의 움직임을 낳은 안팎의 상황에 가 닿는다. 달리 말하자면, 김현 비평은 작가의 욕망의 뿌리에 가 닿아 그 욕망의 의미를 캐고 있다면, 김병익 비평은 작가의 욕망의 움직임과 더불어 그 욕망을 자극한 외적 상황을 따진다. 그러니까 김병익 비평은 사회적으로 연결된 작가의 내면과의 만남을 꿈꾸지, 작가의 마음 자체와의 만남을 꿈꾸는 것은 아니다. 아마, 김현의 '공감의 비평'과 그의 '감동의 비평' 사이의 갈림이 이루어지는 것은, 그의 비평이 작가의 마음의 움직임 자체를 목표로 삼지 않는다는 사실에서 주어질 것인데, 이런 그의 비평은, 작가의 마음을 충실히 뒤따라가면서도 작가와 일정한 거리를 두는 비평이다. 작품에 감동하면서도 작품의 사회적 연관을 캐는 비평은 작가의 마음에로의 무조건적인 몰입을 경계하는 비평이며, 그런 비평 태도에서 비로소 대화적 비평은 가능해진다. 작가의 마음을 성실히 뒤좇으면서도, 그 마음의 현실 내적 관련성을 뒤좇는 비평! 김병익 비평의 커다란 미덕은 무엇보다도 그러한 대화적 비평의 실천을 통해서 작가와 비평가 사이의 진실된 만남과 대화의 공간을 형성하고 있다는 사실, 또 그렇게 함으로써, 문학을 통한 진정한 삶의 일구어감을 가능케 하고 있다는 사실에 있다. 김병익 비평의 문화적 또는 문학적 의미는, 독단론이 여전히 횡행하고 주관주의적 탐미주의와 인상주의가 활개하고 있는 우리의 비평 현실에서, 열린 의식 혹은 민주적 문학의 형성과 정착을 위한 단단한 밑자리를 이루고 있다는 데에 있다. 『열림과 일굼』을 통해 확인되는 것은, 그의 '대화적 비평 정신'의 크고도 깊은 뿌리내림이며, 그 뿌리내림의 비평사적 소중함이다.

[『민족과 문학』, 1991년 여름호]

진보주의와 문화주의 혹은 열린 비평*

──김병익의 『숨은 진실과 문학』

송 희 복

세상 사람들은 이른바 '문지 4K' 가운데서도 김병익이 차지하고 있는 독특한 자리를 생각하곤 한다. 세칭 그렇게 불리는 네 사람 중에서(물론 한 분은 이미 고인이 되었지만) 얼핏 보아서 유독 문학 전공 출신이 아니라는 점과, 그럼에도 문학의 존엄성을 오로지 현장 비평으로써만 실천해온, 우리 평단에선 희귀한 직업 비평가라는 점이, 한 세대 가까이 기본적인 공동의 생각을 함께 나누며 동행해온 다른 세 사람으로부터 구별되는 듯하다. 그러나 그가 그의 비평이 다른 세 사람으로부터 본질적으로 이채성을 띠는 대목은 문학이 '사회 문화적'인 가능태 위에서 자율적으로 존립할 수 있고 또 그 존재 의의를 확인할 수 있다는 개별적인 믿음을 가졌다는 데 있을 것이다. 그는 이를테면 재야 지식인에 속한다. 그러면서도, 그의 글은 매우 체계적이고 논리적인 강단적 품격을 유지하고 있다. 그의 글을 꼼꼼히 읽어본 사람이라면, 그의 글만큼이나 견고하면서도 유연한 특성을 나타내고

---

* 이 글은 송희복의 「현실: 일굼의 실천적 현장과 정관의 이론적 원근법」(『작가세계』, 1994년 여름호)에서 편집자가 김병익의 글만을 부분 발췌한 것이다.

있는 글은 거의 드물다는 사실을 감지할 수 있을 것이다. 그 까닭은 군더더기 없이, 쉽사리 단안을 내리지 않는 그 특유의 논리적 인내를 견지하면서 유유히 전개되는 그의 사유가 편벽되지 아니한 열린 세계를 지향하고 또 이 세계를 궁극적으로 확대하고자 하는 데 있기 때문이다.

김병익의 이번 저서는 시론적(時論的) 성격을 띤 일반론, 거의 소설에 국한된 작가 · 작품론 · 기행 · 소견서(옹호문) · 회상의 형식을 도입한 사적 담론 등으로 나누어질 수 있다. 사람에 따라서는 세번째의 경우가 가장 눈길을 끄는 부분으로 생각될 것이다. 여기에는 인간 김병익의 섬세한 내면 풍경을 엿볼 수도 있다는 점에서, 또 훗날 그의 비평 세계를 이해하는 데도 실로 간과할 수 없는 중요한 자료가 될 것이리라. 하지만, 필자는 미리 허락된 지면 사정도 있고 해서 첫번째 부분에만 주목하고자 한다. 90년대 오늘날 동시대인이 직면하고 있는 광범위한 문제, 이를테면 도덕적으로나 사상적으로 과연 무엇이 가치인지를 거듭해 되물을 수밖에 없는 혼란된 시대적 분위기에 그가 비평과 사색을 통해 정면으로 반성하고 대응하고 있다는 점에서다.

김병익의 『숨은 진실과 문학』을 통해 가장 무게가 실린 기둥말을 찾으라 하면, 필자는 '진보주의'라고 이름된 것을 주저치 않겠다. 혹자는 최근에 90년대 비평을 80년대 비평의 후일담 정도일지 모른다는 우려를 표명한 바 있지만, 김병익에게 있어서의 이 '진보주의'는 새로운 시대에 있어서의 새로운 생산적 담론으로 규정되는 어사이다. 사실상 80년대 운동권의 진보주의는 동구권의 거대한 체제 변혁의 여파로 인해 급격한 격절의 상태를 맞이하고 있다. 그는 이 까닭을, 80년대 진보주의가 한 세기 전 초기 자본주의 산업 사회의 대항 이론으로 제시된 과학주의적 체계와 후속된 교조 마르크시즘에 집착했으며, 실제적으로는 우리 현실을 분석하고 대응하기보다는 이론의 첨예성과 전투성에 편향되어 적합성을 충분히 획득하지 못했다는 사실에 두고 있다. 그는 「진보주의를 이제, 다시 생각한다」(1992년 2월)라는 글에서, 여러 갈래의 진보적 현대 이론을 예거하면서 다음과 같은 결론을 유도하고 있다.

자본주의 체제가 성숙된 우리 사회에서는 이런 수정된 사회주의적 전략이 더 많은 현실성을 가질 것이며 그 이상주의는 우리의 현실 체제가 노출하거나 은폐하고 있는 모순들을 비판적으로 극복하는 대안들을 시사해줄 것이다. 우리의 진보주의가 이렇게 해서 세련되고 성숙해진다면 우리의 자유민주주의와 자본주의 자체도 그 이념과 이론에서나 실제와 현실에서 그만큼 세련되고 성숙해질 것이다. (p. 29)

필자의 생각으로는, 김병익 비평이 갖고 있는 최대의 강점은 어떤 힘으로 요약될 수 있다. 그 힘은 화려한 돌출성은 없어도 무언가 한껏 생산적으로 사유해내는 힘이다. 그는 부단히도 도덕적이고 문화적인 힘을 신뢰하여왔다. 그가 즐겨 사용했던 표제어 '지성'도 그 힘의 일종인 것이며, 또 이것은 최근 그가 사용한 용어인 '일굼'으로도 표현되기도 하는 그런 힘의 종류인 것이다. 그에겐 현실이란 부단히 수정되어야 하는 것이다. 하기야 인간이 마냥 고민 없이 안주하는 닫힌 테두리를 현실이라고 말할 수 없음에랴. 그는 보다 나은 다음의 현실을 위해 지금의 현실을 일구어나아가야 한다는 생각을 결코 포기하지 않는다. 물론, 진보주의도 그에겐 예외일 순 없다. 현실적으로 여전히 수정의 대상일 따름이다.

다소 열린 의식을 소유하고 있는 지식인들이라고 할지라도 오늘날 진보주의를 사회 발전의 양념 정도로 생각하고 있는 것이 사실상 저간의 실정이다. 그가 이러한 문제에 보다 근원적으로 성찰하고 새로운 대안의 문제를 제기하고 있는 것에, 필자로서는 놀라움을 금치 못한다. 4·19 세대로서의 역사적 부름에 대한 빚짐 정도로 이해할 성질의 것이 아니기에, 그 너머로 향해 그의 인식의 시야와 의식의 범위는 자유롭게, 또는 진지하게 개방될 수 있었다. 이러한 맥락에서 볼 때, '진보주의적 사유의 새로운 시작을 위하여'라는 부제에 글의 내용과 성격을 명료하게 제시하고 있는 「'겨울 나무'의 뿌리 키우기」(1992년 봄)는 필자에게 가장 감동적으로 읽힐 수밖에 없었던 글이었다.

이 글은 결국 김병익이 진보주의자들에게 탄력적인 적응력을 지니기를 권유한 글이다. 80년대에는 정치적 고전민주주의에 대한 국민적 열망과, 사회주의적 이념에 호응하게 된 진보주의적 사유가 착잡하게 혼재되어 있었다. 제도적 민주화의 틀이 어느 정도 이룩되자 중산층은 급격히 우경화되고, 동구권의 몰락이라는 세계사적 격변 앞에 진보 진영은 실천적 무력감과 이념적 방황으로 인해 분열되었다. 김병익 역시, 사회 발전의 내적 긴장으로 지탱될 진보주의적 사유 체계가 고사할지 모른다는 우울한 예상으로부터 자유로울 수 없었다. 따라서 그는 희망을 상실한 사람을 위해 희망을 가질 수 있다는 아도르노적 역설을 수긍하게 된다.

진보주의에 대한 꿈은 더욱 절실하고 그것의 미덕들은 더더욱 존중되어야 할 것이다. 그리고, 박노해처럼 자연의 법칙에서 인간 사회의 생명성을 일구어낼 수 있다고 믿는다면, 나무가 겨울에 뿌리를 키우듯이, 사상과 정신도, 암울하고 을씨년스러울 때, 오히려 그 기반을 새로이 다지고 넓히며 힘을 모아 다듬을 수 있을지도 모른다. '과녁이 숨어버린 시대' 혹은 '혁명이 불가능해지는 시대'가 그 의지와 열망을 여리고 어둡게 만들더라도, 그래서 진보주의자들의 겨울 나무에의 꿈이 철 지난 것들에 대한 그리움처럼 안쓰럽게 보이더라도, 바로 그렇기 때문에, 이상주의와 진지성에 대한 열망은 가없이 부풀려내야 한다. (p. 54)

김병익의 비평은 이와 같이 사회 문화적으로 변동된 양상에 시의 적절한 현장성을 제시하는 날카로운 인식의 힘을 지니고 있다. 뿐만 아니라, 그는 사회 문화적인 모순과 타락의 조건과도 비판적으로 맞서 있다. 사회주의의 유물론과 자본주의의 물신주의간의 관계는 그에겐 필경 초록이 동색이다. 그는 이 둘을 일컬어 '경제주의'라고 이름했고 이를 극복하는 대안적 모델로서 '문화주의'를 제안했다. 이 개념은 "돈으로 우리의 품성과 노력이 계산되는 것을 거부하고 자아의 성취와 삶의 높은 결을 지향하는 가치 체계"(p. 31)라고 설명될 수 있다. 즉 그가 말한 문화주의는 삶을 올바르고 질서 있게 개선하려는 도덕적인 힘에 다르지 않을 것이다. 이러한 면에서 볼 때, 그는 현저하게도 사회 문화적 비평가이다.

주지하듯이, 사회 문화적 비평은 문학이 사회적 조건으로부터 출발한다는 전제 아래 문학을 물질적 환경의 일부로서 수용한다. 하지만, 그것은 김병익의 경우처럼 문학의 물질주의적 환경을 강렬하게 거부한다. 오히려 문학은 인간을 사물화시키는 그 환경의 허상을 벗겨내는 데서 "여전히 존경스럽고 존중스러운 품위를 지"(p. 70)킬 수 있는 것이다.

오늘날 소비 사회에 이르러 문학 역시 "우리의 가벼운 정서적 대리 만족의 소요품"(p. 66)으로 전락하고 있다. 인생의 심오한 이치와 절실한 감동이 내장된 서책의 고전적 의미는 와해되고, 대신에 가벼운 '읽을 거리'로서의 대중적 상품의 의미가 강화되고 있다. 김병익은 「책머리에」에서 변화와 전이가 문학의 위엄을 훼손하고 창조의 고뇌를 휘발시키는 쪽이어선 안 된다고 밝혔듯이, 문학도 경제주의가 아닌 문화주의로 나아가야 할 바를 힘있게 시사하고 있다.

사회 문화적 비평은 이미 19세기에 아놀드 M. Arnold가 표현한 바 있듯이, 힘찬 *powerful* 그리고 아름다운 *beautiful* 것의 상호 작용을 이상으로 삼는다. 김병익이 격려를 보낸 진보주의가 '힘찬' 일굼의 도덕성을 가질 때, 또한 그가 대안으로 생각해낸 문화주의가 '아름다운' 문학의 존엄성을 유지할 때, 문학 내지 문화의 권위주의·물질주의는 극복될 수 있으리라 본다. 심미적 자율 구조로서의 글읽기에 익숙한 그가, 우리 시대의 사회 문화적 비평가, 아니면 문학비평가 이전에 우리 시대를 대표하는 가장 열려 있는, 역량 있는 지식인의 한 사람이 되는 소이도 여기에 있다. 현실 변혁의 이념과 소비 탐닉의 욕망을 동시에 걷어낼 때, 예술로서의 문학의 존엄성은 결코 훼손되거나 타락되지 아니한다. 마침 필자는 그의 「무거움과 가벼움 걷어내기」(1992년 겨울)에서 다음과 같은 생각을 따올 수가 있다.

나는 과도한 정치 지향의 급진적 민족문학론에 대해서, 그 역사적 의미와 도덕적 이상주의의 정열을 존중하고 있어왔지만 그것의 문학적 성과에서는 회의적이었다. 그 비슷한 정도로, 포스트모더니즘에 대해서도 나는 앞으로 가능한 새로운 사조로 내다보고 그것의 참신한 요소에 긍정적 기대를 갖고는 있지만, 그렇지만 현대적 상황에서의 적실성, 오늘의 의식을 담아내는 포용력에 대해서는 아직은 때이르다는 생각을 가지고 있다. (p. 88)

김병익은 백낙청과 함께 각각 문지와 창비를 이끌어온, 한 세대 가까이 우리 문단의 양대 산맥을 나란히 지탱하며 우리 문학의 현장의 텃밭을 일구어온 평단의 좌장(座長)격이다. 이 두 사람은 막연하게, 인상적으로 서로 대비되지만, 필자의 소견으로는 모두 사회 문화적 비평가들에 속한다.

김병익은 물론 진보주의자가 아니다. 짐작건대, 이 대목에서라면, 그는 '결코 못 된다'는 겸허한 표현을 사용할 것이다. 그러나, 그는 그 어느 진보주의자보다도 더 진보적인 생각을 가진 사람이다. 90년대 전반기의 시의성과 현장성을 한번쯤 고려한다면, 닫혀 있는 진보주의보다 열린 중도주의가 우리 지식인 사회에 때로 더 필요하다는 관점에서, 그의 『숨은 진실과 문학』은 비평사에 앞으로 잊혀지지 않을 비평서로 남게 될 것 같다. 〔『작가세계』, 1994년 여름호〕

제 3 부

김병익을 찾아서

돌아보면 뒤에 있는 형

김 원 일

　살아오며 주위를 둘러보면 사람은 제가끔 그 사람 나름의 장점과 결점을 지니고 있다. 그 중 나야말로 장점보다 결점이 많은 사람이다. 남이 내 결점을 알고 있는 부분도 있지만 내가 내 결점을 먼저 알아 이를 감추어 그럴듯하게 꾸며온 부분이 많다. 좋게 말하면 수양을 조금 닦아 허물이 불쑥 튀어나오지 않게 늘 자제력을 훈련했다고 할 수 있겠으나, 허물이든 어쨌든 내가 나를 속이며 산다는 혐의 또한 어쩔 수 없다. 애써 참으며 밖으로 드러내지 못하는 그런 실망스런 부분 또한 스트레스가 될 수 있다. 내 경우는 그 억압된 부끄러운 감정을 푸느라 술을 마실 때도 있다.

　병익형의 결점은 무엇일까. 소설가도 비평가에 대해 말할 수 있는 지면이 제공되는 요행을 빌려, 비평가가 타인의 작품을 구석구석 뒤져 칼날을 벼르듯, 비평가의 생리와 '그' 비평가의 인간적 결점을, 그가 위장하는 부분까지 유추하여 소설의 인물처럼 요리하고 싶은 마음이 울컥 솟는다. 그러나 병익형은 곰곰이 따져보아도 결점이 쉽게 드러나지 않는다. 결점 없는 인간이 어디 있느냐, 관찰력의 섬세성 부족이겠지, 하고 내 아둔한 머리를 힐책해도, 형의 결점이 잘 잡히지 않는다. 술을 잘 마시지 못한다. 그래서 언중유골일망정 취중의 실언조차 들어보지 못했다. 노래방에 가지도 않으며 노래부르는 걸 본 적이 없다. 심지어 목욕탕에 함께 가본 적도 없다. 일체 운동을 않는다. 이런 점은 그 사람 나름의 생활 타성이나 성벽이지 결점이나 허물로 꼬집을 수 없다. 소설적 인물로 말하자면 삶의 기복이나 에피소드가 별로 없는, 물에 물 탄, 잘 드러나지 않는 유형의 인물이 형일 수 있다. 그렇게 따지니 형은 교복 입고 모자 썼던 저 중고등학교 시절의 알밤 같은 모범생 모습으로 다가온다. 있듯 없듯, 그러나 그가 있으므로 성적과 행실의 차별화가 결정되는 영원한 모범생이 형이 아닐까 싶다.

병익형은 여태껏 삼 년 정도의 터울로 꼬박꼬박 비평집을 내고 있다(작년의 경우 세 권을 동시 출간하기도 했다). 형이 내는 비평집이 대체로 소설과 관련이 있어 일독을 하게 되지만, 형 비평의 특징 중 하나가 '까는' 부분이 없다는 점이다. 신이 빚은 글이 아닐진대 작품이란 장점과 단점을 고루 갖추고 있게 마련인데, 형의 비평은 작품의 결점 부분을 애써 드러내려 하지 않는다. 언젠가 내가 그 점을 두고 물은 적이 있다. 형 말인즉, 좋은 부분만 언급해도 충분한데 사소한 결점까지 지적할 여유가 어딨냐는 것이다. 덧붙여, 좋은 작품을 읽고 언급하기도 바쁜데 나쁜 작품까지 애써 말해 무엇하냐는 대꾸이다. 결점이 없는 사람은 남의 결점을 보려 하지 않는가? 아니면 남의 흉을 보지 않겠다는 자세를 통해 자신을 수양하는가? 어쨌든 형의 비평은 남들이 말하듯, '따뜻하다.' 모범생답게 성실히 읽고 좋은 점을 골라 진지하게 언술한다. 그래서 듣는 말이지만 형이 언급한 작가론이나 작품론의 당사자는 그 비평을 통해 따뜻한 격려를 입고, 나 역시 그렇다. 어느 날 바둑을 두며, 따끔하게 한두 마디 고언을 주는 것도 그 작가의 성장에 도움이 되지 않겠어요 하고 말했더니, 자기가 알아서 깨칠 일이지, 하고 무심히 대답하며 바둑돌을 반상에 놓는다.

바둑 말이 나왔으니 하는 말이지만(아는 사람은 알 것이다. 이 치가 바둑 이야기를 꺼내고 싶은 조바심을 얼마나 참으며 여태껏 딴소리로 우회하고 있었냐를), 아마추어치고 세상에 형과 나만큼 독좌하여 바둑을 많이 둔 경우도 그리 쉽지 않을 것이다. 자칭 3급강인 우리가 둔

공식 대국만도 4백여 판이 된다. 공식 대국을 두기 시작한 지는 칠 년 정도인데, 한 판이 끝날 때 지는 쪽이 일만 원씩 적립하기로 하여, 몇 년 전 150번의 대국을 마쳐 그 적금액으로 우리는 각자 국산 고품질의 바둑판과 바둑알을 장만한 바 있다. 그뒤 현재 적립액이 250만 원 정도이니, 250번 대국을 한 셈이다. 그 적립금은 계속 불어날 터이고, 어느 해 그 돈을 헐어 국외 여행을 함께하기로 했고, 그곳에서 또 기념 대국을 두게 될 것이다. 대국은 주로 형의 홈 그라운드(이 점이 중요하다)인 문지 사무실에서 일주일에 한 번 꼴로 이루어지지만, 여행 중에도 늘 바둑판을 휴대한다. 설악산 · 정선 · 보길도 · 대구, 어디 가릴 곳 없이 방만 정하면 휴대용 바둑판을 펼친다. 비행기 속에서는 물론, 일본 · 중국 · 독일 · 멕시코 · 페루 · 케냐 · 남아공……, 이렇게 대륙을 누비며 호텔방에서 자정 너머까지(나는 취해 있을 경우가 많지만) 담배 연기 자욱이 피우며 바둑을 두었다(친구들이 모두 오래 살겠다고 담배를 끊었지만 유독 형과 나만은 아직 하루 두 갑의 골초라 여행 중 방 배정에서 룸메이트의 숙명을 질 수밖에 없기도 하다). 그러니 이튿날 관광은 뒷전이다. 바둑에서만은 형도 모범생 구실을 못 하는 결점이 노정된다. 먼저, 다른 쪽 머리는 모범생인데 어찌 됐는지 바둑만은 발전성이 없다는 점이다. 누가 오는지 가는지도 모를 만큼 사무실에서도 허구한 날 성실하고 진지하게 바둑을 두는데, '덜컥수'는 십 년 전이나 지금이나 변함이 없다. 이기고 지는 게임에는 누군들 승부욕이 없겠냐만, 남들은(이럴 땐 '남들'로 말을 빌림이 유리하다) 형의 바둑을 두고 '무르다'고 말한다. 악착같은 승부 근성이 없고, 날카롭거나 발 빠르지 못하며, 착실하고 신중한 행마를 하다 보니 이창호류의 두터운 바둑인 듯하다가 그만 '덜컥수'로 판을 잡친다. 그 점 역시 형의 '무른' 성격 탓이다. 대하소설적으로 이기겠다고 덤비는 나 역시 뒤가 약한 무른 바둑을 두다 보니 우리는 곧잘 '만방판'도 짠다. 붙었다 하면 이십여 분 만에 한 판씩 대깍대깍 너덧 판을 두어내니 친구들 말처럼 '영원한 함창 김씨 맞수'인 셈이다.

바둑을 두는 태도처럼 병익형은 정말 무른 사람일까? 비평가가 그렇게 물러서도 될까? 그러나 내가 보기에(여행을 함께하면 그 사람을 안다 했다) 형은 분명 무른 사람이다. 무른 사람은 바둑에서의 '덜컥수'와 달리 삶에는 변화를 즐기지 않고, 초심을 일관되게 유지하며, 매사에 객관적 평형을 고려하여 말을 삼가고, 고지식할 정도로 진지하며, 진보를 지지할 때도 보수의 틀과 균형을 맞추어, 진정성을 기린다. 이 점을 두고 어떤 이는 고생 없이 자란 막내아들 기질이라고 말할는지 모르지만, 문지 4김(그 중 1김이 타계했지만) 중 형은 가장 무른 사람이고 중용지도의 유비형이다. 문지가 일찍이 문사에게 많은 부분 편집권을 이양하고, 아래 위를 '무른 권위'로 조정하며 지금도 변함없이 창업 정신을 일관되게 유지함도 형의 그런 성격이 초석이 된 바 없지 않다. 성미 급한 나로서는 형의 그런 진중한 자세에 더러 열불이 날 적도 있지만, IMF 이후 위기의 출판계에 문지는 별 흔들림 없이 넘기고 있으니 그 또한 대견하다.
　병익형의 문학은 무르며 무겁다('무겁다'를 '둔하다'와 혼동하지 말기를 바란다). 형이 쓴 비평집의 제목만 보더라도 형은, 이 '들린 시대'의 '열림과 일굼' 사이, '숨은 진실'을 찾아 '지식인됨의 괴로움'에 고뇌하며, 부단히 '새로운 글쓰기와 문학의 진정성'을 찾아 묵묵히 걷다 보니 가는 세월 잡을 수 없어 어느덧 회년을 맞았다. '상황과 상상력'을 어떻게 조화시킬 것이냐의 과제를 화두로 안고, 산은 눈앞에 있지만 오르지 않고(형은 움직임에는 적당히 게으른 편이라 땀 빼는 등산을 싫어한다) 올려다만 보며, 진보 없는 바둑판을 내려다볼 뿐이다. 그러므로 형은 상황을 뚫고 앞서 뛰지 않기에 얼른 눈에 띄지 않는다. 그러나 우리 문학이 지금 어디쯤 가고 있나 싶어 문득 뒤돌아보면, 동년배에서부터 신세대에 이르기까지 열심히 챙겨 읽는 성실성을 통해 그 모두를 긍정적인 부분만 끌어안고 아우르며 푸르른 큰 산처럼 무르고('무르다'는 것은 '말랑말랑한 생동감' 또는 '푸근하다'와 통한다) 무겁게 버티고 있다. 그가 그렇게 담배 꼬나물고 뒤에서 있지 않다면 나는 불안해할 것이다. 아니, 오늘의 한국 문학이 무르지 않고 굳어져 경직될는지 모른다.

순정한 세월

오 정 희

　선생님을 처음 뵙던 1976년 봄의 어느 날은 내 기억 속에 소설이나 오래된 영화의 한 장면처럼 남아 있다. 해가 완전히 퍼지기 전 아침의 신선한 공기와 적선동에서 청진동까지 걸어가는 아스팔트 길에 간간 뿌려져 있던 물자국도. 검정 스커트에 물방울 무늬 블라우스 차림의 나는 자주 발길을 멈추고 길가 건물의 유리문에 자신의 모습을 비춰보곤 했다. 눈꺼풀에 푸른 칠을 하고 입술을 붉게 바른 얼굴이 가면처럼 낯설고 어색했기 때문이었다. 괜한 짓을 했다고 후회를 골백번 해도 소용없는 일이었다. 문학과지성사로부터, 연초에 발표한 소설 「적요」를 『문학과지성』에 재수록하려는 데 동의하겠는가, 그렇다면 사무실로 한번 나와주었으면 좋겠다는 전화를 받고 외출 차비를 하는 내게 옆자리의 동료가 낯빛이 너무 창백하다고 립스틱을 빌려주었고 빨간 '색'을 쓰면 파란 '색'도 써야지, 태극기를 그릴까 만국기를 그릴까 어쩌구 농담을 하며 내친김에 서투른 눈화장까지 해버린 것이다. 그날따라 굳이 안 하던 화장을 하고 나선 것은 선생님을 뵙는 데 대한 긴장감 외에 그날을 특별한 날로 기억하고 싶다는 마음도 있었을 것이다. 등단한 지는 여러 해가 되었지만 한 해에 단편 한

두 편씩도 힘겨워하고 과연 그것이 소설의 모양새나 갖추었는지 하는 의구심에 전전긍긍해했기에 내 소설이 주목을 받고 또 나로서는 언제나 독자의 자리에만 있을 것 같은 멀고 높은 문학지의 필자가 된다는 것에 그렇게 놀라고 어리둥절해 있었던 것이다.

선생님과의 대면은 이십 분을 넘기지 않았을 것이다. 문밖에서 머뭇대며 인사를 하고, 들어오라고 하셔서 들어가고, 앉으라는 말씀에 접객용 의자에 한껏 얌전히 앉다가 얼굴이 화끈 달아올랐다. 의자의 쿠션이 한없이 꺼지는 바람에 엉덩방아를 찧은 형국이 되었던 것이다. 낡은 의자의 쿠션이 내려앉는 것은 가난한 출판사의 허물이지 내 탓은 천만 아니건만 그것을 알아버린 것에 당황하고 미안스러웠다. 대화는 극히 사무적이었다. 소설을 잘 읽었다는 것, 내 소설을 본 것은 「적요」가 처음이지만 기왕에 발표한 작품들도 나쁘진 않다는 얘기를 들었다는 것, 재수록 소설평은 홍성원 선생님이 쓰시리라는 것, 세 마디 말씀이셨고 나는 커피 한 잔을 쓴 한약 먹을 때처럼 세 모금에 나누어 꿀꺽꿀꺽 마시고 찻잔을 내려놓는 것과 동시에 의자에서 일어났다. 이미 사진으로 낯익은 분이고 선생님이 쓰신 『지성과 반지성』 『한국 문학의 인식』, 그리고 여러 지면을 통해 글을 읽었다는 것, 그 전해 프랑스에서 갓 돌아오신 김현 선생님께서 여러 사람이 함께 한 자리에서 몇 번이나 "병익이가 보고 싶었다"라는 말씀을 하시던 것(김현 선생님을 대책 없이 좋아해서 콩을 팥이라 하면 번연히 콩인 줄 알면서도 팥으로 믿고 싶어하던 나로서 그 말씀을 어찌 범연히 넘기겠는가), 그보다 더 전 고교 은사이신 오증자 선생님께서 "참 좋은 청년"(동아일보 기자 시절을 가리키신 듯)이라 말씀하셨던 것, 홍성원 선생님이 어느 글에서 붙이신 '시골 신부'라는 진지하고 다정하고 웅숭깊은 호칭, 잡지 만드는 일에 종사하던 남편이 한번 인사도 없는 터에 선생님에 대해 기자협회 회장에 '추대' 된 분이라고 친근하게 말하던 것, 직장의 남자 동료에게서 들은 "그댁 아이들이 많은데 부인의 교육 방법이 독특하다더라" 등등의 지식과 정보는 선생님의 단정하고 엄격한 모습 앞의 어려움에서 나를 도와주지 못했다. 어미를 딱딱 끊는 경어와 정중한 태도에 지레 겁을 먹은 탓인지도 몰랐다. 소심함과 정중함이 만나면 이런 이상한 상황이 되는 거로구나, 나는 사무실을 나오며 실실 웃었다. 탁자 밑에 놓인 바둑판을 떠올리며 사람 대하는 것을 바둑 두듯 하시나보다라는 생각도 했었다. 나는 최소한 30센티미터짜리 자를 가지고 다니며 상대방과의 거리를 유지해야 안전하다고 생각할 만큼 사람 사이의 거리 조절에 자신이 없었다. 다정도병인 것이어서 그렇게 분수 없이 사람을 좋아하고 사람 사이의 정을 중히 여기면서 전부가 아니면 아무것도 아니라고 덤비는 기질 때문에 종종 피차 상처를 입거나 낭패를 겪는 일이 드물지 않았던 것이다. 그날 내 나름대로 작정한 선생님과의 적정 거리는 1미터 50센티 정도였다. 실수도 하지 않고 자존심도 지키려면 그만한 거리는 두어야 하지 싶었다. 아마도 긴 세월을 예감했기에 그렇게 거리 두는 조심성으로 온전히 아름다히 지켜가리라 스스로 다짐했는지도 모른다.

그 후 책을 내거나 원고 수록 등의 일로 간간 선생님을 뵐 일이 있었지만 간략하고 나직한 몇 마디 말씀과 황급히 세 모금에 넘기는 커피 한 잔이라는 그 형식은 별반 달라지지 않았다. 간혹 덧붙이실 때가 있긴 했다. "이번 소설은 좀 떨어지는 것 같습니다."

선생님은 내게 진지함과 정중함으로 입력되었고 머리 회전이 빠르지 않은 사람일수록 한번 박힌 인상이나 의식이 바뀌는 데 시간이 걸리는 법인지 마음으로는 믿고 따르면서도 앞에서는 늘상 어렵고 긴장이 되었다. 농담과 진담이 한가지이고 솔직하고 정확하게 토로하시는 직선적인 어법, 천성적일 듯싶은 절제력과 날카로운 지성의 눈이 두려웠던 것이다. 그러면서 한편으로는 선생님의 글을 열심히 읽으며 명징하되 따뜻하고 고독하지만 황량하지 않은 모습, 희귀한 균형 감각과 강한 개성을 너끈히 싸안는 교양의 힘을 보았고 그것으로 선생님께 한 발씩 다가가는 용기를 얻기도 했다.

1979년도 초겨울의 추운 날, 아이를 들쳐업고 마당 가득 김장판을 벌이다가 뜻밖에 선생님의 편지를 받았다. 반가운 마음에 손도 제대로 씻지도 못하고 뜯어보니 『문학사상』지에 시인 김승희씨가 쓴 작가 탐방 기사를 읽고 주신 편지였다. 김치속을 버무리던 그 자리에서 군데군데 고춧가루물을 묻혀가며 편지를 읽고 또 읽고 가슴에 기쁨인지 슬픔인지 분간 못 할 감정이 따뜻하게 차올라 눈물이 핑 도는 눈으로 먼 하늘을 오래 바라보았다. 김승희씨의 명민한 눈이 잡아낸 내 남루한 일상의 표리와 나의 어눌함이 적나라하여 내심 부끄러움을 느끼고 있던 차였는데 선생님께서는 그 모든 것에 따뜻한 긍정과 격려의 말씀을 보내주신 것이다. 그 편지가 내게 얼마나 큰 힘과 위로가 되었는지 선생님께서 아실까.

세월은 덧없이 흐르는 것이라지만 마음을 실으면 아름다운 빗살과 무늬를 만들기도 하나보다. 기댈 곳 없이 마음이 허허로울 때, 막다른 길에 다달은 것 같은 절망감에 어쩔 줄 모를 때면 선생님께 장문의 편지를 썼다. 감당하기 힘든 일과 맞닥뜨릴 때 선생님의 판단과 조언을 청한 적도 여러 번이었다. 사모님과 통화를 하다가 격정에 못 이겨 엉엉 울어버린 적도 있었고 아들이 대학에 합격하자 선생님께 자랑과 기쁨으로 제 아이가 선생님 후배가 되었답니다라는 전화를 드리기도 했다. 아무에게나 할 수 있는 일들이 아니었고 그러한 일들에 항용 따르게 마련인 부끄러움이나 쑥쓸함이 없는 것은 선생님의 넉넉한 감쌈이나 따뜻한 이해를 믿기 때문일 것이다. 책을 냈는데 서평도 실어주지 않으신다고, 맥주를 사겠다는 내 청을 일언지하에 거절하셔서 내가 삐쳤다고 수년을 두고 앞에서뒤에서 화를 낼 수 있는 것 등 내 안의 영원히 어른이 되지 못하는 부분들을 다 들켜버렸으니 이젠 하는 수 없다는 체념과 어려워한다, 존경하고 신뢰하는 분이다, 라는 말을 방패삼아 때로는 든든한 맏오라버니처럼, 문득 연인처럼 참 마음 놓고 선생님을 좋아하고 응석을 부려온 것 같다. 여러 해 전 어느 출판사의 출판 제의를 사양하는 내 대답이 "제가 김병익 선생님을 참 좋아해서요"였는데 그쪽에서 "오선생이 그러면 오히려 그쪽에서 부담을 느끼게 되지 않을까요?"라고 되물어 나는 그게 그렇게 되는 애기인가 혼자 고민했던 적도 있다. 가진 것은 오직 순정뿐이라고 농담처럼 공언하는 내가 순정 때문에 공과 사를 제대로 구별하지 못하고 본의 아니게 선생님께 누를 끼친 일도 있을 것이지만 내게 문학과 지성사는 선생님과 동의어이다. 선생님이 아니셨다면 긴 세월 부박한 세태에 매사 어둡고 어리석은 데다 심약하기까지 한 나는 자신을 지키기가 한층 힘들었을 것이다.

　사람 사이란 결국 마음에 새기는 것이 아니던가. 언젠가 문지의 간담회로 내려오셨을 때 춘천 교외의 산 밑 그 캄캄한 어둠 속에 가만히 서 계시던 것이나, 한 문학 행사로 멕시코 여행을 갔을 때 온몸을 바람에 맡긴 채 카리브 해의 아름다운 물빛을 말없이 무연히 바라보시던 것, 모두 잠든 비행기 안에서 밤새 작은 불빛 아래 책을 읽으시던 것, 뒷모습에서 문득 아프게 감지되던 허허로움들은 선생님께서 어찌 생각하시든 내게는 선생님 본연의 모습으로 깊이 새겨져 있다.

내 마음에 비친 김병익 선생님

복 거 일

　김병익 선생님과 애기를 하다 보면, 누구나 그가 균형이 잡힌 의견을 높이 여기는 사람이라는 느낌을 받게 될 것이다. 그리고 그 사람이 선생님을 잘 알게 되면서, 그런 느낌은 점점 짙어질 것이다. 모든 일에서 균형을 찾는 것이 실은 그의 태도에서 가장 두드러진 특질이다. 그런 태도는 그저 조심스러운 태도와는 본질적으로 다르다, 비록 그는 매사에 무척 조심스럽지만.

그런 특질은 물론 그의 글에서 가장 또렷이 드러난다. 대상을 되도록 여러 각도에서 살피고 자신의 생각을 되도록 정확하게 나타내려는 노력은 그의 글을 때로 따라가기 어렵게 만들기도 한다. 그러나 길고 마디가 많은 문장들이 이어지는 글은 거기 밴 고심의 자취로 읽는 이의 마음에 묘한 물결을 일으킨다.

나는 방금 '고심'이란 표현을 썼는데, 그것은 그에게 여러모로 잘 어울리는 말이다. 균형을 잡는 일은 어떤 경우에도 쉽지 않다. 적잖은 투자가 필요하기도 하다. 그리고 한쪽으로 쏠리는 경향이 유난히 두드러진 우리 사회에선 흔히 도덕적 용기까지 요구된다. 그래도 그의 경우, 지식인으로서의 명성이 가리키듯, 끊임없이 균형을 찾으려는 노력은 보답이 컸던 것 같다. 한국 사회를 대표하는 지식인들을 꼽을 때, 그가 먼저 꼽히는 일이 드물지 않은데, 그런 높은 평가는 그가 선 자리가 의견의 스펙트럼의 한가운데라는 사실에 분명히 적잖은 힘을 입었다.

실은 그런 사정은 지적 부면이 아니라, 사회 활동에서도 그를 도와왔다. 경영자로서의 별다른 수업이 없이도 '문학과지성사'를 그 동안 무난하게 경영해온 데엔 모든 일에서 균형을 찾는 태도가 큰 도움이 되었을 터이다. 무리한 경영으로 많은 기업들이 넘어진 지금, 그런 태도는 큰 미덕으로 도드라진다. (아마도 유일한 예외는 바둑인 듯하다. 어느 한쪽으로 치우치지 않으려는 태도는 그의 바둑을 실리와 세력 가운데 어느 쪽에도 치우치지 않게 한다. 반면에, 그런 태도는 그의 바둑을 특색이 없게 만들고 결정적 계기에 힘을 집중하는 것을 어렵게 한다. 자연히, 그의 바둑엔 요새 말로 '빅딜'을——대마를 맞바꾸는 대담한 작전을——마다하지 않는 격렬한 대목이 드물다. 자연히, 실력에 비해 승률이 낮은 듯하다.)

그렇게 늘 그리고 거의 본능적으로 균형을 찾는 태도는 물론 타고

난 성격과 자랄 때의 경험에서 나왔을 터이다. 그가 자신의 성장 과정을 밝힌 글들은 그런 생각을 부정하지 않는다.

그러나 내 생각엔 그가 정치학을 공부했다는 사실도 그런 태도의 형성에 큰 영향을 끼친 듯하다. 해롤드 라스웰이 재치 있게 정의한 것처럼, 정치는 누가 무엇을 언제 어떻게 갖느냐를 결정하는 일이다 (*Politics: Who Gets What, When, How*). 따라서 정치에선 경쟁적 주장들을 와해시키는 것이 요체고, 뛰어난 균형 감각은 당연히 정치가들에게 필수적 요건이다.

아울러, 현실 정치에 대한 지식은 이상적 질서에 대한 열정을 제어할 수 있게 한다. 나는 그가 새로운 질서에 대한 열망을 토로하는 것을 본 적이 없다. 대신, 전제적 정권을 무너뜨리는 일이 우리 사회의 가장 중요한 과제였을 때도, 그는 야당의 수권 능력에 대한 회의를 스스럼없이 드러내곤 했었다.

언젠가 우연히 나는 그에게 그런 생각을 밝힌 적이 있다. 그러자 그가 웃으면서 말했다, "실은 김현이도 그런 얘기를 한 적이 있는데. 나랑 얘기를 하다 보면, 네가 정치학을 공부한 사람이라는 생각을 새삼 갖게 된다, 그런 얘기를 했는데……"

한 사람의 생각과 태도에 대한 전공의 영향은 일반적으로 인식되는 것보다 훨씬 크다. 대학에 들어간 젊은이가 전공을 공부하고 나면, 그가 세상을 바라보는 관점과 현실에 대한 접근 방법은 실질적으로 결정된다. 내가 그의 태도에서 때로 '균형을 위한 균형'의 모습을 보는 것도, 따지고 보면, 내가 경제학을 공부했기 때문일 것이다. 경제학은 균형 *balance*이 아니라 평형 *equilibrium*에 주목하고 경쟁하는 주장들의 화해가 아니라 합리적 선택을 강조한다.

몇 해 전 '문학과지성사'가 큰 적자를 냈을 때, 마침 나는 감사였다. 여러 사람들이 내놓은 대책들이 '대책을 위한 대책'이라고 판단한 나는 마음을 도사려먹고 근본적 개혁을 주장했다. 요새 유행하는 말로, '구조 조정'을 요구했던 것이다. 적자의 가장 큰 원천인 계간지 『문학과사회』를 폐간할 것, 해외의 큰 출판사들이 멀티미디어 재벌들에 흡수되는 시대에 아마추어 경영자들이 설 땅은 없으니, 『문지』 동인들은 경영에서 손을 떼고 경험이 더 없는 『문사』 동인들을 후계자로 삼은 결정을 재고할 것, 다른 출판사와 합병해서 몸집을 늘릴 것 따위가 내 주장의 골자였다.

보기에 따라선 금기들을 여럿 깬 내 주장을 듣더니, 그는 내 주장의 이론적 타당성을 선선히 인정했다. 그리고 현실적 여건을 들어 완곡히 거부했다. 그의 균형 감각은 내 주장을 여러 의견들 가운데 하나로 삼은 것이다. 그리고 내 외로운 목소리는 다른 목소리들 속에 파묻혔다.

어쨌든, 균형의 추구는 자연스럽게 절충주의적 태도를 불러온다. 그리고 균형의 추구와 절충주의는 다시 자연스럽게 새로운 패러다임의 발견보다는 이미 나온 지식들을 종합해서 일반 이론을 세우는 일을 지향하는 마음가짐으로 이어진다. 어떤 지적 영역에서건 지식인들은 크게 둘로 나뉜다. 일반 이론을 찾는 사람들과 새로운 패러다임을 찾는 사람들로. 현대 경제학을 예로 들면, 알프레드 마셜과 폴 새뮤얼슨은 전자를 대표하고 케인스와 밀턴 프리드먼은 후자를 대표한다.

『문학과지성』 동인에서 일반 이론을 세우는 일에 자연스럽게 끌린 이는 김병익 선생님이었고 가장 활발하게 새로운 패러다임을 찾은 이는 김현 선생님이었다. 대척적 입장에 선 두 사람의 긴장과 조화가 『문학과지성』 동인을 그렇게 오랫동안 활기차고 생산적인 지식인 그룹으로 만든 요인들 가운데 하나였다고 나는 생각한다. 그리고 바로 그 점에서 김현 선생님의 죽음이 『문학과지성』 동인에게 그리도 큰 손실이었고, 특히 김병익 선생님에게 큰 타격이었다.

올해가 그의 회갑이라는 사실은 '문학과지성사'를 근거지로 삼는 사람들에게 김병익이라는 사람의 너른 품을 새삼 살피는 계기가 될 것이다. 척박한 풍토에서 '문학과지성사'를 이끌어온 것도 큰 업적이지만, 흩어지기 쉬운 제자들이 느슨하게나마 '문지파'로 남도록 만든 것도 큰 업적이다. 이 중 동인 체제라는 '문지'의 구조적 특성 때문에, 안쪽으로는 안쪽대로 정보 교류와 의사 결정이 더디고 바깥쪽에선 접근하기가 쉽지 않다는 불평이 나오는 터라, 그런 업적은 더욱 돋보인다. '포스트김병익 문지'의 모습이 이내 머리에 떠오르지 않는다는 사실이 그 점을 새삼 일깨워준다.

조금, 그러나 많이

김 혜 순

며칠 전에 선생님을 찾아뵈었더니 선생님은 진한 커피 드시면서 밤에 보신 영화 얘기를 하신다. 줄거리와 영화에 대한 선생님의 해석과 비디오 보시는 집안 환경까지 곁들이시면서 입체적으로 들려주신다. 나는 최신 비디오물이라 아직 보지도 않았는데. 집에 돌아와 선생님께 질세라 크로넨버그의 그 영화를 학교 시청각실에서 빌려와 보면서 새삼 놀란다. 선생님의 해석에. 저렇게 야하고, 악마적이고, 피학적인 영화에서 감독의 아이러니컬한 생각을 읽어내시다니. 나는 그만 내용에 질려서 '저렇게까지 끌고 가야 되나' 하고 놀라기만 하고 있는데. 나중에 그 영화의 대본이 되는 발라드의 소설이 테크노 에로티시즘, 전자 시대의 하이퍼리얼리즘 묘사의 교과서라는 사실도 책을 보다가 알게 되었다.

선생님이 말씀하시던 걸 되새김질해 듣고 있으면, 나는 늘 선생님의 말씀과 글이 아주 비슷하다는 생각을 하곤 한다. 내용은 풍부하지만 선택한 언어는 정확하거나 유머러스하고, 각 문장은 짧은 그 말씀. 비평의 대상으로 삼은 소설의 자유와 의도를 한껏 열어주는 태도를 취하면서도 자신은 절제의 태도를 갖고 임하는 글. 그래서 선생님의 비평의 내용은 글을 쓴 작가를 위해 문을 활짝 열어 새 땅을 마련해주지만, 그 문을 여는 모습, 형식은 절제되어 있고, 단정하다. 선생님이 비평집을 새로 내시고 서문을 쓰신 걸 읽어볼 때마다 느끼는 거지만 선생님이 지나치시게 글쓴 자신을 낮추신다는 것, 지나치게 겸손하시다는 것이다. 김현 선생님 돌아가시고 내신 『열림과 일굶』에서는 자신이 쓰신 책을 김현 선생님께 헌정하고 싶었지만 '너무 초라해서' '마음에 들어할 것 같지 않아서' 결국은 미루고 미루어 회갑쯤에나 줄까 하셨다는 안타까운 말씀이 들어 있다. 그러나 결국 못 드리시고, "받을, 사람, 지금—여기, 없어도, 나는, 그, 그에게, 그, 그를, 위해, 헌사를, 써야, 할, 것인가"라고 더듬고 마셨다. 선생님이 세상에 갓 태어난 신세대 작가를 대상으로 글을 쓰신 걸 보면, 새롭고 치기만만하지만 그러나 어딘가 부족한, 한 목소리를 커다랗게 열린 지성이 세상 밖으로, 가치의 세계로 차근차근 끌어내시는 모습이 보이는 것 같다. 그래서 우리 문학의 넓이가 조금씩 더 넓어지는 것이리라.

선생님은 아주 '조금' 사신다. 선생님은 남들이 하는 일상의 반은 '안' 하신다. 그 '안' 하시는 반의 시간 동안에 선생님은 뭘 하시는 걸까. 선생님은 노래도 '안' 하시고, 춤도 '안' 하시고, 술도 '안' 하신다. 그렇다고 무슨 운동을 하신다는 말도 들은 바가 없다. 그래서 내 기억의 창고 속을 들어가보면 선생님은 그냥 '거기' 계신다. 문학과지성사라는 '거기.' 내가 여기 있어도 늘 '거기' 계심으로 위안이 되는 자리에. 얼마 전까지만 해도 선생님은 거기 앉아 교정까지 일일이 보셨다. 그래서 나의 몇 권의 어린 시집들도 선생님의 교정을 거쳤던 것이리라. 선생님이 어딘가에 해외 출타중이라는 소식을 들으면 어딘가 몸 한쪽이 그렇게 허전할 수가 없다. 선생님이 '거기' 지금은 안 계시는구나 하는 공허감이 일순 크게 지나간다.

20여 년 전 나는 신생 출판사의 편집 사원이었다. 서울 천지에 내가 시를 쓰고 있다는 사실을 아는 사람이 있었을까? 시를 쓰는 친구도, 선배도 없고, 시 선생님도 없었다. 나는 무작정 시를 모아 그 동안 눈독을 들여 읽곤 하던, 『문학과지성』에 투고 작품을 보냈다. 그 원고는 내가 다니던 출판사의 경리 사원이 마라톤 타자기로 쳐준 것이었다. 시를 보낸 지 보름 후(참 빠르기도 했지), 그날따라 나는 제일 먼저 출근해 책상을 닦고 있었다. 그때 선생님이 전화를 해주셨다. "다음 호에 시를 싣기로 했어요" 하고. 그러면서 "뭐 하는 분이에요?" 하고 물으셨다. 나는 책에서만 보고, 또 내 시가 한번 실리게 되면 여한이 없겠다고 벼르던 잡지사 대표로부터 전화를 받은지라 어안이 벙벙해서 대답이고 자시고 뭐고 없었다. 그냥 더듬거리고, 머뭇거리고 한 것밖에는. 그런 후에 선생님은 '문학과지성'으로, 그 통의 동 "사무실로 놀러 오세요" 했지만, 한동안 대답도 못 한 내가 부끄러워서 갈 수가 없었다. 그 부끄러움은 20년이 지난 지금도 여전히 남아 있다. 나는 선생님을 마주 대하면 언제나 뭔가가 부끄럽다. 언젠가 베를린에서 '한국 문학 주간 행사'가 있었을 때, 47그룹의 일원으로 시인이며 평론가인 발터 휠러러가 내 시를 읽은 소감을 좋게 말하니까 선생님께서 얼른 "제가 바로 이 사람을 시인으로 천거한 사람이고, 그 잡지사를 운영합니다" 하고 매우 즐겁게 말하시는 것을 보니 나도 너무나 기분이 좋아졌다. 그러나 여전히 나는 선생님을 대하면 머뭇거리고, 속으로 허둥댄다. 첫 전화 통화의 떨림이 몇십 년을 가는 모양이다. 며칠 전에 선생님을 뵈었을 때 그때 선생님이 지금의 저보다 훨씬 젊었었는데 왜 그다지도 중후해 보였는지 모르겠다고 농담처럼 투정을 해보았지만 별 효험이 없다.

내가 데뷔하고 다음해 『문학과지성』은 폐간당했다. 나의 두번째 시가 실린 『문학과지성』은 세상에 나가지도 못하고 우리끼리만 나눠 갖는 책이 되고 말았다. 폐간 소식이 전해지고 며칠 후 선생님은 편집 장과 함께 맥주를 사들고 대낮에 내가 다니는 출판사(그 동안 나는 직장을 옮겼었다. 옮긴 직장의 사장은 시인 오규원 선생님이셨다)에 오셨 다. 술도 못 하시는 선생님이 술을 사들고 오시다니. 선생님의 아주 피곤하고, 곤혹스러워 보이던 얼굴 모습이 떠오른다. 요즘에 와서 선 생님이 가끔 그때처럼 그런 얼굴 표정을 지으시고 계실 때가 있어 안 타깝다. 요즘의 상황이 선생님으로부터 무언가를 천천히 앗아가고 있는 것이 아닌가 하는 생각이 얼핏 들었다. 이 표피적인 문화가, 이 천박한 자본주의가, 이 부유하는 담론이, 이렇게 '들린 시대'가 선생 님을 저토록 피곤하게 하는 건 아닐까 하는.

나는 여러 차례 선생님과 여행을 했다. 물론 공식적인 행사가 낀 여행이었지만. 선생님과의 여행에서 선생님은 '밤'에 '안' 계신다. 밤까지 행사가 이어질 때를 제외하곤, 선생님은 밤에 우리 곁에 계시 지 않는다. 그러시곤 아침엔 제일 먼저 식당으로 내려가셔선 일행을 무언으로 재촉하신다. 전날의 여흥으로 지친 우리는 아랑곳하지 않 으시는 것 같다. 해발 3천 8백 미터라는 티티카카 호숫가에서도 선생 님은 끄떡없으셨다. 두통과 구토로 내 인생 최고의 인내심을 발휘해 서 고산병과 싸우고 있는 내가 보기에 얄미울 정도로. 그래서 선생님 과 여행하면서 약속을 어긴다거나, 어디에 늦게 당도해본 기억이 없 다. 언제나 약속 시간보다 먼저 우리 일행의 약속 장소에 도착해버리 는 것이다. 그러나 언젠가 이키토스 여행에서 저녁 식사를 마쳤는데 도 선생님은 방으로 들어가지 않으시고 시내를 한번 돌아보시겠다고 하셨다. 물론 다른 일행들은 이미 숙소를 다 떠나고 몇밖에 남아 있 지 않았다. 소설가 한 사람과 내가 선생님의 씨클로에 동승했다. 우 리는 아마존 강가의 작은 도시를 한바퀴 돌아 달이 떠 있는 강변에 도착했다. 그리곤 뻑뻑하고 검은 아마존 강물에 하염없이 녹고 있는 남반구의 달을 한참이나 바라보았다. 그러다 달이 이울자 강 반대편 의 흥성거리는 도심으로 들어가 셋이서 나란히 아이스크림을 사먹었다. 선생님은 아이스크림을 아주 좋아하시는지 우리보다 더 달게 드시면서 열대의 밤을 음미하시는 것 같았다. 그리고 우리는 저버린 달과 가설 무대 같은 도심을 뒤로하고 또 씨클로를 잡아타고 바람을 가르며 숙소로 돌아왔다. 그런 작은 여행(?)을 통해 그날 밤 나는 우리와 함께 '안' 계시는 동안에 선생님의 '조금' 그러나 '많이' 사시는 모습을 훔쳐본 것만 같았다.

　살아가면서 존경할 수 있고, 또 의논 상대가 있다는 것은 너무도 행복한 일이다. 선생님이 먼저 세상 떠나신 친구분들을 사랑하시는 모습, 가족에게 무한한 자유를 주시면서도 껴안고 생활하시는 모습, 선생님이 아랫사람에게 언제나 존경어를 쓰시면서 대하는 모습을 우리 세대 친구들은 언제나 흠모하여 말하곤 한다. 이 세상에 '선생님'을 가지고 있다는 것은 얼마나 행복한 일인가. 나의 남편은 선생님의 글을 나보다 먼저 읽고, 그 사유의 전개에 감탄한 나머지, "선생님을 뵙거든 존경한다고 전해줘"라고 모처럼 만에 진담으로 주문한다. 그러나 나는 한번도 그 말을 전하지 못했다. 농담처럼 들릴 것 같아서. 그러나 요즘 선생님이 피곤해하셔서 걱정이다. 우리들의 '선생님'은 피곤하고, 괴로운 일 있으면 누구와 의논할까?

한 그루의 아름다운 느티나무

임 철 우

김병익 선생님을 대하면 나는 늘 한 그루 느티나무를 떠올린다. 온갖 곡식이며 풀잎들 무성히 우거져 누운 드넓은 들판. 그 들판 한가운데서 세상의 거친 비바람과 사계절의 변화를 의연히 지켜보며 말없이 홀로 우뚝 서 있는 느티나무.

그 나무는 결코 목청 높여 세상에 자신의 존재를 알리려 하지도, 스스로를 애써 근사하게 장식하려 하지도 않는다. 오랜 세월이 흘러도 홀로 제자리를 의연히 지키고 선 채 땅 밑으로 굳건한 뿌리를 묵묵히 뻗어내리고 있을 뿐.

그러나 그 큰 나무는 잠시도 혼자인 법이 없다. 이름 모를 새들은 느티나무의 무성한 가지 속으로 언제이건 찾아들어 저마다 둥지를 치고, 노동에 지친 농부들은 이따금씩 그 넉넉한 그늘 아래서 짧은 낮잠을 즐기기도 한다. 더러는 먼 길을 가는 나그네들이 그 나무를 이정표 삼아 길을 가늠하고, 그 싱그럽고 당당한 나무의 생명력으로부터 불현듯 힘을 얻고는 다시금 터벅터벅 걸음을 옮기기 시작한다.

그렇듯 그저 먼발치에서 바라보는 것만으로도 가슴 뿌듯함을 안겨주는 풍족한 나무. 단지 그 자리에 있어줌만으로도 주위 사람들에게 든든한 힘과 기쁨을 안겨주는 나무. 세상이 아무리 번잡하고 어지럽게 변해갈지라도 언제나 당당함과 의연함을 잃지 않는 한 그루 아름다운 느티나무. 선생께서는 바로 그런 느티나무 같으신 분이다.

사실 내게는 선생의 회갑을 기념하는 이 뜻깊은 자리에 감히 끼여들어 한 귀퉁이를 차지할 만한 자격이 전혀 없다. 다른 사람들처럼 많은 시간 선생을 곁에서 모시지도 못했고, 그래서 당연히 남들보다는 선생에 대한 추억거리도 많이 간직하고 있지 못하기 때문이다. 하지만 그런 내가 과분하게도 선생의 은혜와 아낌을 받아 누리고 있다는 사실, 그리고 그것이 나로서는 얼마나 기쁘고 자랑스러운 일인가를 언제나 잊지 않고 있기에, 나는 감히 이 글을 쓰겠노라고 나선 것이다.

내가 선생을 처음 뵌 것은 1984년 '문학과지성사'에서 첫 작품집 『아버지의 땅』이 나오던 날, 당시 마포에 있던 출판사 사무실에서였다. 그때의 일을 생각하면 지금도 얼굴이 절로 붉어진다. 서너 달 전에 이인성형을 통해 출판 제의를 받고는 자못 흥분해서 부랴부랴 원고를 보내주었을 뿐, 출판사를 찾아간 것은 막상 그날이 처음이었다.

전라도 촌놈이 생판 모르는 서울 길을 약도만 들고 겨우 찾아가니, 편집장 성민엽형은 마침 자리에 없었다. 우두커니 한쪽 의자에 앉아 반시간 넘게 기다리고 있으려니, 이상하게 여긴 한 직원이 어느 서점에서 왔느냐고 물었다. 우물쭈물, 오늘 책이 나온다기에 찾아온 누구라고 신분을 밝혔더니, 직원은 놀란 눈을 하고, 안 그래도 사장님이 아까부터 기다리고 계신다고 말했다.

"그런데 저어, 사장님 성함이 어떻게 되시는가요?"

내 물음에 직원은 기가 막히다는 표정이더니, 김병익 선생님이라고 대답했다.

"아, 그래요? 평론하시는, 바로 그분 말입니까?"

나는 놀랍고 반가워서 큰 소리로 되물으며 그의 뒤를 따라갔는데, 뜻밖에도 선생의 책상은 바로 옆, 얇은 가리개 뒤편이 아닌가. 선생께서 그 모든 대화를 줄곧 듣고 계셨음은 물론이다. 인사를 드리고 반쯤 주눅이 들어 엉거주춤 앉았는데, 나를 뚱하니 건너다보시던 선생의 표정이 지금도 잊혀지지 않는다. 책을 내준 출판사의 사장, 더더구나 천하의 김병익 선생을 모르고 저자랍시고 찾아오다니, 그야말로 얼마나 한심하고 어이가 없으셨을까. 지금도 그 일을 생각하면 죄스러우면서도 어째선지 자꾸만 혼자 웃음이 나온다.

섬에서 태어나 광주에서 줄곧 자란 나는 예나 지금이나 촌놈이다. 혼자 방구석에 처박혀 소설을 썼을 뿐 누구에게 제대로 지도 한번 받아볼 기회가 없었던 그 습작기 때도 그랬고, 요행으로 문단에 나온 후 십수 년 동안에도 역시 나는 늘 혼자 일을 해왔다. 문단의 이런저런 자리에 얼굴을 내비친 적도 별로 없어서 아는 얼굴도 많지 않다. 워낙 주변머리라곤 없는 천성 탓이지만, 그래도 나는 외롭다는 생각은 별로 없었다. 어쩌다 서울에 올라오면 유일하게 들르는 곳이 문학과지성사였고, 거기에 가면 항상 선생이 계셨다. 반갑게 맞아주시며, 우직스럽게 혼자 버텨가고 있는 내게 선생은 늘 이런저런 충고를 자상하게 해주시곤 했다. 그것만으로도 나는 마음 든든했고, 매번 새로운 각오를 다지며 고향으로 돌아오곤 했었다.

그렇듯 아직 모든 것이 어둡고 미숙하기만 하던 문학 청년 시절이나 그 이후에나 선생은 내게는 항상 너무 크고 높은 분이셨다. 세상이 어수선하고 힘들어도 언제나 예리한 판단력과 냉철한 시선을 잃지 않는 당당한 모습. 그러면서도 결코 스스로를 내세우거나 목청 높이지 않고, 당신의 성실하고 균형잡힌 삶의 모습 그대로를 통해 후배들과 문학도들에게 귀한 귀감을 보여주시는 모습. 그것은 저 추상 같은 지조와 정결한 인품을 지닌 선비의 풍모에 다름아니다. 나는 그런 선생의 모습을 늘 존경했고 또 본받고 싶었다.

몇 년 전, 지리산 골짜기의 어느 사찰에서 지낼 때의 일이다. 장편 『봄날』을 절반 정도 썼을 그 무렵, 나는 심한 방황을 겪고 있었다. 여러 해 동안 그것에만 붙잡혀 있느라 오래도록 작품 한 편 발표하지 못한 터라, 이젠 그 친구도 소설을 영 쓸 수 없게 된 게 아닌가라는 소리도 들려왔고, 독자들에게도 이름이 잊혀져가는 것 같아 혼자 은근히 불안하고 초조했다. 무엇보다 세상은 별안간 엄청난 풍요의 거품으로 들끓는 판이어서, 아무도 돌아보려 하지 않는 5·18을 소설화하겠다고 고집스레 들러붙어 있는 내 자신에 대해 조금씩 회의가 들기 시작했던 것이다.

원고료도 없이 진행하는 작업이라 늘 생활비에 쪼들리는 처지임에도 이렇게 미련스레 이것만 붙들고 있어야 하는가, 나 혼자 이렇게 피 말리며 매달려 있다 한들, 누가 이런 '시효 지난' 소설에 관심이나 가져줄 것인가. 참으로 부끄러운 고백이지만, 그런 회의와 절망감에 사로잡혀 벌써 여러 날을 글 한 줄 쓰지 못한 채로 헤매고 있었던 것이다.

그런 어느 날, 밤사이 내린 눈이 절 마당에 가득히 쌓여 있는 아침이었다. 요사채에 들러 밥을 먹고 나오다가 우연히 신문을 집어들었더니, 거기 선생의 「그리운 장인 정신」이라는 칼럼이 눈에 띄었다. "그 고집스런 정신을 통해서만이, 우리의 세계를 풍요롭게 하고 세계를 새로이 바라보게 하며, 인간의 내면을 자유롭게 하고 그 품위를 한껏 높여주는 창조의 문학이 이룩된다는 사실을 부인해서는 안 된다. 적어도 그 장인 정신의 반기능적 · 비능률적 창조 행위야말로, 마르쿠제가 지적한 것처럼, 타락한 자본주의의 시장 경제적 논리에 대항하는 혁명성을 내포하고 있기 때문이다. 지금 우리가 북돋우고 밀어주며 존경하고 살려내야 할 것은 바로 그 장인 정신이고, 우리가 저항해야 할 것은 그것을 홀대하게끔 만드는 거대한 상업주의의 문화이다."

그걸 읽는 순간, 별안간 뒤통수를 얻어맞은 듯 눈앞이 아찔했다. 선생께서 바로 나를 위해 그것을 써주신 거라고 믿었다. 못나게도 비틀거리고 있는 내게 호통을 치신 거라고······

나도 모르게 그걸 집어들고 절 마당을 달려내려갔다. 절 입구 공중전화 박스로 들어가 선생의 댁으로 전화를 돌렸다. 고맙습니다 선생님, 제가 참말 바보 같은 생각을 했지 뭡니까. 감사합니다 선생님. 난 그렇게 큰 소리로 말씀드리고 싶었던 것이다. 그러나 때마침 선생은 출타중이었다.

그날 발목까지 푹푹 빠지는 눈을 밟으며 절 주변 골짜기를 나는 마구 돌아다녔다. 그때의 감격을 어떻게 표현할까. 눈앞을 가린 것들이 말끔히 걷히고, 헛된 잡념과 회의의 찌꺼기들이 사라져버린 듯한 개운함, 잠시 잊어버렸던 문학 청년기의 순수한 열정과 용기가 다시금 솟구쳐오르는 것 같아, 나는 방으로 달려가 자판을 두드리기 시작했던 것이다. 그렇게 해서 나는 『봄날』을 완성할 때까지 더 이상 방황하지 않을 수 있었다. 그 모두 선생께서 내게 우연처럼 던져주신 꾸지람이자 격려 덕택이 아니고 무엇이었겠는가. 나는 아직 그 신문의 칼럼을 오려 간직하고 있다.

작가라는 이름을 얻어 나름대로 몇 권의 책들을 써오고 있는 지금까지, 내겐 그런 보이지 않는 선생의 격려와 꾸지람이야말로 무엇보다 소중한 힘이 되었다. 선생께서는 유난히 말이 없으신 분이지만, 나는 그분으로부터 참으로 과분한 애정과 기대를 받아 누리고 있음을 잘 안다. 그리고 선생의 기대와 은혜에 보답하기 위해서라도, 내가 작가로서 해야 할 일이 무엇인가를 늘 잊지 않으려고 노력하고 있다.

이제 회갑을 맞으신 선생님. 부디 오래오래 건강하시고, 그 넉넉한 느티나무의 푸르름을 변함없이 세상에 드리우시기를……

바둑이 연상시킨 몇 개의 이미지

홍 정 선

김병익 선생님과 나는 접바둑을 둔다. 혹 두 점을 미리 깔고 두는 이 접바둑은, 내가 선생님 곁에서 얼쩡거리기 시작한 80년대 중반 이래, 지금까지 거의 변함이 없다. 그리고 나는 이런 상태가 앞으로 한 20년쯤은 더 계속되기를 바란다. 그것은 내가 이 접바둑을 선생님으로부터 배워야 할 인생의 접바둑이라고 생각하기 때문이다. 그런데 나와 같이 접바둑을 두던, 나보다 결코 실력이 더 뛰어나다고는 할 수 없는 이인성은 최근에 선생님과의 바둑 치수를 정선으로 고쳤다. 그러나 그것은 그가 할 수 있는 일이지 내가 할 수 있는 일은 아니다. 나보다는 매사에 좀더 과감하고 분명한 그는 감히 김병익 선생님에

330

게 치수 고치기 바둑을 두자고 덤빌 수 있지만, 나는 그렇게 할 수가 없다. 설령 먼 훗날 내 바둑 실력이 선생님보다 월등 높아진다 해도 내 입으로 치수를 바꾸자는 말은 선생님 앞에서 차마 못 꺼낼 것이다. 그것은 나의 출신 성분이 이인성이보다 훨씬 양반이어서가 아니라 내가 바둑을 두며 옆에서 보아온 선생님의 모습 때문이다. 내가 기억하는 한 선생님은, 어느 날 조금 나아진 자신의 처지를 표나게 내세워서 상대방을 불편하게 만들 분이 절대로 아니다. 예컨대 선생님의 말투는 아무리 자신의 생각이 확고하고 상대방의 생각이 틀렸어도 "가령 이렇게 생각해보면 어떨까?"를 벗어나지 않는다.

김병익 선생님에 대한 내 기억의 시발점은 1974년으로 거슬러 올라간다. 어슴푸레한 기억을 더듬어 올라가면 『지성과 반지성』이란 책이 떠오르고, 또 거기에 실린 춘원 이광수에 대한 글이 떠오른다. 기억을 확인하기 위해 다시 펼쳐본 『지성과 반지성』의 출간일이 1974년 9월이고, 이광수에 대한 글의 제목이 「작가와 상황」인 것을 보니 1974년말경임에 틀림없나보다. 그렇지만 실제로 내가 선생님의 이름과 마주친 것은 이보다 일 년쯤 더 빨랐을 것이다. 대학 일학년 때인 1973년에 『문학과지성』이란 잡지를 읽었던 기억이 몇 토막 남아 있는 것을 보면 분명히 1974년 이전에 선생의 이름과 마주쳤을 것이다. 그럼에도 나의 기억 속에 남아 있는 '김병익'이라는 이름 석 자는 「작가와 상황」이란 글로부터 시작한다. 그것은 아마도 우리 세대가 거쳐온 세월 때문일 것이다.

소위 유신 세대라 불리는 우리들은 대학 시절에 눈앞의 현실이 하도 각박해서 누구나 '무엇을 할 것인가?' '어떻게 살아야 하는가?' 등의 거창한 질문에 부대끼며 세상을 살았다. 황지우의 시가 잘 말해주는 것처럼 살아 있다는 것이 부끄럽고, 대학에 남아 있다는 것이 마냥 부끄럽던 그 시절, 그렇지만, 분명한 해답보다는, 아는 것이 적어서 고통의 포즈만 더욱 과장되던 그 시절에 선생님의 글은 나에게 무척 인상적으로 다가왔다. 직접적 행동에 대한 열광과 찬사의 테두리를 벗어나지 못하던 그 시절의 나에게 지식인의 본질적 책무를 은근히 강조하는 선생님의 글은 이상하게도 위안인 동시에 미심쩍음의 대상이었다. 이렇게 기억한 김병익 선생님을 좀더 직접적으로 느낀 것은 1974년말경이었을 것이다. 그것은 평론가 이동하가 선생님으로부터 받은 편지를 자랑처럼 보여주었을 때인데, 지금 편지의 내용은 거의 기억할 수 없으나 나로서는 도저히 해독할 수 없었던, 개미가 몸을 웅크린 것처럼 점으로 뭉쳐져 있던 독특한 글씨체에 대한 인상만은 선명하게 남아 있다. 이런 일이 있고 나서 10년의 세월이 흐른 후에야 나는 비로소 김병익 선생님의 얼굴과 목소리를 직접 대할 수 있게 되었지만, 어쨌건 「작가와 상황」이라는 글은 여태까지 나에게 바둑을 두는 선생님의 모습과 함께 부동의 이미지를 구축해놓고 있다.

김병익 선생님에 대한 대부분 사람들의 기억이 그렇듯이, 선생님과의 첫 만남에 대한 나의 기억 역시 바둑의 이미지를 벗어나지 않고 있다. 찾아온 손님에게, 지극히 경제적으로, 바둑돌을 놓듯이 인사 한마디를 툭 던지고는 다시 바둑을 두기 시작하는 선생님의 자세는 예나 지금이나 변함이 없다. 내가 처음으로 김병익 선생님을 찾아뵙던 1983년경의 그 어느 날에도 선생님은 성민엽과 바둑을 두고 있었다. 아현동 마포경찰서 뒤에 자리잡은 허름한 사무실이었는데, 바둑을 두다가 나에게 던진 선생님의 첫마디 인사가, 아니 그날의 이야기 거의 전부가 "나를 잘 봐주어서 고맙다"는 짤막한 한마디였다. 그때 나는 『문학의 시대』라는 무크지에 '문지'와 '창비'를 주제로 한 첫 평론을 막 발표한 풋내기에 불과했을 때였고, 그것이 어쩌다 김현 선생님의 눈에 띄어 그 유명한 '반포치킨'으로 호출당한 지 얼마 지나지 않았을 때였다. 그런 만큼 나는 내 글이 무슨 엄청난 범죄의 증거처럼 생각되어 글 속에서 거론한 선생님들 앞에서는 가슴이 뛰고 손이 떨리는 평소의 증상이 한층 심하게 도지던 상태였는데도 김병익 선생님은 무정하게 그 한마디를 끝으로 나를 팽개쳐둔 채 바둑만 두고 계셨다. 아마도 그날 황순원 전집을 사서 들고 '문지'를 나서는 내 발걸음은 성민엽의 사근사근한 배웅이 없었더라면 무척 무거웠을 것이다. 그런데 김병익 선생님은 지금도 여전히, 지극히 경제적으로, "홍형, 바둑이나 둡시다"라는 한마디로 나와의 하루 대화를 시작하고 마감한다. 그래서일까? 다른 사람들에게도 마찬가지겠지만 김병익 선생님은 나에게도 말을 무척 아끼시는 분으로 각인되어 있다. 오랜 세월을 '문학과지성사'의 식구로 함께 지내면서 선생님의 인품과 식견과 행동의 상당 부분을 이제는 어림짐작으로 이해할 수 있게 되었어도 선생님의 과묵함 때문에 나는 여전히 선생님이 어렵다. 까마득한 후배이지만 나를 여전히 어려워하며 대해주는 선생님의 과묵한 행동거지가 나로 하여금 선생님을 어려워하게 만든다. 사람은 불필요한 말을 장황하게 늘어놓으며 실수도 해야 편해지는 법인데, 말을 그렇게 아끼시니 안 어려울 도리가 없다. 말을 아끼며 바둑돌을 드는 이런 습관이 사람을 어려워하는 선생님의 평소 품성 때문인지 아니면 바둑 때문에 생긴 습관인지 모르지만 어쨌건 말을 지극히 경제적으로 사용하는 선생님의 이미지는 적어도 나에게는 처음부터 바둑과 관계된 것으로 남아 있다. 그런데 선생님은 이 같은 모습을 현재도 변함없이 견지하고 있으니, 아마도 사람 앞에서 부끄러워하고 사람을 어려워하는 선생님의 이 과묵한 품성은 속절없이 평생을 갈 것 같다.

내 문학적 생애를 결정지은, 1987년에 있었던 김병익 선생님과의 잊을 수 없는 기억의 한 토막 역시 바둑과 관련되어 있다. 바둑이나 한수 하자는 선생님의 말이 계기가 되어 나의 앞길이 결정되어버린 것이다. 아마도 6·10 항쟁과 6·29 선언이 있고 난 후였을 것이다. 당시 나는 내 능력과 분수에 넘치게도 민주화의 바람을 타고 문학 잡지의 복간과 창간을 서두르는 여러 출판사들로부터 함께 일하자는 제의를 받고 있었다. 『문학과사회』와, 『실천문학』 쪽으로부터는 물론이고 『창작과비평』 쪽으로부터도 다른 잡지에 가담하지 말고 있어보라는 이야기를 듣고 있었다. 그런데 내 처신에 문제가 있었는지 『실천문학』 쪽에서 먼저 편집진에 내 이름을 넣어서 신문에 발표하고 말았다. 이런 와중에서 지금은 촉망받는 신예 영화 감독이지만 당시는 『소지(燒紙)』를 쓴 신예 소설가였던 이창동과 대구에 내려갔을 때였다. 이창동과 나는 매일신문사로 시인 이태수 선배를 찾아갔고, 거기서 김병익 선생님과 홍성원 선생님이 대구에 내려왔다는 이야기를 들었다. 그래서 찾아뵌 우리에게 선생님은 바쁘지 않으면 바둑이나 한수 하며 같이 하룻밤을 보낼 것을 권했다. 그렇게 하룻밤을 보내고 난 다음날 아침이었다. 식사를 하면서 선생님은 나에게 『실천문학』 이야기를 물은 후 지나가는 말처럼 "홍형이 알아서 선택할 문제지만, 지금까지 살아보니 사람을 믿을 수 있는 선택이 가장 현명한 선택이다"라는 짤막한 말을 했다. 나는 선생님의 스쳐지나가는 이 말에 실린 천금의 무게를 깨닫고 곧 내 문학적 운명을 결정지었다. 서울에 돌아온 즉시 나는 『실천문학』의 송기원형에게 장문의 편지를 써서 양해를 구했던 것이다. 그리고 나는 지금도 선생님의 충고를 따른 이 선택이 가장 현명한 선택이었다고 믿고 있다.

그런데 철없는— '철없는'이란 말에 오해가 있을지 몰라 '잡지 편집에 가장 헌신적으로 몰두하는'이라고 수식어를 고치겠다—정과리는 요즘 김병익 선생님과 접바둑을 두는 자리에 가끔 나타나서 "형, 일은 안 하고 뭐 하는 거야"라며 나를 야단친다. 하기야 근래 들어 내가 이런저런 사정으로 잡지 일에 태만했으니 정과리의 야단을 맞아도 싸다. 그렇지만 나는 마음속으로 중얼거린다. '임마, 김병익 선생님과의 바둑은 그냥 바둑이 아니라 대화야'라고. 그러나 비 맞은 중처럼 중얼거리면서 몇 년째 잡지 편집 일을 도맡다시피 해오는 불쌍한 후배 정과리를 생각하면 그가 농담처럼 '문학과지성사'에서 바둑판을 청소해버려야 한다고 말하는 것도 이해가 된다. 그러나 개인적으로 나는 김병익 선생님과의 접바둑을 그만두고 싶은 생각이 전혀 없다. 연승을 거두실 때 선생님의 얼굴에 가식 없이 표현되는 천진한 미소라든가, 연패를 당하실 때 붉은 얼굴로 나타나는 낭패한 표정 같은 것을 나는 선생님으로부터 배우는 인생의 소중한 교훈이라고 생각하는 까닭이다. 나처럼 감정의 변화가 얼굴과 말투에 금방 철철 흘러넘치는 사람에게 김병익 선생님같이 솔직한 얼굴 표정을 지닌 분이 구사하는 온화하고 절제된 말투야말로 훌륭한 사표가 아니고 무엇이겠는가? 그리고 그게 바둑으로부터 오는 것이라면 나는 선생님으로부터 평생 바둑을 배워야 마땅하리라.

아직도족의 변명

김 병 익

'아직도' 라는 부사는, 그것이 앞에 붙어, 가령 '안 일어났다' 에서처럼 게으르고, '모르겠니' 에서처럼 둔하며, '그 꼴로 사느냐' 에서처럼 무능한 모습을 강조해 주는 어사이다. 한때 서울에서는 그처럼 게으르고 둔하고 무능한 사람들을 가볍게 야유하는 듯한 물음이 유행한 적이 있었다. "아직도 강북에 사는가" "아직도 땅집에 사는가" 혹은 "아직도 담배를 못 끊었는가." 아직도 강북의 '땅집' 에서 살며 여전히 거의 줄담배를 피우는 내 친구 K가 그런 야유를 받기 꼭 맞는 사람 중 하나이다. 그는 서울에서 살게 된 지 35년이 넘었는데도 강남에 내던져놓으면 남북이 어딘지 어리둥절하여 갈피를 못 잡고, 아파트 살이가 편하다는 사실을 누구보다 인정하면서도 그 편한 거주 공간으로 옮길 생각을 하지 않으며 친구나 가족들의 지청구를 받으면서도 결코 금연할 생각을 않는다. 그런데 문제는, 그런 무능 · 무력 · 나태를 그가 모르지 않는 상태가 아니라 그런 상태 자체를 즐기고 있을 뿐더러 그것을 오늘날과 같은 문명 사회에서는 마땅히 존중해주어야 할 미덕이라고 자부까지 하고 있다는 점에 있다. 그의 그런 주장이 자신의 뒤떨어짐을 호도하려는 어처구니없는 고집으로 덩이져 있음에도 더러 수긍되는 점이 없지 않아, 그의 변명을 조금은 들어두어도 심심치 않을 듯싶다.

앞서 말한 집 이야기부터 말하자면, 그는 27년 전 결혼할 때 든 집에서 11년, 한 번 이사한 집에서 16년을 살아오고 있다. 서울 사람이 평균 4년에 한 번씩 이사를 한다는 통계로 보면 그의 게으름을 충분히 짐작할 만한데, 비슷한 때 셋방으로 살림을 시작한 친구들은 몇 차례의 이사 끝에 진작에 50평이 넘는 현대식 아파트를 갖게 되었지만, 그는 비록 마당과 보일러는 갖추었더라도 여전히 불편한 재래식 가옥에서 생활하고 있는 것이다. 아이들이 짜증내다시피 불평하며 아파트로, 그것도 강남으로 이사하자고 조르기도 하지만 그는 고집스레 거절해버린다고 한다. '아직도 그 꼴로 사는' 것이 답답해서 그 고집을 버리라고 충고하면 그는 피식 웃으며, "이사하기 귀찮아서……"라고 얼버무린다.

그런데 언젠가의 술자리에서 그는 '압구정동 현상'에 관한 누군가의 글을 화제에 올리며 강남 아파트 지역 풍경이 오늘의 한국인, 특히 중산층의 허위 의식을 가장 노골적으로 드러내고 있다며, 어차피 우리 사회가 그런 문화 쪽으로 옮겨가기는 하겠지만 정서적으로 그에 대한 반감을 지울 수 없다고 탄식하듯이 말한 적이 있었다. 그 자신이 '행복한 중산층'이라고 자처하고 있지만 '허황한 중산층'이 되기를 바라지 않는다는 또 다른 그의 말을 그때 기억해내며, 나는 그가 강북의 땅집을 벗어나지 않으려는 고집이 여기에 연유하는 것이 아닌가 생각하게 되었다. 그의 그런 생각은 왜곡·편향되어 있지만, 부분적 진실이 스며 있는 점을 내가 쉽게 부인하지 못하는 것도 사실이다.

그는 또 골프를 못 치고 테니스나 조깅도 하지 않으며 약수 받으러 일찍 일어나지도 않고 등산도 안 하며 스포츠 센터는 물론 사우나에도 가본 적이 없다. 더러 동네를 산책하기는 하지만 그것은 심심해서이지 건강을 위해서는 아니라고 주장한다. 그 주장이 정말일 것은, 친구들 몇이 유명을 달리하면서 부쩍 건강에 대한 화제들이 많아지고 운동이나 식이요법에 대한 정보와 효과를 자주 이야기하게 되었는데도, 그는 그런 대화에는 거의 끼이지 않는다. 어쩌다 그런 대화에 참견해서 하는 말이란, 기껏, 그렇게 힘들여서 얻은 힘을 가지고 주나 색을 즐기는 것말고 이 나이에 무얼 하겠느냐는 것, 라켓 들고 다니는 여자치고 날씬한 사람 못 보았다는 것, 혹은 나이 들어 하던 짓 안 하든가 안 하던 짓 새삼 시작하는 것이 더 위험스럽다는 것, 요컨대 건강과 운동에 대한 부정적인 이야기뿐이다. 아니, 그는 새벽 산책이라든가 설악산 등정이라든가 과음 절제 자체는 좋은 것으로 보고 있고, 취미 생활을 즐기듯 그것들을 즐겨야 한다고 주장한다. 그가 혐오하고 있는 것은 '건강을 위해서'라는 실제적 목적이 붙어 있는 운동과 건강이다. 그가 건강 문제에 대해 그처럼 늠름한 것은 잔병이나 큰 병치레를 해보지 않은 덕이라는 친구들의 핀잔을 받아들이면서도 자신의 건강 혐오감을 철회하지 않는 것에는, 아마도 건강주의자의 주체할 수 없는 동물성에 대한 깊은 두려움을 가진 탓일 것이다. 그는 육체적 야만성에 대한 증오감을 자주 토로하는데, 그가 담배를 굳이 끊을 생각을 하지 않는 것도 자신의 신체에 대한 숨은 자학 심리가 작용하고 있는지 모를 일이다.

그가 골프에 대해 반대를 넘어 비난까지 하는 데에는 좀더 윤리적인 이유가 있다. 우리처럼 인구 과잉의 나라에서 광활한 골프장의 남설(濫設)이란 여간 가혹한 낭비가 아니라는 경제적 이유 못지않게, 그것을 일종의 신분 상징으로 삼는 신흥 집단의 허위 의식을 그는 경멸하고 있는 것이다. 언젠가 동창회에 나갔다가 몇몇이 숙덕이며 '자치기' 일정을 상의하는 것을 듣고 그것이 골프를 치자는 말임을 뒤늦게 깨닫고 불쾌감이 치솟은 것은 골프 그 자체가 아니라 끼리들간의 그 도도한 선량 의식 때문이었다고 했다. 마치 특혜받는 집단들의 애써 숨기고자 하는 데서 오히려 더 도드라지는 우월감을 그는 보는 것 같았다는 것이다. 그리고 어느 날 오전 여의도 순환도로를 지나다가 인도어 골프장에서 수많은 사람들, 아니 여자들이 골프채 휘두르는 것을 보고 경악했던 느낌을 내게 토했었다. 그 시간에 주부들이 어떻게 골프장에 나와 있을 수 있느냐는 것이 물정 모르는 그의 소박한 질문이었다. 골프에 대한 그의 자심한 편견은 분명 시대에 뒤떨어진 그의 무능 탓이겠지만, 나 역시 골프를 모르기 때문에 골프에 대한 그의 '느끼한' 반응이 심정적으로 웬만큼 이해되긴 한다.

그는 그런 느끼함을, 가령 미국 사람보다 더 능숙하게 영어 회화를 하는 사람들, 그들의 양키식 몸짓, 거기에 끼여드는 해박한 미식(美食) 취향에 대해서도 느낀다고 한다. 그러나 그것은 그가 영어 회화를 못 하고 화려한 데에 가서는 촌티를 못 벗고 미식에 대해서는 무미하기 때문에 대수로운 것은 못 된다. 더구나 그는 촌스런 화법에 대해서는 지루함을 못 참고 김치보다는 호텔 양식을 더 좋아하고 전래적인 문화보다는 서구 쪽 문화에 더 길들여 있기 때문에 그의 그런 느끼한 느낌은 적어도 그에게는 당치 않은 것이리라.

그런 참에, 그가 아직도 자동차 운전을 못 한다는 것에 아무런 부끄러움을 느끼지 못한다는 것은 잘못된 심정일 것이다. 그는 직원이 운전해주는 차를 타고 다니고 자식들에게도 운전은 필수로 배워야 한다고 권하고 있으니 더욱 그렇다. 나는 오늘날과 같은 사회에서 운전을 못 해 생기는 불편을 어떻게 할 것이냐며 면허증이라도 따두라고 권해본 적이 있는데, 그는 택시나 버스를 타든가 친구나 자식에게 빌려 타면 되지 않겠느냐고 태평스레 대답했다. 불편함에 대한 그의 둔감함은 그의 낙천성에 맡긴다 하더라도 문제는 그 자신이 오너드라이버가 아니라는 사실을 다행스럽게 생각한다는 점이었다. 그 당착을 힐난했더니 그의 대답은 뜻밖에 천연스러웠다. 자동차를 운전할 줄 알면 그걸 써먹기 위해 주말이나 휴가철에 차를 몰고 쏘다녀야 하는데 그렇게 붐비고 시끄러운 일을 시간을 버려가며 사서 할 필요가 있느냐는 것이다. 공휴일에 집에서 그럼 무슨 일이라도 하느냐고 추궁하자, 그는 집에서 무얼 하느냐가 중요한 것이 아니라 밖으로 차를 몰고 나가 무얼 하지 않느냐가 중요하다고 응수했다. 한 발 더 나아가, 그는 휴가철에는 꼭 어디고 다녀와야 하고 주말에는 근교에 드라이브를 해야 한다는, 여유가 있다기보다 오히려 없어 보이는 그 생활 유형에 '느끼함'을 느낀다고 말했다. '바캉스'를 즐겨야 한다는 그 선입견이 우리의 삶을 그만큼 억압하는 것이 아니겠냐는 것이 그의 반문이었다.

그는 '자본주의 사회의 꽃'이라는 주식에 대해서도 여전히 무지하다. 주가지수가 어떻고 그래서 우리 경제가 어떤 상태라는 등의 신문 보도를 보며 함께 걱정하기도 하지만 그것이 어떤 과정을 거쳐 그렇게 되는 것인지는 모르고 있다. 하긴 상장이니 종가니 하는 상식적인 용어를 여적 모르고 있으니 그런 복잡한 경제 이치를 알 리가 없다. 자신의 고백에 따르면 그도 주주이긴 하다. 20여 년 전에 형제들로부터 선동당해 어떤 회사의 주식을 아주 조금 샀는데, 그 주식을 가지고만 있었지 팔지도 사지도, 늘리지도 줄이지도 못하고 있는 중이라 했다. 귀찮아서 처분해버리고 싶은데도 어떻게 해야 할지 모르겠다는 것이다. 주주이되 주주의 자격을 전혀 갖추지 못한 무식쟁이임에도, 그러나 그는 주식 거래에 의한 경제 운용에 대해서는 자못 비판적이다. 주식 투자와 그 매매 차액으로 부를 일군다는 이른바 '재(財)테크'란 머리 회전이 빠르고 기민한 응변력을 가진 속된 테크닉이며, 그래서 주식놀이란 한쪽 이익이 다른 쪽의 그만한 손실에 의한다는 일종의 '제로섬 게임'이라고 보고 있다. 이런 주식에 대한 몰이해는 그가 경제를 모르는 덕분에 생겨난 오해이지만, 자본주의를 존중하면서도 그 '꽃'인 주식에 대해서는 비판적인 그의 명분이 다소이해가 가긴 한다. 그의 주장인즉, 주식 투자로 이익을 본다는 것은 경제 행위를 화폐의 수입으로 환원시켜버리고 교환가치 체계로 매몰되게 만들며 노동을 경시하고 유한 계급들을 정당화해준다는 것이다. 실제로 우리 사회는 부동산 투기꾼들과 함께 이런 불로 소득층의 폐해로 얼마나 시달리고 있는가, 그리고 그 때문에 우리의 경제력이 겉보기보다 얼마나 취약한가를 그의 편견을 통해 환기받게 된다.

어떻든 내 친구 K는 이제껏 보아왔듯, 게으름과 무능과 둔감을 특색으로 하는 표본적인 '아직도족'임이 분명하다. 그는 아직도 '본처'

와 살고 있으며 자식을 넷밖에 못 가진 것을 서운해하고 때로 다 큰 아이들을 한 방에 데리고 자며 행복해하기도 한다. 양희은이나 패티 페이지의 노래를 좋아하고 아들이 시끄럽게 틀어놓은 헤비 메탈을 모차르트로 바꾸라고 부탁한다. 디스코텍은 물론 댄스 홀도 못 가보았고 진바지를 입어본 적이 없으며 젊은 대학생들에게도 대체로 경어를 쓴다. 컴퓨터의 워드 프로세서로 원고를 쓰긴 하지만 그 밖의 그것의 무궁무진한 기능들에 대해서는 숙맥이며 새로 나온 가전 제품들의 갖가지 장치들을 만지기 두려워하고 비행기를 타고서는 그가 공중에 떠 있다는 사실 자체를 신기해한다.

무엇보다, 그는 아직도 못 해보고 못 가진 것들에 대해 거의 탐심(貪心)을 가지고 있지 않다. 그의 속 편한 해설에 따르면, 어느 지방에 가서 그 유명한 곳을 못 보았다면 헛것이라는 핀잔에, 그곳이란 아예 나에게 없는 곳이라고 치부하면 그만이라고 응수하고, 이런 것을 요즘에는 꼭 가지고 있어야 한다고 설득하면, 내가 한 30년 앞서 태어나 그때에는 미처 그런 것 없이 지냈다고 생각하면 미련 없는 것이라고 대답해버린다. 그런 그의 태도가 '정력적인' 사람에 대해 짜증을 부리고 지나친 호기심을 경계하게끔 만드는 것이겠지만, 어떻든 그는 오늘날과 같은 바쁜 세상에 참 한가한 종족이긴 하다.

이런 점들로 미루어보아, 그러니까 그는 '아직도'라고 생각하는 것이 아니라 '아직'으로 생각하겠다는 것인데, 아직 더 자야겠고 아직 더 몰라야겠고 아직 더 그 꼴로 살아야겠다는 그의 사유에는 세상이나 풍물이 좀더 천천히 변해야겠고, 그래서 우리가 덜 시달려야겠다는 욕망이 숨어 있는 것이리라. 그러나 그는 천상 고리타분한 보수파임에 틀림없는데, 그럼에도 때로는 진보주의자 못지않은 '아니 벌써'의 행각을 벌이기도 한다.

가령 고 3짜리 아들이 담배를 태운다는 사실을 아내로부터 듣고는 그의 생일에 라이터를 선물했고, 그 아들이 입시에 실패하자 시내로 데리고 나가 저녁을 사주며 앞으로 맞담배를 태우자고 제의하며 담배를 권했다 한다. 대학에 다니는 딸의 남자 친구와 스낵 코너에서 차를 마시기도 하고 그들과 지적인 토론을 벌이기도 하며 그들의 의견을 진지하게 경청하기도 한다는 것이다. 큰딸아이가 독신주의를 펼 때 그것도 참 재미있는 삶의 방식이겠다고 긍정했다던 그는, 더 나아가 1980년대의 그 춥고 어수선한 시절의 급진적인 운동 논리에 매우 긍정적인 태도를 취했고 자식들이 그런 쪽에 무관심한 것에 안도하는 한편으로 섭섭해하기도 했던 것이다. 그는 뉴 키즈 공연이 퇴폐적이라고 비난한 신문들의 고리타분한 인식을 비판했으며 오렌지족에 대해서도 호의적이었고, 이해는 못 하지만 서태지의 노래를 좋아하는 아이들을 편들어 그의 공연 비디오를 빌려다주기도 했다.

그러니까 그는 보수적이기는 하지만 고루한 것은 아닌 듯했고 '아직도족'의 무능함을 고집하면서도 무반성적인 '아직도족'은 아닌 것 같다. 그의 '아직도'는 시대의 변화를 따라가지 못하는 게으름 혹은 무력함에 젖어 있지만, 그 같은 자신에 대한 변명이나 옹호에는 더러 문명 비판적인 기미가 들어 있기도 하다. 그래서 『아담이 눈뜰 때』의 장정일 세대를 규정짓는 '파시스트적 속도'에 대해 그 나름의 저항의 몸짓을 보이고 있는 듯도 하다. 그처럼 얼떤 그가 요즘의 내게 오히려 따스하게 느껴지기도 하는 것은 내 나이, 내 세대에 대한 자의식이 자라나는 탓이 아닐까.   〔1993. 10〕

기억 속의 고향, 기억 밖의 타향

김 병 익

고향이 어디냐는 물음을 받을라치면 나는 상대에 따라, 박쥐처럼, 경북이라고도 하고 충남이라고도 대답한다. 원적은 상주군 함창면이고 태어난 곳은 거기서 10리 떨어진 점촌이니까, 그리고 가까운 웃어른들이 그 일대에 사시고 선산이 그 부근에 있으니까, 내가 영남 사람이라 해서 틀린 말은 아니다. 그러나 이번에 『월간조선』이 '작가의 고향'을 찾아보자는 제의를 해왔을 때, 나는 비평가라는, 같은 문학판의 글쟁이이긴 하지만 분명 '작가'는 아닌 주제임에도 기왕 응낙한 김에, 얼치기의 충청도 사람으로 자임하고 대전을 고향으로 정해 그리로 가기로 했다. 세 살 때 살길 찾아 떠난 부모님에게 업혀 이곳으로 왔고 여기서 초등학교·중학교·고등학교를 마쳤으며, 서울의 대학에 진학해서도 방학 때마다 줄곧 이 도시를 헤매었고, 노쇠해지신 어머니 아버지가 여전히 여기 살고 계시고, 당신네가 영원히 사실 자리도 작년에 시내로 편입된 계족산(鷄足山) 아래 아늑한 산자락에 마련해두셨으며, 그래서 내 생활의 터전을 서울로 옮긴 지도 35년이 지났지만 한 해에 몇 번은 이곳에 내려와야 하니, 나의 작정은 옳은 것이었다.

배반당한 기억들

그러나 나는 대전이라는 도시를 안 좋아하는 편이다. 경부선에 호남선을 갈라 이으면서 급조된 도시, 그래서 역사도 유적도 전통도 없는 도시. 아니, 내가 초등학교에 입학하던 해방 때 5만이던 인구가 사변으로 갑작스레 서너 배 늘고 그 후의 경부고속도로와·물산 유통의 폭주에 덕을 보아 이제 백만의 사람들을 모아들이고는 드디어 직할 시가 되었다는 그 거친 성장의 이력처럼, 들뜨고 어수선하고 잡스럽고 속물적인, 마치 우리나라의 오늘에 이르기까지의 그 점잖지 못한 모습을 그대로 표상해주는 듯한 도시가 대전이기 때문이다. 지금도 대전이라면, 나는 9·28 수복으로 부산에서 사흘 걸린 기찻길로 돌아온 날 새벽 정거장에서 본, 보문산 밑에까지 질펀히 깔린 부서진 가옥과 검붉은 폐허의 장면이 떠오르기도 하고, 날림으로 지은 바라크들이 닥지닥지 복닥대며 붙어 늘어선 시장통이 연상되며 목척교 아래로 흐르는지 고여 있는지의 대전천 검은 구정물 냄새를 맡는 듯해진다.

그럼에도 내가 어른으로 자라기까지의 근 20년 동안 나의 육체적·정신적 성장의 터전으로서의 기억 속의 대전은 결코 그렇게 삭막하고 혼란스러운 것은 아니다. 가령 석양을 바라보며 대전천 둑길을 느릿느릿 걷노라면, 그 냇물이 검정색이기에 저녁놀이 더욱 아름다운 천연색으로 비쳐주고 있었고, 깊은 저녁이나 신새벽 교회에서 오거나 가는 중심통의 대로변 가로수 밑으로 천천히 몸을 옮기다 보면 한낮의 먼지와 소요는 어딘가로 다 숨어버리고 고요와 나뭇잎 향기가 아주 은근하게 내 둘레를 감싸안는 것이다. 조금만 걸음을 멀리하여 시내를 빠져나가면, 낮은 둔덕에서도 시내는 환히 내려다보였고 멀리서 보는 것은 으레 그렇듯 그 광경은 평화로웠으며 한밭의 그 넓은 들판은 새들이 날고 잡초가 멋대로인 비옥한 풍경을 이루고 있었다. 내 기억 속의 대전은 그런 모습들이고 나는 대전에서의 그 기억들을 사랑하고 있었다. 아마도 내게 아직껏, 순진한 것들에 대한 향수가 남아 있고 아름다운 것들에 대한 동경이 살아 움직인다면, 그리고 이룰 수도 없는 것들에 대한 향수가 내 속을 허비고 있다면, 그 대부분은, 적어도 그 뿌리는, 대전에서의 경험의 기억들에서 빚어진 것들일 것이다.

그러나 기억은 기억 바깥의 것은 아니며, 그것의 아름다움은 오직 기억 안에서만일 뿐이다. 다른 모든 것들처럼, 대전은 변해 있었고 그래서 내 기억들을 배반하고 있었으며, 달라진 그것들은 '아름답다' 라는 말을 '아름다웠다' 라고 고쳐 과거형의 심상으로 나를 몰아붙이고 있었다. 먼저 찾은 나의 모교 대흥초등학교가 그랬다. 40여 년 전의 한 반 친구 셋과 점심을 하며, 담임 선생님들과 동창 소식들에 이어 구구단을 못 외어 벌받던 얘기, 씨름하다 손등이 찢어진 얘기 등등으로 한참 순진해 있다가 그 학교를 찾았을 때는, 친구들이 이미 경고했음에도, 나는 덧없어져버리고 말았다. 10년 전엔가 산책 삼아 이곳에 왔을 때도 붉은 벽돌의 나지막한 단층 교사와 깨끗한 상록수의 화단이 나의 회상을 아름답게 맞아주었었는데, 그 교사는 사라져버려 운동장이 되었고 기마전을 하던 운동장에는 여느 학교 건물보다는 탄탄하게 보이기는 했지만, 엉뚱한 4층 교사 두 채가 나란히 서 있었다. 우리 넷이서 열심히 찾고 고증(!)한 끝에 우리가 학교 다닐 때 것으로 찾아낸 것은, 간판이 없어져버린 이제는 측문이 된 낡은 교문과 그 옆의 늙은 나무 하나였다. 그리고 운동장에는 우리 때보다 혈색과 차림새가 좋은 아이들이 체육 시간인 듯 선생님의 지시 아래 기합을 받거나 달리기를 하고 있었다.

이 아이들 나이 때, 이 학교 운동장에서 나는 어딘가 숙맥 같고 너무 큰 옷을 입어 추위 타는 아이처럼 보이는 동급 여학생을 발견했는데, 그 아이는 고등학생 때 학교를 오가는 길에 마주치기도 했고, 대학의 같은 캠퍼스에서는 드디어 인사를 하게끔 되었지만, 이번에는 내가 큰 옷 입은 숙맥이 되어 있었다. 우리가 결혼한 지 이제 꼭 25년이 되었고 그래서 우리는 아는 새 모르는 새, 그리고 알게 모르게, 서로 많이 변하고 말았는데, 기억 속의 그녀보다 더 변한 것이 이 학교였고 학교 옆의 산들이었다. 우리가 '기합산' 이라고 부른 나지막한 민둥산은 숲이 울창한 상수도 배수지가 되었고 전쟁중 노천 수업을 받기도 했던 을씨년스럽던 삼각산 골짜기는 고급 주택지와 놀이터로 바뀌었다. 야구 중계하는 텔레비전 화면에서 컴컴한 덩어리로 보이는 보문산의 아래턱 전망대에 케이블 카를 타고 올라 내려다본 대전 시가는, 전날처럼 손바닥 하나로 가릴 수 있는 아담한 크기는 결코 아니었다. 도시는 가려진 능선 밖으로 뻗쳐 있고, 원족을 가노라 보면 한없이 멀기만 하던 저쪽 식장산 아득한 꼭대기에는 무슨 안테나와 건물이 서 있었다. 대전 사람들은 나이 들어가지만 대전 시가는 아마 젊어지고 있는 것 같고, 그 땅과 산들은, 나무들이 자라고 등산길이 늘어나 있었지만, 기억 속의 것과는 달리, 풀이 죽어 있었다.

을씨년스러움 속의 따뜻함

우리의 초등학교 옆에는 대전중학교와 대전고등학교가 나란히 붙어 있는데, 전후의 그 파괴와 가난 속에서 중학교 때는 맨바닥에 화판을 놓고 배웠고, 고등학교 때는 그래도 책걸상을 두고 수업을 했었다. 6·25중에 주둔하고 있던 미군이 실화를 하여 학교 교사가 전소되는 바람에 우리의 교실은 일제 시대부터 있어온 기숙사를 개조한 것이었다. 그래서 고 3 때의 우리는 당시 호사스런 농구장이 보이는 단층 건물에서 공부했는데, 30년 만에 가본 이 학교에는 그 코트의 부스러기 스탠드와 바닥만 남아 있고 당시의 교사는 물론 졸업 직전엔가 지은 강당 겸 도서실도 사라지고 대신 새 교사 건물이 우람하게 서 있었다. 우리의 흔적은 마찬가지로 찾아볼 수 없었다. 그러나 참으로 다행스러웠던 것은 교사의 서쪽에 서 있는 처음 본 모뉴망이었다. 아담하게 세워진 이 기념비는 4·19 때 목숨을 바친 동문의 넋을 기리기 위한 것이었는데, 거기에는 중 2 때 한 반이었던, 그리고 서울대 사대 4학년으로 경무대 앞에서 맨 먼저 쓰러진, 동기생 손중근군의 이름이 맨 위에 박혀 있었다. 그래서 그 모뉴망이야말로 내게는 이 학교에서 거의 유일하게 역사의 현존성을 느끼게 만든 물건이었다.

중학생 때 나는 점심 시간을 마치고 교실에 들어오면 머리에서 김이 서릴 정도로 굉장히 열심히 뛰어노는 개구쟁이 노릇을 했지만, 고등학교 학생으로 오르면서 휴식 시간에는『사상계』따위를 읽고 등하교 때는 생각에 잠기는 겉늙은이였다. 나는 이때 아주 독실한 크리스천이 된 것이었다. 장로 아들이었던 옆자리 친구를 따라 처음 교회란 데를 가본 후부터 나의 사춘기와 청년 시절은 온통 기독교로 범벅이 되어버리고 말았는데, 대학 시절의 서울에서의 기독교가 회의와 번민의 연유가 된 것이었다면, 고교 시절의 기독교는 꿈과 명상과 순수의 샘이 되었다. 그때 나는 새벽에도 자주 기도회에 나갔고 낮과 밤 예배에는 빠짐이 없었으며 더러 철야도 했고 대학 입학 시험을 앞둔 해에도 한 주에 아마 다섯 번은 저녁 예배와 학생회와 주일학교 일로 나갔었다. 대학에, 그것도 괜찮은 성적으로 합격하자 누이는 내게 기적이라 했지만 교회 어른들은 '아멘! 하나님 은총이다'라고 축복할 정도였다.

그랬기 때문에 나의 청소년 시절에의 회상들은, 학교 것들은 거의 보이지 않은 채 교회 언저리로만 헤매어다닌다. 화이트 크리스마스 새벽, 그 신비한 하늘 색깔을 바라보며 성탄 찬송을 하러 다니던 일, 밤새 기도하고 예배보다가 문득 내다본 밤하늘에서 별이 빛나던 것을 가슴으로 받아두던 일, 교회 친구들과 어울려 전도 심방하던 일, 그렇게 교회 일들로 꽤 많은 길들을 한밤에 혹은 새벽에 혼자서 걸으면서 세계와 나, 존재와 구원, 영혼과 영원, 혼돈과 조화 같은 당찬 성찰을 해보곤 하던 일…… 이런 일들은 내게 기독교를 신학적으로 접근하도록 만들기보다는, 지금 돌이켜보면, 범신론적인 혹은 목가적인 서정으로 받아들이도록 했던 것 같다. 그랬기 때문에 대학생이 되고 이른바 젊은 날의 오뇌에 젖어들면서부터 순진했던 시절에 회의 없이 받들었던 유일신의 부활 신앙을 더 이상 감당할 수가 없어져버렸던 것 같고 마침내 스스로를 출교시켜버리는 데까지 이르렀을 것이다.

지금도 나는 기독교 신앙을 갖지 않은 데 자부심을 가지기도 하고 그 자부를 시인할 때의 텅 비어지는 가슴에 썰렁한 바람이 스치고 지나는 것을 오히려 따뜻이 여기게끔 되어 있지만, 그럼에도 고등학교 시절의 내 기독교 혹은 교회 다니기는 여전히 아름답고 자랑스럽다. 그것은 나의 청소년 시절, 내가 나를 행복하게 받아들이는 부분의 것 거의 전부를 이룬다. 나는 인격신을 믿을 수 없게 되었지만 인간의 고상한 격에 대해서 존경해야 한다는 것을 믿을 수 있게 된 것, 하나님의 존재성을 느낄 수는 없게 되었지만 사람은 저마다의 실존에 대해 고민해야 하고 책임져야 한다고 느낀 것, 예수의 부활은 사실로서 여겨지지 않지만 정신의 상속과 재생은 추구되어야 한다고 여기는 것, 한국 교회의 기능에 대해서는 점점 부정적으로 되어가지만 기독교적 관점이 문화적·공동체적 운영의 원리가 되어야 한다고 긍정하는 것 등등의, 내가 어른이 되어 가지게 된 일련의 사고 체계는 나의 성장기의 교회 체험 때문에 얻어진 것이다.

그 교회 체험은 대전이란 도시의, 그것도 혼란스럽고 가난한 6·25 직후의 어수선함 때문에, 더 따뜻하고 비옥한 것으로 오늘의 내게 다가온다. 그런데 이번에 찾아본 나의 교회는 옛날 내가 다닐 때의 깡통을 펴 지붕을 이은, 말 그대로의 '깡통 교회'는 물론 아니었고 한 20년 전쯤 지나며 훔쳐본 시멘트 교회도 아닌, 멋을 부려 크게 잘 지은 아주 늠름한 붉은 벽돌 건물이었다. 36년 전에 내가 심어놓았던 단풍나무가 살아 있기를 처음부터 기대하지 않았지만, 궁색한 시절에 대한 나의 풍요했던 기억은 이제 그 높다랗게 솟아 있는 십자가 아래서 초라해지지 않을 수 없었다.

낭만주의적 산책과 비관주의적 배회

대학 시절 집으로 내려와 있을 때, 나는 교회를 가지 않는 대신 시외로, 지금의 한남대학이 있는 오정리의 냇가 언덕빼기로, 혹은 유천면의 둑길로 더러 산책을 나갔다. 아마 나는 산을 두려워했던 것 같다. 초등학생 때, 아까 말한 삼각산에 올라가 커다란 바윗덩이 위에서 친구들과 많이 뛰어놀았는데 그때 그 산줄기 뒤로 더 높이 그리고 더 멀리 끝없이 이어진 봉우리와 능선들에, 그리고 그 너머의 한없이 널려진 세계의 펼쳐짐에, 문득 서늘한 전율을 느낀 적이 있었더랬는데, 그것은 하나의 예감처럼 그 후에도 어쩌다 오른 산정에서마다 막막한 설움으로 달겨드는 것이었다. 그래서 나는 흐르는 냇물이 멀찍이 보이는 둑길을 좋아했고 울적해질 때는 그런 길을 천천히 걸었다. 대학 1학년말에 인사한 지 한 달도 안 된 황동규가 같이 갑사에 가기로 하고 내려왔을 때도 나는 기껏 유천면의 둑길로 그를 안내했었다. 그 길은 이제 포장이 되고 버드나무들이 깨끗하게 줄지어 선 멋진 산책로로 바뀌어 있었지만, 시냇물은 더없이 초라하게 졸아져버렸으며 들판과 언덕은 아파트와 주택과 학교들로 꽉 채워졌고 그 건물들은 먼 산 너머로 멀리 바라볼 수 있었던 저녁놀을 가리고 있었다.

그러나 나의 대학 시절, 그런 낭만적인 산보는 정말 어쩌다였고 방학 때의 대부분은 시내의 도심지 한바닥에서 뒹굴었다. 술을 못 했기에 술집은 별로였지만 다방에서 다방으로, 극장에서 혹은 당구장, 다시 다방으로 낮밤 가림 없이 맴도는 것이 일이었다. 그 맴돌기의 대부분은 술을 무척 즐기는, 그래서 결국 일찍 세상을 버려야 했던 고등학교 적 친구가 있어, 그와 아침부터 밤까지 어울리는 것이었다. 독실한 기독교 집안의 장남으로, 부모로부터 힘에 겨운 기대를 받았던 그는 교회 학생회 회장을 지내기도 했는데, 대학에 들어가면서 묘하게 허망하고 좌절된 젊은이의 분위기를 풍기고 있었다. 그런 분위기라면, 교회도 걷어치우고 공부도 하기 싫고 미래에 대해서는 생각이 없었으며 오직 당시 유행하던 실존주의적 감상에 젖어 그런 그의 소설들에 빠져 있던 나로서도 탐닉하고 싶던 것이었다.

더구나 나의 집은 생과자점을 하고 있었고 그 점방과 붙은 살림집은 중동의, 대전에서도 가장 번다하고 번잡한 시장통의 입구에, 이웃 건물로 가려져 늘 컴컴한 데 숨어 있었다. 나는 집의 안에서나 밖에서나, 도심 속에 살고 있었고, 그 도심이 연출할 수 있는 모든 도회적인 것들과 싸우고 껴안고 당기고 밀며, 그 시간들을 힘겨워했었다. 그래서 나는 중심가 거리와 거기에 즐비한 다방에 들락거리면서도 그 거리와 다방들을 증오했고 증오하는 만큼 열심히 들락거렸으며, 그런 방황과 무위를 즐길 자유를 준 우리집에 대해서도 경멸했고 경멸하는 만큼 막내로서의 응석은 더 많이 부려댔었다. 그때의 그 건물들과 거리들은 좀 커지기도 했고 멋을 부리기도 했으며 그만큼 더 시끄럽고 어수선해져서, 50년대 후반의 내 황량했던 내면을 되살리기에, 그리고 그 황량함을 미소로 돌이켜보기에 충분할 만큼, 전날의 모습을 그대로 지키고 있었다.

그러나 그보다 더 변하지 않은 모습은 오래 전 이런저런 일에서 물러나 이젠 대전천이 바로 옆으로 흐르는 삼성동의 작은 아파트에서 단 두 분이 외로움과 손수 하시는 살림을 힘들어하시면서 조용히 살고 계시는 부모님이었다. 당신네들께 대전은 당연히 타향이지만, 50여 년을 끈질긴 부지런과 근검한 노력으로 살아오고 한 집안을 일으켜내도록 만든, 고향 이상의 삶의 터전이었다. 그 터전의 물과 바람과 이웃들이, 자식들이 있는 서울로 그분들의 이사를 못 하도록 막고 있는 것이다. 대전에의 애착 이상으로 변하지 않으신, 아니 더해지신 점도 있다. 그 변하지 않으심은 많이 노쇠하신 육신에도 나의 어릴 적 기억의 부모님 자태를 여전히 곱게 지니신 데에 있지만, 더해지심은 내가 50대 중반의 머리 허연 중늙은이가 되어 왔는데도 한 세대 전 방학으로 내려온 막내 맞듯이 맞아들이시는, 그 가슴 깊은 진한 자애심이다. 그러고 보면, 80대의 부모를 그 반절 나이의 부모를 대하듯이 어리게 기대고 당신네들 힘을 바라는 약해빠진 나의 심중도 변하지 않은 것 같다. 글쎄 세상이 변하고 자연도 달라지며 사람도 바뀌고 그것들에 대한 기억까지 흔들려도, 자식에 대한 부모들의 애정은 결코 바뀌지도, 달라지지도, 흔들리지도 않을 모양이었다.

지복의 열아홉 살

열아홉을 보내던 1956년 12월에, 나는 앞으로의 나의 생애에 이 해보다 더 행복할 수 있는 해는 다시 없으리라고, 충심으로, 생각했었다. 그 생각은 예상이라기보다는 달리는 내다볼 수 없는 확신에 찬 예감이었다. 그해에 내게 어떤 신나는 일이나 축복받을 만한 경사가 있었던 것은 물론 아니었다. 입학 시험을 바로 코앞에 둔, 그리고 서울에서 이루어질 대학 생활에 대한 불안감 때문도 분명 아니었다. 이제 나의 십대를 버리고 성인의 세계로 끼여들어가야 한다는 두려움이 우수를 빚어내고는 있었지만, 그렇다 해서 열아홉의 나이가 행복할 수 있는 것은 아니었다. 그것은 참으로 경건한, 그리고 당시에도 스스로 느낄 수 있었던 행복한 예감이었다. 나는 그 예감의 정체를 그때도 맑게 인식하고 있었다.

그것은 바로 내 내면의 충만감이 일구어낸 어떤 것이었다. 안으로부터 솟아, 넘쳐, 뿜어지는 그 충만감은 세계란 얼마나 환하고 조화로운 것인가, 삶이란 얼마나 기쁘고 빛나는 것인가, 사랑이란, 그 아가페적인 심상은 우리를 얼마나 풍요롭고 즐겁게 만드는 것인가라는 더없는 환희의 체험을 그해의 나에게 끊임없이 안겨주었다. 나는 예배를 보러 교회에 이르기 전에 먼저 들른 그 뒤편의 아늑한 풀밭에 혼자 숨어 누워, 혹은 늦은 밤의 정일 속을 배회하면서 바람의 향기를 맡으며 충일해 있었다. 거기서 얻어진 행복에의 희열은, 순진한 소년기와의 결별을 앞두고서, 앞으로의 나의 미래에 어떤 좋은 일이 있더라도 결코 맞바꿀 수 없는, 지상의 고귀함으로 직관되었던 것이다.

과연 그랬다. 나는 그로부터 35년을 더 사는 동안 그보다 더 궂고 답답한 일이 훨씬 많았지만, 세속적인 행복도 느꼈었고 내 나름으로는 값지게 여겨지는 성취감에도 이르러보았다. 겉으로는 어쨌든, 그러나 그 모두는 나의 19세 때 가졌던 행복감에는 도저히 비해질 수 없는 것이었다. 나의 그때의 그런 행복감은 지금도 나를 행복하게 만든다. 그 을씨년스럽고 추운 시절에, 그처럼 순수하고 지복할 수 있었던 경험, 그 예감이 진실이었다고 이제도 기쁘게 수락할 수 있기 때문에 더욱 확실한 그 내적 충일감은 나의 성장의 시절에 길어낼 수 있었던 가장 축복받을 이니시에이션(入社式)이었다.　　　〔1991. 5〕

제5회 팔봉비평문학상 수상 소감

김 병 익

　제가 생전의 팔봉 선생님을 뵐 수 있었던 것은 『한국문단사』를 쓰던 1973년 봄이었습니다. 연약한 우리의 초기 문단에 처음으로 사회주의 문학론을 도입하고 적극적으로 조선프롤레타리아예술가동맹(KAPF)을 이끌어가시던 시절의 이야기를 여쭙기 위해서였는데, 50년도 넘은 일들을 선생님은 자상하게 설명해주신 뒤, "젊은 혈기의 우리들에게는 착취당하고 있는 조선 민족을 위해 문학은 정말 무엇을 해야 할 것인가라는 문제가 가장 심각한 질문이었다"고 하신 말씀은 지금까지도 인상 깊이 박혀, 남아 있습니다.

　팔봉비평문학상의 첫 수상자의 영예를 얻은 김현씨는 작고하기 한 달 전의, 수상 인사에서 6·25 적치중에 시체처럼 처참해진 모습으로 찍혀진 팔봉 선생의 유명한 사진에서 '뜨거운 상징'을 발견하면서, 그 뜨거운 상징이야말로 감동을 유발하는 문학의 힘이라고 강조한 바 있습니다. 그 김현씨는, 젊은 시절의 팔봉이 제창했던 진보주의적 문학 이론들이 새로이 피어나기 시작하던 70년대말에, '이 시대에, 문학 비평이란 과연 무엇인가'라는 질문을 다시 제기한 바 있습니다.

두 정력적인 비평가들은 서로 다른 정황과 논리 속에서 그러나 한 가지의 질문과 싸웠습니다. 20년대의 팔봉은 식민 통치를 당하고 있는 우리 민족에 문학은 어떻게 현실을 변혁시켜야 할 것인가를 외쳤고, 70년대의 김현은 유신 독재 등의 억압적인 체제 속에서 문학은 무엇으로 스스로의 문학다움을 이루어낼 것인가 속삭였습니다. 그 대답을 찾기 위해 20대의 팔봉은 사회주의 문학론을 끌어들여 현실에 대한 문학의 도전을 주장했고, 40대의 김현씨는 문학의 자율성 속에서, 새로이 바라봄을 통해 세계가 바꾸어지기를 꿈꾸었던 것입니다.

우리는 그리하여 문학과 현실에 대한 두 개의 관점을 얻어냈지만, 그럼에도, '지금, 문학 비평은 과연 무엇을 할 수 있는가'란 질문에 다시 부닥쳐 있습니다. 공정하게 말하여, 오늘의 우리는 팔봉이 괴로워했던 식민지 상대로부터 벗어나 있고, 김현이 두려워한 이념적 억압으로부터도 얼마큼 비켜나 있습니다. 그런 대신, 우리는 고삐 풀린 속악한 시장 경제적 구조에 더욱, 깊이 매여 있고, 보다 착잡한 정보화 사회 속으로 얽혀들고 있습니다. 이 새로운 정황 속에서, 문학이 전래의 그 위엄과 영향력을 잃어가며, 허위와 타락의 물결에 얹혀, 진정성의 포기와 진실의 은폐라는 잘못된 추세를 더욱 가속시켜가고 있다는 우울한 판단이 생겨나게 되었습니다. 팔봉과 김현이 물었던 질문을 다른 문맥 속에서 다시 묻고 그 대답을 다른 시각에서 새로이 모색해야 할 과제가 이래서 제기되는 것입니다.

저 자신은 이 어려운 작업을 감당할 자신이 없다는 것을 고백하면서, 그러나 그 작업의 중요성만은 거듭 강조하고 싶습니다. 그리고 저의 동료들과 후배들이 이 과제에 대해 매우 진지하게 고민하며 씨름하고 있다는 고마운 사실도 확인하고 있습니다. 이 상의 영예는 그러므로 문학의 바른 위상을 지키며, 그 진중한 의미를 만들어내기 위해 노력하는 분들에게 돌려져야 마땅할 것입니다. 그분들을 대신해서, 이 상을 제정하신 팔봉 선생님의 가족과, 이 상을 영광으로 키워온 한국일보사, 그리고 초라한 저를 수상석에 밀어세우신 심사위원 여러분께 깊은 감사를 드립니다.   [1994. 5]

제5회 대산문학상 평론 부문 수상 소감

김 병 익

  문학의 현장에서 작가와 작품을 읽어야 하는 비평가의 입장에서는 그 문학이 가능하게끔 만든 사회 현실 혹은 그것과의 관련을 검토해 보지 않을 수 없다. 그래서 나는 70년대에는 그 시대의 주제였던 독점 권력과 산업화 속에서 문학이 무엇을 할 수 있고 해야 하는가의 문제로 고심해야 했고 80년대는 변혁의 실천적 운동이 우리 문학에 어떤 의미와 가능성을 제시하고 있는가로 번민해야 했다. 90년대에 들어온 이번에는, 소비주의와 과학 기술의 발전 속에 문학이 어떤 위상과 역할의 변화를 이룰 것인가를 천착해야 한다.
  나의 세대의 동료들은 관점과 접근법, 따라서 그 지향을 제각기 달리하면서도 이런 주제에 대해 함께 공부하고 사고하며 논의하고 대화해왔다. 그런데, 그 같은 사유와 토의의 태도에는, 현안의 문제성에 대한 섬세하고도 적절한 수용과 고찰을 위해 개방적인 이해력과 진지한 비평 정신이 있어야 할 것이다. 지난 30년 동안의 나의 초라한 작업들을 이 기회에 새삼 돌이켜보면서, 끊임없이 닥쳐오는 문학의 현장적 문제들과 그것의 의미화에 내가 정말 성실하게 대응해왔던가를 다시 반성해야 했고, 그럼에도 철저하지 못했던 스스로에 대해 회의를 지울 수가 없었다.

어떻든, 그 회의까지 포함해서 나는 이제 문학의 앞날에 대해, 새로운 세기에 대한 미래주의자들의 화려한 청사진들에도 불구하고, 비관적인 예감으로부터 벗어나지 못하고 있고, 게다가 나 자신의 육체적·정신적 피로감은 더해가고 있음을 느낀다. 그래서 이런 나에게 이번의 대산문학상은 곤혹감을 안겨준다. 그것은 내게 발분을 요청하는 것일까 아니면 퇴각을 권고하는 것일까. 그 뜻이 무엇이든, 지금의 내 자신과 나의 비평 작업을 새로이 정리해볼 기회를 만들어준 것에 대해서는 깊이 감사하지 않을 수 없다.

이 상을 제정한 대산문화재단과, 아마도 많은 불만을 품고도 무리하게 내게 수상의 영광을 쥐어준 심사위원회에 감사드린다.

〔1997. 11〕

자술 연보

호적상으로는, 나는 1938년 11월 5일, 경북 상주군 함창면 오동리에서 태어났다. 그러나 나의 정말 생일은 8월 21일이고 집에서는 그것의 음력 날짜로 쇤다. 태어난 곳도, 가족 중 나 혼자만은 문경군 점촌면이었다. 나는 농사를 짓는 할아버지의 장남인 아버지의 3남 2녀 중 막내였는데, 내가 세 살 되던 해 부모님들은 우리 가족을 솔가하여 대전으로 이사했기 때문에 내 본적지 고향에 대한 기억이 없어 성장지를 고향으로 삼게 되었다.

해방되던 해 봄에 대전의 대흥초등학교에 입학하여 대전중학교, 대전고등학교 등 나란히 붙어 있는 학교들을 다녔고 1957년 서울대 문리대 정치학과에 입학했다. 대체로 평범한 모범생이었고 형들의 책을 많이 보았으며 고등학생 때는 교회를 아주 열심히 다녔다. 그 기독교를 대학 2학년 때 버렸으며 실존주의적 감성에 젖었고 그래서 전공보다는 문학책을 더 보았고, 이미 기성 시인이 되어 있는 영문과의 황동규와 사귀어 자주 어울렸다. 대학 4학년 때 4·19가 일어났는데, 나는 시위에 뛰어드는 친구들의 모습만을 멍청히 지켜보았다. 졸업하면서 대학원 정치학과에 입학했지만 5·16의 서울 거리를 보고는 공부를 때려치우기로 했다. 등록은 네 번 했지만 내가 중퇴인지 수료인지는 지금도 확인해보지 않았다.

1년여를 대전에서 하릴없는 룸펜으로 시간을 죽이다가 1962년 7월 논산훈련소에 입소, 제5군단 사령부에서 반고문관처럼 졸병 생활을 했다. 그러나 전방에서의 내 군대 생활은 자연의 신선함, 그 속에서의 평정을 향한 내면적 진통을 경험할 수 있게 해주었다.

제대를 앞두고 요행 동아일보 견습 기자 시험에 합격하여 1965년 2월부터 기자가 되었다. 문화부에 근무하면서 주로 문학·학술·출판 등을 담당했고 그 덕으로 홍성원·김현·김치수·김주연 등과 친구이면서 문학적 동료로 사귀었다. 1974년 10월 제12대 한국기자협회장으로 선출되었고, 그 직후 전개된 언론 자유 선언 운동의 확산에 애쓰게 되었다. 이듬해 3월 13대 회장으로 재선되었고 동아·조선의 언론 파동 진통 속에서 국제기자연맹에 보낸 보고서가 빌미가 되어 4월 하순에 남산에 연행 조사받았으며 1주 만에 풀려나면서 회장직을 사퇴했다. 기자협회장 출마 때 회사로부터 받은 무기 정직이 풀리지 않았고 결국 1975년 10월 정식으로 해직되었다.

1967년 10월 잡지로부터 받는 첫 청탁으로 『사상계』에 「문단의 세대 연대론」을 발표한 이후 이런저런 글쓰기와 번역이 시작되었고 1968년 김현의 권고로 동인지 『68문학』에 참가하였다. 1970년 여름 김현의 발의와 변호사 황인철의 지원으로 계간지 『문학과지성』을 간행키로 하고 그 편집 동인으로 김치수(후에 김주연 합류)와 함께 참여하여 이 해 9월에 창간호를 냈다. 내가 동아일보사로부터 해직당한 후 몇 달의 실업 생활 끝에 문지 동인들의 합의와 합자로 1975년 12월에 문학과지성사를 창사했고 대표로서 그 관리를 맡았다. 문학과지성사는 청진동에서 통의동·아현동·신수동으로 옮겨다니다가 1989년에 서교동 현재의 자리에 정착했으며 김현과 황인철이 잇달아 작고한 후 1994년 문학과지성사를 주식회사로 개편했고 그 대표이사

자리를 연임했다.

　1976년 서울예술전문대학 문예창작과에 강사로 출강 1993년까지
계속했다. 출판계 일도 거들어 1988년부터 1991년 1월까지 한국출판
연구소 이사장, 1991년 1월부터 2년 5개월 간『출판저널』편집인 일
을 했다. 또 1993년 8월부터 1997년말까지 방송문화진흥회 이사직에
있었다. 1994년 3월에 구성된 광복50주년기념사업위원회 위원으로
그 일이 끝나는 1995년말까지 참여했다. 그리고 박경리씨의 토지문
화재단 이사(1996), 정보윤리위원회 위원(1997), 대한민국정부수립50
주년기념사업위원회 위원(1997) 등 명함에 적기 뭣한 직함도 가지고
있다.

　나의 첫 비평집은 1972년에 김주연 · 김치수 · 김현 등 문지 동인들
과 공동 저서로 간행된『현대 한국 문학의 이론』(민음사)였고 첫 개
인 비평집은 1976년에 간행된『한국 문학의 의식』(동화출판공사)이
다. 이후의 평론집들은 모두 문학과지성사에서 발간하였는데, 『상황
과 상상력』(1979), 『지성과 문학』(1982), 『들린 시대의 문학』(1985),
『전망을 위한 성찰』(1987), 『열림과 일굼』(1991), 『숨은 진실과 문학』
(1994), 그리고『새로운 글쓰기와 문학의 진정성』(1997)이 그것들이
다. 또, 선집『두 열림을 향하여』(1991, 솔 출판사)가 '입장 총서 3' 으
로 간행되었다.
　동아일보에 연재한『한국 문단사』(1973, 일지사)를 간행한 뒤를 이
어 산문집으로『지성과 반지성』(1974, 민음사), 『문화와 반문화』
(1979, 문장사), 『부드러움의 힘』(1988, 청하), 『우공(愚公)의 호수를
보며』(1991, 세계사), 『지식인됨의 괴로움』(1996, 문학과지성사), 『페
루에는 페루 사람들이 산다』(1997, 문학과지성사), 『생각의 안과 밖』
(1997, 문이당)을 냈다.
　회화는 못 하는 책상 앞의 영어로 오웰의『1984년』(1968, 문예출판

사)과『동물농장』(1972, 문예출판사), 디포의『로빈슨 크루소』(1973, 자유교양추진회), 타고르의『당신께 바치는 노래』(1974, 민음사)와 롱펠로의『햇빛과 달빛』(1975, 민음사)을 번역했고 카E. H. Carr의『도스토예프스키』(1979, 홍성사)를 공역했다. 또 휴즈의『현대 프랑스 지성사』(1981, 문학과지성사), 리드의『도상(圖像)과 사상』(1982, 열화당), 유진 런의『마르크시즘과 모더니즘』(1986, 문학과지성사) 등 체계 없이 번역들을 해냈으며『보헤미아 민화집』(1986, 샘터)도 거기에 끼여 있다.

그리고 김주연·김현과의 공편『문학이란 무엇인가』(1976, 문학과지성사), '우리 시대의 작가 연구 총서'로『최인훈』『정현종』편을 담당했고(1979, 은애출판사), 『해방 40년: 민족 지성의 회고와 전망』(1985, 문학과지성사), 『오늘의 한국 지성, 그 흐름을 읽는다: 1975~1995』(1995, 문학과지성사)의 편집에 참여하였고『오웰과『1984년』』을 편역하였다.

쓴 책이든 옮긴 책이든 엮은 책이든, 가짓수는 꽤 되는데 보이는 것은 별로 없다.

1983년 현대문학상 평론 부문상을, 1989년에는 대한민국 문화 부문상, 1991년에는 평론집『열림과 일굼』으로 대한민국 문학상 평론 부문상과 펜 문학상을 수상했다. 나이가 더 들어가는 덕분에, 한 일에 비해 주어지는 상이 더 많아져서, 『숨은 진실과 문학』으로 1994년의 팔봉비평문학상과 1995년의 간행물윤리위원회 윤리상 저작 부문상을, 1997년에는『새로운 글쓰기와 문학의 진정성』으로 대산문학상 평론 부문상을 받았다. 광복50주년기념사업위원회 위원으로 참여한 일 때문에 1996년에는 대한민국 국민훈장 모란장을 포상받았다.

동아일보 문화부에 재직하던 1971년, 하와이 대학에서 개최된 한국학 세미나에 취재차 하와이와 일본 등 처음 해외 여행을 했고 1982

년 스톡홀름과 헬싱키에서 열린 한국 문학 포럼 발표차 이청준·정현종과 함께 참석한 것을 기회로 프랑스, 이탈리아, 스페인, 독일을 주마간산으로 돌아다니며 서구 문화의 현장을 비로소 구경했고, 이듬해 문예진흥원의 프로그램에 따라 프랑스, 이탈리아, 요르단, 인도 등 다양한 층위의 문화를 동시에 비교해볼 수 있었다. 그리 탐하지는 않았지만 여행이란 일상을 벗어나는 즐거운 일이어서 90년대 들어 이런저런 일로 생기게 된 외유에 자주 나선 편이다. 미국, 중국, 소련과 헝가리—체코, 일본, 아프리카, 캐나다, 페루—칠레—멕시코 등을 다녀왔는데, 특히 후진국에 대한 인상들이 깊어 그 여행 소감을 써서 모은 것이 『페루에는 페루 사람들이 산다』(1997)이다.

술은 안 마시고 못 마시며 대신 커피를 하루 평균 다섯 잔, 담배를 30여 개비를 마시고 태운다. 운동은 전혀 안 하고 노래방이며 춤방을 가본 적이 한두 번, 그러니 노래도 춤도 모른다. 대신 바둑을 즐겨 기회만 닿으면 두지만 아무리 두어도 늘지 않아 만년 3급. 문학과지성사를 맡은 이후 발간되는 거의 모든 책의 교정을 보았으나 눈이 피로해져 몇 해 전부터는 그 일을 그만두었고 비디오를 많이 보았지만 이제는 뜸해진다. 내 악필 때문에 1988년부터 워드 프로세서로 원고를 치기 시작했는데 그것 외의, 무궁무진한 컴퓨터 기능에 대해서는 여전히 문맹이다. 자동차 운전을 배우지 않아 쉬는 날에는 집 안에 박혀 있거나 동네 커피숍을 어슬렁거린다. 큰 목소리를 싫어하고 공공의 자리를 불편해하며 혼자서 치르는 시간에 익숙하다.

초등학교 5학년 때 처음 얼굴을 보아 찍어두었고 고등학교 때 학교를 오가는 길에 마주친 얼굴을 훔쳐보았으며, 대학생 때 과는 다르지만 같은 캠퍼스를 다니게 되어 두어 차례 프로포즈를 했으나 거절당했고, 그래서 포기하고 잊어버렸다가, 군대 시절에 우연히 보고 다시 편지질을 하다가 단념했던, 드디어 기자 생활 초기에 다시 만나게 되었던 정지영과 연애를 하여, 1966년 11월의 마지막 토요일에 결혼했다. 나는 아이를 많이 갖기 바랐는데, 위로 세 딸을 이어 낳고 막내로 아들을 얻더니 아내는 더 이상의 생산을 거절했다. 첫째 예령이는 서울대와 대학원 불문과의 석사과정을 마치고 같은 과 선배 이정훈군과 결혼하고는 프랑스에 유학, 파리 제10대학에 적을 두고 공부를 계속하다가 애기 때문에(그래서 나도 59세에 드디어 할아버지가 되지 않을 수 없었다!) 귀국해서 모교에 시간강사를 나간 바 있다. 둘째 예림이는 연세대 국문과를 졸업, 현재 박사과정에 있는데 더러 평론도 쓰고 시간강사 노릇도 하는 중에 서울대 대학원 박사과정에서 한국과학사를 공부하는 박권수군과 결혼했다. 셋째 예란이는 서울대 신문학과를 졸업하고 대학원에 들어갔다가 런던대 골드스미스 칼리지의 박사과정에서 문화 연구 분야를 공부하는 중에 서울 법대를 나와 스탠포드에 유학중인 정서용군과 결혼했는데 앞으로 얼마간은 서로 떨어져 공부를 계속해야 할 것이다. 막내이자 외아들인 우경이는 힘들게 서울대 공대 기계공학과에 들어가 1999년 봄에 졸업할 예정인데, 요즘의 어려운 사정 때문에 취직을 해야 할지, 당초의 희망대로 유학을 강행할지, 그것도 결혼을 하고 갈 것인지, 내심 고민하면서 절충안을 찾고 있는 눈치이다.

조부모님들이 90세 안팎으로 장수하셨는데 나의 부모님들도 1987년에 회혼식을 치르며 지금껏 90이 넘도록 그 연세에 비해 건강하게 대전에서 살고 계신다. 그래도 나이가 나이인지라 몇 해 전부터 외로움과 일상의 힘듦을 호소해오시는데 그분들을 못 모시는 불효가 변명할 수 없이 막중하다. 그래도, 육체적으로나 정신적으로 강인하신 그분들을 뵈면, 내가 그 나이는커녕 지금의 상태라도 그처럼 정정할 수 있을지는 결코 못 할 것이라는, 깊은 부러움과 부끄러움을 느낀다.

(＊이 연보는 1991년에 간행된 『두 열림을 향하여』에 쓴 「자술 연보」를 보완한 것이다.)

참고 문헌

고종석, 「열린 자유주의로 현실 껴안아」, 한겨레신문, 1991. 10. 20.

──, 「문학과지성사: '지성의 문화' 향한 엄숙한 발걸음」, 한겨레신문, 1993. 9. 22.

──, 「화요일에 만난 사람」, 한겨레신문, 1994. 2. 22.

──, 「군소리 앞의 군소리」, 『고종석의 유럽 통신』, 문학동네, 1995.

구모룡, 「위기 의식과 문학의 위엄」, 『실천문학』, 1994년 여름호.

──, 「야곱의 씨름: 자기 지키기와 타자 감싸기」, 『오늘의 문예비평』, 1995년 봄호.

권성우, 「문화의 희망, 희망의 문화」, 『오늘의 문예비평』, 1995년 봄호.

권오룡, 「전망과 현실 사이의 지적 대화」, 『현대예술비평』, 1991년 여름호.

김동식/금누리/안상수/문지숙, 「집중 대담 김병익」, 『보고서: 다다다』 제2호(1997).

김양미, 「담론 분석을 통해 본 세대문화론: 청년문화론과 신세대론의 비교」, 연세대학교 대학원 석사학위 논문, 1995.

김윤정, 「장인 정신 담은 '고통의 문학'이 절실」(인터뷰), 교수신문, 1997. 9. 29.

김중식, 「지성의 향기 22년 '작은 금자탑'」(인터뷰), 경향신문, 1998. 3. 20.

김탁환, 「진정성 너머의 세계」, 『상상』, 1996년 봄호.

김태현, 「부드러움의 두 갈래」, 『세계의 문학』, 1985년 겨울호.

김학영(金鶴泳), 「あぶら蟬」(단편소설), 『鑿』, 東京: 文藝春秋, 1978.

김 현, 「감동하는 의식의 관용적 역사주의」(1985. 12), 『분석과 해석』, 문학과지성사, 1988.

김 훈, 「한국 문학, 어떻게 달라질 것인가」(대담), 한국방송대학보, 1997. 6. 2.

남송우, 「숨은 진실의 문학 찾기 해법」, 『문학정신』, 1994. 4.

박철화/류철균, 「정담」, 『문학정신』, 1991. 4.

박혜경, 「자유와 문화적 초월, 혹은 열린 전망」, 『비평 속에서의 꿈꾸기』, 문학과지성사, 1991.

방민호, 「전환기에 선 한국 문학의 제문제」(대담), 『21세기 문학』, 1998년 봄호.

백승권, 「창립 20돌 맞은 문학과지성사 발행인 김병익씨」(인터뷰), 『미디어 오늘』 32호(1995. 12. 27).

성민엽, 「문학적 지성과 실존적 선택」, 『정통문학』, 1985년 겨울호.

──, 「열린 보수주의의 진보성」, 『한국논단』, 1992. 3.

──, 「90년대 문학의 역할과 가능성에 대한 진지하고 정직한 성찰」, 대학신문, 1997. 3. 10.

송희복, 「일굼의 실천적 현장과 정관의 이론적 원근법」, 『작가세계』, 1994년 여름호.

안미현, 「인물 프리즘: 한국의 지성 문화 선도한 자유주의자」(인터뷰), 『뉴스피플』, 1997. 12. 4.

안철흥, 「지식인에게 중요한 것은 순결성이 아니라 성실성」(대담), 『말』, 1997. 4.

여국현, 「변경에 선 지식인의 괴로움」(대담), 중대신문, 1997. 4. 14.

오생근, 「내성적 고민의 독자성」, 『한국문학』, 1988. 8.

우찬제, 「위기의 담론, 혹은 대화적 읽기의 진정성」, 『문학과사회』, 1997

년 가을호.

이경섭, 「비평가, 90년대를 말하다」(인터뷰), 『이매진 *IMAZINE*』, 1997. 11.

이광호, 「비평의 이타성과 초월적 전망: 김병익을 어떻게 읽을 것인가」, 『현대 비평과 이론』 1994년 가을/겨울호.

이병용, 「'悟道外道': 한 정치학도의 문학 사랑 이야기」, 서울대학교 정치학과 동창회보, 1994. 12. 30.

이용욱, 「미래의 문학, 신세대의 문학, 그리고 문학의 진정성」(대담), 『버전업』, 1996년 겨울호.

이충걸, 「지식인됨의 괴로움」(인터뷰), 『보그 *VOGUE*』, 1997. 2.

이현주, 「팔봉비평문학상 수상」, 한국일보, 1994. 5. 8.

──, 「문학에 투영된 삶의 리얼리티 중시: 제5회 팔봉비평문학상 수상작 결정」, 한국일보, 1994. 5. 8.

임영봉, 「타자를 감싸는 비평적 사유의 실천」, 중대신문, 1997. 4. 13.

임우기, 「대화적 비평의 밑자리」, 『민족과 문학』, 1991년 여름호.

정과리, 「깊어져 열리기: 김병익론」, 『문학의 시대』, 1986.

정국희, 「출판과 문학의 생존, 내실 있는 정책과 교육에 달려 있다」, 한국방송대학보, 1998. 3. 30.

조남현, 「문학하는 것의 의미 찾기」, 『문예중앙』, 1985년 겨울호.

──, 「또 하나의 문학주의 선언」, 문화일보, 1997. 3. 5.

조용호, 「좋은 문학엔 삶 휘어잡는 진정성 담겨」(인터뷰), 세계일보, 1997. 3. 25.

최재봉, 「'문학과지성사' 창립 20돌」, 한겨레신문, 1995. 12. 12.

최정호, 「비평의 윤리와 지성의 윤리」, 『문학과지성』, 1974년 겨울호.

최현미, 「창사 20주년 맞는 문학과지성사 김병익 대표」(인터뷰), 문화일보, 1995. 12. 12.

한만수, 「한국 지성 물꼬 트기」, 경향신문, 1995. 12. 12.

홍성원, 「즐거운 지옥」(단편소설), 『현대문학』, 1970. 5.

홍성원, 「탈신」(단편소설), 『문학사상』, 1975. 7.

─────, 「김 안 나고 뜨거운 친구」, 『오늘의 문예비평』, 1995년 봄호.

홍정선, 「70년대의 비평의 정신과 80년대의 비평의 양상」, 『문학의 시
　　　대』, 1983.

황국명 외, 『문학과지성 비판』, 지평사, 1987.

황동규, 「판단의 자세와 분석의 방법」, 『정경문화』, 1979. 10.